O CÍRCULO FECHADO

Outras obras do autor publicadas pela Editora Record

Bem-vindo ao clube
O legado da família Winshaw

Jonathan Coe

O CÍRCULO FECHADO

Tradução de
ALEXANDRE RAPOSO

EDITORA RECORD
RIO DE JANEIRO • SÃO PAULO
2005

CIP-Brasil. Catalogação-na-fonte
Sindicato Nacional dos Editores de Livros, RJ.

C613c   Coe, Jonathan, 1961-
        Círculo fechado / Jonathan Coe; tradução
    Alexandre Raposo. – Rio de Janeiro: Record,
    2005.

        Tradução de: The closed circle
        Continuação de: Bem-vindo ao clube
        ISBN 85-01-07217-6

        1. Ficção inglesa. I. Raposo, Alexandre. II.
    Título.

                                      CDD – 823
05-2042   CDU – 821.111-3

Título original inglês:
THE CLOSED CIRCLE

Copyright © Jonathan Coe, 2004

Todos os direitos reservados. Proibida a reprodução, no todo ou em parte, através de quaisquer meios.

Direitos exclusivos de publicação em língua portuguesa somente
para o Brasil adquiridos pela
DISTRIBUIDORA RECORD DE SERVIÇOS DE IMPRENSA S.A.
Rua Argentina 171 – Rio de Janeiro, RJ – 20921-380 – Tel.: 2585-2000
que se reserva a propriedade literária desta tradução

Impresso no Brasil

ISBN 85-01-07217-6

PEDIDOS PELO REEMBOLSO POSTAL
Caixa Postal 23.052
Rio de Janeiro, RJ – 20922-970

EDITORA AFILIADA

Para Philippe Auclair

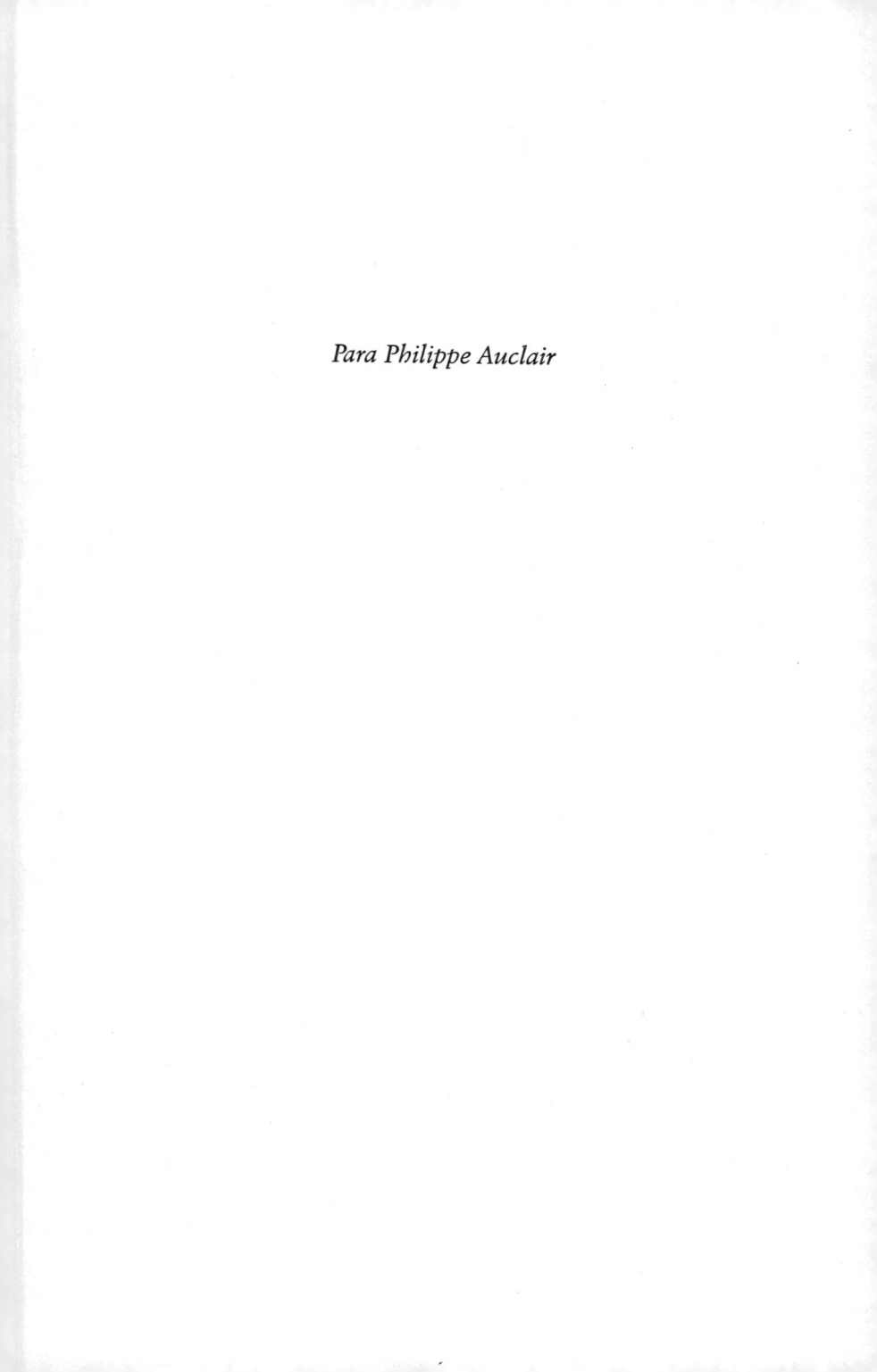

Sumário

No alto da falésia
9

Gente pálida
49

Rapsódia Norfolk nº 1
361

Sinopse de
Bem-vindo ao clube
489

No alto da falésia

No alto da falésia
Etretat
Terça-feira, 7 de dezembro de 1999
Manhã

Querida irmã

A vista daqui de cima é incrível, mas está frio demais para escrever muito. Meus dedos mal conseguem segurar a caneta. Mas prometi a mim mesma que começaria a escrever esta carta antes de voltar à Inglaterra e esta é a minha última chance.

Minhas últimas reflexões antes de deixar o continente europeu e voltar para casa?

Estou perscrutando o horizonte em busca de presságios. Mar calmo, céu azul-claro. Com certeza isso deve contar para alguma coisa.

Parece que as pessoas sobem aqui para se suicidar. Na verdade, há um rapaz ali embaixo que está perigosamente próximo do abismo e parece estar planejando fazer exatamente isso. Está ali desde que sentei neste banco, e só veste camiseta e calças jeans. Deve estar congelando.

Bem, ao menos não cheguei a este ponto ainda, embora tenha passado por maus bocados nas últimas semanas.

Momentos em que quase perdi a direção, em que tudo fugiu ao meu controle. Já deve ter sentido isso alguma vez. Na verdade, sei que sentiu. De qualquer modo, acabou. Vamos em frente.

Vejo Etretat lá embaixo, a larga curva de sua praia, os pináculos do telhado do *château* onde passei a última noite. Nunca consegui passear pela cidade. Engraçado o modo como, quando se tem a liberdade de fazer o que quiser, acabamos fazendo tão pouco. Escolha infinita acaba se revelando escolha nenhuma. Poderia ter saído em busca de um *sole dieppoise* e acabar sendo presenteada com calvados oferecidos por um garçom sedutor. Em vez disso, fico em casa e assisto a um filme antigo com Gene Hackman dublado em francês.

A maioria das vezes é assim. Deixo para depois. Eu podia fazer melhor. Lá isso é jeito de começar uma vida nova?

Mas será que estou mesmo começando uma vida nova? Talvez esteja apenas reiniciando uma vida antiga, após uma longa e, afinal, inútil interrupção.

> A bordo da barca *Pride of Portsmouth*
> No restaurante
> Terça-feira, 7 de dezembro de 1999
> Fim de tarde

Imagino como eles conseguem tirar algum lucro desta linha nesta época do ano. Exceto por mim e o homem atrás do balcão — como chamá-lo, seria comissário, cobrador ou o quê? — o lugar está deserto. Está escuro lá fora e a chuva salpica as janelas. Ou talvez seja apenas o borrifo das ondas. Tremo só de olhar para lá, mesmo estando quente aqui dentro, quase superaquecido.

Estou escrevendo esta carta em um pequeno caderno A5 que comprei em Veneza. O caderno tem uma capa dura de um azul sedoso e marmorizado, e adoráveis folhas de papel muito espesso, cortadas grosseiramente. Quando terminar — se eu chegar a terminar — acho que posso arrancar as folhas e colocá-las em um envelope. Mas para quê, não é mesmo? De qualquer modo, não começou bem. Até agora eu diria que fui muito auto-indulgente. Era de se esperar que eu soubesse como escrever para você, após as milhares e milhares de palavras que escrevi nos últimos anos. Mas de algum modo cada nova carta que escrevo para você parece ser a primeira.

    Tenho a impressão de que esta será a mais longa de todas. Quando me sentei naquele banco no alto da falésia de Etretat, eu ainda nem havia decidido se seria para você ou para Stefano que escreveria esta carta. Mas escolhi você. Não está orgulhosa de mim? Veja, estou decidida a não seguir aquela estrada. Prometi a mim mesma que não iria entrar em contato com ele, e uma promessa para si mesmo é a mais comprometedora de todas. É difícil porque, durante quatro meses, nunca houve um dia em que não tivéssemos nos falado, trocado e-mails ou, ao menos, mensagens de texto. Este tipo de hábito é difícil de abandonar. Mas sei que vou melhorar. Este é o período de privação. Olhando para o meu celular na mesa junto ao café, sinto-me como uma ex-fumante com um maço de cigarros pendurado no nariz. Seria tão fácil mandar uma mensagem de texto... Afinal, foi ele quem me *ensinou* a enviar mensagens de texto. Mas seria loucura fazê-lo. Ele me odiaria por isso, de qualquer modo. E tenho medo de ele começar a me odiar — muito medo. Isso me apavora mais do que tudo. Besteira, não é mesmo? Que diferença faz, já que não vou voltar a vê-lo?

    Farei uma lista. Fazer uma lista é sempre uma boa atividade de transferência.

Lições que aprendi com o desastre Stefano:

1. *Homens casados raramente deixam esposas e filhas por mulheres solteiras de trinta e tantos anos.*
2. *Pode ter um caso com alguém, mesmo que não façam sexo.*
3.

Não consigo pensar em um número 3. Mesmo assim, não está mal. Ambas as lições são importantes. Vão ser úteis da próxima vez em que algo assim acontecer. Ou ainda, me ajudarão a me certificar (espero) de que não haverá uma próxima vez.

Bem, isso parece bom no papel — especialmente em um papel veneziano tão caro, espesso e cremoso. Mas eu me lembro de uma frase que Philip sempre citava para mim. De algum velho e cascudo baluarte do governo britânico que, em sua caduquice, disse: "Sim, aprendi com os meus erros e estou certo de que sou capaz de repeti-los perfeitamente." Ha, ha. Esta certamente sou eu.

Quarto café do dia
National Film Theatre Café
Londres, South Bank
Quarta-feira, 8 de dezembro de 1999
Tarde

Sim, estou de volta, irmã querida, após uma interrupção de vinte horas mais ou menos, e a primeira pergunta que me ocorre após uma manhã inteira caminhando ao acaso pelas ruas é a seguinte: quem são todas essas pessoas e o que fazem?

Não que me lembre de Londres muito bem. Acho que não venho aqui há seis anos. Mas eu me lembro (ou pensei que lembrasse) onde eram algumas de minhas lojas favoritas. Havia uma loja de roupas em uma daquelas ruazinhas entre Covent Garden e Long Acre, onde se encontravam belos cachecóis. Três portas mais adiante, havia um pessoal que vendia cerâmica pintada à mão. Estava pensando em comprar um cinzeiro para o papai, uma espécie de proposta de paz. (Certamente, é otimismo exagerado: vai ser preciso mais do que isso...) De qualquer modo, o problema é que esses lugares não existem mais. Ambos se transformaram em cafeterias, ambas completamente lotadas.

É claro que, tendo vindo da Itália, me acostumei a ver gente falando ao celular o dia inteiro. Nos últimos anos dizia a todos por lá, em tom de grande autoridade: "Ah, vocês... isso nunca vai pegar na Inglaterra... não nesta mesma proporção."

Por que eu sempre *faço* isso? Por que sempre falo de coisas a respeito das quais nada sei, como se eu fosse uma especialista internacional no assunto? Meu Deus, todo mundo tem um celular agora. Desfilam com eles grudados ao ouvido para cima e para baixo na Charing Cross Road, falando sozinhos como lunáticos. Alguns usam aqueles fones de ouvido, de modo que não se nota que estão ao telefone e você acaba achando que são casos de internação. (Porque também há muitos desses por aí.) Mas a pergunta é: quem são essas pessoas e o que fazem? Sei que não devia generalizar por causa do fechamento de algumas lojas (além disso, posso ter entrado na rua errada), mas a minha primeira impressão é a de que há uma grande quantidade de pessoas nesta cidade que não *trabalha*, no sentido de fazer e vender coisas — atividades que, atualmente, devem ser consideradas muito fora de moda. Em vez disso, as pessoas se *encontram*, e *falam*. E quando não estão se encontrando ou falando pessoalmente, geralmente estão falando em seus telefones, e o que geralmente falam é uma combinação para se encontrarem. Mas o que eu quero saber é: quando eles finalmente se encontram, sobre o que falam?

Essa é outra coisa que entendi errado na Itália. Dizia para todo mundo quão os ingleses eram reservados. Mas não somos. Parece que nos tornamos uma nação de falastrões. Ficamos imensamente sociáveis. No entanto, não faço idéia do que está sendo dito. Aparentemente há uma grande conversa acontecendo no país, e sinto como se eu fosse a única pessoa que não sabe o bastante para entrar no papo. Sobre o que falam? O programa de tevê da noite passada? A proibição da carne britânica? Como superar o *bug* do milênio?

Antes que eu me esqueça: aquela imensa roda que apareceu na margem do Tâmisa, junto ao County Hall. Para que serve, exatamente?

Bom, por enquanto chega de crítica social. As outras coisas que queria lhe dizer são, antes de tudo, que decidi me preparar para o que der e vier e voltar a Birmingham *hoje à noite* (porque os preços de hotel estão astronômicos e eu simplesmente não posso ficar aqui mais um dia); e também porque voltei à Inglaterra há menos de vinte e quatro horas e já tive de me confrontar com o passado. Veio em forma de um folheto que peguei no Queen Elizabeth Hall. Vai haver uma palestra lá na segunda-feira cujo título será "Adeus a tudo". Seis "personalidades da vida pública" (diz aqui) vão nos contar "o que eles mais lamentam deixar para trás e o que eles adorariam ver pelas costas no fim do segundo milênio cristão". E veja quem é o número quatro da lista: não, não é Benjamin (embora ele fosse aquele que todos pensavam que se tornaria um escritor famoso), mas Doug Anderton, que nos é apresentado como "jornalista e comentarista político", sim senhora.

Outro presságio, talvez? Sinal de que, afinal de contas, não estou fazendo uma boa investida no futuro, e sim dando os primeiros passos involuntários em uma jornada ao passado? Quero dizer, puxa, não vejo Doug há uns quinze anos. A última vez foi quando me casei. Naquele dia, acho que me lembro, ele estava bêbado e me prensou contra um muro para me dizer que eu estava casando com o sujeito errado. (Estava certo, é claro, mas não do modo que *ele* pretendia.) Que estranho seria sentar-me hoje em uma platéia e ouvi-lo pontificar a respeito de angústia pré-milênio e mudança social! Suponho que seria uma versão daquilo que todos tivemos de suportar há mais de vinte anos, nas reuniões editoriais da revista da escola. A única diferença é que agora todos estamos ficando com cabelos brancos e problemas de coluna.

Eu me pergunto se o seu cabelo já está ficando branco, querida Miriam. Ou isso é algo que você não tem mais com que se preocupar?

Há um trem para Birmingham em cinqüenta minutos. Vou correr para pegá-lo.

> Segundo café do dia
> Coffee Republic
> New Street, Birmingham
> Sexta-feira, 10 de dezembro de 1999
> Manhã

Oh, Miriam — a casa! Aquela maldita casa. Não mudou. Nada mudou desde que você a deixou (e já se passaram quase um quarto de século desde então), com exceção de que está mais fria, mais vazia, mais triste (e mais limpa) do que nunca. Papai paga alguém para mantê-la impecável e, fora esta mulher que vem fazer a limpeza duas vezes por semana, não creio que ele fale com mais ninguém agora que mamãe morreu. Ele também comprou um lugarzinho na França e parece ficar um bocado de tempo por lá.

Papai passou a maior parte da noite de quarta-feira me mostrando fotografias da caixa-d'água e do novo *boiler* que ele instalou, o que foi emocionante, como você deve imaginar. Uma ou duas vezes disse que eu devia ir visitá-lo algum dia e ficar lá uma ou duas semanas, mas vi que não dizia aquilo para valer e, além do mais, não quero ir. Desta vez, também não quero ficar sob o mesmo teto que ele mais noites do que o necessário. Na noite passada, saí para comer com Philip e Patrick.

Eu não via Philip havia mais de dois anos e suponho que deva ser muito comum que ex-esposas olhem para seus ex-maridos nestas circunstâncias e imaginem o que diabos os fez ficarem juntos para começo de conversa. Estou falando de atração física mais do que de qualquer outra coisa. Lembro-me quando eu era estudante e morei em Mântua a maior parte do ano de 1981 — se é que posso acreditar em mim mesma ao escrever isso (meu Deus!). Vivia cercada de jovens italianos, a maioria deles belíssimos, todos loucos para me levar para a cama. Um bando de Mastroiannis adolescentes no auge de seu vigor sexual, implorando por aquilo, para poupar palavras. O fato de ser inglesa me tornava exótica de um modo que seria impensável em Birmingham, e eu podia ter me fartado. Podia ter tido todos eles, um após o outro. Mas o que escolhi em vez disso? Ou, melhor, quem escolhi? Escolhi Philip. Philip Chase, o feioso, o babaca do Philip Chase, com sua barba rala e avermelhada e seus óculos de chifre de boi. Ele veio passar uma semana e de algum modo conseguiu me levar para a cama no segundo dia, o que acabou mudando o curso de minha vida, não permanentemente, suponho, mas radicalmente... fundamentalmente... não sei. Não consigo encontrar a palavra. Às vezes uma palavra serve tanto quanto outra. Fico imaginando: terá sido porque éramos jovens demais? Não, não estou sendo justa com ele. De todos os caras que eu conhecia até então, ele era o mais sincero, o mais simpático e o menos arrogante. (Doug e Benjamin também eram assim, cada um ao seu modo.) Phil também era extremamente correto: era absolutamente confiável. Lembro-me de que tornou o nosso divórcio o menos traumático possível — um tapa com luva de pelica, sei disso, mas se algum dia quiser se divorciar de alguém... Philip é o homem certo.

Quanto a Patrick, bem... quero ver Pat o mais que puder enquanto estiver aqui, é claro. Está tão crescido. É claro, nos escrevemos e trocamos e-mails constantemente e, no ano passado, ele veio a Lucca passar alguns dias, mas ainda assim... ele me surpreende todas as vezes. Não consigo explicar que sentimento peculiar é olhar para aquele *homem* — pode ter apenas quinze anos, mas é o que parece para mim agora — aquele homem alto (muito magro, muito pálido, muito melancólico) e saber que ele já esteve dentro de mim, digamos assim. Parece ter uma ótima relação com o pai, devo admitir. Invejei o modo como conversavam e contavam piadas um para o outro. Coisa de parceiros, talvez. Mas não, é mais do que isso. Posso ver que Philip e Carol cuidam bem dele. Neste aspecto, não tenho do que reclamar. Estou um pouco ciumenta, talvez. Mas a escolha foi minha, tentar a sorte na Itália outra vez e deixar Pat com o pai. Minha escolha.

E, agora, a última notícia, de algum modo a mais momentosa. Ou perturbadora, talvez. Vi Benjamin novamente. Há coisa de uma hora. E, devo dizer, nas circunstâncias mais estranhas.

Na noite passada ouvi falar mal de Ben. Ainda trabalha na mesma firma. Agora é sócio majoritário, como era de se esperar após tantos anos — e ainda está casado com Emily. Sem filhos. Mas, bem, todo mundo já desistiu de perguntar a esse respeito. Phil disse que fizeram de tudo, e também tentaram a adoção. A medicina falhou etc. etc. Aparentemente, nenhum dos dois é culpado (o que provavelmente quer dizer que, no fundo, sem o dizerem, um culpa o outro). E, no caso de Benjamin, aconteceu com os livros o mesmo que lhe aconteceu com as crianças: está trabalhando duro (!) há anos em uma obra-prima de arrasar da qual, até hoje, ninguém leu uma palavra, embora todos ainda pareçam profundamente convencidos de que o livro vai sair um dia desses.

Portanto, esta era a história até então. Agora, imagine a mim na seção de história da livraria Waterstone's da High Street. Estou na cidade há apenas um dia e meio e já não consigo pensar em nada melhor para fazer. Estou junto àquela parte da loja reservada aos onipresentes bebedores de café. Pelo canto do olho, vejo que há uma jovem voltada em minha direção — muito bonita, embora magra — e do lado oposto a ela, de costas para mim, um sujeito de cabelos grisalhos que a princípio penso ser o pai dela. Acredito que a garota deva ter entre dezenove e vinte anos, e há um toque gótico no modo como se veste. Ela tem um belo cabelo negro, cheio, longo e liso, até a metade das costas. Fora isso, não presto muita atenção nos dois, mas quando vou olhar os livros em uma das mesas, percebo que ela procura algo na bolsa, o modo como a sua camiseta se ergue, expondo-lhe a barriga, o modo como *ele* percebe isso, rápido, sub-reptício, e então, de repente, eu o reconheço: é Benjamin.

Está de terno — o que parece estranho para mim, mas, claro, é um dia de trabalho para ele e deve ter escapado do escritório um instante — e parece, neste momento, completamente... qual a palavra? Sei que desta vez há uma palavra, uma palavra perfeita para definir o modo como homens se parecem quando estão nesta situação... Ah... eu me lembrei. "Estupefacto". Esta é a palavra para o modo como Benjamin está.

Então ele me vê e o tempo parece desacelerar — do modo que sempre acontece sempre que se reconhece alguém que

não se espera ver, e que não se vê há muito tempo. Algo muda dentro de ambos, algum tipo de realinhamento de expectativas para aquele dia... Então eu caminho até a mesa Benjamin se levanta e *estende a mão* para mim, imagine, *estende a mão* para me cumprimentar. O que, é claro, declino. Em vez disso, dou-lhe um beijo no rosto. Ele parece ficar confuso e embaraçado, e imediatamente me apresenta à sua amiga, que também está em pé agora e cujo nome, ao que parece, é Malvina.
Então, qual é a situação aqui? O que está acontecendo? Após cinco minutos de conversa — da qual não me lembro de uma palavra — não consigo adivinhar. Mas, como já está virando rotina nos últimos dias, tenho algo em mãos que não tinha antes. Um folheto. Um folheto para *outro* evento que também vai acontecer na segunda-feira, 13 de dezembro. A banda de Benjamin vai tocar naquela noite.

— Pensei que tivessem se separado há muito tempo — digo.

— Nós reunimos o grupo — explica. — Este *pub* está celebrando vinte anos de música ao vivo. Costumávamos tocar ali e eles pediram que voltássemos a tocar nesta noite.

Olho novamente para o folheto e sorrio. Agora eu me lembro do nome da banda de Benjamin: Saps at Sea, inspirado num filme homônimo do Gordo e o Magro, como ele me contou certa vez. Seria divertido vê-los novamente, embora nunca tenha gostado muito da música que faziam. Mas sou absolutamente sincera ao dizer:

— Irei se ainda estiver na cidade. Mas já devo ter ido embora de Birmingham a essa altura.

— Por favor, venha — diz Benjamin. — Por favor.

Depois dizemos aquela baboseira toda de foi bom ter encontrado você etc. e tal e, no minuto seguinte, saio de lá sem olhar para trás. Ou, bem... OK, então: saio com um olhar para trás. Apenas o bastante para ver Benjamin inclinar-se para Malvina, a quem me apresentou como uma "amiga" sua — esta foi a única explicação que recebi — mostrando-lhe o folheto e comentando algo a respeito. Suas testas quase se tocam sobre a mesa. Tudo o que consigo pensar enquanto me afasto é: Benjamin, Benjamin, como pode fazer isso com a sua mulher após dezesseis anos de casamento?

> No meu antigo quarto
> St. Laurence Road
> Northfield
> Sábado, 11 de dezembro de 1999
> Noite

Esta viagem está ficando cada vez pior. Aconteceu há mais de três horas, mas ainda estou tremendo. Papai está sentado lá embaixo, lendo um daqueles velhos e horrorosos romances de Alastair Maclean. Não foi nem um pouco simpático. Parece pensar que foi tudo culpa minha. Não sei se consigo ficar mais tempo nesta casa. Terei de partir amanhã e encontrar um lugar onde ficar algum tempo.

Vou resumir o que aconteceu. Eu estava com saudade de Pat e sabia que de manhã ele iria jogar futebol pelo time da escola. Era um jogo no campo do adversário, contra um time de Malvern. Então eu disse que iria pegá-lo na casa de Philip e Carol e levá-lo de carro eu mesma. Muito a contragosto, papai me emprestou o carro.

Seguimos a Bristol Road rumo ao sul, dobramos à direita quando chegamos em Longbridge, atravessamos a Rubery e seguimos em direção à M5. Era estranho estar sozinha no carro com ele — mais estranho do que deveria ter sido. Meu filho é muito *quieto*. Talvez só seja assim quando está comigo, mas de algum modo não creio que esta seja toda a história. Por certo é um introvertido, nada de mais. Mas, também, e isso foi o que realmente me enervou, quando ele começou a falar, o assunto que escolheu era o último que eu poderia esperar. Começou a falar de você, Miriam. Perguntou quando eu a tinha visto pela última vez e como mamãe e papai encararam o seu desaparecimento.

A princípio, fiquei sem palavras. Simplesmente não sabia o que dizer a ele. Não foi como se o assunto tivesse surgido naturalmente em meio a uma conversa. Ele o abordou muito abruptamente. O que eu deveria dizer? Apenas que aquilo tinha acontecido havia muito, muito tempo e que nunca saberíamos a verdade. De algum modo, tivemos de conviver com aquilo, nos acostumarmos com aquilo. Foi uma luta: algo contra o que sempre brigamos, eu e papai, cada um ao seu modo, cada dia de nossas vidas. O que mais podia dizer para ele?

Depois disso, Pat ficou em silêncio durante um bom tempo. Eu também. Para ser franca, eu fiquei baratinada com aquela conversa. Achei que falaríamos de sua vida escolar, ou de suas chances no jogo de futebol. Não de uma tia que desapareceu sem deixar pistas dez anos antes de ele nascer.

Tentei não pensar mais naquilo, apenas me concentrar na estrada.

Por falar em estrada, Miriam, há outra coisa que percebi neste país nos poucos dias em que estou de volta. Você pode medir a temperatura de uma nação pelo modo como as pessoas dirigem, e algo mudou na Inglaterra nos últimos anos. Lembre-se, morei na Itália, a terra da direção ofensiva. Estou acostumada com isso. Estou acostumada a ser fechada, ultrapassada em pontos cegos, xingada e ouvir as pessoas gritando que meu irmão é um filho-da-puta caso eu esteja andando devagar. Sei lidar com isso. Não o fazem a sério, para começo de conversa. Mas algo similar começou a acontecer neste país — embora não seja assim tão similar. Há uma diferença importante: aqui é a sério.

Há alguns meses li um artigo no *Corriere della Sera* chamado "Inglaterra apática". Dizia que Tony Blair ganhara com uma maioria tão esmagadora e que parecia ser um cara tão legal e que sabia o que estava fazendo, que os ingleses emitiram um suspiro de alívio coletivo e pararam de pensar em política. De algum modo o autor do artigo conseguiu ligar isso à morte da princesa Diana. Não me lembro como, mas me lembro de que o artigo soou um tanto fantasioso. De qualquer modo, talvez estivesse certo. Mas não creio que o autor tenha chegado ao âmago da questão. Porque se você examinar esta apatia, o que encontrará por baixo será algo mais: uma terrível e fervilhante frustração.

Não estávamos na estrada havia muito tempo — apenas uns vinte minutos mais ou menos — quando comecei a perceber algo estranho. As pessoas estavam dirigindo de um modo diferente. Não que dirigissem mais rápido do que eu me lembrava — eu mesma ando muito rápido — mas havia um tipo de *raiva* no modo como dirigiam. Grudavam nas traseiras uns dos outros, piscavam os faróis quando alguém ficava alguns segundos a mais nas pistas de ultrapassagem... Aparentemente havia uma nova categoria de motoristas decidida a estabelecer residência na pista do meio e que não se movia dali, o que parecia enfurecer todo mundo. Os outros motoristas dirigiam colados atrás deles, pressionando-os a se moverem de onde estavam e, então, ao verem que não se moviam, abriam para a pista de fora e voltavam antes que fosse realmente seguro, fechando-os abruptamente. E havia motoristas que estavam dirigindo alegremente, a cem por hora, e, então, ao notarem que alguém desejava ultrapassá-los, aceleravam para cento e trinta, como se fosse uma afronta pessoal um Punto com placa iniciada em P tentar ultrapassar um Megane com placa iniciada em S. Era algo absolutamente intolerável, como um insulto imperdoável.

Talvez eu esteja exagerando, mas não muito. Afinal, era uma tarde de sábado e certamente a maioria daquelas pessoas estava indo às compras, ou apenas se divertindo. Mas parecia haver uma fúria coletiva naquela estrada. Havia tensão e pressão, como se bastasse algum motorista cometer um erro para fazer com que todos os outros perdessem a cabeça.

De qualquer modo, chegamos à escola e a batalha começou. Patrick jogava no meio-campo e o jogo parecia mantê-lo bastante ocupado. Sabia que eu o estava observando e tentava parecer forte e adulto, mas havia também aquele permanente cenho franzido de concentração em seu rosto que quase me partia o coração e fazia com que ele parecesse cinco anos mais novo. Jogou bem. Ou seja, eu nada entendo de futebol, mas me pareceu que ele jogou bem. Seu time venceu por 3 x 1.

Quase morri congelada, em pé na lateral do campo durante uma hora e meia — ainda havia gelo sobre a grama — mas valeu a pena. Tinha muito o que conversar com Patrick e aquilo, definitivamente, era um começo. Depois, eu achava que iríamos sair e almoçar em algum lugar, mas acabou que ele tinha outros planos. Queria voltar no ônibus com os colegas de escola. Depois, iria para a casa de um amigo, Simon, o goleiro. Eu não podia dizer não, embora aquilo tenha me pegado de surpresa. Em alguns minutos os meninos tomaram banho, o ônibus foi embora e eu subitamente me vi abandonada no meio de Malvern. Com isso, perdia o resto do dia.

Então... de volta ao meu estado habitual. A solidão de uma mulher solteira. Muito tempo, pouca companhia. O que fazer? Comi um sanduíche e comprei algo para beber em um *pub* na Worcester Road. À tarde, fui passear nas colinas. Aquilo me acalmou, limpou a minha mente. Talvez eu seja alguém que só se sinta feliz por dentro quando está a meio caminho de uma encosta. Certamente perdi um bocado de tempo nas últimas semanas subindo montanhas. Talvez esteja naquele ponto de minha vida no qual precise desta visão olímpica. Talvez eu tenha perdido a cabeça tão completamente quando me envolvi com Stefano que só vou conseguir me recobrar ganhando um ponto de vista mais amplo.

A paisagem de hoje era bem ampla, devo dizer. Será que você, Miriam, se lembraria desta vista se a visse novamente? Costumávamos ir lá quando éramos crianças, você, eu, mamãe e papai. Piqueniques sob um frio de rachar, sanduíches de presunto e garrafas térmicas, nós quatro metidos atrás de uma grande pedra na encosta, em busca de abrigo, os campos espalhando-se abaixo de nós, sob os céus cinzentos das Midlands. Havia uma pequena caverna em uma parte oculta da encosta, eu me lembro. Costumávamos chamá-la de Caverna do Gigante, e em algum lugar eu tenho uma foto de nós duas do lado de fora da caverna, vestindo anoraques verdes, gorros puxados para baixo. Acho que papai jogou fora todas as suas fotos, mas eu consegui ficar com algumas. Salvas do naufrágio. Hoje tenho a impressão de que nós duas sempre morremos de medo dele. E era esse medo que nos unia. Mas isso não torna as nossas lembranças infelizes. Pelo contrário. São tão preciosas para mim que mal me permito pensar nelas.

Não acredito que você simplesmente tenha abandonado tudo isso. Não faz sentido. Você não faria isso, não é mesmo, Miriam? Deixar que eu me virasse sozinha? Não consigo acreditar nisso, embora a outra alternativa seja pior.

Por volta das três e meia, começa a escurecer. É hora de reunir coragem e ir para casa para passar outra noite com papai. A última, decidi. Pensei que, caso as coisas melhorassem, talvez pudéssemos passar o Natal juntos, mas isso não vai acontecer. Ele e eu somos uma causa perdida. Vou ter de encontrar algum lugar onde ficar. Pat e eu talvez pudéssemos ir juntos. Vamos ver.

Então, estou no caminho de volta para casa. Disse ao papai que levaria algo para jantarmos, por isso paro em Worcester e compro bifes. Ele gosta de bifes. Considera seu dever patriótico comê-los o mais freqüentemente e o mais malpassados possível, agora que os franceses proibiram a nossa carne. Este é o papai.

Estou deixando a periferia de Worcester e já tive um pequeno desentendimento com alguém que tentou me ultrapassar em uma curva. Estou ficando nervosa com isso novamente, com aquela sensação de que todo mundo atrás do volante de um carro hoje em dia está no limite por algum motivo. À medida que me afasto da cidade, vejo um carro diante de mim andando muito devagar. Os postes já estão acesos e posso ver que o motorista é um homem, um homem sozinho, provavelmente não muito velho. O motivo de ele dirigir tão lentamente é por estar falando ao celular. De outro modo, certamente estaria correndo porque tem um carro muito bom — um Mazda esporte. Mas aquela conversa telefônica, seja sobre o que for, evidentemente o distrai. Está dirigindo com apenas uma mão ao volante e oscila de um lado a outro da estrada. Estamos em um trecho com limite de velocidade de sessenta e cinco quilômetros por hora mas ele está a quarenta. O que me irrita não é tanto o fato de ele estar me atrasando, e sim o fato de aquilo não ser seguro, um ato incrivelmente irresponsável. Isso não é ilegal neste país? (Na Itália é, embora ninguém se dê conta disso.) E se uma criança aparecesse correndo na frente dele? Ele acelera um pouco e, então, volta a reduzir drasticamente, sem motivo, e eu quase bato em seu pára-choque traseiro. Ao que parece, ele não faz idéia de que estou atrás dele. Freio bruscamente e a sacola de compras que pousei no banco do passageiro vira e derrama seu conteúdo no chão. Que ótimo! Agora ele está acelerando novamente. Penso em parar no acostamento e repor as compras na sacola, mas em vez disso observo o motorista diante de mim, fascinada. Ele chegou a um ponto animado da conversa e gesticula para si mesmo. Ele tirou as duas mãos do volante!

É quando resolvo sair daquela situação o mais rapidamente possível: se for acontecer um acidente, não quero ter nada a ver com isso. Neste ponto dos subúrbios, a estrada é de mão dupla e vejo uma oportunidade. Não é a coisa mais segura a fazer, mas cansei daquele palhaço. Assim, ligo o pisca-alerta, abro para a direita e tento ultrapassá-lo. Ele volta a reduzir a velocidade de modo que não vai demorar mais que alguns segundos.

Contudo, enquanto eu o ultrapasso, ele se dá conta do que estou fazendo e não gosta. Sem largar o telefone, pisa no acelerador. Ainda estou mais rápida do que ele, mas o Rover de papai não é muito potente, e estou tendo dificuldade para ultrapassá-lo. Agora, vem uma van na direção oposta. Amaldiçoando a pura teimosia daquele idiota machista, engato a terceira, piso no acelerador, avanço a setenta, oitenta quilômetros por hora, e consigo me enfiar na frente dele enquanto a van pisca os faróis altos para mim.

E foi isso. Ou deveria ter sido caso eu não tivesse feito duas coisas estúpidas enquanto estava no meio da ultrapassagem: olhei para o sujeito ao celular, fiz contato visual com ele durante um ou dois segundos... e buzinei.

Veja, foi apenas uma buzinadinha boba e infantil. Nem mesmo sei o que queria dizer com aquilo. Acho que era apenas o meu modo frágil de dizer: "Seu babaca!" Mas teve o efeito mais inesperado e instantâneo. Ele deve ter terminado o telefonema e jogado o celular no banco do carona imediatamente porque uns dois segundos depois o carro dele está grudado na minha traseira — a uns quinze centímetros de distância, suponho — com o farol alto cegando a minha visão pelo espelho retrovisor. Posso ouvir o rugido de seu motor, um autêntico uivo de ódio.

Subitamente, fico com medo. Na verdade, fico aterrorizada. Então, tento acelerar para fugir dele — rapidamente atingindo uma velocidade ridícula, algo como cem por hora ou algo assim — mas ele não cede um centímetro. Ainda vem atrás de mim, pára-choque contra pára-choque. Penso em ousar piscar a luz de freio, apenas para assustá-lo, apenas para fazê-lo se afastar um pouco, mas não ouso, porque não sei se isso vai funcionar. Acho que ele apenas colidiria comigo.

Acho que isso deve ter durado alguns segundos, embora tenha parecido muito mais. De qualquer modo, estou sem sorte. Há um sinal de trânsito no ponto onde a estrada volta a ser de duas pistas. E está vermelho. Paro na pista interna. O sujeito do Mazda pára ao meu lado cantando pneu, puxa o freio de mão e, quando dou por mim, ele está saindo do carro. Espero ver algum lenhador imbecil com o pescoço mais largo que a cabeça, mas, em verdade, o motorista é uma coisinha esquelética de um metro e sessenta de altura. Não me lembro de nada mais a respeito dele porque o que acontece a seguir é muito confuso. Primeiro, começa a bater na minha janela. Eu o encaro por um terrível e prolongado instante e, depois, olho diretamente para a frente, esperando o sinal abrir, coração batendo como se fosse explodir. Agora ele está gritando — o tipo de coisa habitual: sua piranha filha-da-puta, motorista de merda... Na verdade, não o ouço. Tudo soa como um grande ruído para mim.

De repente, não consigo mais esperar o sinal abrir e atravesso com a luz vermelha, pensando que não vinha ninguém. Então, vejo um carro se aproximando pela esquerda. Ele tem de desviar para não bater em mim. Ouço os pneus cantarem e a buzina disparar, mas logo tudo isso some à distância porque estou dirigindo como uma louca, sem idéia da velocidade.

Uns dois quilômetros depois, com a cidade bem lá atrás, eu me pergunto por que o pára-brisa está molhado, uma vez que não está chovendo. Então me dou conta de que é porque o sujeito cuspiu antes de eu arrancar. Seu insulto de despedida.

Havia alguns pontos de parada antes de chegar à auto-estrada mas não me detive em nenhum. Tinha medo de ele estar me seguindo e, caso me visse ali, resolvesse parar e terminar o que deixara pela metade. Então continuei dirigindo, o que era uma loucura, uma vez que chorei e tremi até chegar a Birmingham, o tempo todo olhando ao redor para ver se havia um Mazda avançando na pista de ultrapassagem com os faróis piscando, canhões prontos para a batalha.

Outras mulheres talvez tivessem revidado, dispensando o mesmo tratamento àquele motorista. Mas eu realmente acredito que se eu tivesse baixado o vidro, ele teria me atacado. Estava fora de si, completamente descontrolado. Eu nunca vi...

Parei de escrever porque estava a ponto de dizer que nunca vira um homem neste estado. Mas não é verdade. Como disse, só olhei para o rosto dele um instante, mas foi o bastante para eu ver dentro de seus olhos e, sim, dar-me conta de que eu já vira aquele tipo de ódio nos olhos de um homem uma outra vez. Aconteceu há alguns meses, na Itália... mas isso é outra história, e devo guardá-la para outro dia porque minha mão já está ficando dura de tanto escrever.

Como esta casa é silenciosa. Percebo isso agora. Dei-me conta de que o rabiscar de minha caneta é o único som que se pode ouvir neste momento.

Boa noite, doce Miriam. Mais amanhã.

Em meu antigo quarto
St. Laurence Road
Northfield
Domingo, 12 de dezembro de 1999
Fim da manhã

Então, irmã mais velha, pode imaginar onde está papai e por que tenho a casa inteirinha para mim durante uma ou duas horas? Claro que pode. Está na igreja! Tornando-se uma pessoa melhor. O que seria uma ótima idéia se houvesse a menor possibilidade disso funcionar com ele. Papai vai à igreja, semana após semana, há mais de sessenta anos (como me lembrou hoje cedo no café da manhã), e se quer saber, os resultados ainda não apareceram. Para ser honesta, se isso é o melhor que a igreja consegue fazer com alguém depois de sessenta anos, acho que devíamos pedir o nosso dinheiro de volta agora mesmo.

    Mas não. Papai não merece que pensemos nele. Tenho de suportar mais uma refeição nesta casa, o temido almoço de domingo. Depois disso, estou livre. Decidi fazer um agrado a mim mesma e reservei duas noites no Hyatt Regency. É o hotel mais descolado de Birmingham: mais de vinte andares, perto do Symphony Hall e do Brindley Place. Estava andando por aquele lado da cidade na sexta-feira e mal pude reconhecer o lugar, que mudou muito desde os anos 1970. Toda aquela área junto aos canais era deserta, uma terra de ninguém. Agora há bares e cafés um ao lado do outro, todos lotados de gente envolvida com esse misterioso encontrar/ falar que percebo irromper em toda parte.

    Mas talvez você saiba de tudo isso. Talvez você mesma tenha estado lá nos últimos anos. Talvez estivesse lá na manhã de sexta-feira, tomando café com alguns amigos no All Bar One. Quem sabe?

Embora eu só o tenha visto durante uma fração de segundo, ainda me lembro do rosto daquele homem que ontem me xingou e cuspiu no meu carro só porque buzinei para ele. (Eu já contei isso, não é mesmo?) O que me fez lembrar de algo que aconteceu na Itália neste verão. Foi a única outra vez em que vi um homem perder a cabeça daquele jeito. Foi terrível de se ver (na verdade, fiz mais do que ver. Estava bem no meio daquilo), mas de certo modo as conseqüências foram ainda piores, porque me levaram a me envolver com Stefano. E veja onde isso me deixou.

Parece que passou uma existência desde então.

Lucca é cercada de colinas, mas eu acho que as voltadas para noroeste são as mais belas. No alto de uma dessas colinas, em plena campanha, mas com uma visão fabulosa da cidade (que é uma das mais belas da Itália), havia uma velha casa de fazenda que estava sendo restaurada de cima a baixo, por dentro e por fora. A obra estava sendo patrocinada por um executivo inglês chamado Murray — ou, ao menos, era ele quem pagava a conta. A supervisora do trabalho era sua esposa, Liz, e o arquiteto e projetista chamava-se Stefano. Liz nada falava de italiano e Stefano nada falava de inglês e foi aí que eu entrei na história. Fui chamada para cuidar das traduções — fossem em pessoa ou por escrito — de modo que, durante seis meses, Liz Murray foi minha chefe.

Veja, é uma sensação um tanto alarmante assinar um contrato com alguém e então, cerca de uns dois dias depois, dar-se conta de que você está lidando com o diabo. Descrever Liz como uma mulher de maus bofes e boca suja não chega nem perto de explicar como ela era. Na verdade, ela era uma vaca encalhada do norte de Londres cuja atitude básica com as pessoas que trabalhavam com ela — e, até onde eu podia ver, para com toda a espécie humana — era de absoluto desprezo. Se alguma vez trabalhou não consegui descobrir: certamente não demonstrava qualquer talento particular para coisa alguma, exceto assustar as pessoas e dar-lhes ordens. Por sorte, meu trabalho era muito específico, e eu era boa naquilo, ou ao menos competente. Assim, embora nunca tenha recebido uma palavra gentil da parte dela e tenha me sentido como se fosse sua escrava, ao menos nunca berrou comigo. Mas Stefano tinha de suportar os piores abusos (que, obviamente, eu tinha de traduzir), assim como os pedreiros. É claro que eles acabaram enchendo o saco de tudo isso.

Aconteceu certa quarta-feira, lembro-me bem, no fim de agosto. Havíamos marcado um encontro às cinco da tarde. Stefano, Liz e eu fomos para a casa em carros diferentes. O mestre-de-obras, Gianni, já estava lá. Havia trabalhado o dia inteiro com outros quatro pedreiros, e estavam todos acalorados e irritados. O trabalho estava atrasado várias semanas e todos provavelmente esperavam já estar de férias, assim como todas as demais pessoas na Itália. O calor era indescritível. Ninguém devia trabalhar com um calor daqueles. Contudo, nas últimas semanas, haviam feito (pensava eu) um trabalho extraordinário: haviam cavado uma piscina imensa, que já estava quase completamente azulejada. Só o azulejamento demorou três dias. Usaram azulejos de porcelana em sutis matizes de azul, cada um com cinco centímetros quadrados. O efeito era surpreendente. Mas parecia haver um problema.

— O que é isso? — disse Liz para Gianni, apontando para os azulejos.

Eu traduzi e ele respondeu:

— São os azulejos que você pediu.

Ela disse:

— São grandes demais.

Ele retrucou:

— Não, você pediu cinco centímetros.

Stefano deu um passo adiante, folheando o grosso volume de papel que continha as especificações da obra.

— Ele está certo — disse o arquiteto. — Fizemos o pedido há cinco semanas.

Liz voltou-se para Gianni e disse:

— Mas mudei de idéia. Falamos sobre isso.

Ele disse:

— Sim, nós falamos, mas você não se decidiu. Você nunca se decidiu a respeito, de modo que prosseguimos.

Liz rebateu:

— Eu me decidi. Pedi azulejos menores. De três centímetros.

Lentamente, à medida que discutiam, Gianni deve ter se dado conta do que Liz estava pedindo que ele fizesse. Queria que seus homens tirassem todos os azulejos, encomendassem milhares de azulejos menores e começassem tudo de novo. Pior, queria que se fizessem tudo e que ele pagasse por isso, estava inflexível em sua afirmação de que dera instruções verbais para que usassem azulejos menores.

— Não! — disse ele. — Não! É impossível! Eu vou falir!

Traduzi isso para Liz, e ela respondeu:

— Não me importo. É culpa sua. Você não me ouviu.

— Mas você não deixou isto claro — disse Gianni.

— Não discuta comigo, seu idiota de merda. Sei o que eu disse.

Traduzi aquilo, sem o "de merda".

Gianni ainda estava furioso.

— Eu não sou idiota. Você é a única idiota aqui. Você está sempre mudando de idéia.

— Como ousa? Como ousa tentar me culpar por sua preguiça e maldita incompetência?

— Não posso fazer isso. Meu negócio vai falir e tenho uma família para sustentar. Seja razoável.

— Quem se importa com você?

— Você é uma estúpida! Estúpida! Você disse cinco centímetros! Está escrito aqui.

— Nós mudamos de idéia, seu cretino. Falamos sobre isso, e eu disse três centímetros, e você disse que iria se lembrar.

— Mas você não escreveu isso!

— Isso porque fui idiota o bastante para pensar que você se lembraria, seu gordo babaca e escroto. Pensei que três centímetros fossem fáceis de decorar, porque é o mesmo tamanho do seu pinto.

Ela esperou que eu dissesse aquilo, mas retruquei:

— Não vou traduzir isso.

— Eu pago você para traduzir cada palavra que digo — falou Liz. — Agora, traduza.

Baixei a voz e traduzi o último comentário. E foi então que vi uma incrível transformação operar-se em Gianni, aquele grande e gentil senhor, cujos olhos subitamente brilharam de ódio e que, sem que ninguém notasse, pegou uma ferramenta de uma caixa ali perto — era um cinzel, um enorme cinzel — e avançou contra a sua empregadora, gritando palavras desarticuladas de fúria, e teve de ser contido por seus colegas, mas não antes de conseguir feri-la na boca. Com os lábios sangrando, Liz saiu pela porta da cozinha que acabara de ser instalada e, alguns minutos depois, nós a ouvimos ir embora de carro sem dizer mais nada para qualquer um de nós.

Depois disso, os homens guardaram as suas ferramentas silenciosa e metodicamente. Stefano e Gianni tiveram uma longa conversa em um canto tranqüilo do jardim, à sombra de um cipreste. Perguntei a Stefano se eu podia ir embora e ele perguntou se seria possível que eu ficasse um pouco mais. Esperei cerca de vinte minutos. Então, quando acabou de falar com o pedreiro, ele veio até onde eu estava sentada, no lugar planejado para ser a *loggia* da casa, e disse:

— Não sei quanto a você, mas depois disso preciso de um drinque... me acompanha?

Fomos a um restaurante na rua principal, não longe da casa de fazenda, na encosta voltada para Lucca, e nos sentamos no terraço. Bebemos vinho e grapa durante algumas horas, comemos um prato de massa e conversamos até o sol se pôr e eu notar quão bonito ele era, como eram gentis os seus olhos e que gargalhada infantil ele tinha. Então ele me disse que seria um alívio se Liz o dispensasse porque ela era a pior cliente com quem trabalhara e que o estresse estava quase acabando com ele, e isso era a última coisa que queria, porque, fora isso, tinha problemas em seu casamento. A seguir, houve um longo silêncio após ele dizer isso, como se nenhum de nós pudesse entender como ele deixara aquilo escapar. Então Stefano me disse que estava casado havia seis anos, e que tinham uma filhinha chamada Annamaria, de quatro anos, mas que não sabia quanto tempo viveriam juntos porque a esposa lhe fora infiel e embora o caso dela tivesse acabado aquilo o feriu terrivelmente, pior do que qualquer coisa que já houvesse acontecido em sua vida, e ele não sabia se algum dia a perdoaria ou voltaria a sentir o mesmo por ela novamente. Eu meneei a cabeça, dei uns suspiros de solidariedade, disse-lhe palavras de conforto e, já então, logo no começo, estava cega demais, e já enganava a mim mesma pensando que meu coração estava realmente cantando quando ele me disse aquilo, justamente aquilo que eu mais esperava ouvir. E a noite terminou com ele me beijando no estacionamento do restaurante — no rosto, mas não de um modo amistoso, acariciando o meu cabelo ao fazê-lo, e eu perguntei se ele queria o número de meu celular e ele me disse que obviamente já o tinha, estava no meu cartão de visitas, e ele disse que me ligaria logo.

Ele me ligou na manhã seguinte e saímos para jantar outra vez naquela noite.

Vivendo em alto estilo
Hyatt Regency Hotel
Birmingham
13 de dezembro de 1999
Tarde da noite

Estou me sentindo ótima neste hotel. Não estou muito certa de como isso aconteceu, porque nunca fui muito boa fazendo o tipo cílios piscantes de donzela-em-apuros. Mas na tarde de ontem, quando cheguei aqui com um aspecto bem martirizado, suponho, com apenas algumas roupas e outras coisas metidas em uma bolsa de náilon (deixei o resto de minhas coisas na casa de papai por enquanto), a pessoa que estava na recepção era um gerente júnior que me fez um *grande* favor. Disse-me que todas as suítes executivas estavam desocupadas no momento e que eu podia ficar com uma delas se quisesse. E posso lhe dizer, querida irmã, está sendo maravilhoso. Após quatro dias miseráveis naquele refúgio *amish* que papai mantém, finalmente consegui *relaxar* e curtir. Passo metade do tempo tomando banho e a outra metade fuçando o frigobar. Tudo terá de ser pago, é claro, mas este será o meu último período de indulgência antes de eu me estabelecer e decidir o que fazer da vida. Nesse meio tempo, as luzes de Birmingham brilham lá embaixo e subitamente o mundo me parece repleto de possibilidades.

    Vou só contar sobre a noite de hoje e depois eu a deixo em paz.

    Veja, há apenas algumas horas, decidi que deveria assistir ao show da banda de Benjamin. O *pub* onde estão tocando, o Glass and Bottle, fica a apenas cinco minutos de caminhada ao longo do canal. Phil e Patrick estarão lá, assim como Emily. Já é hora de vê-la. E não há perigo de topar com Doug Anderton, porque ele estará no "Adeus a tudo", no Queen Elizabeth Hall (um lugar bem mais prestigioso que o Glass and Bottle, não consigo deixar de pensar comigo mesma, mas vamos lá). Portanto, não tenho desculpa para não dar as caras.

A caminho dali, porém, surpreendo-me refletindo por que estou tão relutante em participar de uma platéia esta noite. Nada tem a ver com gosto musical, ou minha suspeita de que estou a caminho de uma noite de nostalgia ligeiramente mórbida. Estou tentando ser inteiramente honesta comigo mesma, e sei que isso é — ao menos em parte — porque tive um pequeno caso com Benjamin quando estávamos na escola, e ainda assim, tantos anos depois, encontrá-lo sexta-feira na livraria caiu-me de modo estranho. Não apenas por causa da mulher que estava lá com ele e de como obviamente me fizeram ver que eu estava interrompendo algo mais do que um encontro entre dois amigos. Não, havia algo mais. Mal consigo crer nisso, porque (sinceramente) não pensei em Benjamin uma única vez nos últimos dez anos ou mais, mas aquilo ainda estava ali — um pequeno e teimoso resíduo do que costumava sentir por ele. Quão perturbador — quão *deprimente* — isso é? É tudo o que não preciso saber no momento. Sinto que é absolutamente necessário, para a minha saúde, para a minha sanidade mental, para a minha *sobrevivência*, que eu expulse Stefano de meu sistema o quanto antes: mas e se eu não conseguir fazê-lo? E se esse sentimento *nunca for embora*? Seria eu única neste particular — unicamente sem esperança — ou todo mundo tem o mesmo problema, lá no fundo?

Abro a porta do *pub* e troco o frio penumbroso do canal por uma explosão de luz, ar quente e vozerio.

Patrick me vê, vem até mim e me dá um beijo. Phil está conversando com Emily. Caímos nos braços uma da outra. Oi, Emily, que bom vê-la, há quanto tempo etc. etc. Ela não mudou. Não tem cabelos brancos (ou ao menos tem um bom cabeleireiro), ainda tem um belo rosto e nem mesmo parece estar tão gorda quanto antes. (Cruelmente, digo para mim mesma que é fácil as mulheres ficarem daquele jeito quando não têm filhos.) Peço um *bloody mary* e Phil vai buscá-lo. (Já perceberam que Patrick é menor de idade — o que, para ser honesta, não é difícil — e estão se recusando a servi-lo.) Há uma multidão no *pub*.

— Vieram todos por causa da música? — pergunto. Philip meneia a cabeça. Está de bom humor, orgulhoso que tanta gente tenha vindo ver Benjamin. Como eu disse, Philip sempre foi o mais simpático de nós todos. Não é difícil definir a demografia da multidão: todos parecem ser homens no auge da meia-idade. Vejo panças incipientes em toda parte. Mas a maioria dos membros da banda já tinha família àquela altura, de modo que as mulheres e alguns adolescentes confusos também estavam em evidência.

Deve haver uns sessenta, talvez setenta de nós, gravitando em pequenos grupos ao redor do palco onde a banda se prepara. Benjamin está sentado ao teclado, franzindo o cenho, concentrado, apertando botões. Já há gotas de suor em seu supercílio: o teto é baixo, e deve estar quente ali, debaixo daquelas luzes. Olho ao redor em busca de sua amiga, Malvina, e a vejo em uma mesa, sozinha, em outro canto do *pub*. Fizemos contato visual, mas foi só: não sei qual é o protocolo. Não está socializando com nenhum dos demais e aposto que não conhece nenhuma daquelas pessoas.

Devo fazer as apresentações? Muito arriscado — não quero complicar uma situação já ambígua. Imagino se Emily sabe que aquela mulher existe, se Benjamin alguma vez a mencionou. Aposto que não. Emily olha para ele no palco com o olhar extasiado, idolatrando um herói, embora tudo o que ele esteja fazendo no momento seja ligar um teclado a um amplificador e ajustar o banquinho. Não está construindo um modelo da Abadia de Westminster com palitos de fósforo e nem fazendo uma escultura de gelo ou algo no gênero. Mas ainda assim, após dezesseis anos de casamento, ela o adora.

Nunca esperei que Benjamin e Emily durassem tanto tempo, devo dizer. Mas acho que faz sentido de algum modo: Benjamin sempre achou difícil ficar com alguém porque odeia dificuldades e confrontos. Tudo em troca de uma vida tranqüila é o seu bordão secreto, e imagino que a vida com Emily deva ser realmente muito tranqüila. Mas, em verdade, eles não combinam. Benjamin sempre me pareceu uma pessoa centrada em si mesma. Não quero dizer que ele seja conscientemente egoísta ou descortês, digo que ele tem um forte sentido de si — um bom sentido de si — e não precisa da companhia de ninguém além da sua própria. Que ele não é muito dado, isto é certo. Já Emily dá um bocado de si. Ela se divide alegre e generosamente entre os amigos, e creio que em uma relação, ou um casamento, ela se entregue por completo, sem ficar com nada: sem segredos ou áreas proibidas. Mas certamente isso deve ter chegado a um ponto que passou a frustrá-la — estou dando tanto de mim para ele e recebendo tão pouco? — deve ter havido tal desapontamento no tempo em que estiveram juntos. Não apenas as crianças ou a falta delas. Refiro-me a pequenos desapontamentos. As muitas pequenas maneiras, as centenas de maneiras que ele a decepcionou ao longo dos anos.

Sei que estou certa. Sei que o que estou pensando de Benjamin e Emily é verdade. Veria isso nos olhos dela mais tarde, naquela mesma noite.

A *gig* (é esta a palavra? Taí uma palavra que nunca levei a sério) está dando certo. Lembro-me de ter ouvido esta banda tocar nos anos 1980 e tê-la achado tão antiquada. Longos solos com entonação de *blues*, mas isso foi alguns anos antes de alguém cunhar o termo *"acid jazz"*, e este tipo de coisa voltar à moda. Na época, o que faziam parecia apenas deturpado e anacrônico. Mas hoje à noite está funcionando.

Grande seção rítmica. Acho que o baterista trabalhava no banco de Benjamin ou algo parecido, e foi assim que tudo começou. De qualquer modo, ele sabe o que está fazendo, assim como o baixista. Sobre este sólido fundamento, Benjamin, o guitarrista e o saxofonista tecem melodias doces, ligeiramente melancólicas (ali está o toque de Benjamin, concluo) e improvisam com habilidade e precisão: nada de solos muito indulgentes, nada de insistir sem parar sobre os dois mesmos acordes enquanto o público desiste e vai para o bar. Na verdade, após duas ou três músicas, as pessoas deixam de bater os pés e começam a se mexer no mesmo lugar. Estão dançando! Dançando de verdade! Até mesmo Philip, que pode ser um luminar de simpatia e decência mas que certamente não é nenhum Travolta no que diz respeito à movimentação corporal. Emily também entra na onda. É surpreendentemente boa ao dançar. Está realmente entrando no ritmo e se divertindo. Parece ter vindo com um bando de gente ("gente de igreja", disse-me Phil) e, no meio de uma música, após haver um clímax e a música baixar novamente e a platéia começar a aplaudir e gritar, ela se volta para uma dessas pessoas — um sujeito alto, bonito, de quadris estreitos. O sujeito se inclina em direção a ela, pousa uma mão em seu ombro e Emily grita:

— Eu não falei que eram bons? Eu lhe disse que eram brilhantes.

Ela parece tão feliz.

Quanto a mim, não consigo entrar no clima. Não sei o motivo. Talvez seja porque os últimos dias tenham sido tão estranhos e os últimos meses tenham exigido de mim uma jornada emocional tão longa e cansativa, mas o fato é que hoje à noite eu sinto tudo isso pesar sobre mim.

De qualquer modo, nada, nada no mundo vai me fazer ir à pista de dança. Fico à margem da multidão e me encosto na parede, observando. Após algum tempo vou até o bar e compro um maço de Marlboro lights. Isso demonstra como a coisa está feia. Não fumo um cigarro há semanas. Aliás, só comecei a fumar de novo quando o assunto Stefano começou a me deprimir. Antes disso, passei quatro ou cinco anos sem tocar num cigarro. Não quero acender um agora, mas é bom sentir o maço no bolso, bom saber que está ali. Cedo ou tarde vou querer um. Sinto a vontade se aproximar.

Cerca de meia hora depois, a atmosfera muda, e é quando vejo que é hora de ir.

Acontece de uma hora para outra. Uma música rápida, de ritmo acelerado, termina com um floreio de pratos e um acorde maior, e então três outros membros da banda baixam os seus instrumentos e vão até o fundo do palco. Só ficam dois — Benjamin e o guitarrista — e o guitarrista anuncia a música seguinte, a ser tocada em dueto. Diz que foi escrita por Benjamin e chama-se "Seascape Nº 4". Então os dois começam a tocar e o clima muda completamente.

É uma música delicada e triste — quase perigosamente frágil — e todo o rosto de Benjamin se transforma quando começa a tocar aquilo. Olha fixamente para o teclado, subitamente curvado, tenso e introvertido, olhos semicerrados. Embora a peça seja bem complicada, ele não tem de se concentrar muito no dedilhado porque evidentemente sabe os acordes de cor — estão gravados em sua memória como os contornos de um caso de amor inesquecível — de modo que está livre para pensar sobre outra coisa, livre para fixar o olhar em outro lugar: no passado, de volta à experiência que inspirou aquela música romântica, fosse qual fosse. E, é claro, alguns de nós naquele *pub* sabemos o que a inspirou. Ou melhor, *quem* a inspirou.

Ao dar-me conta disso, olho para Emily para ver como ela está reagindo à música, como está lidando com a mudança de tom, com a mudança em seu marido. A atitude dela também mudou. Não olha mais para o palco com idolatria. Olha para o chão. Há um sorriso em seu rosto, sim, mas que sorriso! É a ruína de um sorriso, um vestígio fossilizado, sobra da euforia das últimas músicas. Imóvel agora, sem vida ou movimento, um tipo de ricto que apenas reflete a terrível tristeza que o resto de seu rosto denuncia.

Então, com aquele único olhar em sua direção, vejo que Benjamin até pode ter sido magoado, certa vez, há muitos anos, pela mulher celebrada naquela música, mas Emily fora ferida centenas de vezes, milhares de vezes nos anos em que estiveram casados, por saber que ele nunca superou aquele breve, ridículo e devastador caso adolescente. Nunca *tentou* superá-lo, imagino. E era isso que realmente machucava e era verdadeiramente imperdoável. Ele não tinha interesse em esquecê-la. Nenhum interesse em fazer Emily ser algo mais do que a segunda melhor. Aquela que ele nunca realmente quis. Um prêmio de consolação para o inconsolável.

Olho ao redor para as expressões inescrutáveis das outras pessoas na platéia e pergunto a mim mesma: será que não sabem o que estão testemunhando aqui, o que estão ouvindo? Não conseguem ouvir? Não conseguem ver isso na palidez que acometeu o rosto de Emily desde que a música começou?

Não. Para ser honesta, não creio que tenham percebido. Só há outra pessoa no lugar que parece perdida na música, tomada por ela, que parece saber alguma coisa sobre as profundezas das quais Benjamin a arrancou: e essa, por incrível que pareça, parece ser Malvina. Tem os olhos fixos em Benjamin e a postura dela também mudou: parece atenta, alerta. Está sentada a certa distância, sem fazer parte, observando a tudo com frieza, mas consigo ver que algo naquela música mexe com ela. Está envolvida pela primeira vez nesta noite — apaixonadamente envolvida.

O que me faz pensar novamente no que venho pensando um bocado nos últimos dias: o que exatamente está acontecendo entre esses dois?

Olho para ambas novamente, as duas mulheres que Benjamin — obviamente estou certa — resolveu atormentar com aquela música, e dou-me conta de que devo ir embora do *pub* agora mesmo. Encontro Patrick, agarro o seu braço e, quando ele se volta para mim, ponho a mão em concha ao redor de seu ouvido e digo-lhe que estou indo embora, e combinamos de nos vermos no dia seguinte na hora do almoço na escola. Então vou embora.

Alguns minutos depois, estou à beira do canal. O gelo já se forma sobre o caminho e a água escura às vezes ondula misteriosamente, produzindo reflexos fragmentados de luzes tênues. A fumaça de meu cigarro faz evoluções no ar e o seu gosto em minha garganta é amargo, quente e purificante.

Parece que sei tudo o que há para se saber sobre o que aconteceu entre Benjamin e Emily nos anos em que estive fora. E de como foi fácil, afinal de contas, ler a história de uma vida em um único momento de exposição. É só olhar na direção certa, no lugar certo e na hora certa. Mas, para ser honesta comigo mesma, eu já sabia disso.

Aconteceu há algumas semanas, em Lucca. Não em um *pub*. Não em uma reunião de velhos jazzistas. Eu estava no Gastronomia na ocasião. Era começo da tarde, eu estava só, e foi quando vi Stefano e a filha, Annamaria, tentando escolher entre tipos diferentes de azeitonas.

Um incidente banal, pensando bem. Nada de incomum. É claro, meu primeiro impulso foi me aproximar. Por que não? Não haveria incômodo algum. Supostamente nos encontraríamos para almoçar dali a dois dias. Não fora apresentada a Annamaria anteriormente, mas não foi isso o que me conteve, e sim, a princípio, o fato de eu ter notado que ele estava tentando ligar para alguém pelo celular. Resolvi deixá-lo terminar antes de ir até lá e dizer olá.

A nossa relação (palavra certa, outra vez? Não creio haver uma que defina aquela estranha situação) já durava três meses.

A mulher de Stefano, apesar das promessas, ainda lhe estava sendo infiel. Ele vivia dizendo que iria abandoná-la. Sempre que falávamos sobre isso, eu evitava dar-lhe qualquer conselho. Não conseguia ser imparcial. Era meu interesse que ele a abandonasse. Não. Vou explicar isso com menos frieza. Eu estava desesperada para que ele a deixasse. Desejava isso com cada fibra de meu coração. Mas nunca disse coisa alguma. Falsamente, nossa situação me projetou no papel de amiga, e a única coisa que eu conseguia fazer naquela situação era ficar calada. Então, continuamos a ter nossos almoços e drinques, nossos desejos não-ditos e nossos beijos decorosos e sem paixão que marcaram o início e o fim de nossos encontros. E quanto aos sentimentos que estavam me causando tal pesar, tal dor imitigável, decidi fingir que não existiam. Tentei ser uma heroína. O que foi burrice da minha parte, embora suponha que no fundo eu acreditasse que um dia, em um futuro próximo tolerável, minha paciência milagrosamente iria se esgotar.

A pessoa para a qual ele estava ligando não atendeu. Eu o ouvi dizer para Annamaria:

— Não, ela não está lá.

E Annamaria respondeu:

— Não se lembra, papai, de qual ela gosta?

Estavam olhando para as tigelas de azeitonas verdes, em um balcão de *self-service*, e ele estava hesitante quanto a qual azeitona comprar. Mas aquela não era uma hesitação comum. De modo algum. Não. Era muito, muito importante comprar para a esposa exatamente as azeitonas de que ela mais gostava. Então percebi que era naquelas pequenas escolhas do dia-a-dia que se fundamentava a alegria de sua vida em comum. Ao topar com aquela hesitação, naquele momento, vi com clareza doentia o amor insaciável que ele sentia por aquela mulher. Vi que, apesar de todas as suas traições, ele continuava a dedicar a ela o amor que, nas longas semanas que antecederam aquele momento, decidi esperar que ele algum dia transferisse para mim.

Tal esperança se esvaiu em um piscar de olhos. Em um segundo estava ali, no seguinte havia ido embora. E tal ausência me abateu. Quando dei as costas para Stefano e sua filha, eu era uma pessoa diferente — irreconhecivelmente diferente daquela que, de modo tão descuidado, havia acabado de contornar a passarela do Gastronomia e estivera a ponto de cumprimentá-los. Minha identidade se dissolveu naquele momento. Foi o que aquele súbito e terrível presente da certeza fez comigo: garantir-me que Stefano jamais deixaria a esposa. Nunca, enquanto ambos vivessem.

Azeitonas. Quem pensaria em uma coisa assim? Fico imaginando que tipo teria escolhido.

Bem.

O cigarro acaba e eu o atiro na escuridão marmórea do canal. O frio sobe pelos meus ossos e sei que é hora de voltar para o calor e o conforto do hotel.

Chega de pensar.

Sentada na escrivaninha com tampo de couro no vigésimo terceiro andar do Regency Hyatt — o último e o melhor de meus postos de observação! — olhando para as luzes desta cidade novamente vibrante que está tão ocupada reconstruindo a si mesma, reinventando a si mesma, fico feliz por ter ido ver Benjamin tocar esta noite. Sabe por quê? Porque aprendi em um instante inestimável que ele ainda está perdido, ainda escravo do passado, e vi a dor que sente por isso, e dei-me conta de que não posso viver a vida inteira deste jeito. Não estou falando de Stefano, estou falando — infelizmente, minha irmã muito amada — de você. Você foi minha companheira solitária por todos esses anos e, de algum modo, durante todo esse tempo, agarrei-me à fantasia de que minhas palavras de algum modo chegariam a você, e vejo agora que é hora de abandonar esta fantasia. Amanhã vou deixar este hotel e ir para outra cidade e hoje à noite finalmente terminarei esta carta — esta longa carta que nunca enviarei porque não há ninguém real a quem enviá-la — e quando isto acontecer, vou fechar o caderno veneziano no qual eu a escrevi e guardá-lo em algum lugar seguro. Talvez, um dia, alguém a leia. Esperava que fosse você. Mas este desejo, vejo isso hoje à noite, é o que está me prendendo. O desejo de que você possa me ouvir. O desejo de que possa ler o que escrevo. Meu desejo de que ainda esteja viva.

    Tenho de começar novamente. Desde o princípio. O que significa que devo fazer a coisa mais difícil de todas — aquilo a que venho resistindo durante todos esses anos — e desistir de ter esperança.

    Serei capaz disso?

    Creio que sim. Sim, eu posso.

    Sim. Aí está. Feito.

    E por causa disso, querida Miriam, por favor, me perdoe.

    Sua irmã querida,

Claire

Gente pálida

28

Gente pálida lotava as ruas de Londres na última noite do século XX. Reunidas em multidões compactas, as pessoas empurravam e forçavam passagem em direção ao Tâmisa, para olharem, maravilhadas, para a nova London Eye, e esperar a impressionante queima de fogos de artifício — o chamado "Rio de Fogo" — que as autoridades prometeram. Parecia perigoso, tanta gente em Whitehall e ao longo do Tâmisa ao mesmo tempo. Houve arautos de infortúnios que há semanas profetizavam a inevitabilidade de mortos no evento, que a reunião de uma multidão tão grande tendia à tragédia. Estas mesmas pessoas também vinham prevendo há ainda mais tempo que, ao dar meia-noite, os sistemas de computador de todo o mundo iriam entrar em colapso.

— Estou feliz por estar aqui — disse Sheila Trotter. — Eu não iria até lá por nada neste mundo.

Benjamin ergueu a cabeça do trabalho e olhou para a mãe sem que esta percebesse. Com quase setenta anos, ela continuava a surpreendê-lo. Será que ela preferia *aquilo*, aquela falta de vida, aquela quietude mortal, à atmosfera festiva daquela noite no centro de Londres? Os quatro, na velha sala de estar de Rubery, a casa onde seus pais haviam morado nos últimos quarenta e cinco anos, sem ter uma palavra que dizer ao outro? Seis, pensou, sem contar a cunhada, Susan, que estava lá em cima, pondo a pequena Antonia na cama. Mas ela nada acrescentava ao espírito festivo. Susan era uma confluência de ressentimentos naquela noite — furiosa com o fato de o marido, o irmão mais novo de Benjamin, Paul, não estar com eles. O fato de haver uma chance de vê-lo de relance na tevê em alguns minutos apenas parecia alimentar a sua raiva.

Emily, mulher de Benjamin, oferecia à sogra outra meia taça de Cava.

— Vamos lá, Sheila, querida — dizia Emily. — Não é todo dia que se inicia um novo milênio, certo?

Benjamin irritou-se com a idiotice do comentário e remexeu a pilha de CDs à sua frente na mesa de jantar. Pegou outro disco e meteu-o no gravador de CD que comprara havia alguns dias. Estava fazendo cópias de tudo o que tinha no computador, o que era uma tarefa que exigia tempo. A maioria dos arquivos de música, por exemplo (acumulados ao longo de quase quinze anos de composição, seqüência e gravação), ocupavam mais de dez megabytes, e havia quase cento e cinqüenta deles.

— Você *tem* de trabalhar, Ben? — perguntou-lhe o pai. — Não consigo acreditar que não possa parar por algumas horas, esta noite pelo menos.

— Desista, Colin — disse Emily, resignada. — Ele só está fazendo isso para deixar claro para nós que não quer se divertir hoje à noite.

— Não é nada disso — disse Benjamin, com insistência controlada, olhos fixos na tela do *laptop*. — Quantas vezes tenho de lhes dizer? Tenho de copiar tudo antes da meia-noite.

Susan desceu e esparramou-se no sofá, parecendo exausta e estressada.

— Ela dormiu? — perguntou Sheila.

— Finalmente. Meu Deus, está cada vez mais difícil. Estive lá com ela durante... — olha para o relógio — ...quarenta e cinco minutos. Ela fica ali, deitada ao seu lado, e fala, e canta.

— Você acha que ela é hiperativa?

— Pegue — disse Emily, entregando-lhe um copo. — Tome um drinque.

Susan pegou o copo e voltou a se levantar imediatamente, lembrando-se de que prometera ligar para o irmão, Mark, antes da meia-noite.

— Onde você disse que ele está? — perguntou Sheila.

— Libéria.

(Mark trabalhava na Reuters e, de um mês para o outro, não havia como saber em que parte do mundo ele estava.)

— Libéria? Que legal!

— Aparentemente, não há diferença de tempo. Também estão na linha de Greenwich. Serão apenas alguns minutos. Não se preocupe, Colin, eu pago a ligação.

Colin assentiu com um gesto e Susan saiu da sala para usar o telefone do corredor. Enquanto isso, a meia-noite se aproximava. Às quinze para o meio-dia, Benjamin sacou o celular e ligou para o escritório. Adrian, o administrador de sistemas da empresa, deveria fazer cópias de cada arquivo de sua rede: mais de quatro mil contas de empresas, calculou, e às oito da noite ainda estava trabalhando naquilo. Mas não houve resposta quando Benjamin ligou, de modo que supôs que o trabalho fora terminado a tempo. Podia confiar em Adrian. No entanto, como um dos sócios majoritários, era sua responsabilidade verificar que os registros de seus clientes haviam sido salvaguardados.

— Susan, aí está... veja! Consegue ver Paul em algum lugar?

As câmaras de tevê voltaram-se para o Millennium Dome, onde uma platéia de políticos, celebridades e membros da família real haviam se reunido a convite para esperar as doze badaladas do Big Ben. Ninguém sabia ao certo como, mas Paul Trotter conseguira arranjar um convite na última hora. Não havia ingressos para a sua mulher e nem para a filha de três anos. Mas isso não o deteve. Era uma oportunidade muito prestigiosa que ele não podia perder. Era o mais jovem parlamentar trabalhista a ser convidado, e fora dada muita ênfase neste fato em seu último boletim aos eleitores (para o considerável espanto de quem o leu). Seus pais aproximaram as cadeiras da tela da tevê e tentavam identificá-lo.

— Ora vamos, Benjamin, venha ver. O relógio vai tocar a qualquer momento.

Relutante, Benjamin levantou-se e juntou-se ao resto da família, sentando-se ao lado da esposa. Ela apoiou a mão sobre o joelho dele e deu-lhe um copo. Ele bebeu e sobressaltou-se. Comemorar o novo milênio com um Cava de supermercado, pelo amor de Deus: será que não dava para capricharem um pouco mais, ao menos naquela noite? Ele olhou para a televisão e viu o rosto sorridente do primeiro-ministro no qual ele e milhões de outros ingleses votaram com tanto otimismo havia dois anos e meio. Cantava "Auld Lang Syne" ao lado da rainha, e ambos estavam péssimos. Alguém sabe a letra desta maldita música?

— Feliz novo milênio, querido — disse Emily, beijando-o na boca.

Benjamin devolveu o beijo e abraçou o pai e a mãe, e estava a ponto de beijar Susan quando ela viu algo na tevê e disse:

— Olha ele ali!

Era Paul, com certeza. Surgiu dentre as fileiras de membros do partido e enquanto o primeiro-ministro dirigia-se aos seus colegas políticos, dando-lhes tapas nas costas e apertando-lhes as mãos, Paul segurou-o pelo ombro e conseguiu encará-lo durante alguns segundos. O que se viu foi confusão nos olhos do primeiro-ministro, isso para não mencionar a expressão de que não conhecia aquele sujeito.

— Muito bem, Paul! — gritou Sheila para a tevê. — Você conseguiu. Você deixou sua marca!

— Idiota! — gritou Colin, e correu em direção ao televisor. — Esqueci de ligar o vídeo. Idiota, idiota, idiota!

Vinte minutos depois, quando acabou a cantoria e o "Rio de Fogo" revelou-se uma decepção, o telefone tocou. Era a irmã de Benjamin, Lois, ligando de Yorkshire.

— Soltaram fogos no jardim dos fundos — disse Colin para o resto da família. — Todos os vizinhos vieram ver. Parece que a rua inteira apareceu. — Voltou a afundar em sua cadeira e tomar outro gole de vinho. — Dois mil — disse ele, divagando. — Nunca pensei que fosse viver tanto.

Sheila Trotter foi até a cozinha para ferver água e preparar um pouco de chá.

— Eu não sei — murmurou ao sair, falando para ninguém em particular. — Não sinto a menor diferença.

Benjamin voltou ao computador e descobriu que, até então, os arquivos estavam inteiros e o calendário avançara para 01/01/2000 sem um murmúrio de queixa. Mas ainda assim continuou a tarefa de copiar os seus arquivos. Ao fazê-lo, lembrou-se de que uns trinta anos atrás costumava fazer o dever de casa naquela mesma mesa, naquela mesma casa, com os pais sentados nos mesmos móveis diante do televisor. Os companheiros de Benjamin eram seu irmão e irmã em vez da esposa e cunhada — mas esta não era uma mudança tão radical, não é mesmo? Sua vida não havia se transformado nas últimas décadas.

Pegou a xícara de chá que a mãe lhe oferecia e pensou: "Você está certa. Não há a menor diferença."

27

Àquela altura de sua carreira, Paul Trotter era secretário parlamentar particular de um ministro no Ministério do Interior, o que acabou se revelando uma situação ambígua e frustrante. Tradicionalmente, era um cargo visto como ponte para o verdadeiro gabinete ministerial. No meio tempo, porém, Paul viu-se consignado a um papel indesejável e restrito, que envolvia principalmente fazer a ligação entre o seu ministro e os membros juniores da Casa dos Comuns. Não tinha permissão para falar com jornalistas sobre assuntos ligados ao seu departamento e, na verdade, era encorajado a não falar com eles a respeito de coisa alguma. Mas Paul não entrara na política para trabalhar nos bastidores. Ele tinha idéias — idéias sólidas, a maioria das quais coincidia com as diretrizes do pensamento de seu partido — e estava inclinado a expressá-la, sempre que surgisse a oportunidade. Embora muitos dos parlamentares trabalhistas mais jovens e inexperientes fugissem à visão de repórteres ou de um microfone, Paul já adquirira a reputação de ser alguém que falava e, muito freqüentemente, coisas relevantes. Os editores de pauta começaram a ligar para ele pedindo colunas ocasionais, e os lobistas o procuravam freqüentemente para passar comentários sobre tópicos que dariam notícia: até mesmo (ou talvez principalmente) aqueles em que ele não tinha qualquer habilidade particular.

Mas Paul não se enganava. Ele sabia que os jornalistas adorariam pegá-lo com a guarda baixa. Ele sabia que as pessoas que haviam votado nele tinham certas expectativas de administração trabalhista, e que muitas de suas convicções pessoais, se fosse externá-las franca e publicamente, as chocaria e as levaria a um profundo sentimento de inquietude e de terem sido traídas. Tinha de ser cuidadoso: e isso já estava deixando-o impaciente. Quase três anos depois, a rotina de sua vida parlamentar (metade da semana no centro de Londres, depois um longo, longo fim de semana no seu distrito eleitoral nas Midlands com a mulher e a filha) estava começando a irritá-lo. Estava ficando inquieto e ansioso por mudanças rápidas e radicais. Sentia-se cada vez mais moribundo, afogado em complacência e torpor prematuros, e buscava algo que trouxesse vida nova para o seu ser.

Acabou encontrando o que queria em uma noite de quinta-feira de fevereiro de 2000. E veio da origem mais improvável: seu irmão.

Benjamin armou a tábua de passar enquanto Emily assistia tevê. Na tela, uma equipe de exímios jardineiros transformava um quintal urbano ressecado em um oásis verdejante, com deque, churrasqueira e laguinho, tudo no intervalo de um fim de semana. Lá fora, seu próprio jardim estava maltratado e esquecido.

— Passo isso para você se quiser — ofereceu Emily.

— Não seja tola — disse Benjamin. — Sei passar uma camisa.

Não pretendia que sua resposta soasse assim: indiferente e grosseira. Mas foi como soou. Para ser sincero, teria preferido que Emily passasse a sua camisa. Ele não gostava de passar camisas, não era bom naquilo. Se realmente fosse jantar *à deux* com o irmão Paul, como lhe dissera, então ele alegremente teria permitido que Emily passasse a sua camisa. Mas o fato de Malvina estar lá e o fato de ele não ter compartilhado esta informação com a esposa o faziam sentir culpado. Apesar de seu modo analítico de ver as coisas, Benjamin não analisou por que aquilo o fez se sentir culpado na ocasião. Estava simplesmente ciente de se sentir culpado, e ciente do fato de que deixar Emily passar a sua camisa antes de ele ir o faria se sentir ainda mais culpado.

Ele começou a passar a camisa. Toda vez que passava uma das mangas, ele a virava e acabava constatando que o outro lado estava cheio de vincos que não estavam ali antes. Isso sempre acontecia e ele não sabia o por quê.

O programa de jardinagem terminou e foi seguido de um programa de culinária no qual uma jovem glamourosamente implausível em uma casa elegantemente implausível preparava deliciosas guloseimas enquanto jogava os cabelos para o lado, fazia beicinhos sedutores para a câmera e lambia os dedos sujos de manteiga e molho de um modo que, para Benjamin, era tão explicitamente sugestivo de sexo oral que descobriu estar tendo uma ereção enquanto passava as mangas pela quinta vez. Cinco minutos depois do implausivelmente fácil preparo de abricós recheados com creme fresco e cobertos com pistache, ele ouviu o apito do microondas: durante o intervalo comercial, Emily metera ali dentro um macarrão ao queijo da Marks and Spencer, que então derramava em uma tigela e comia sem muito ânimo, enquanto assistia ao programa de gastronomia erótica com olhos pequenos e invejosos.

Por que não contou a ela?, perguntou Benjamin para si mesmo. Projetou a mente três meses no passado, para aquele dia em novembro de 1999 quando Malvina sentou-se em uma mesa junto à sua no café da Waterstone's da High Street. Eram quase sete horas, fim de um longo dia de trabalho. É claro, deveria estar em casa com Emily àquela altura. Mas naquela noite — assim como em muitas outras noites — ele lhe dissera que iria trabalhar até mais tarde. Não que fosse fugir e passar algum tempo com a amante (Benjamin nunca teria uma amante), e sim desfrutar de uns trinta minutos de solidão, sozinho com um livro e seus pensamentos, antes de voltar para casa e para a solidão mais profunda e opressiva de sua vida doméstica.

Não ficou ali muito tempo até notar que a jovem pálida e magra na mesa ao lado queria chamar-lhe a atenção. Ela olhava para ele, sorrindo, e olhava tão fixamente para o livro que ele estava lendo (uma biografia de Debussy) que logo chegou a um ponto que seria rude da parte dele não dizer alguma coisa para ela. Quando começaram a conversar, soube que ela estudava comunicação na universidade de Londres e estava em Birmingham durante alguns dias, hospedada na casa de amigos. Pareciam ser bons amigos, pois ela os visitava regularmente.

Após aquela primeira vez, Malvina e Benjamin se encontrariam no mesmo lugar, ao menos uma vez a cada duas semanas, às vezes mais. Logo (ao menos para Benjamin) esses encontros deixaram de parecer simples encontros entre amigos para se assemelharem a encontros amorosos. Alguns minutos antes de ver Malvina sentia-se tonto de ansiedade. Quando estavam juntos, nunca terminava o bolo ou o sanduíche que pedia. Seu estômago se contraía como um punho fechado. Se ela sentia o mesmo, ele não tinha idéia. Talvez sim, ou por que teria se aproximado dele?

O cabelo de Benjamin estava ficando grisalho, começava a desenvolver uma papada, sua barriga começara a se expandir de acordo com um cronograma próprio, estranho e independente, que nada tinha a ver com a quantidade de comida que ele ingeria. Será que nunca mais pareceria atraente para as mulheres? Ao que tudo indicava, não. Mas havia algo que o aborrecia mais que isso: a aura de fracasso, de desapontamento, que sentia rondá-lo naqueles dias, à qual ele sabia que seus amigos já haviam se acostumado, mas que seria, estava certo disso, imediatamente óbvia a qualquer pessoa desconhecida com quem começasse a falar. E, no entanto — incrivelmente — Malvina parecia não percebê-la. Continuava correspondendo. Ainda não recusara um simples convite para tomar café ou beber com ele. Até mesmo comparecera à apresentação de sua banda no Glass and Bottle, pouco antes do Natal.

O que teria ele que a interessava tanto? Ainda sentia-se incapaz de responder a esta pergunta, mesmo após as muitas horas que ela passou ouvindo-o atentamente enquanto ele falava de seus vinte anos de carreira como contador, sua carreira ainda mais breve como músico de meio expediente nos anos 1980 e (este o maior segredo de todos, de certa forma) sobre o romance que estava escrevendo e que agora se estendia por milhares de páginas e ainda parecia tão longe do fim quanto quando ele o começou.

Parecia que Malvina tinha um apetite insaciável para ouvir tais detalhes pessoais. Em troca, deixava escapar revelações ao seu respeito, como a notícia de que também era uma escritora aspirante e que tinha uma coleção crescente de poemas e contos. Benjamin perguntou — inevitavelmente — se ela o deixaria ler algum deles. Mas até agora, Malvina (talvez tão inevitavelmente quanto ele) ainda não correspondera à sua expectativa. Provavelmente estava envergonhada, mas, de qualquer modo, a curiosidade não era o forte de Benjamin. Ele verdadeiramente queria ajudá-la como fosse possível. Durante todo o tempo — sem que o dissesse, sem que nem mesmo reconhecesse, havia o medo de que aqueles encontros maravilhosos que haviam transformado a sua vida nos últimos meses pudessem terminar a qualquer momento. Quanto mais a ajudasse, quanto mais favores pudesse lhe fazer, mais se tornaria indispensável e tornaria menos improvável a hipótese de ela algum dia cansar-se de vê-lo. E foi por isso, afinal, que ele ofereceu-se para apresentá-la a Paul.

O projeto de Malvina no segundo ano na universidade era uma dissertação de vinte mil palavras sobre a relação entre o Novo Trabalhismo e a mídia. Era um grande tema: maior do que ela podia administrar, começava a suspeitar. Ele sabia que ela já estava atrasada naquilo e entrevia o limiar do pânico em sua voz toda vez que ela mencionava aquele trabalho. E embora não fosse muito prático oferecer-se para escrever a dissertação para ela (como teria feito de bom grado), certamente poderia prestar-lhe alguma ajuda em forma de um acesso direto a uma das estrelas em ascensão do Novo Trabalhismo. O tipo de pesquisa de primeira mão que nenhum de seus colegas poderia igualar.

— Tenho de fazer isso? — queixou-se Paul, assim que Benjamin fez o pedido por telefone.

— Não, claro que não — disse Benjamin. — Mas seriam apenas algumas horas de seu tempo. Achei que nós três podíamos sair para jantar da próxima vez em que ambos estiverem em Birmingham. Podíamos passar uma noite agradável.

Ao que Paul retrucou após uma breve pausa:

— Ela é bonita?

Benjamin pensou um instante, e então respondeu:

— Sim — o que era fácil dizer. Em verdade, era menos do que a verdade. Nunca lhe ocorreu que a pergunta pudesse ter sido algo mais do que uma pergunta casual feita por Paul, um homem casado, com uma jovem e bela filha.

Mas Benjamin também era casado e ainda não mencionara Malvina para Emily. E naquela noite, quando a campainha tocou, subitamente pareceu mais importante do que nunca que a sua esposa não soubesse coisa alguma sobre aquela amizade, nem mesmo soubesse que Malvina existia.

Com isso em mente, Benjamin correu para abrir a porta.

— Você não vai com essa camisa velha, não é? — perguntou-lhe o irmão, que vestia um terno Ozwald Boateng.

— Estou passando uma camisa. Entre — disse Benjamin. E acrescentou em um sussurro: — Veja, Paul, lembre-se: não vamos encontrar ninguém hoje à noite.

— Ah. — O desapontamento de Paul era palpável. — Pensei que a mulher quisesse me conhecer.

— Ela quer.

— E quando será?

— Hoje à noite.

— Mas você disse que não vamos encontrar ninguém hoje.

— E não vamos. Mas vamos. Entendeu onde quero chegar?

— Não faço idéia.
— Emily não sabe.
— Não sabe o quê?
— Que ela vai jantar conosco.
— Emily vai jantar conosco? Ótimo. Mas por que ela não sabe?
— Não. Malvina vai jantar conosco, não Emily. Mas ela não *sabe*.
— Ela não sabe que não vai jantar conosco? Quer dizer... ela acha que vai?
— Ouça. Emily não sabe...
Paul empurrou o irmão para o lado, irritado.
— Benjamin, não tenho tempo para isso. Acabei de passar quarenta e cinco angustiantes minutos com os nossos pais e está cada vez mais claro para mim que há um traço de insanidade em nossa família que você parece ter herdado. Agora, vamos ou não vamos sair para jantar?

Foram para a sala de estar e Benjamin terminou de passar a camisa. Paul puxou conversa com Emily durante algum tempo e depois sentou-se calado ao lado dela no sofá, observando a deusa da culinária descascar uma banana com dedos lânguidos e depois levá-la casualmente aos seus lábios carnudos.

— Cara, como eu gostaria de trepar com essa aí — murmurou após um tempo. Não ficou claro se deu-se conta de que dissera aquilo em voz alta.

No carro de Paul, a caminho do Le Petit Blanc, em Brindley Place, Benjamin perguntou:

— Por que foi tão angustiante ver mamãe e papai?
— Esteve lá ultimamente?
— Eu os vejo toda semana — disse Benjamin, percebendo o tom hipócrita em sua própria voz e estremecendo ao ouvi-lo.
— Bem, não acha que estão ficando estranhos? Ou sempre foram assim? Quando disse ao papai que iria à cidade hoje, sabe o que ele me disse? "Cuidado com as gangues."

Benjamin franziu o cenho.
— Gangues? Que tipo de gangues?
— Não faço idéia. Ele não disse. Estava apenas convencido de que, caso eu fosse ao centro em uma quinta-feira à noite, seria atacado por algum tipo de gangue. Ele está ficando biruta.
— Eles estão velhos, só isso — disse Benjamin. — Estão velhos e não saem muito. Você tem de dar um desconto.
Paul resmungou e depois ficou em silêncio. Normalmente era um motorista impaciente, dado a atravessar sinais e piscar o farol para qualquer um que não estivesse dirigindo rápido o bastante, mas naquela noite não parecia estar concentrado. Dirigiu com uma mão no volante e manteve a outra junto à boca, mordendo-a ocasionalmente. Benjamin reconheceu o gesto de sua infância: era sinal de nervosismo, preocupação.
— Está tudo bem, Paul?
— Como? Ah, sim, tudo bem.
— Susan está legal?
— Parece estar.
— Só achei que... algo talvez o estivesse incomodando.
Paul olhou para o irmão. Era difícil dizer se estava grato pela preocupação de Benjamin ou incomodado com o fato de sua preocupação estar tão evidente.
— É que fui acuado por um jornalista no saguão do parlamento esta tarde. Ele me fez uma pergunta sobre a Railtrack e, bem, não pensei muito antes de responder. Acho que pisei na bola.
Naquela tarde, fora anunciado à imprensa que a responsabilidade pela segurança nas estradas de ferro seria entregue à Railtrack — uma empresa privada — em vez de ser passada a um órgão independente obrigado a prestar contas ao público, como muitos críticos haviam exigido. Paul basicamente aprovara a idéia (todos os seus instintos políticos tendiam ao setor privado) e alegremente declarou aquilo à imprensa, acreditando que se tornaria popular com a liderança do partido. Contudo, parece que passou dos limites.

— Acontece — disse ele — que as pessoas que estão se mobilizando em torno do assunto são as que perderam parentes no desastre de Paddington. Dizem que a segurança não é boa o bastante.

— Como era de se esperar.

— Bem, é claro que estão de luto. É absolutamente compreensível. Mas isso não quer dizer que devam culpar cada pequena coisa que dá errado no governo. Estamos começando a viver uma cultura da culpa, não acha? Algo como o pior lado dos Estados Unidos.

— O que você disse realmente? — perguntou Benjamin.

— Foi um cara do *Mirror* — explicou Paul. — Ele me perguntou: "O que diria às famílias das vítimas do acidente de Paddington, que acham que esta decisão é um insulto aos seus entes queridos?" Então, eu disse que respeito os seus sentimentos etc. e tal, mas é claro que essa foi a parte que eles vão cortar na edição. Sei exatamente o que vão pinçar. A coisa que eu disse por último: "Aqueles que desejam ganhar dinheiro à custa de vidas humanas deviam pôr a mão na consciência."

— Referia-se aos parentes?

— Não, de modo algum. Referia-me às pessoas que vão se apropriar das emoções dos parentes das vítimas e usá-las para conseguir dividendos políticos. Foi isso que eu quis dizer.

— Muito sutil — retrucou Benjamin. — As pessoas vão achar que você é um cretino sem coração.

— Eu sei. Merda — disse Paul para si mesmo, olhando através da janela para o que antes fora o cinema ABC, na Bristol Road, mas que havia muitos anos era um *drive-thru* do McDonald's.

— Mas fale-me desta moça que vamos encontrar. Será que ela vai me animar?

— O nome dela é Malvina. É muito inteligente. Pelo que percebi, divide o seu tempo entre aqui e Londres. Acho que quer falar com você sobre o seu relacionamento com os jornalistas. Quer um pouco de base para poder escrever uma dissertação.

— Bem — disse Paul, soturno. — Não podia ter escolhido um dia melhor.

Algum tempo depois, ao se lembrar daquela noite, Benjamin deu-se conta de que fora imbecil da sua parte não ter previsto a mudança que viu operar-se em Malvina. Estava tão acostumado — tão enfadonhamente acostumado — com seu irmão mais novo, que não se dava conta de que, atualmente, Paul era uma estrela para muitas pessoas e que o fato de encontrar-se com ele era um evento: algo para o que você tinha de se vestir bem.

Quando chegaram ao Le Petit Blanc e encontraram Malvina já esperando por eles em uma mesa para três junto à janela, Benjamin perdeu o fôlego durante um instante e ficou mudo diante de sua beleza. Ele já a vira usando maquiagem antes, é claro, mas nunca aplicada de modo tão generoso e caprichado; nunca com o cabelo tão calculadamente despenteado, e nunca, a não ser que estivesse muito enganado, vestindo uma saia tão curta, quase indecente. Benjamin beijou-a no rosto perfumado — quão intensamente ele antecipara aquilo e quão rapidamente aquele momento acabou — então voltou-se para apresentá-la ao seu irmão e viu que Paul tomara a mão dela com tanta reverência, tanta ternura, que Benjamin pensou a princípio que ele iria beijá-la em vez de cumprimentá-la.

Viu o modo como seus olhos se encontraram e como abruptamente ambos desviaram o olhar. Viu o modo como Paul ajeitou a gravata e Malvina alisou a saia ao se sentar. Seu coração encolheu e ele se viu perguntando a si mesmo se não teria cometido o pior erro de sua vida.

Enquanto Benjamin remanchava seu primeiro prato — frango tailandês com mamão verde e rúcula — Paul começou a falar para Malvina, de modo simpaticamente depreciativo, a respeito da tola observação que fizera a um jornalista naquela tarde. Logo começou a falar genericamente a respeito da desconfortável interdependência, como dizia, entre o governo, a imprensa e a mídia eletrônica. Benjamin já ouvira boa parte daquilo antes, mas surpreendeu-se naquela noite com o modo esclarecido e peremptório como Paul se expressava. Havia também, deu-se conta, um *glamour* cercando o irmão nos últimos dias: um *glamour* que derivava do poder — até mesmo o poder limitado que ele conseguia exercer em sua atual posição. Malvina ouvia, meneava a cabeça e, às vezes, tomava notas em um caderno. A princípio, disse muito pouco ao seu respeito, e parecia bastante intimidada pela idéia de Paul estar perdendo tempo para lhe explicar tais coisas.

Lá pelo segundo prato — filé de badejo com abobrinha, erva-doce e molho verde — Benjamin notou que o equilíbrio começava a mudar. Malvina se tornara mais falante e Paul não estava apenas transmitindo informação: começara a fazer perguntas, solicitando as opiniões dela, e estava claro que tanto estava surpreso quanto lisonjeado. Já Benjamin, fechou-se em um silêncio emburrado, que persistiu ao longo da sobremesa. Enquanto comia sem a menor vontade seu maracujá *brulée*, viu-os limpar um único prato de chocolate *mi-cuit* com *crème anglaise* quente, que compartilharam com uma colher de cabo longo.

Àquela altura ele já sabia, com uma certeza que se retorcia no fundo de seu estômago, algo que seria inconcebível havia algumas horas: tinha perdido Malvina. Ora, perdido! E em que sentido ele de fato a possuíra? No sentido, supôs, de que enquanto aqueles ambíguos encontros semanais continuassem, ele ao menos conseguira sustentar uma fantasia a respeito dela, uma fantasia de que aquela amizade fosse, por um milagre (Benjamin acreditava piamente em milagres), se transformar em algo mais, algo explosivo. Ainda não havia se ocupado dos detalhes. Ainda não contemplara a dor que poderia causar em Emily — e em si mesmo — persistindo naquele caminho traiçoeiro. Começara como uma fantasia, e provavelmente ficaria assim: mas Benjamin vivia para as suas fantasias. Fizera aquilo a vida inteira. Eram tão sólidas para ele quanto os contornos de seu dia de trabalho ou sua ida semanal ao supermercado. E parecia cruel, amargamente cruel, que até mesmo tais pálidas ilusões fossem arrancadas dele. Sentiu as garras do desespero começarem a se enroscar nele, ao mesmo tempo em que um ódio familiar pelo irmão subia-lhe pelos ossos.

— Então, o que você está tentando argumentar, se é que entendi bem — dizia Paul —, é que o discurso político tornou-se um tipo de campo de batalha no qual se disputa o sentido das palavras, todos os dias, tendo políticos de um lado e jornalistas do outro.

— Sim... porque os políticos se tornaram tão cuidadosos com o que dizem, e as declarações políticas se tornaram tão brandas, que os jornalistas agora têm de ter o trabalho de extrair sentido das palavras que recebem. Não é o que vocês dizem que importa e, sim, como isso é interpretado.

Paul franziu o cenho e lambeu os últimos vestígios de chocolate no dorso da colher.

— Acho que você está sendo muito cínica — disse ele. — As palavras têm significado, significado estanque, e você não pode alterá-los. Às vezes gostaria que pudesse mudar. Quero dizer, veja o que eu disse para o repórter do *Mirror* esta tarde: "Aqueles que desejam ganhar dinheiro à custa de vidas humanas deviam pôr a mão na consciência." Não há o que extrair daí, certo? Vai soar mal, não importa como apresentado.

— Tudo bem — disse Malvina. — Mas suponha que você alegue ter sido citado fora de contexto?

— Como poderia fazê-lo?

— Dizendo que não se referia às famílias das vítimas. O que você estava fazendo, como alguém que apóia integralmente a privatização das ferrovias, era uma advertência às novas empresas ferroviárias, dizendo-lhes para não capitalizarem vidas humanas privilegiando os lucros à segurança. Portanto eles é que deveriam pôr a mão na consciência. — Ela sorriu para ele. Um sorriso enigmático, desafiador. — Então: como soa?

Paul olhou para ela, surpreso. Ele não entendia muito bem o que ela estava dizendo, mas de algum modo ela já o fizera se sentir melhor a respeito daquela gafe que cometera à tarde, e ele conseguia sentir um peso imenso de ansiedade começar a sair de seus ombros.

— Por isso foi inteligente a palavra que usou — continuou Malvina. — "Dinheiro". Por que este é o perigo, certo? Que as pessoas passem a ver tudo em termos de capital. Foi um uso hábil da linguagem. Muito irônico. — Aquele sorriso novamente. — Você *estava* sendo irônico, não estava?

Paul meneou a cabeça, lentamente, os olhos fixos nos dela.

— A ironia é algo muito moderno — assegurou Malvina.

— Muito *atual*. Veja: você não tem mais de deixar claro exatamente o que quer dizer. Na verdade, você nem mesmo precisa acreditar no que diz. Esta é a beleza da coisa.

Paul permaneceu imóvel e em silêncio durante alguns instantes, hipnotizado pelas palavras dela, por sua certeza, sua tranqüilidade. Sua juventude. Então disse:

— Malvina, você gostaria de trabalhar comigo?

Ela riu, incrédula.

— Trabalhar para você? Como? Sou apenas uma estudante.

— Seria apenas uma vez por semana. Dois dias, quando muito. Você podia ser a minha... — ele procurou as palavras — ...assessora de imprensa.

— Oh, Paul, não seja tolo — disse ela desviando o olhar e corando. — Não tenho experiência.

— Não preciso de alguém com experiência. Preciso de alguém com um par de olhos frescos.

— Por que precisa de uma assessora de imprensa?

— Porque não vivo sem a imprensa, mas não os compreendo. Você sim. Você realmente podia ajudar. Podia agir como um tipo de... *buffer*, um transmissor entre...

Ele se perdeu e Benjamin murmurou:

— Querem dizer coisas diferentes.

Paul e Malvina olharam para ele. Era a primeira vez que ele falava em vinte minutos. Benjamin explicou:
— *Buffer* e transmissor querem dizer coisas opostas. Você não pode ser um *buffer* e um transmissor ao mesmo tempo.
— Você não ouviu? — disse Paul. — Na era da ironia, as palavras podem querer dizer o que quisermos.

Paul ofereceu-se para levar Malvina até a New Street Station, em tempo para pegar o último trem para Londres. Pegou a conta e pagou-a discreta e rapidamente enquanto Malvina ia ao banheiro.
— O que exatamente está tramando, Paul? — sibilou Benjamin, enquanto esperavam por ela do lado de fora do restaurante. — Você não pode *empregá-la*.
— Por que não? Eu tenho autorização para esse tipo de coisa.
— Sabe quantos anos ela tem?
— O que você tem a ver com isso?

Benjamin teve de admitir que nada tinha a ver com aquilo. Aliás, era uma das muitas coisas que ele não sabia a respeito dela. De qualquer modo, enquanto observava Malvina entrar no carro de Paul, teve de admitir que a diferença de idade entre eles não parecia ser assim tão grande. Paul parecia ser bem mais jovem que os seus trinta e cinco anos e Malvina parecia... bem, parecia ter uma idade indefinida naquela noite. Formavam um belo casal, concordou com os dentes trincados.

A janela do BMW preto de Paul abriu-se silenciosamente e Malvina olhou para ele.
— Vejo você em breve — disse ela, carinhosa. Mas não se beijaram daquela vez.
— Não deixe cair a peteca, Marcel — disse Paul, que durante alguns anos se divertiu em aborrecer o irmão apresentando-o às pessoas como a resposta de Rubery a Proust.

Benjamin fulminou-o com os olhos e disse, funesto.

— Não deixarei. — Seu tiro de despedida, o melhor que conseguiu foi: — Lembranças à sua mulher e filha.

Paul meneou a cabeça — inescrutável como sempre — e então o carro se foi cantando pneu, levando Malvina dentro dele.

A chuva começou a cair enquanto Benjamin caminhava lentamente para o ponto de ônibus da Navigation Street.

26

Na metade da Lambeth Bridge, Paul freou, equilibrou-se com um pé no meio-fio e descansou um pouco para recobrar o fôlego. Os músculos de suas coxas pulsavam de dor por causa do esforço de pedalar dois quilômetros e meio. Após alguns segundos, virou a bicicleta noventa graus e pedalou para o lado leste da ponte. Justo quando estava desmontando, a motorista de uma imensa van verde-garrafa — veículo mais indicado para o transporte de suprimentos entre as traiçoeiras estradas de Mazar-e Sharif a Kabul do que para levar uma família de três pessoas ao Tesco local, como parecia ser o caso naquela tarde —, telefone celular em mãos, buzinou furiosamente, deu uma guinada brusca para o lado e evitou matar Paul por cerca de dez centímetros. Ele não deu bola. Já sabia que essa experiência de escapar da morte era diária no centro de Londres, onde motoristas e ciclistas viviam em permanente estado de guerra não declarada.

Na verdade, aquele seria um bom episódio a ser mencionado em sua nova coluna: "Confissões de um parlamentar ciclista", que Malvina estava tentando empurrar na semana seguinte para o editor de uma daquelas revistas gratuitas que são distribuídas no metrô todas as manhãs. Ela estava levando a sério o novo compromisso, e esta fora apenas uma das idéias que ela apresentara para ele havia alguns dias. Outra era a de que ele devia fazer uma aparição na tevê em um *quiz show* altamente satírico. Aparentemente ela conhecia um dos produtores e iria mencionar o assunto com ele assim que fosse possível. Malvina já se mostrava bem mais eficiente e útil do que Paul imaginara. Ergueu a bicicleta sobre a calçada e encostou-a na ponte. Com os cotovelos apoiados no parapeito, queixo apoiado sobre as mãos, olhou para uma paisagem que nunca deixava de encantá-lo: à sua esquerda, o palácio de Westminster, inundado de luz, seus reflexos tremulantes lançando um brilho dourado sobre a superfície negra e metálica do dorminhoco Tâmisa; à sua direita, a nova estrela, a London Eye, mais imponente, brilhante e maior do que qualquer um dos prédios ao seu redor, criando no rio piscinas de azul néon e transformando todo o cenário da cidade com impudor casual. Um deles representava tradição e continuidade, coisas das quais Paul tinha muitas suspeitas. O outro representava... o quê? Era sublimemente sem propósito. Era uma máquina, uma máquina perfeita para fazer dinheiro e mostrar às pessoas novas visões de algo que elas já sabiam estar ali. A Roda e o Palácio se completavam, co-existindo, compartilhando a sua ascendência sobre aquela parte de Londres em uma trégua surrealista, inquieta e bela. E Paul ficou na ponte, entre ambas as coisas, sentindo um tremor de excitação, um senso avassalador de direito a uma vida que, finalmente, o pusera ali, naquele tempo. Ele pertencia àquele lugar.

Doug Anderton esperava Paul em uma mesa de canto de um restaurante de Westminster especializado em culinária anglo-indiana. Até recentemente, o prédio do restaurante abrigara uma biblioteca e as paredes da área do mezanino ainda estavam repletas de livros de modo que os comensais, já protegidos pelo ar de exclusividade gerado pelos preços extravagantes, podiam experimentar um *frisson* ilícito extra com o pensamento de que estavam comendo em um espaço que outrora abria as suas portas para o grande público, de acordo com um ideal democrático agora comicamente fora de moda.

Doug examinava os editoriais de um jornal concorrente com um franzir de sobrancelhas de concentração e desprezo — difícil dizer qual o mais evidente — enquanto bebericava um coquetel de abacaxi. Seu uniforme estudadamente proletário de jaqueta denim, camiseta e jeans não denegria a impressão de que ele estava bastante confortável naquelas vizinhanças.

— Doug — disse Paul, estendendo-lhe a mão e sorrindo calorosamente.

Doug dobrou o jornal e deu-lhe um breve aperto de mão.

— Olá, Trotter — respondeu.

— Trotter? — disse Paul. Parecia determinado a manter o tom de bom humor. — Isso não é muito amistoso, não é, após vinte e um anos?

— Está dez minutos atrasado — destacou Doug. — Teve dificuldade para estacionar?

— Vim de bicicleta — disse Paul, servindo-se de um copo de água de uma garrafa pela qual seriam cobrados mais do que a hora de trabalho mínima recentemente implantada pelo Novo Trabalhismo. — Hoje em dia vou de bicicleta para toda parte. Malvina acha que é bom para mim.

Doug riu.

— Cuidando de sua saúde, certo? Mas pensei que sua esposa se chamasse Susan.

— E se chama. Nada tem a ver com saúde. Malvina é minha assessora de imprensa. Você falou com ela pelo telefone.

— Ah, sim. É claro. Como pude esquecer? Sua... *assessora de imprensa*. — Ressaltou as palavras o mais que pôde. — Bem, veja, vamos pedir alguma coisa e acabar logo com as preliminares, tipo o-que-andou-fazendo-nos-últimos-vinte-anos e toda essa baboseira. Assim ao menos podemos meter comida goela abaixo.

— Também não há muita necessidade de atualizações, certo? — disse Paul, pegando o menu. — Acompanhei a sua carreira atentamente. E vice-versa, estou certo.

— Bem, eu me referi indiretamente a você em uma pequena palestra que dei em South Bank há alguns meses — disse Doug.
— Mas dificilmente posso dizer que pensei em você nos últimos anos. Na verdade, acho que não lhe dediquei qualquer pensamento até você aparecer na noite da eleição, em 1997, parecendo muito surpreso após saber que enviara um mui distinto ministro conservador para o exílio político.
— Você ainda acredita naquela besteira de que eu não esperava ser eleito? Sei que você escreveu isso na época, mas vamos lá! Conceda-me um pouco mais de crédito do que isso.
— Como está seu irmão? — perguntou Doug, a título de resposta.
— Oh, Benjamin está bem. — Era difícil saber se Paul realmente acreditava no que dizia ou apenas estava querendo se convencer daquilo. — Você sabe... o grande problema dele é que é perfeitamente feliz, mas não se permite admiti-lo. Ser inédito o agrada. Não tocar o agrada também. Na verdade, adora ser contador. Nada poderia agradá-lo mais do que pensar em si mesmo como o Émile Zola do sistema de partidas dobradas. O fato de o resto do mundo se recusar a reconhecer isso só acrescenta tempero ao prato.
— Hmm... — Doug não parecia convencido daquilo. — Bem, eu não o conheço tão bem quanto você, é claro, mas diria que ele é infeliz no casamento, odeia não ter filhos e é completamente frustrado em sua vida profissional e criativa. E quanto a Lois?
Paul deu-lhe alguns rápidos detalhes — que Lois ainda vivia em York, ainda era bibliotecária de uma universidade, ainda estava casada com Christopher — deixando cada vez mais claro que a vida de seu irmão e irmã o entediava ao ponto do desgosto. Quando ele percebeu que o próprio Doug estava se esforçando para conter um bocejo, disse:
— Eu sei. Meus irmãos realmente não aconteceram, não é mesmo? Dá sono só de pensar.

— Não é isso — disse Doug, esfregando os olhos. — Temos um outro filho. Ranulph. Cinco meses de idade. Fiquei acordado metade da noite com ele.

— Parabéns — disse Paul.

— Bem, você sabe, Frankie queria outro. Esta é minha...

— Sua mulher. Eu sei. A Honorável Francesca Gifford. Filha de lorde e *lady* Gifford de Shoscombe. Cheltenham, Brasenose College, Oxford. Consultei a Debrett esta tarde. — Olhou para Doug com uma indefinível malícia nos olhos. — Já foi casada antes, não é mesmo?

— Ahã.

— Separação amigável?

— O que é isso, uma entrevista? — Doug fingia estudar a carta de vinhos. Neste momento ele a abaixou, parecendo concluir que se teria de passar duas ou três horas em companhia de Paul, era bom tirar o melhor proveito disso. — Basicamente, ela só o deixou porque ele não queria mais filhos. Ele se cansou daquele negócio de cuidar de criança. Ela, porém, por alguma razão desconhecida, adora aquilo. Adora a coisa toda. Adora ficar grávida. Nem parece se importar muito com o parto. Adora tudo o que vem depois. As visitas da parteira. A coisa do banho, da troca de fraldas. Toda a parafernália: os *slings*, os carros de bebê, os berços, os moisés, as mamadeiras, os esterilizadores. Ela *adora* tudo isso. Ultimamente passa a metade de seu tempo de vigília tirando leite, grudada naquela máquina de ordenhar que a faz parecer uma vaca premiada. — Ele piscou, aparentando ter alguma dificuldade para tirar a imagem da cabeça. — Faz com que eu olhe para os seus seios com uma atitude completamente diferente.

— Então, quantos ela tem?

— Só dois. O mesmo que todo mundo.

— Filhos, quero dizer.

— Ah. Quatro, no total. Dois meninos, duas meninas. Todos morando conosco. Mais a babá, é claro. — Refletir sobre seu *ménage* atual sempre deprimiu Doug ou, ao menos, o fazia sentir-se obscuramente culpado. Talvez fosse a idéia de sua mãe, agora viúva e vivendo só em Rednal, e como pequena e perdida ela parecia sempre que ele conseguia persuadir Francesca a permitir que ela ficasse com eles alguns dias. Doug afastou o pensamento com impaciência. — E Antonia deve estar com... o quê? Uns três anos?

— Sim, exato. Que memória você tem.

— Difícil esquecer um bebê cujo nome é uma homenagem ao líder do partido e que conseguiu representar um papel tão importante em uma campanha eleitoral quando tinha apenas alguns meses de idade. Ela deve ter visitado mais casas do que o carteiro naquele mês.

Paul suspirou, cansado.

— Ela *não* tem esse nome por causa de Tony. Este é outro mito idiota que vocês jornalistas inventaram. — E acrescentou: — Ouça, Douglas, se pretende ser cínico e hostil o resto da noite, não vejo por que continuarmos com isso.

— Para começo de conversa acho que não entendi direito — disse Doug. — Por que exatamente me chamou aqui?

Então Paul tentou explicar. Malvina o fizera ver, disse ele, que para melhorar o seu perfil na mídia, ele deveria começar a cultivar amizades com jornalistas. Então, o que poderia ser mais natural do que o desejo de renovar suas relações com alguém que era um dos mais respeitados comentaristas políticos do país, e que fora uma figura importante para ele desde os tempos de faculdade, no longínquo e inocente final da década de 1970?

— Mas a gente se odiava na faculdade — disse Doug, espertamente pondo o dedo sobre o único ponto falho da proposta.

— Não acho — disse Paul, franzindo o cenho e parecendo chocado. — É mesmo?

— Claro que nos odiávamos. Bem, para começo de conversa, todo mundo odiava você... deve se lembrar disso.

— É mesmo? Por quê?

— Porque todos achávamos você um babaca direitista.

— Tudo bem, então... mas não era nada *pessoal*. Portanto, isso quer dizer que ainda podemos ser amigos, não é, vinte anos depois?

Doug coçou a cabeça, sinceramente desconcertado pelo rumo que a conversa estava tomando.

— Paul, os anos não o fizeram ficar nem um pouco menos esquisito, sabia? O que quer dizer com "amigos"? Como podemos ser amigos? Em que consistiria esta amizade?

— Bem... — Paul já tinha preparado a resposta para isso.

— Malvina pensou, por exemplo, que eu e você, tendo filhos mais ou menos da mesma idade, podíamos apresentá-los e ver se gostariam de brincar juntos.

— Deixe-me ver se eu entendi isso direito — disse Doug.

— Sua *assessora de imprensa* acha que nossos filhos deviam brincar juntos? Nunca ouvi nada tão ridículo.

— Não é nem um pouco ridículo — insistiu Paul. — Eu e você temos muito mais em comum do que tínhamos antes.

— Como o quê?

— Bem, politicamente, por exemplo. Estamos do mesmo lado agora, não estamos? Ambos concordamos inteiramente que a melhor esperança de prosperidade da Inglaterra e de seu povo reside no Partido Trabalhista.

— O que diabos o faz crer que penso assim? Nunca leu as minhas matérias no jornal?

— Ah, eu sei que você tem algumas críticas a fazer, aqui e ali...

— Algumas...? — Doug falou atabalhoadamente, espalhando sobre a toalha de mesa restos de pão coberto de picles.

— ...mas de modo geral é o que pensa, não é? Você concorda, assim como eu, com as crenças e ideais básicos da revolução do Novo Trabalhismo. Não é mesmo?

— Bem, suponho que devesse — disse Doug. — Se eu entendesse que merda de crenças e ideais são esses.

— Agora você está falando besteira — murmurou Paul, emburrado.

— Não, não estou. — Empolgado com o tema, Doug dispensou o garçom que rondava a mesa e continuou: — Quais são as suas "crenças e ideais básicos", Paul? Diga-me. Estou curioso. Sinceramente.

— Refere-se às minhas crenças pessoais? Ou as do partido?

— As duas. De qualquer modo, suponho que sejam as mesmas.

— Bem... — Pela primeira vez naquela noite, Paul pareceu não encontrar as palavras. Hesitou um instante e então disse: — Por que você dispensou o garçom? Eu ia fazer o pedido.

— Não mude de assunto.

Paul se remexeu na cadeira.

— Bem, veja, Doug, está me pedindo para resumir em uma fórmula simples um conjunto de crenças muito amplo, e eu simplesmente não posso...

— A "terceira via", por exemplo — disse Doug.

— O quê?

— A "terceira via". Vocês estão sempre insistindo nisso. O que é?

— O que é?

— Sim.

— Como assim?

— Quero dizer, "o que é isso"? É uma pergunta simples.

— Olhe, Douglas — disse Paul limpando os lábios com o guardanapo, embora ainda não tivesse comido coisa alguma. — Não consigo deixar de pensar que você está sendo muito ingênuo quanto a isso.

— *O que é isso?* É tudo o que quero saber.

— Ora, tudo bem. — Ele se remexeu mais um pouco e depois se aprumou na cadeira batendo com a ponta dos dedos sobre a mesa. — Bem, é uma *alternativa*. Uma alternativa à dicotomia

estéril e gasta entre a esquerda e a direita. — Olhou para Doug em busca de alguma reação, mas nada viu. — Isso é bom, não é?
— Soa como algo muito bom. Soa como algo que buscamos há muito tempo. E vocês chegaram a isso em um fim de semana, pelo que posso ver. O que vão fazer a seguir? A pedra filosofal? A Arca da Aliança? O que mais Tony tem escondido debaixo do sofá em Chequers?
Durante um segundo ou dois, pareceu que Paul finalmente perderia a paciência. Mas tudo o que disse foi:
— Nossos filhos vão brincar juntos ou não?
Doug riu.
— Tudo bem, se você quiser. — Olhou para o garçom e chamou-o de volta. — E quer saber por quê? Porque eu suponho que um dia desses vai haver alguma coisa com você, e vai ser tão grande, tão tremendamente *escandaloso...* que eu quero estar por perto quando estourar. — Ele sorriu com agressividade.
— É isso. O único motivo.
— Para mim parece bom — disse Paul. — E isso prova o que eu disse. — Quando Doug olhou para ele, surpreso, Paul explicou: — Temos algo em comum: a ambição. Você não quer ter o mesmo cargo o resto da vida, certo?
— Não — disse Doug. — Acho que não. Mas um passarinho me disse que estou a ponto de ser promovido.
Então, tendo ao menos chegado a um acordo, mudaram para o assunto mais premente de pedir a comida.

Paul voltou ao seu apartamento em Kennington pouco depois das onze. Durante a semana, morava no terceiro andar de uma casa de cômodos a algumas ruas de distância do campo de críquete Oval. Isso quer dizer que Susan e Antonia ficavam a sós quatro noites por semana em sua casa no interior — um estábulo convertido na periferia semi-rural de seu distrito eleitoral nas Midlands. Às vezes esse arranjo causava-lhe alguma culpa (a casa era bem isolada e ele sabia que Susan ainda não conseguira fazer amigos na área), mas de modo geral era bem conveniente. Essencialmente, vivia como um solteiro, mas com a bem-vinda rede de proteção de uma vida familiar, onde podia se refugiar sempre que se sentisse estressado ou solitário. O melhor dos mundos possíveis.

Susan não tinha a chave de seu apartamento em Londres. Havia alguns dias, porém, mandara fazer uma cópia para Malvina. Ela pareceu perplexa quando ele a presenteou com aquilo e perguntou:

— Para quê?

— Pode precisar — respondeu Paul, casualmente, então beijou-a no rosto pela terceira vez desde que a conhedera. Como antes, ela não rejeitou o beijo e nem o retribuiu. Paul não conseguiu entender o que ela achara daqueles gestos — tanto o beijo quanto o presente da chave — e não estava certo se entendera a si mesmo. Ele ainda não admitira o quanto sentia-se atraído por Malvina, ou o quanto esta atração influíra na decisão de empregá-la. Contudo, a atração era real e determinou muito de seu comportamento recente, não obstante se sentisse incapaz de reconhecê-lo. Na verdade, Paul adoraria que a responsabilidade de suas ações fosse tirada de suas mãos, para permitir-se ser levado por uma onda de paixão que outra pessoa tivesse desencadeado. Resumindo, esperava que Malvina fizesse algo que ele jamais faria: jogar-se nos seus braços.

Ao abrir a porta de seu apartamento naquela noite, portanto, Paul sentiu uma pontada de ansiedade: desde que dera a chave para Malvina, ele esperava encontrar aquilo que gostava de chamar de "momento James Bond", ou seja, algo semelhante àquela cena que acontece em tantos filmes de James Bond quando o herói volta ao seu quarto de hotel à noite em um exótico país estrangeiro, acende a luz e descobre que a sua cama está ocupada por uma *femme fatale*, languidamente deitada entre os lençóis, que o convida a acompanhá-la ronronando alguma frase sonolenta e sedutora. Abençoado em seus sonhos movidos a álcool com um pouco do suave magnetismo sexual da lendária criação de Ian Fleming, Paul continuava a esperar que fosse apenas questão de tempo antes que algo semelhante acontecesse com ele.

Naquela noite, porém, desapontou-se novamente. Seu quarto de dormir continuava inexplicavelmente sem-Malvina, e quando enviou-lhe uma mensagem de texto para perguntar onde ela estava e o que fazia, não recebeu resposta. Não lhe restava escolha senão ligar para Susan, ouvir com impaciência a sua longa narrativa das minúcias de seu dia e pedir-lhe para beijar Antonia por ele. Então, após concluir que o jantar com Doug fora muito mais bem-sucedido do que ele esperava, caiu em um sono profundo e auto-satisfatório.

25

Cerca de duas semanas depois, na tarde de quarta-feira, 15 de março de 2000, a primeira edição do *Evening Mail* chegou às ruas de Birmingham com a seguinte manchete: "APUNHALADOS PELAS COSTAS."

Segundo a matéria, a fábrica de automóveis Rover seria vendida por sua proprietária alemã, a BMW, o que resultaria em grande desemprego na fábrica de Longbridge, na periferia de Birmingham. Isso apesar do fato de, no ano anterior, seu futuro ter sido assegurado — como todos pensavam — por uma subvenção governamental de 152 milhões de libras esterlinas, e apesar das constantes promessas da administração da BMW de que tinha todo o interesse em preservar a empresa combalida. O parlamentar de Northfield, o trabalhista Richard Burden, foi citado como autor da frase: "Será um grande abuso de confiança se a BMW mudar de planos em relação a Longbridge. Isso foi algo inesperado. É brincar com as vidas de 50 mil pessoas cujos empregos dependem de Longbridge. A BMW tem um compromisso com o povo inglês e o povo inglês tem um acordo com eles. Cabe a ambos os lados manterem este compromisso."

No dia seguinte, perto do fim da tarde, Philip Chase desligou mais cedo o seu computador no *Birmingham Post* e foi de carro até Longbridge, esperando aferir por conta própria o ânimo dos trabalhadores e moradores da área. Seu colega da editoria de economia havia voado para Munique naquela manhã, para estar presente na coletiva de imprensa com os executivos da

BMW. As notícias que chegavam eram cada vez piores. Parecia que até mesmo a Land Rover, a parte mais prestigiosa do império Rover, seria vendida, enquanto a fábrica de Longbridge seria vendida para uma pequena empresa chamada Alchemy Partners, que já anunciara a intenção de demitir a grande maioria dos trabalhadores, mantendo apenas os empregados suficientes para a produção limitada de carros esportivos. O resto da área da fábrica seria completamente reformado, provavelmente transformado em área residencial. Mas quem iria querer morar naquela comunidade, caso não houvesse uma indústria que a sustentasse?

Não havia muita atividade nos portões da South Works naquela tarde. Soprava um vento cortante, típico do mês de março, o céu estava cinzento e repleto de nuvens, e os poucos trabalhadores que Philip conseguiu deter à saída do trabalho disseram mais ou menos a mesma coisa: estavam "chocados" ou "arrasados", a decisão fora "um tapa na cara" dado por aqueles "malditos alemães". Em alguns minutos, o trabalho de Philip estava pronto: aquelas frases dariam para o gasto e ele poderia tê-las criado em sua própria mesa de trabalho. Mas ele não queria ir embora. Era como se a história estivesse acontecendo ali: história desoladora e melancólica, com certeza, mas ainda algo que precisava ser testemunhado e registrado.

Agasalhando-se com a capa de chuva para se proteger do frio, começou a andar ladeira acima em direção à Bristol Road. Pouco antes de chegar ao ponto final da linha de ônibus 62, virou à direita no *pub* The Old Hare and Hounds, abriu as portas e, a princípio, não reconheceu o interior: o lugar fora reformado desde a última vez em que ali estivera, para atrair uma clientela classe média. Em vez das antigas mesas de carvalho e uma meia-luz quase impenetrável, encontrou ambientes menores e mais aconchegantes, com livros nas paredes e lareiras falsas em cada canto.

Apertados em um desses cantos estava um grupo de pelo menos vinte homens, todos discutindo as últimas notícias de Munique em um tom de fúria controlado, embora palpável. Philip foi até lá e se apresentou. Muitos conheciam seu nome e, como esperava, ficaram muito felizes em falar com um jornalista local. Não demorou muito até estarem discutindo a reação inicial da mídia e do Partido Trabalhista à crise, e muitos apoiavam os comentários feitos por Richard Burden. Em dado momento, alguém perguntou:

— E quanto a Trotter?
— Quem? — disseram umas quatro vezes à mesa.
— Paul Trotter. O que ele teria a dizer a respeito?
— Seu distrito eleitoral fica a quilômetros daqui.
— É, mas ele é daqui, certo? Cresceu por aqui. Eu me lembro quando o pai dele trabalhava na fábrica. O que ele tem a dizer a respeito?
— Bem, é fácil saber — disse Philip pegando o celular. — Vou ligar para ele.

Procurou o número de Paul na agenda do celular e apertou o botão de chamada. No quarto ou quinto toque uma voz feminina atendeu. Philip apresentou-se como jornalista do *Post* que estudara com o parlamentar, e após alguma confusão, conseguiu falar com ele.

— Estavam me perguntando qual teria sido a sua reação às notícias que chegaram ontem de Birmingham.

Houve um pequeno silêncio no *pub* e os homens ao redor da mesa se inclinaram para frente, tentando, em vão, ouvir as palavras de Paul. A expressão de Philip ficou neutra a princípio. Depois, ele pareceu confuso.

— Poderia esclarecer isso, Paul? — perguntou antes de desligar. — Está me dizendo que está feliz com a notícia? — Ouviram-se algumas palavras do outro lado da linha após o que Philip disse, zombeteiro: — Tudo bem, Paul, obrigado por seus comentários. Boa sorte hoje à noite. Até mais.

Desligou o celular, pousou-a na mesa e franziu o cenho.
— Bem? — perguntou alguém.
Philip olhou ao redor e disse, assombrado:
— Ele disse que era uma boa notícia para a indústria, para Birmingham e para todo o país.

Quando Philip ligou, Paul estava sentado no camarim de um estúdio de tevê em South Bank, no centro de Londres, bochechas rosadas pelo *blush* que lhe fora aplicado. Longbridge era a última a coisa a passar pela sua mente. Na verdade, estava ensaiando uma piada sobre chocolate.

Tudo começara no dia anterior, com um telefonema de Malvina.
— Você estará no programa — disse ela. — Esta semana. Vão gravar amanhã de tarde.
— Que programa? — perguntou Paul, e ela lembrou-o da promessa de colocá-lo em um programa de humor na tevê, um painel semanal no qual jovens comediantes faziam piadas sarcásticas sobre as notícias, às vezes acompanhados de um político famoso. Era considerado um grande feito um parlamentar ser convidado a comparecer àquele programa, embora ele (raramente era uma mulher) tivesse de se submeter a uma barragem de ironias dos outros convidados e raramente saísse dali com a reputação intacta.

Paul mal conseguia crer.
— Eles me querem no programa? Você falou com eles? Como consegue essas coisas?
— Já disse: conheço alguém que trabalha lá. Foi namorado de minha mãe durante algum tempo. — (Pelo modo como disse aquilo, entendia-se que sua mãe vivera com muitos parceiros nos últimos anos, de modo que a explicação soava suficientemente plausível.) — Lembra-se? Há algumas semanas eu disse para ele que você estava disponível caso alguém desistisse. Você sabe, alguém que eles realmente quisessem no programa.

— Isso é fantástico — disse Paul que, ao ouvir uma boa notícia, raramente notava algum insulto ali oculto. Mas quase imediatamente ficou nervoso. — Mas espere um pouco... devo ser engraçado?

— É um programa de humor — destacou Malvina. — Não seria mau contar uma ou duas piadas.

— Eu não conto piadas — admitiu Paul. — Quero dizer, não consigo ver graça naquilo que os outros acham engraçado.

— Bem, terá de desenvolver o seu senso de humor — disse Malvina, pragmática. — Você tem vinte e quatro horas. Se eu fosse você, começaria a trabalhar nisso.

— Como?

— Vá para casa esta noite e leve consigo todos os jornais do dia — disse ela. — Então sente-se e leia-os, e veja se encontra algo engraçado. Escolha uma notícia que tenha a ver com você, alguma ligação pessoal. Não seja tímido, tente fazer um pouco de propaganda de si mesmo e tente ser irreverente. Esse é o espírito.

— Mas todo mundo em Millbank assiste a este programa. Acho que até mesmo o Tony o assiste. Talvez não gostem se eu for irreverente.

Malvina disse-lhe para não se preocupar. Àquela altura, ela já havia se dado conta de que o humor não era o forte de Paul, embora a sua tendência para levar tudo a sério fosse uma das coisas que ela mais admirava em sua personalidade. Era tão fácil caçoar dele...

De volta ao apartamento, Paul passou toda a tarde lendo os jornais e assistindo aos canais de notícias da tevê por satélite. Não havia muita coisa que chamasse a sua atenção. O secretário da Irlanda do Norte, Peter Mandelson, anunciou que 500 soldados deveriam ser trazidos de volta ao país, e a British Aerospace dera um subsídio de 530 milhões de libras para desenvolver um "superjumbo" europeu, a ser lançado em 2007. A BMW estava vendendo a fábrica da Rover em Longbridge — o que era muito triste, é claro, para Birmingham, mas dificilmente seria assunto de piada. A única coisa que pareceu promissora a Paul eram as notícias de que os ministros da União Européia finalmente concordaram em permitir a venda de chocolate inglês em outros países europeus: antes, dizia-se que o chocolate inglês tinha muito leite e gordura vegetal e pouco cacau.

Refletiu sobre isso e, quando foi para cama, começou a achar que ali estava uma história que serviria aos seus propósitos, uma vez que o principal beneficiário da medida seria a fábrica de Cadbury, em Bournville. Mencionando aquele assunto, Paul pareceria estar falando em nome de Birmingham, sua cidade natal, onde ele geralmente era visto com suspeita e quase invariavelmente enfrentava a oposição da imprensa. Também era uma história positiva a respeito de um produto inglês, o que certamente agradaria à liderança do partido. (Muito mais do que citar o maldito assunto de Longbridge.) Tudo o que tinha de fazer, portanto, seria criar uma piada sobre aquilo e certificar-se de que a incluíssem no programa.

— O que conseguiu? — perguntou Malvina no dia seguinte, quando o táxi em que estavam abria caminho em meio ao trânsito engarrafado do centro de Londres em direção a South Bank.

— Nada demais até agora — admitiu Paul. — A única coisa que consegui pensar foi... não há uma velha gíria em que "cacau" significa dinheiro?

Malvina meneou a cabeça solenemente.

— Bem, talvez eu pudesse falar disso. — E, em resposta à expressão impávida dela, ele acrescentou: — Seria um jogo de palavras, entende? Com a palavra "cacau".

— Sim. — Ela meneou a cabeça novamente, parecendo pesar as palavras com seriedade incomum. — E quando exatamente você vai sair com essa? Como vai dizer isso ao longo do programa?

— Podemos estar falando sobre a União Européia — explicou Paul. — Um dos outros convidados poderia me dizer: "E quanto a você, Paul? Gosta de chocolate inglês?" E... — sua voz falseou, perdendo toda a confiança diante da expressão de Malvina — então... eu poderia dizer algo como "Claro, a exportação vai nos trazer mais cacau ainda."

— Pelo que ouvi — disse ela após uma pausa significativa —, eles têm redatores de piadas no estúdio. Podem lhe fornecer material caso tenha alguma dificuldade.

Paul desviou o olhar, olhando pela janela do táxi, ofendido.

— Será engraçado no contexto — disse ele. — Espere e verá.

E ele ainda ruminava a piada em sua mente enquanto estava sendo maquiado naquela tarde. As últimas duas horas, que passou ensaiando e conversando fiado com os outros convidados, nada fizeram a não ser deixá-lo ainda mais nervoso. Ele não compreendia nenhuma daquelas pessoas, não falava a sua língua e não conseguia entender quando estavam sendo engraçados ou sérios. Ao ver a lista de perguntas, supostamente um trampolim para a troça televisada, alarmou-se ao ver que o assunto sobre a venda de chocolate inglês na Europa não era mencionado em parte alguma. Levantou o assunto com um dos produtores, contou a sua piada do "cacau" e foi contemplado com um silêncio incrédulo.

— Ele simplesmente me ignorou — queixou-se Paul para Malvina. Ela estava sentada na cadeira ao lado dele diante de um espelho iluminado esperando a volta da maquiadora que fora chamada para atender um telefonema. — Apenas me olhou e nada disse.

— Quisera que ele tivesse ignorado a mim — respondeu Malvina. — Ele me imprensou na parede durante todo o ensaio. É de se pensar que fosse o bastante ele ter transado com a minha mãe.

— Você sabe qual é problema dessas pessoas, não sabe? — Paul inclinou-se para ela e baixou a voz a um sussurro. — São todos uns drogados. — E direcionou o olhar dela para uma grande vasilha com pó branco na prateleira diante dele. — A garota da maquiagem me ofereceu isso com a maior cara-de-pau. "O senhor usa isso, sr. Trotter?", disse ela. Pode acreditar? E se eu dissesse que sim e ela contasse aos jornais? Isso é uma armadilha, não acha?

Malvina levantou-se e examinou o conteúdo da vasilha. Enfiou o dedo ali, lambeu e fez uma careta.

— Paul, acalme-se, por favor. É pó-de-arroz, droga. Usa-se para ocultar o suor.

— Ah.

O celular de Paul tocou e, enquanto Malvina respondia, ele continuou pensando em sua piada. Para ele, parecia ser tão engraçada quanto as piadas inventadas pelo capitão de seu time (um popular comediante de tevê). Além do quê, era importante que o público soubesse daquilo. O chocolate era do interesse de todos. Cadbury era uma empresa inglesa. Por que não dar à história um pouco de destaque?

Malvina bateu-lhe no ombro e entregou-lhe o telefone.

— Converse com esse cara — disse ela. — É Philip Chase. Do *Post*.

Paul não reconheceu o nome do jornalista e sua primeira reação — pensando em uma conversa que tivera com Malvina havia quase uma semana, a respeito de começar a ter um perfil de mídia nos EUA — foi pegar o telefone e gritar excitado:

— Olá, Washington!

— Fala Philip Chase — disse a voz nasalada do outro lado. — Ligando de Birmingham. Sinto muito se esperava Woodward e Bernstein. É Paul Trotter?

— Ele mesmo — disse Paul, sem expressão.

Philip lembrou-o que haviam freqüentado a mesma escola, informação na qual, no momento, Paul não estava nem um pouco interessado. Contou a Philip sobre o programa de tevê que estava a ponto de gravar, informação que, por algum motivo, não impressionou nem um pouco o jornalista. Sentindo que Paul não estava disposto a ter uma conversa muito longa, Philip perguntou-lhe o que achava da notícia do dia anterior sobre Birmingham. Com a mente ainda voltada para a exportação de chocolate mais do que para os problemas da indústria automotiva, Paul respondeu que aquilo era uma boa notícia para a indústria, para Birmingham e para todo o país. Houve uma pausa chocada do outro lado da linha: obviamente, Philip não esperava que ele se expressasse tão diretamente.

— Poderia esclarecer isto, Paul? — perguntou Philip. — Está me dizendo que está feliz com a notícia? — Paul olhou para Malvina e inspirou profundamente antes de dizer, o mais alto que podia, "Pode apostar!" Então, voltando ao seu tom normal, mas ainda assim com um tremor de excitação na voz, acrescentou: — E pode me citar textualmente!

Depois disso, pouco importava o que ele conseguisse dizer no programa daquela noite.

Um carro com motorista levou-os de volta a Kennington. Era mais confortável do que um táxi preto. Os assentos eram mais fundos, aveludados, revestidos com algum tipo de imitação de couro que fazia um ruído excitante toda vez que as meias negras de Malvina o roçavam. Os postes iluminavam o rosto dela a intervalos regulares. Os sinais de trânsito — um a cada poucos metros, parecia — faziam o corpo dela ir para frente e para trás a cada freada e arrancada.

Os pensamentos de Paul estavam confusos por causa da vodca que tomara na recepção após a gravação. Estava eufórico, feliz por saber que seu primeiro contato com o *showbusiness* tinha sido tão bem-sucedido. (O que queria dizer que não fora um desastre.) Ele queria mostrar a sua gratidão a Malvina, a mulher que estava lhe proporcionando tudo aquilo. A mulher que estava constantemente ao seu lado, ajeitando as coisas, intervindo com habilidade sempre que ele tentava se comunicar com aqueles sujeitos desconcertantes da imprensa. A mulher que telefonara para Philip Chase assim que Paul fora chamado ao *set* — suando ao saber que acabara de cometer outra gafe terrível (será que aquelas rugas de pânico apareceriam na tevê?) — e conseguiu resolver a situação em pouco tempo, explicando o que Paul realmente queria dizer, destacando como fora engraçado todo aquele mal-entendido. Como conseguiria sem ela? O que aconteceria se ela o abandonasse agora? Ele queria abraçá-la, mas o corpo magro e tenso de Malvina — sempre alerta, jamais relaxado — o impedia. Queria beijá-la também. Talvez isso viesse mais tarde. Por enquanto, apenas disse:

— Acha que fomos bem hoje à noite?

— O que você acha? — respondeu ela, virando a cabeça um pouco, e afastando o cabelo que caíra-lhe sobre um dos olhos.

— Acho que foi tudo bem. Na verdade, creio que me saí bem. Foi o que o seu amigo disse, não é?

— Bem, não exatamente. O que ele disse foi: "Está tudo bem, talvez possamos editar as falas dele."

Paul pareceu decepcionado um instante. Então, pensou um pouco mais e irrompeu em uma gargalhada de bêbado:

— Meu Deus. Eu fui uma *merda*, não fui?

— Não — disse Malvina, gentil. — Tudo o que eles disseram foi que podiam editar as suas falas.

Ela afastou o cabelo novamente e por um momento deixou os seus olhos cruzarem com os de Paul — tendo evitado fazê-lo nos últimos minutos — e Paul aproveitou essa migalha de intimidade para pousar a mão na meia de náilon de Malvina e acariciar-lhe o joelho enquanto ela, impassível, olhava para a mão dele com se estivesse fora do próprio corpo.

— Você é a melhor coisa que já me aconteceu — deixou escapar.

Malvina sorriu e balançou a cabeça.

— Não, não sou.

Paul pensou em suas palavras.

— Está certa. Suponho que vencer a eleição foi a melhor coisa que já me aconteceu.

— E quanto à sua mulher? Sua filha? — Ele não respondeu, de modo que ela continuou: — Paul, você precisa cair na real.

— Real? — A palavra parecia-lhe nova. — Em relação a quê?

— A respeito de tudo. No momento, você vive em um mundo de fantasia. Você está tão desligado do que acontece no mundo real que chega a ser assustador.

— Está falando de Longbridge? — perguntou com um franzir de cenho de curiosidade.

— Em parte estou falando de Longbridge, sim. Quero dizer, posso não ser a pessoa mais politicamente... consciente do mundo, mas pelo amor de Deus! Até mesmo eu posso ver que milhares de pessoas perderem o seu emprego é mais importante do que quanto cacau há em uma barra de chocolate antes de ela ser vendida na Antuérpia... — Malvina tirou a mão de Paul de seu joelho. — Mas isso não é tudo. Tem de ser real ao meu respeito, também.

— Como assim...? — disse Paul, aproximando-se e começando a pensar, com uma mudança em seus batimentos cardíacos, que o momento que ele esperava havia tanto tempo estava chegando.

— Cedo ou tarde, Paul, você terá de decidir o que quer de mim.

— Isso é fácil — disse ele, e acariciou-lhe o cabelo duas, três vezes antes de pousar os lábios na pequena e imaculada curva de seu ouvido e sussurrar: — Quero fazer amor com você esta noite.

Pode ter sido apenas um sussurro, mas foi alto o bastante para o motorista ligar o rádio do carro. O rádio estava sintonizado em uma estação que tocava a música-tema do filme *Arthur*.

Malvina afastou-se. Nada disse durante algum tempo. Simplesmente olhou para Paul durante algum tempo com um olhar que parecia transmitir rejeição, tristeza e até mesmo (a não ser que ele estivesse querendo se enganar) um pouco de desejo reprimido. Mas tudo o que ela disse foi:

— Não creio que você realmente tenha pensado seriamente nisso.

24

Aquela era a segunda vez que Benjamin visitava a casa de Doug. A casa de Doug e Frankie, como achava que devia chamá-la. Ou, talvez, apenas de Frankie, uma vez que pertencia à família dela havia duas ou três gerações, e a Doug bastou se casar com ela para tornar-se proprietário. Após sua primeira visita, Benjamin não quis voltar: fora muito perturbador. Não queria mais ter de encarar tudo aquilo que Doug conseguira para si. Mas Emily gostara do fim de semana lá, e Doug e Frankie os convidaram novamente e Benjamin acabou descobrindo-se indesejavelmente atraído pelo lugar, dando-se conta de que finalmente chegara ao ponto onde o máximo que podia querer era que deixassem — mesmo que por poucos dias — colher as migalhas daquela vida que ele certa vez imaginara para si. Aquela vida (concebida por Benjamin como um ideal abstrato, mas depois concretizado por Doug, com sua carreira vertiginosa e seu casamento fortuito) incluía, entre muitas outras coisas, os seguintes elementos: uma casa de cinco andares avaliada entre dois e três milhões de libras, situada em um lugar de difícil acesso às margens do Tâmisa, entre King's Road e Chelsea, o lugar mais bonito e tranquilo que se podia encontrar no centro de Londres; quatro crianças implausivelmente lindas, bem-humoradas e querubínicas (duas delas não eram filhas de Doug, era bom que se dissesse); e uma criadagem que parecia ser constituída apenas de mulheres jovens e desejáveis — refugiadas da Europa Oriental de vinte e poucos anos que ajudavam na casa e cuidavam das crianças em troca de hospedagem e comida e que, a julgar pela aparência, podiam facilmente arranjar emprego como *escorts* de alto nível ou como estrelas de filmes pornô. Para completar, é claro, a própria Frankie. A honorável Francesca Gifford, uma ex-modelo de passarela (com um antigo portfólio de fotos em preto-e-branco para prová-lo), agora alguém importante no levantamento de fundos para a caridade no circuito de Chelsea, uma ocupação (profissão?) misteriosa e indefinida, mas que certamente a mantinha ocupada entre uma gravidez e outra.

Frankie era loura, magra, provavelmente perto dos quarenta embora parecesse dez anos mais jovem, com uma voz melodiosa e o sorriso ligeiramente aterrorizador de cristã devota, que era exatamente o que ela era. Seu cristianismo, ao menos, dava-lhe algo em comum com Benjamin e Emily, de quem ela gostava, mas que parecia considerar — coletivamente — pouco mais que outro objeto de caridade que merecia a sua atenção piedosa. Benjamin sentia isso e ressentia-se profundamente, mas se aborrecia ao ver que aquilo não o impedia de sentir-se atraído por ela. O mero fato de estar em sua presença o excitava; e isso, talvez, fosse a última e decisiva razão para ele ter concordado em passar o fim de semana ali.

Ao entrar na cozinha cedo na manhã de domingo (três dias após a gravação do triunfo televisivo de Paul), Benjamin descobriu que Frankie era o único outro adulto acordado. Seu filho Ranulph, de cinco meses, pulava em seu colo e sujara a maior parte do rosto, das mãos, do peito e do roupão branco de sua mãe com os restos de uma comida de bebê não identificada que se assemelhava a meleca. Frankie tentava beber um pouco de café, mas toda vez que a xícara chegava perto de sua boca a agitação do bebê a desequilibrava e o líquido acabava ou no seu colo ou nos seus pés. Havia um rádio em uma das prateleiras, ligado baixinho na Classic FM e — como sempre — Benjamin reconheceu a música: era a "Introdução e

Allegro", de Ravel, uma obra que, para ele, sempre pareceu evocar imagens de um paraíso inalcançável, de modo que achou apropriado àquele cenário.

— Acordou cedo — disse Frankie, que acrescentou: — Meu Deus, devo estar horrível.

Benjamin nunca foi capaz de dizer algo galanteador com receio de que aquilo o fizesse soar devasso ou sexista. Era uma fraqueza à qual estivera sujeito havia mais de vinte anos. Portanto, em vez de protestar dizendo: "Não, na verdade você está fantástica", como talvez devesse ter feito, simplesmente perguntou:

— Você dormiu bem?

— Mais ou menos — disse Frankie. — Mas fica difícil quando há certo cavalheiro que não deixa os seus mamilos em paz a noite inteira.

Durante um segundo, Benjamin achou que ela falava de Doug, tão grave era a sua tendência à inveja sexual. Mas, depois, Frankie sorriu para o bebê ainda a tempo de esclarecer tudo. Benjamin aproveitou para pôr uma chaleira no fogo para ocultar a sua confusão.

— Emily precisa de uma xícara de chá antes de enfrentar o mundo — explicou. — Pensamos em acordar cedo e irmos à missa das dez.

— Oh que bom, irei com vocês — disse Frankie. — É tão bom conhecer um casal de amigos de Duggie que não encarem o fato de ir à igreja como algum tipo de perversão.

Foram à comunhão matinal na igreja de St. Luke, em Sydney Street, e lá, durante uma hora, Benjamin conseguiu se concentrar no ritual e esquecer a insatisfação que no resto do tempo sentia se avolumar e ameaçava esmagá-lo. Ao deixar a igreja, fez contato visual com Emily — até mesmo aquilo andava raro ultimamente — e sorriram calorosamente um para o outro, envolvidos naquela proximidade temporária. Depois disso, saíram ao sol, sem terem nada demais a dizer um ao outro, enquanto Frankie se ocupava de falar com outros membros da congregação. Possivelmente ela via a maioria daquelas pessoas toda semana, mas ao encontrá-las ainda parecia necessário abraçá-las com paixão trêmula, como velhos amigos de quem estava separada havia longas e solitárias décadas. Ela parecia conhecer a todos, e ser considerada em toda parte algum tipo de santa: as pessoas se aglomeravam ao redor dela apenas para ter o privilégio de tocá-la.

Seus dois outros filhos haviam ficado em casa, mas ela trouxera Ranulph pendurado à sua frente em um *sling* — rosto apertado contra o colo da mãe — enquanto Coriander Gifford-Anderton, sua filha de dois anos, agarrava a mão de Emily e esperava pacientemente em silêncio, às vezes olhando desconfiada para a rua iluminada de sol, cética em relação ao mundo que estava em vias de conhecer.

— Tudo bem — disse Frankie, juntando-se novamente a eles após terminar a cansativa ronda social. — Aonde vamos agora?

— Estava pensando em ver algumas lojas — disse Emily.

— Ah, mamãe! — protestou Coriander ao ouvir isso. — Você prometeu me levar ao "tarrossel".

— É *carrossel*, querida. Ca, ca. Por algum motivo ela tem problema com os cês — explicou.

— Onde fica este carrossel? — perguntou Benjamin.

— Ah, ela está se referindo a um pequeno carrossel no parque ao fim da rua.

— Não me incomodaria de ir até lá — disse Benjamin, agarrando aquilo que achava ser uma oportunidade de passar mais tempo a sós com Frankie e a filha. — Você pode me liberar um pouquinho, não é, Emily?

— Meu Deus, que gentileza da sua parte! — disse Frankie. E imediatamente pegou Emily pelo braço e começou a levá-la apressadamente para longe dali. — Garota sortuda — acrescentou para Coriander. — Ficou com Benjamin todinho para você. — E, voltando-se para Emily: — Vamos, então. Vou lhe mostrar aquela nova loja de tecidos de que eu estava falando.

Coriander segurou a mão de Benjamin com incerteza enquanto ambos observavam as duas mulheres se afastarem em direção à King's Road. Era difícil dizer qual dos dois sentia-se mais chocado ou abandonado.

A caminho das lojas, Frankie fez uma rápida ligação para Doug, que ainda estava na cama. A conversa foi curta, maliciosa, enigmática e tinha algo a ver com palavrões. Depois ela explicou para Emily:

— Duggie está aborrecido a semana inteira porque estou fazendo greve de sexo.

— Greve de sexo? — disse Emily, desviando-se na calçada para dar passagem a uma loura platinada de meia-idade, de patins, que parecia estar falando consigo mesma, embora na verdade estivesse negociando algum tipo de viagem aérea em um celular. O "dia do descanso" parecia não ter pegado em Chelsea.

— Para fazer com que ele pare de falar palavrões — explicou Frankie. — Sabe, acabo de me dar conta do quanto ele xinga. Na frente das crianças, também, este é o problema. Quanto a Hugo e Siena, tudo bem. Quero dizer, eles já ouvem coisas piores na escola, mas Corrie tem me procurado ultimamente para perguntar coisa como: "Mamãe, o que é escroto?" e "O que é um punheteiro?" e... bem, coisas piores. Por isso disse a ele que isso tinha de parar. Toda vez que ele xingar na frente das crianças fica sem sexo mais um dia. Dois dias para o palavrão que começa com P, e três para o que começa com C. Acesso negado.

— Mas você também não está se punindo desta maneira? Frankie riu.

— Na verdade, não. Nunca é muito divertido fazer sexo cinco meses após ter tido um bebê, não é mesmo? Você provavelmente deve se lembrar.

Assim que as palavras saíram-lhe da boca, deu-se conta do engano. Mas, todo mundo sempre parecia esquecer que Emily e Benjamin não tinham filhos. Talvez porque fossem tão bom com os filhos dos outros.

— Olha, Benjamin, Olha!

Coriander chegou triunfalmente ao topo do escorregador mais alto, aquele reservado apenas para crianças com mais de cinco anos de idade, e esperou até Benjamin se aproximar, até se garantir de que ela era o foco de sua atenção total e apaixonada. Então, deixou-se escorregar, sem desviar os olhos dele, como para se garantir de que ele não desviaria o olhar em momento algum. Ela não percebeu que havia uma criança pequena sentada no fim do escorregador, sem saber direito como sair dali, e houve um breve e espetacular encontrão quando Coriander colidiu com ele com as pernas estendidas, jogando-o contra o asfalto emborrachado. Benjamin correu até lá, ergueu o menino e limpou-lhe as pedrinhas das roupas. Ele chorou um pouco mas não parecia estar muito perturbado com o acontecido. Sentado em um banco ali perto e lendo a seção de economia do *Sunday Telegraph*, o pai nem mesmo notou o incidente.

Havia muitos pais no parque naquela manhã, e muitas crianças querendo atenção e não recebendo nenhuma. Coriander, apesar da ausência dos pais, também saía-se bem naquilo. A maioria das babás folgava no domingo e parecia que o acordo era de que os pais ficariam com seus filhos no parque enquanto as mães ficariam em casa fazendo fosse lá o que não podiam fazer durante o resto da semana quando as suas babás cuidavam de seus filhos. Na prática, aquilo parecia querer dizer que as crianças eram deixadas ao léu enquanto os pais, carregados não apenas de jornais como também de copos de papel de meio litro do Starbucks e da Coffee Republic, tentavam fazer nos bancos do parque exatamente o que fariam em casa se lá estivessem.

Depois Coriander quis brincar na gangorra. Enquanto a empurrava para cima e para baixo, Benjamin olhou para um par de balanços pequenos a um canto do parque e viu um drama curioso desenrolando-se ali. Havia duas garotinhas nos balanços, mas nenhuma delas estava conseguindo se balançar. Uma delas, com o olhar grave, olhos claros e cachos castanhos, estava sentada entediada e imóvel enquanto o pai se encostava contra a armação de metal do balanço e folheava as páginas do *Herald Tribune*. A outra garota — muito parecida com a primeira em aparência e colorido — tentava dar algum impulso ao seu balanço movendo o próprio corpo para frente e para trás, mas ainda não conseguira o que queria.

— Papai, papai! — começou a chamar, mas o pai, que tinha um *cappuccino* em uma das mãos e um celular na outra, no qual parecia estar falando com um colega de trabalho em Sydney, não lhe dava ouvidos. Empurrar um balanço nessas circunstâncias estava claramente fora de questão. Ambos os balanços estavam imóveis quando este segundo pai, terminando a ligação, tomou um último gole de café, jogou o copo de papel na lata de lixo, pegou uma das meninas no colo e caminhou em direção à saída do parque. O que interessou Benjamin naquela situação foi que ele não pegou a menina que se dirigira a ele como "papai". Esta ainda estava em um dos balanços imóveis, olhando com crescente angústia para a figura do homem que supostamente era seu pai se afastando. Enquanto isso, o leitor do *Herald Tribune* continuava a ler, sem se dar conta de que a filha estava em processo de ser inadvertidamente seqüestrada.

Nenhum dos adultos parecia ter se dado conta do engano, e as meninas pareciam atordoadas demais para dizer qualquer coisa, de modo que Benjamin correu e interceptou o dono do *cappuccino* no portão do parque.

— Perdão — disse ele. — Realmente não é da minha conta, mas... esta menina é sua filha?

O homem olhou para a criança em seus braços.
— Merda — exclamou. — Tem razão. Esta não é Emerald.
— Ele voltou e aproximou-se do balanço no momento em que o outro pai dobrava o seu *Tribune*.
— É sua filha? — perguntou.
— Papai! — Emerald estendeu os braços, rosto molhado de lágrimas. Houve uma rápida troca, muita risada envergonhada e então, quando Benjamin estava voltando para a gangorra, o portão do parque rangeu ao se abrir e uma figura familiar e inesperada entrou no lugar, puxando atrás de si uma criança de três anos visivelmente relutante.
— Susan!
— Benjamin? O que diabos está fazendo aqui?
— Estou com a filha de Doug. Estamos passando o fim de semana aqui.
— É ela? — perguntou Susan, olhando para a menina sentada em estado de mudo assombro à ponta da gangorra. — O nome dela é Lavender, ou Parsley ou coisa parecida, não é?* — Ela pegou Antonia e a pousou na outra extremidade da gangorra. — Então vamos lá, vocês duas: brinquem. Foi isso que mandaram que fizessem, portanto vamos com isso. Maldição, estou falando como a sra. Haversham, não estou?
Ela se sentou em um banco e deu uma palmadinha no espaço ao lado.
— Então, o que está fazendo em Londres? — perguntou Benjamin.
— Viemos passar o dia. Duas horas de carro. Tudo por causa de seu maldito irmão. Meu Deus, não sei por que dou ouvidos a ele. Ontem de tarde, ele subitamente anunciou, completamente do nada, que todos devíamos vir até aqui hoje, para que Antonia pudesse ser forçada a brincar com os filhos de Doug Anderton.

---

*Em inglês, "Coriander", "Lavender" e "Parsley" são nomes de plantas aromáticas, respectivamente "Coentro", "Lavanda" e "Salsa". (N. do T.)

Aparentemente é importante que se tornem amigos de infância. Pouco importa o pequeno detalhe de viverem a 200 km de nós. Tudo tem de girar em torno dele e de sua maldita carreira...

— Então, onde está Paul?

— Ah, *ele* não veio. Foi direto para Kennington fazer uma autópsia daquele programa estúpido no qual apareceu. Com sua *assessora de imprensa,* acredita? Você assistiu, na sexta-feira?

— Assisti.

— Que babaca. Não disse nada de engraçado do começo ao fim do programa. Bem, como poderia? Seu senso de humor foi cirurgicamente removido no nascimento. Não, ele apenas me abandonou na ponte de Chelsea, saiu do carro, deu-me o número de telefone de Doug e deixou-me continuar sozinha. Então liguei para a casa deles e uma garota idiota que mal falava uma palavra de inglês...

— Devia ser Irina. Ela é de Timisoara.

— ...e ela me disse que talvez estivessem todos aqui. Portanto, aqui estou. E aqui estão eles.

Ela olhou para as duas crianças, que ainda estavam sentadas na mesma posição em uma gangorra imóvel, olhando uma para a outra com antipatia horrorizada. Benjamin foi até lá e disse:

— Ora vamos, vocês duas... qual o problema aqui? — Empurrou a gangorra para cima e para baixo algumas vezes, até que elas a movessem por conta própria, embora um tanto desanimadas. Susan juntou-se a elas e prendeu um cacho de cabelo de Antonia com um prendedor.

— Vamos ver papai logo? — perguntou a menina.

— Isso ninguém sabe — disse Susan. — Supostamente vai nos encontrar para almoçar, mas eu não apostaria nisso. Não quando pode escolher entre nós e sua assessora de imprensa.

As palavras foram ditas com leveza, mas Benjamin sabia — pelo modo como ela tomou o braço dele e o apertou — que era uma leveza forçada. Pensou em consolá-la de algum modo, mas nada lhe veio à mente.

23

Ao chegarem à Pizza Express na King's Road, descobriram que Emily, Frankie e Doug, seus três outros filhos, Ranulph, Siena e Hugo, além de Irina, a babá romena, esperavam por eles em uma mesa grande e redonda com tampo de mármore. Com a desculpa de estarem desenhando, colorindo e escrevendo, as crianças na verdade cutucavam os olhos, narizes e outras partes do corpo umas das outras com *crayons* e lápis de cor, enquanto os adultos davam um sorriso espremido, de olhos no horizonte, como quem desejava ardentemente ser transportado para longe daquele lugar, para um tempo em que ainda não tinham filhos.

O nível de ruído era ensurdecedor, e alguém certamente seria perdoado se, a princípio, pensasse ter entrado não em um restaurante, e sim em uma creche com poucos funcionários e crianças supermimadas. Em todo lugar para onde olhasse, veria meninos e meninas louras com nomes como Jasper, Orlando e Arabella espalhando a destruição ao seu redor, atirando pedaços de pizza semimastigada e miolo de pão nas roupas francesas e italianas dos colegas, lutando para obterem a posse de seus sofisticados Gameboys e gritando num perfeito inglês da BBC, começando desde já a dominar os zurros da classe dominante com os quais, em vinte anos, estariam preenchendo os *pubs* de Fulham e Chelsea. Havia um casal sem filhos sentado em uma mesinha no canto que vez por outra se abaixava para evitar a comida voadora, às vezes erguendo a cabeça para olhar, mudos e horrorizados, claramente desesperados para irem embora e engolindo as suas pizzas como se quisessem bater algum recorde mundial.

Susan e Benjamin fizeram com que as duas novas amigas se sentassem lado a lado (pois Antonia e Coriander, ao contrário do que se podia esperar, já haviam se tornado inseparáveis pouco mais de uma hora depois de se conhecerem), depois se espremeram na mesa e pegaram seus *menus*. Benjamin ergueu-se quase imediatamente, com um gemido de nojo e dor, por ter se sentado sobre um pedaço de *bruschetta* semimastigada e misteriosamente empalada em um braço de boneca Barbie. Irina deu um fim naquilo, debelando a crise com a silenciosa e inescrutável eficiência que parecia ser a sua marca registrada.

Doug estava com um humor expansivo. Passara toda a manhã lendo os jornais de domingo e aparentemente estava satisfeito que naquela semana tivesse batido a concorrência, ao menos no que dizia respeito aos seus rivais colunistas. Ele escrevera uma polêmica apaixonada sobre a ameaça de fechamento da fábrica Leyland, apoiando-se em lembranças dos tempos que seu pai ali trabalhara como gerente de oficina. Nada do que ele lera naquela manhã fora escrito com igual sentimento ou imbuído de profundo senso de experiência pessoal. Agora sentia-se pronto para relaxar e fazer o papel de pai carismático daquela família caótica e expandida.

Sem se preocupar que as crianças pudessem escutá-lo e maliciosamente consciente de estar transgredindo, começou a contar a Benjamin a história da recente recusa de Frankie em fazer sexo com ele.

— Ela já lhe contou sobre o sistema que bolou? Um dia sem sexo para um palavrão comum. Dois dias para o palavrão que começa com P e três para o que começa com C.

— Engenhoso — concordou Benjamin, olhando para Frankie e percebendo que ela estava ouvindo cada palavra da conversa, e sorrindo largamente, olhando para o marido e desfrutando do poder que tinha sobre ele.

— Bem — disse Doug, voltando-se para ela. — Você se deu conta de que não xingo há mais de uma semana? Sabe o que isso quer dizer?

— O que quer dizer? — perguntou Frankie. (E ali estava, ao menos aos ouvidos de Benjamin, aquele tipo de ternura sensual na voz mesmo em uma frase aparentemente comum como aquela.)

— Quero dizer que é hoje! — disse Doug, triunfante. — Paguei minha dívida com a sociedade. Débito quitado, conta fechada. E eu realmente pretendo — tomou uma boa golada de seu Pinot Grigio — reclamar a minha recompensa.

— Duggie! — repreendeu ela. — Tem de compartilhar os detalhes de nossa vida sexual com todos à mesa? — Mas ela não parecia estar realmente se incomodando com aquilo. Benjamin e Emily foram os que se remexeram nas cadeiras, parecendo desconfortáveis e evitando olhar um para o outro.

Alguns minutos depois, Paul chegou.

— Meu Deus! — disse ele, beijando Susan formalmente no topo da cabeça. — Isso aqui está parecendo o terceiro círculo do inferno. — Mexeu no cabelo de Antonia e ela ergueu brevemente o olhar do desenho que fazia, mal registrando o fato de que o pai chegara. Ele ignorou Benjamin e disse apenas:

— Olá, Douglas... não vai me apresentar à sua bela mulher?

Enquanto Paul sentava-se ao lado de Frankie e começava aquilo que ele acreditava piamente ser um modo de encantá-la, Doug olhava para ele sombriamente do outro lado da mesa.

— Detesto ser visto em público com esse babaca — murmurou para Benjamin, que cortava a sua pizza Quatro Estações.

— Vamos sair daqui assim que pudermos.

E de fato, o secretário parlamentar e seu futuro aliado na imprensa quase nada disseram um ao outro durante o almoço, a não ser durante um instante quando Doug fez questão de chamar a atenção de Paul e levantou o assunto de sua aparição na tevê.

— Poderia perguntar... caso você se afastasse de minha mulher um segundo... o seguinte: o que aconteceu com você na tevê naquela noite? Quero dizer, você estava seguindo instruções por escrito de Millbank? Porque, com exceção de você, não me lembro de nenhum outro convidado daquele programa que tenha ficado completamente calado todo o tempo.

Uma efêmera expressão de fúria assassina passou pelo rosto de Paul. Mas ele rapidamente se recompôs e disse (seguindo o discurso que combinara com Malvina havia algumas horas):

— Quer saber? Cortaram todas as minhas falas. Cada uma delas. Não sei por quê. Também disse coisas incrivelmente engraçadas. Havia uma piada ótima sobre chocolate... — Ele parou de falar e balançou a cabeça, desapontado. — Ah, bem, por que se importar com isso? Da próxima vez já sei. Só põem no ar coisas que levantem a bola deles, não é mesmo?

Doug pensou naquela explicação durante algum tempo, antes de resmungar com descrédito mal disfarçado e se levantar e dizer:

— De qualquer forma, Ben e eu não tivemos muita chance de conversar até agora, de modo que vamos caminhar. Vejo vocês em casa depois.

Atravessaram ruas secundárias até chegarem às margens do Tâmisa, onde um fluxo interminável de carros e caminhões passavam para lá e para cá e as nuvens de dióxido de carbono se acumulavam sobre a pequena aldeia de casas de barco de milionários atracadas em uma curva do Tâmisa, e a grandiosidade pós-moderna do edifício Montevetro brilhava do outro lado do rio sob o pálido sol de março. Benjamin pensou em sua cidade: não no centro, onde ele trabalhava todos os dias e onde, em menor escala, começavam a despontar edifícios como aquele — mas a casa que ele compartilhava com Emily, em King's Heath, o pequeno mundo que construíram ali, espalhando-se por não mais do que alguma lojas e um par de *pubs*, e um passeio ocasional no Cannon Hill Park... e a diferença subitamente pareceu-lhe imensa.

— Gosta daqui? — perguntou. — Quero dizer, sente-se bem?

— Claro — disse Doug. — O que há para não se gostar? — Antecipando a resposta do amigo, acrescentou: — Se está bem consigo mesmo, bem de cabeça, então você se sente em casa em toda parte. Pelo menos é o que acho. Ser sincero consigo mesmo.

— Sim, você fez isso — disse Benjamin, franzindo a boca em descrédito. — Creio eu.

— Só porque me casei com uma mulher abastada — Doug ergueu a voz, exasperado — isso não quer dizer que tenha me esquecido de onde vim e onde está a minha lealdade. Não abri mão da luta de classes. Estou atrás das linhas inimigas, isso é tudo.

— Eu sei — disse Benjamin. — Não estava insinuando coisa alguma. Qualquer um pode dizer isso de você, basta ler o que escreve no jornal. Deve ser ótimo — prosseguiu, mais calmo (a inveja voltando a se insinuar em suas reflexões) — ter este tipo de plataforma. Você deve sentir... deve sentir estar fazendo exatamente o que queria fazer.

— Talvez.

Estavam encostados em um muro baixo perto da ponte Battersea, olhando para a água. Então, Doug se voltou e começou a caminhar rio abaixo, respirando profundamente os gases nocivos do trânsito incessante.

— Acho que cheguei ao limite — disse Doug. — Tenho escrito esses textos já faz oito anos. Há alguns meses comecei a dizer para as pessoas que achava que era hora de dar uma mudada. Você sabe, espalhar a notícia pela redação. Bem, parece que notaram. Estão planejando uma grande reformulação. Na verdade, estão planejando isso já há algumas semanas.

— Parece bom — disse Benjamin. — O que acha que vai acontecer?

— Bem, eu conheço um pouco a assistente do editor. O nome dela é Janet. Bela garota: está lá desde o Natal. Nos demos bem e agora ela sempre me passa informações e boatos. E ela ouviu o editor falar ao telefone, e parece que meu nome foi citado em relação a um trabalho.

Benjamin esperou. Então, teve de perguntar:

— Sim? Que trabalho?

— Ela não estava certa — admitiu Doug. — Não conseguiu ouvir direito. Mas parece que soava definitivo. E isso foi há apenas alguns dias. E ela estava certa... bem, noventa por cento certa, de que ou ele disse editor de política, o que seria ótimo, ou editor assistente. Que seria apenas... fantástico.

— Editor assistente? — repetiu Benjamin, obviamente impressionado. — Uau! Realmente acha que é isso?

— Estou tentando não pensar — disse Doug. — Editor de política seria ótimo. Não o ideal, mas me contentaria.

— Isso quer dizer mais dinheiro?

— Ambos representariam mais dinheiro. Muito mais, potencialmente. O que fará Frankie feliz, para começo de conversa. Alguém deve me ligar hoje para me informar que cargo será.

— Hoje? Em um domingo?

— É. — Doug começou a esfregar as mãos ao pensar naquilo. — Hoje é o dia, Benjamin. Talvez possamos tomar algum champanhe antes de você ir embora esta noite. Depois, no meu caso, após uma semana inteira de abstinência de palavrões e obscenidades, terei aquilo que só posso imaginar como sendo uma trepada *épica*. A mãe de todas as trepadas.

Atravessaram a rua com dificuldade, abrindo caminho entre quatro pistas de tráfego, de volta ao enclave de livro de contos de fadas onde se ocultava a residência Gifford-Anderton.

— Pensei que você não fosse simpático às outras pessoas do jornal — disse Benjamin. — Politicamente, quero dizer.

— Ah, mas esse é o meu trunfo — destacou Doug. — É verdade, são todos uns idiotas seguidores de Blair. Mas o fato é que precisam agradar aos leitores: e a maioria deles é de antigos trabalhistas. Portanto, precisam de alguém como eu no quadro, mesmo que não gostem. Dou voz àquela gente. O tipo de gente que acha que devemos nos esforçar para manter a fábrica de Longbridge aberta mesmo que não dê lucros. Gente entre 40 e 60 anos que lê o jornal há anos e está cagando para o tipo de rímel que Kylie Minogue usa, que parece ser o tipo de notícia pelo qual nosso editor é obcecado...

— Você não se dá muito bem com ele? — perguntou Benjamin.

— Nos damos bem — disse Doug. — Mas ele é um homem sem escrúpulos. Completamente oportunista. Há alguns meses, por exemplo, tiraram umas fotos de uma modelo particularmente malnutrida para uma matéria de moda na revista, mas ela parecia tão doente e esquelética, que não puderam usar as fotos. Então, na semana passada ele pegou as tais fotos e as publicou no jornal para ilustrar uma matéria sobre anorexia nervosa. Achava pensar não haver qualquer problema quanto a isso.

Riu amargamente ao chegarem ao portão do jardim. Doug esquecera as chaves de casa, de modo que apertou o interfone e ambos esperaram um pouco, admirando a hera que se enroscava pelo lintel da porta e para as janelas fasquiadas. Frankie estava sempre muito ocupada para fazer jardinagem, explicou Doug, por isso contrataram um homem para a tarefa que vinha três manhãs por semana.

Logo a porta da frente foi aberta pela estonteante Irina.

— Ah... Doug... entre, rápido. Alguém ligou para você.

— Quem é? — disse, ansioso, seguindo-a no interior da casa.

— Ali... está ali.

Ela gesticulou em direção à sala de estar do térreo, que corria ao longo do comprimento da casa e terminava em uma estufa que tinha duas vezes o tamanho do jardim de fundos de Benjamin. Doug e Benjamin entraram às pressas e viram que estavam todos lá: Paul, Susan, Emily, Frankie, todas as crianças. Olhavam excitados para Doug, sorrindo, ansiosos, enquanto Frankie falava com alguém ao telefone sem fio.

— Sim... ele está aqui. Literalmente, acaba de entrar pela porta. Vou passar. Aí está.

Doug agarrou o telefone e foi para um canto da sala.

— É sobre o trabalho dele? — murmurou Benjamin, e Frankie meneou a cabeça.

A princípio, foi difícil entender o que falavam ouvindo apenas um lado da conversa. Doug dizia pouca coisa além de resmungos ocasionais de concordância. Contudo, todos começaram a notar que os resmungos mudavam de tom à medida que a conversa prosseguia. Os silêncios de Doug se tornaram cada vez maiores: a voz do outro lado da linha parecia estar chegando a algum tipo de revelação. Quando a revelação foi feita, Doug ficou imóvel e silencioso. As outras pessoas na sala também ficaram.

Parecia que vários minutos se passaram antes de Doug dizer baixinho:

— O quê? — E imediatamente depois gritar: — O QUÊ? — com todo o poder de sua voz, em um grito de fúria tão forte que as crianças entreolharam-se, medrosas e apreensivas.

A voz do outro lado da linha também aumentou de volume e os outros puderam ouvir:

— Doug... por favor, pense nisso. Não desligue. Seja lá o que você...

Doug apertou o botão de desligar, levou o aparelho até o console da lareira e deixou-o ali em um gesto de calma sobrenatural.

— Bem? — disse Frankie, incapaz de agüentar o suspense.

Doug olhava para si mesmo no espelho de moldura dourada.

— Aquela mulher — disse afinal, a voz rouca, e estranhamente distante. — Aquela mulher, Janet. Devia fazer um exame de ouvido. — E voltou-se para o círculo de rostos confusos. — Editor de política? Não. Editor assistente? Não. — Então, após inspirar profundamente, gritou: — Editor LITERÁRIO. Ouviram? UMA PORRA DE UM EDITOR LITERÁRIO. Querem que eu encomende resenhas literárias. Querem que eu passe o dia metendo livros em envelopes postais e enviando-os para... para... — Ele gaguejou, sem encontrar as palavras, e então começou a andar a esmo pela sala em um frenesi, e gritando:

— Aqueles putos. Aqueles putos, putos, putos, putos, putos, putos do CARALHO!

No silêncio absoluto que se seguiu, Benjamin quase acreditou ouvir as palavras ecoando pela sala e morrendo ao longe. Ninguém conseguia pensar no que dizer, até Coriander voltar-se para a mãe e perguntar em um sussurro:

— O que é "taralho"? O que é um puto, puto, puto, puto do "taralho"?

Fora a maior frase que ela já dissera na vida. Mas Frankie achou que não era a hora de chamar atenção para aquilo e nem para mencionar o fato de que o marido havia acabado de se desqualificar para fazer sexo pelo menos pelas próximas três semanas.

22

Claire, que podia ser um tanto faladeira na companhia certa, estava sentada à mesa, diante do filho, pensando no que dizer. Era óbvio para ela que estava sem prática de ser mãe. Há dez anos, quando Patrick tinha apenas cinco anos de idade, ela não acreditaria que isso fosse possível. Não apenas pelo fato de, na época, o ato de amá-lo ter-lhe vindo de modo tão natural quanto o ato de respirar: é claro que ela ainda o amava, tanto quanto sempre amou. A diferença era que ela não mais sabia como se comportar ao lado dele.

O processo começara, ela o sabia, antes mesmo de ela ter ido para a Itália. Já naquela época, quando Patrick tinha apenas nove ou dez anos, ela sentia que estava perdendo o jeito, sem saber exatamente que tom usar: ela não compreendia suas obsessões burguesas, os esportes pelos quais se tornara aficionado, as roupas que se sentia compelido a vestir. Ela podia ver que aquilo não acontecia entre ele e Philip; ao menos, não na mesma proporção; e esta era uma das razões que a levaram a crer que era algo a se considerar — ou, pelo menos, admitir — deixá-lo ficar com o pai e a madrasta enquanto embarcava em sua aventura italiana.

Quando aquilo acabou — quando voltou a Birmingham cinco anos depois (absurdamente saudosa de um lugar que nem gostava tanto) — havia uma distância ainda maior entre os dois. Aquilo era inevitável, supôs: ele a visitara, na época, e ela passou a voltar à Inglaterra no mínimo duas vezes por ano, mas ainda assim ele mudara muito longe dela, quase a ponto de se tornar irreconhecível. A falta do que dizer que já começava a sentir ao seu lado tornava-se cada vez pior.

Era a primeira vez que ela voltava à casa do pai desde dezembro. Naquela oportunidade, fora embora quatro dias depois, ficara duas noites em um hotel em Birmingham e passara o Natal com amigos em Sheffield, amigos dos tempos da universidade. Não havia como ficar ali um minuto a mais do que ficara. Contudo, naquele fim de semana, Donald Newman estava fora do país, em sua outra casa na França, a respeito da qual tanto se ufanava nos últimos tempos, e a qual ela não tinha a menor intenção de visitar. Parecia que, desde a aposentadoria, ele passava cada vez mais tempo por lá: mas ela sabia pouco dos arranjos atuais do pai, e pouco se importava com eles. Aparentemente, algum corretor esperto da bolsa de valores o fizera ganhar alguns milhares de libras nos anos 1990, e aquilo permitiu que comprasse aquela ruína pitoresca em algum lugar na periferia de Bergerac. Ótimo para ele.

Afinal, foi Patrick quem o mencionou primeiro.

— O vovô cuida muito bem desse lugar, não é mesmo? — destacou o rapaz, olhando ao redor na cozinha bem arrumada.

— Quero dizer, para um solteiro. Um velho excêntrico como ele.

— Suponho que nada mais tenha a fazer. Mas eu acho que ele tem alguma empregada para fazer as coisas para ele. Ficaria muito surpresa se ele soubesse diferenciar um lado de um aspirador de pó do outro.

O filho sorriu. Ela queria dizer algo simpático para ele — o quanto seu cabelo estava bonito agora que o usava um pouco mais comprido, quão feliz estava por ele não ter nenhum *piercing* no corpo — mas as frases não se formavam. Em vez disso, pensou na noite que teriam pela frente, nos dois lugares que teria de pôr à mesa, na refeição que fariam em denso silêncio suburbano, e subitamente sentiu que talvez não conseguisse fazer aquilo.

— Olha, Pat, que tal sairmos hoje à noite? Ir para o interior, encontrar um *pub* ou algo parecido?
— Por quê? Pensei que você tivesse comprado comida.
— Comprei, mas... você sabe. — Ela fez um gesto com os olhos. — Este lugar.
— Podemos alegrá-lo um pouco — disse Patrick. — Pôr algumas velas na mesa. Eu trouxe música.

Enquanto Claire remexia as gavetas para encontrar uma toalha de mesa, o filho tirou um aparelho de som de sua bolsa de náilon e o conectou à tomada na parede. Mexeu em uma bolsa de CDs e colocou um disco no aparelho. Claire se preparou, esperando alguma monstruosidade, mas em vez disso ouviu uma música em tom menor ao piano, pulsando, insistente, como um tango, logo acompanhado de violino, violoncelo e acordeom.

— Isso é bonito — disse ela. — Quem é?
— Astor Piazzolla — disse Patrick. — Achei que você gostaria. — Então, após uma risada, completou: — É claro que não é o que ouço normalmente. Em geral só ouço músicas de negões bandidos viciados em crack falando que vão estuprar suas putas. Tenho este disco aqui só para tocar para os coroas.
— Cuidado com o que diz — advertiu Claire. — Está pisando em terreno perigoso. Tremo ao pensar no que as outras pessoas naquela casa falam de mim.

Era 31 de março de 2000 e Claire viera a Birmingham naquele fim de semana para participar do protesto do dia seguinte contra o fechamento da fábrica de Longbridge. Seria uma demonstração enorme, de âmbito municipal, que deveria começar com uma passeata até o centro da cidade, com a multidão aumentando ao longo do caminho e terminando, finalmente, em um comício-monstro em Cannon Hill Park. A casa de Claire àquela altura — não que pensasse naquilo como um lar ou como algo mais do que um ponto onde ficar temporariamente — ficava em Ealing, oeste de Londres, e ela a dividia com três estudantes universitários de vinte e poucos anos de idade. Encontrara um trabalho temporário como um tipo de escriturária de luxo, processando as faturas de uma empresa que importava móveis italianos. O quadro era decididamente sombrio. Sentia como se sua vida fosse uma fita que alguém tivesse acabado de voltar quinze anos.

— Eles te enchem o saco, não é mesmo? — Patrick perguntou.

— Não é tanto assim. São muito educados. Mas pelo modo como me olham, sei que se perguntam se instalam uma cadeira-elevador da Stannah na escada ou se me dão um desses massageadores de pé no meu aniversário.

Ela pôs uma panela no fogo para fazer massa e começou a picar tomates e cebolas. Patrick serviu-lhe um pouco de vinho e perguntou se poderia tomar um pouco.

— Claro. Não precisa pedir.

Patrick saiu da sala de estar e se foi durante alguns minutos. A certa altura Claire foi espiar o que ele fazia e descobriu que o filho olhava para as fotos de família no consolo da lareira. Só que "fotos de família" não eram o nome adequado para aquilo. Não havia fotos das filhas do sr. Newman: nenhuma lembrança da desaparecida Miriam ou da errante Claire. Apenas fotografias de Donald e Pamela, um registro de sua vida a dois, de seu envelhecimento: a foto do casamento, as férias na Escócia e nas ilhas Cilas; os dois do lado de fora do chalé de Bergerac, Pamela curvada, encolhida. Ela sucumbiu ao câncer apenas oito meses depois de terem comprado a casa.

No centro do consolo da lareira havia um retrato dela com moldura prateada tamanho A4. Deve ter sido tirado nos anos 1950, antes das crianças nascerem. Cabelo escuro, colar de pérolas, um vestido rabo de galo preto ou azul-marinho. Sorria o sorriso impessoal que as pessoas sorriem para as câmeras. Patrick ergueu a foto, inclinou-a para evitar o reflexo da luz, observando-a intensamente, como se pudesse revelar algum segredo familiar.

— Então, já está falando com o vovô? — disse ele ao voltar para a cozinha com a taça de vinho na mão.

— Não houve uma declaração de hostilidades oficial entre nós — disse Claire. — Eu simplesmente nunca ligo para ele, e ele nunca me liga. Ou quase nunca. Quero dizer, foi muito civilizado quando pedi para ficar aqui no fim de semana. Embora ache que o motivo de eu ter vindo a Birmingham seja ridículo.

— Bem, ele nunca foi muito revolucionário, não é mesmo? Imagina o vovô indo a uma manifestação? Teria de ser a favor da volta da pena de enforcamento para aqueles que se dão as mãos antes de se casar.

— Ou fazer a caça à raposa parte do currículo nacional. — Ela sorriu, nem tanto das piadas mas da proximidade que prometiam criar entre os dois. — Mas e quanto a você? Vai se juntar a nós amanhã?

— Sim... claro. É importante, não é? O trabalho de muita gente está em jogo.

— Seu pai vai?

— Vai.

— Sua madrasta?

— Acho que sim. Carol está bem envolvida com Longbridge, assim como todo o mundo. Tudo bem para você?

— Oh, claro. Tenho um bocado de tempo para Carol.

— Alguns amigos de papai também estarão lá. Doug Anderton. Lembra-se dele? Está vindo de Londres. E Benjamin vem junto, creio eu.

— Meu Deus — disse Claire —, isso realmente *será* esquisito. Uma pequena reunião da King William's. Não vejo Doug há muito tempo. E acho que a última vez em que estivemos juntos foi no meu casamento.

— Benjamin foi o padrinho, não é?

— É. Fez um discurso absolutamente desastroso, repleto de citações de Kierkegaard, que teriam sido mais bem compreendidas pela platéia caso ele não insistisse em dizê-las no original dinamarquês. Depois fez uma piada baseada em uma confusão entre o poeta Rimbaud e Rambo, o personagem de Sylvester Stallone. Ninguém tinha a menor idéia do que ele estava falando. — Ela suspirou profundamente. — Pobre Benjamin. Eu me pergunto se ele mudou.

— Pensei que o tivesse visto antes do Natal.

Claire voltou a picar cebola.

— Não tive oportunidade de conversar com ele — disse ela em um tom de voz que, ao menos para o filho, queria dizer que nada mais havia a ser dito sobre o assunto.

A noite correu bem. Patrick conseguiu encontrar mais três CDs que mereciam a aprovação da mãe, e não houve necessidade de recorrer ao plano de retirada, que seria simplesmente contarem as suas perdas e assistirem à tevê quando não tivessem mais o que dizer um ao outro. Na verdade — perversamente — Claire acabou sentindo que tudo fora bem demais. O que queria dizer que, pela primeira vez, ela começou a perceber algo estranho no comportamento de Patrick.

O rapaz estava muito ponderado, muito atencioso, muito mais dependente das necessidades e reações da mãe do que o normal. Claire deu-se conta de que havia uma *curiosa* tensão, um curioso desconforto no modo como ele se portava, quase como se acreditasse estar representando um papel, como se fosse um ator no roteiro de outra pessoa. Talvez fosse apenas a característica autoconsciência da adolescência; mas parecia haver mais ali do que isso — havia uma *curiosa* precaução em Patrick, como ele se estivesse esperando que o mundo lhe dissesse como se comportar, que expusesse a sua própria personalidade para ele antes que pudesse habitá-lo.

Teria sido isso o que ela e Philip fizeram com o filho ao se separarem quando ele tinha apenas três anos e, depois, ficarem passando-o de um para o outro ao longo dos anos? Patrick estava sentindo falta de alguma coisa, Claire começava a ver agora, sentindo *falta* de algum componente vital. Algo que ela ainda não conseguira identificar embora soubesse que era mais do que uma mera questão de estabilidade familiar.

Patrick serviu-a de uma última taça de vinho e a trouxe para a mãe no sofá.

— Aqui está — disse ele. — Vou me deitar agora. Não fique acordada a noite inteira se aborrecendo.

— Não ficarei.

Ele se inclinou para beijá-la e ela sentiu no rosto dele os primeiros sinais de barba.

— Foi legal hoje à noite, não foi? — disse ela.

Ele a abraçou.

— Sim, foi.

Quando ele se ergueu novamente, deixou que o vinho lhe desse coragem e perguntou:

— Você está bem, meu amor? Phil e Carol cuidam bem de você?

— Claro. Por quê? Não pareço estar bem?

As ansiedades que a incomodavam nos últimos minutos eram muito vagas, muito complicadas. Tudo o que ela pôde dizer foi:

— Você está pálido, só isso.

Patrick sorriu, defensivo.

— Todos estamos — disse ele. — Eu e todos os meus amigos. É por causa daquele lixo que a sua geração continua a nos empurrar. — E, em voz mais baixa, acrescentou: — Somos uma gente pálida.

Sem explicar ao que se referia, Patrick deu um último beijo de boa-noite na mãe e então ela notou, antes de ele subir para o quarto, o quanto os olhos dele se detiveram novamente sobre o consolo da lareira.

Após o banho na manhã seguinte, ela saiu do banheiro e viu que o filho estava dentro do antigo quarto de Miriam.

Ela foi até lá.

— Não há muito o que ver, não é mesmo? — disse ela.

Estava exatamente como ela o encontrara: sem móveis, tábuas nuas no chão, paredes caiadas. Não era um quarto, e sim uma declaração: uma declaração de ausência. Ela imaginou o pai vindo ali todos os dias, ficando imóvel no centro, respirando o nada que havia ali. Pensando em Miriam, como devia pensar nela todos os dias, imóvel, inescrutável. Por que mais manteria o quarto desse modo? Também era um cômodo impecável: tão cuidadosamente limpo e aspirado quanto qualquer outro da casa. Ela via lógica naquilo, mesmo que tal lógica a repelisse. Era o quarto de uma pessoa desaparecida.

— Onde estão as coisas dela?

Claire deu de ombros.

— Eu não sei. Tenho algumas, você sabe: as fotos que você viu, alguns objetos, braceletes, uma escova de cabelo, este tipo de coisa. Alguns brinquedos de quando era pequena — sentiu que a voz iria falsear, mas se recompôs. — Acho que papai jogou o resto fora. Deu toda a mobília dela, eu sei. Havia muitas outras coisas: álbuns de fotos, os diários... Não sei que fim levaram. Realmente desapareceram. — Atravessou o quarto vazio e estreito com três passadas, e olhou pela janela para o jardim dos fundos, frugal e obsessivamente bem-cuidado como tudo o mais naquela casa.

— Falam muito sobre ela? — perguntou Claire. — Quero dizer, eles a mencionam, Philip e Carol?

— Não.

— Mas você pensa nela, não pensa? Vejo que sim.

Patrick disse:

— Ela ainda pode estar viva. — E imediatamente sua voz começou a soar defensiva.

— Não vamos voltar aqui, está bem?

Claire girou nos calcanhares e deixou o quarto.

Estavam juntos na escada. Patrick apontou para um alçapão no teto.

— Como se sobe ali?

— Não se sobe.
— Bastaria uma escada.
— Não há nada ali. Só lixo.
Ela olhou para ele, esperando que tal coisa não acontecesse. Ela não queria que aquela fosse a missão dele. Para começo de conversa, nem ela conseguiria passar por aquilo novamente. E também era perigoso para ele. Ele era muito jovem, muito vulnerável para se meter em uma coisa dessas.
— Vou fazer compras — disse ela. — Podemos comer peixe hoje à noite, está bem? E vou comprar mais vinho. Tome um banho. Temos de sair em uma hora se quisermos chegar a Cannon Hill a tempo.
Ele meneou a cabeça mas não se moveu. Afinal, ela disse:
— Há uma escada na garagem. Ao menos costumava haver.
— Ela tocou-lhe o ombro. Parecia ossudo e magro. — Por que quer fazer isso, Pat? O que há?
Ele gentilmente retirou-lhe a mão.
— Não sei. Tem a ver com você e papai, o motivo pelo qual se separaram e... — Ele se voltou e começou a descer a escada.
— Não sei. Só quero fazê-lo.
— Não vai encontrar coisa alguma — disse ela atrás dele.
— Ele jogou tudo fora.

Mas Claire estava errada.

Ao voltar do supermercado meia hora depois, encontrou Patrick ainda sem ter tomado banho, ainda com a camiseta e a bermuda com as quais dormira — sentado no chão de madeira no antigo quarto de Miriam. De algum modo ele conseguira transportar um pesado e antigo baú de couro do sótão até ali, e estava sentado ao lado daquilo. O baú estava fechado a cadeado, que ele conseguira romper com um alicate. Ele havia tirado metade do conteúdo do baú e o espalhou no chão ao seu redor. Claire olhou para aquilo, incrédula. Ficou sem ar e boquiaberta.

Ali tinha coisas que ela não via havia mais de vinte anos. As roupas da irmã. Seus livros e enfeites. Uma caixa de jóias que ela comprara de John O'Groats, repleta de jóias de plástico. Velhas revistas, cópias de *Jackie*, com fotos de *popstars* dos anos 1970 recortadas e marcadas com furos nos lugares onde Miriam as espetara para pendurá-las na parede. David Bowie e Bryan Ferry. Uma camisa púrpura de homem que era seu objeto mais precioso, embora ninguém tivesse descoberto por quê. E diários. Dois ou três volumes de diários, escritos com esferográfica azul em sua escrita redonda e infantil.

Claire pegou-os primeiro.

— Você não leu isso, leu? — disse ela. Lembrou-se de que iriam encontrar Doug Anderton na manifestação. Ela não queria que Patrick soubesse que o pai de Doug estava envolvido com o desaparecimento de Miriam.

— Não — respondeu.

Ele encontrara dezenas de fotografias de Miriam — Miriam e Claire — a maioria em *slide*, e as erguia contra a luz acinzentada que entrava pelas janelas sem cortinas.

— Bom — disse Claire, e abriu o diário de 1974, folheando as páginas, chocada demais para ler direito, e acabou deixando o livro cair ruidosamente ao chegar a uma página repleta de impressões digitais — impressões de seus próprios dedos de catorze anos sujos de Bovril — e os olhos dela se encheram de lágrimas ácidas, como agulhas, daquelas que pensava ter esquecido de como chorar.

21

----- Mensagem Original -----
De: Malvina
Para: btrotter
Enviada: Quinta-feira, 30 de março de 2000 15:38
Assunto: Comício por Longbridge

Oi, Ben

Sim, acho que consegui convencer seu irmão a ir — embora, é claro, ele esteja aterrorizado com a idéia de fazer qualquer coisa que possa ser vista como uma crítica ao partido, e a Tony em particular — de modo que certamente também estarei lá.

Seria ótimo encontrá-lo. Que tal um pulinho no café da Waterstone's, em nome dos velhos tempos? Posso estar lá por volta das dez.

Vejo você lá, a não ser que diga o contrário.

Bj
Malvina

Benjamin chegou primeiro, inevitavelmente. Comprou um *cappuccino* e um *pain au chocolat*, e um *mocha* grande para Malvina, porque se lembrava que era do que ela gostava.

Ele estava dez minutos adiantado; ela estava cinco minutos atrasada. Benjamin preencheu o tempo lendo dois panfletos Inland Revenue: um sobre as mudanças no modo como os ajustes de consolidação deveriam ser registrados, o outro sobre como recuperar o imposto sindical retido na fonte, descontando-o contra as obrigações fiscais corporativas convencionais. Era bom ficar atualizado sobre aqueles assuntos. Quando Malvina chegou, seu *mocha* estava frio, e ela teve de pedir outro. Seu rosto estava gelado quando ela o beijou. Ele prolongou o beijo o mais que pôde, respirando-lhe o perfume, que imediatamente o fez lembrar de seus encontros anteriores e das estranhas e vaporosas esperanças que construíra ao redor deles.

Sentados um em frente ao outro, Benjamin deu-se conta de que não sabia o que dizer para ela. Seu embaraço parecia ser contagiante, e ficaram sentados em silêncio durante algum tempo.

— Então — disse Malvina afinal, após dois ou três goles de café. — O que acha que acontecerá hoje? Acha que vamos conseguir alguma coisa?

— Bem... não sei... — Benjamin pareceu estupefato com a pergunta. — Só achei que era sinal de que nós poderíamos... você sabe, continuar a ser amigos.

Malvina manteve o olhar por um instante e então sorriu.

— Eu estava falando sobre a manifestação, não sobre nós.

— Ah. Ah... isso. — Benjamin olhou para a superfície espumante de seu café. Será que não teria fim a sua capacidade de se humilhar? — Não sei. Creio que será um dia memorável. Acho que as pessoas se sentirão inspiradas, provavelmente encorajadas. Mas não mudará a opinião de ninguém, certo?

— Não. É claro que não. — Mais animada, ela perguntou: — E quanto ao seu trabalho? Como vão as coisas? Tem escrito muito nas últimas semanas?

Malvina era uma das poucas pessoas a quem Benjamin confiara detalhes de sua *magnum opus*. Mesmo assim, não dissera muita coisa. Dissera-lhe qual seria o título — *Inquietação* —, mas logo que tentou explicar o que esperava conseguir com aquilo, por que o considerava único, fundamental e necessário, as palavras tornaram-se inadequadas; ele ouvia a si mesmo falando, mas as frases ditas por sua boca pareciam não ter relação com a forma ideal e imaculada que o trabalho continuava a ter em sua cabeça.

Queria dizer a ela que aquilo era a coisa mais importante de sua vida; que o estava enlouquecendo; que era um casamento sem precedentes de velhas formas com a nova tecnologia; que mudaria para sempre a relação entre a música e a palavra escrita; que ele não escrevia uma palavra e nem compusera uma nota havia meses; que às vezes achava que era a única coisa que o mantinha vivo; que conseguia sentir que estava perdendo a fé naquilo, assim como em muitas outras coisas... Mas não parecia necessário, e ele não via motivo para expressar aquelas coisas para aquela bela e misteriosa mulher sentada diante dele lambendo o resto de café do lábio superior pintado de batom.

— Mais ou menos — acabou dizendo, desajeitado. — Continuo trabalhando muito. — Malvina sorriu e balançou a cabeça.

— Quem é você, Benjamin? O rei da obra inacabada? Você está escrevendo este negócio há *vinte anos*. Será que algum dia vai se permitir dar um tapinha no próprio ombro? É incrível o modo como você tem insistido. Meu Deus, se eu escrevo cinco linhas de um poema e empaco em uma idéia, geralmente desisto e jogo tudo fora. — Ela se recostou na cadeira e olhou para ele, exultante, quase orgulhosa. — Como consegue? O que o faz prosseguir?

Após um instante, Benjamin respondeu baixinho:

— Eu já lhe disse isso na primeira vez em que nos encontramos.

Malvina olhou para as profundezas de sua xícara de café.

— Ah, sim... a misteriosa *femme fatale*. O amor de sua vida. Como era mesmo o nome dela?

— Cicely.
— E a idéia por trás do livro é... Pode me lembrar? — Benjamin nada disse, de modo que ela prosseguiu: — Ah, sim... ela irá ler esse livro algum dia, verá que você é um gênio e que foi louca por ter abandonado você e então voltará correndo. Algo assim, certo?
— Algo assim — disse Benjamin, o rosto subitamente soturno, reservado.
— Benjamin — disse Malvina com urgência —, posso não saber do que estou falando, mas alguma vez já lhe ocorreu que ser abandonado por ela foi a melhor coisa que já lhe aconteceu? Que você pode ter escapado por pouco?
Benjamin deu de ombros e bebeu a borra de seu *cappuccino*.
— Quer dizer, se é isso que o faz continuar escrevendo, tudo bem. Provavelmente é a única coisa que impede que fique maluco, mas, caso contrário, gostaria que esquecesse este negócio idiota. Chega uma hora em que você tem de determinar um limite. E, no seu caso, creio que você ultrapassou esse limite há vinte anos.
Era impossível dizer se Benjamin estava ouvindo o conselho ou não. Ele simplesmente mudou de assunto, perguntando:
— E quanto a você? Está escrevendo alguma coisa no momento?
— Ah, sim... ainda estou "trabalhando muito", como disse.
— Não sei como encontra tempo, com tanta coisa acontecendo em sua vida — disse Benjamin, embora na verdade soubesse que ela conseguia aquilo porque era jovem.
— Bem, sabe como é — respondeu. — Noite adentro. Café preto. Estou tentando escrever mais contos, mas não consigo avançar mais que algumas páginas. São apenas fragmentos. Não sei o que fazer com eles.
— Já os mostrou para alguém?
— Não. Ficaria muito envergonhada.
— Talvez devesse.

O que Benjamin queria, é claro, era lê-los ele mesmo: tudo para recuperar a proximidade com ela. Mas ele sabia que ela jamais concordaria com aquilo. Em vez disso, agarrou-se à idéia de que pudesse ajudá-la de modo mais prático, embora alguns segundos de reflexão racional o tivessem feito ver que aquilo também era impossível.

— Conheço alguém a quem você poderia mostrar os seus escritos — disse ele. — Um amigo meu, Doug Anderton.

— Sim, conheço Doug. Ao menos, falei com ele ao telefone. Tem um novo emprego, não é mesmo?

— Por isso eu o mencionei. É editor literário agora. Por que não manda os seus textos para ele?

Malvina franziu o cenho.

— E para quê? Ele apenas encomenda artigos e resenhas de livros, não é? Não publicariam contos ou algo parecido.

— Às vezes publicam — insistiu Benjamin. — Além disso, ele me disse que agora os editores vivem ligando para ele e convidando-o para almoçar. Portanto, se ele gostar de seus textos, poderá mencioná-los, não é? Os editores estão sempre prontos a fazer favores a Doug, para garantia que obterão uma boa cobertura. É tudo um grande negócio. Você poderia tirar vantagem disso.

Soou bastante plausível, pensou, considerando que ele no fundo não sabia sobre o que estava falando. E Malvina — que estava sempre pronta a crer que o mundo funcionava deste modo — parecia um tanto convencida do que ouvia.

— Talvez... — murmurou.

— De qualquer modo — disse Benjamin —, você verá Doug em um minuto.

— Verdade? Ele vai participar da passeata hoje?

— Claro que sim. Seu pai era gerente de oficina em Longbridge, lembra-se? Vou encontrá-lo na New Street Station em vinte minutos. Pode vir?

— Não tenho certeza. Não sei onde vou me encontrar com Paul.

A resposta a isso veio logo. Malvina e Benjamin terminaram os seus cafés, saíram na manhã úmida e gelada e juntaram-se à multidão que aumentava à medida que seguia a New Street em direção à Bristol Road. Àquela altura, o rio humano já se movia com rapidez, embora fosse apenas um afluente do rio principal. Havia faixas por toda parte ("Não deixe a Rover morrer", "Salvem nossos empregos", "Blair não se importa"), e toda a vida da cidade parecia estar ali: aposentados caminhavam ao lado de adolescentes, gente de Bangladesh ao lado de brancos e paquistaneses. Era uma boa atmosfera, pensou Benjamin, mesmo que todo mundo parecesse estar com frio. Manteve-se junto a Malvina, em parte com medo de perdê-la em meio à multidão, em parte porque queria. Por isso mesmo, ela não conseguiu ocultar a sua reação quando chegou uma mensagem de texto de Paul. Malvina pareceu irritada, até mesmo um tanto ofendida, mas nada surpresa.

— Oh, *Paul* — disse ela para o telefone, fechando-o e guardando-o novamente no bolso de sua jaqueta de couro.

— O que foi? Ele desistiu?

— Disse que está atolado de trabalho. — Ela olhou para o outro lado, mordendo o lábio. — Merda. Seria tão bom que ele fosse visto aqui. Por que não consigo fazê-lo ver isso?

— Meu irmão é um covarde — disse Benjamin, como se falasse consigo mesmo.

Ela olhou para ele.

— Você acha?

Benjamin deu de ombros.

— Às vezes. — Então, acrescentou: — Eu sei que não devia dizer isso para você. — E, depois, mais baixo: — Sei que você gosta dele.

— Sim — admitiu Malvina. — Sim, gosto. Mas isso não quer dizer que ele não possa ser um completo idiota.

— Então ele está em Londres?
— Não — disse Malvina. — Está em casa. Vou me encontrar com ele mais tarde.
— Ah — Benjamin se decepcionou. — E o que a Susan pensa a esse respeito?
— Ela não sabe. Foi com Antonia passar o fim de semana com os pais.
— Você vai passar a noite lá?
— Sim.
— Aconchegante — disse Benjamin, dando uma série de significados à palavra.
— Acha isso ruim?
— Você não acha? — Ele riu. — Supostamente é você quem devia saber como funciona a imprensa. Você imagina o que aconteceria se os jornais descobrissem isso?
Malvina voltou-se e olhou sério para ele. Havia uma súbita intensidade em sua voz e em seu olhar que pareceu quase cômica para Benjamin.
— Eu não estou tendo um caso com ele. Eu não estou dormindo com ele. E nunca dormirei.
Benjamin não conseguiu pensar em nada a dizer a não ser, após uma breve pausa:
— Eu acredito em você.
— Bom — disse Malvina. — Porque é a mais pura verdade.

No fim, havia cinco deles marchando juntos em direção ao Cannon Hill Park: Benjamin, Doug, Malvina, Philip Chase e sua segunda mulher, Carol. Estavam atentos para ver se encontravam Claire e Patrick, mas até então não havia sinal deles. Naquele momento, havia dezenas de milhares de pessoas caminhando solenemente ao longo da Pershore Road, uma multidão de ânimo desafiador, resoluto, mais do que ruidosamente militante. Benjamin esperava que fosse uma manifestação principalmente local, mas havia faixas de sindicatos de toda parte: Liverpool,

Manchester, Durham, York. A base de apoio para a salvação de Longbridge evidentemente era ampla e bem disseminada, embora tenha havido gente — os suspeitos de sempre — que tentou seqüestrar a manifestação: de vez em quando o ar vibrava com aquele grito ubíquo de protesto nas ruas, tão inglês quanto o primeiro cuco da primavera:
— Trabalhador SOcialista! Trabalhador SOcialista!
O que levou Doug a exclamar, jubiloso:
— Isso é *fantástico*, não é mesmo? É como estar de volta aos anos 1970.

Phil e Carol caminhavam de braços dados, com Phil portando uma faixa que dizia: "A Rover não pode parar" bem acima da cabeça. Malvina gravitava ao redor de Doug, e após algum tempo, começou a ter com ele uma conversa confidencial, em voz baixa. Benjamin achou que ela estava falando de seus textos. De algum modo, outra vez, mesmo em companhia de dois de seus amigos mais antigos, descobria-se excluído, entregue a outro universo particular, limitado aos seus próprios recursos imaginativos. Nunca entendeu como aquilo acontecia, mas sempre acontecia. Se Emily estivesse ali, imaginou, poderia conversar com ela, ou ao menos segurar-lhe a mão. Mas ela estava enrolada com trabalho em casa: o fabriqueiro da igreja, Andrew, iria até lá naquela manhã e ambos iriam entregar cópias do boletim da paróquia. Ela pensara em cancelar o compromisso e ir à passeata, mas Benjamin conseguiu convencê-la a fazer o contrário. Ele não queria que ela conhecesse Malvina.

— Do que estavam falando? — perguntou a Doug, assim que Malvina saiu de perto e ele recuperou a atenção do amigo a cerca de trezentos metros do Cannon Hill Park.

— Ah, nada de mais — disse Doug. — Principalmente sobre o seu maldito irmão. Disse-lhe que ele não precisava mais ficar me paparicando. Aparecer no suplemento literário não melhorará o seu perfil. Apenas umas dez pessoas o lêem, e oito dessas pessoas são as que escrevem ali.

— Ela falou dos contos que escreve?
— Ela disse algo a respeito, sim. Mas eu não prestei atenção.

Não era a primeira vez que Benjamin notava que Doug não estava fazendo o menor esforço para parecer interessado no novo trabalho. Ele não falava daquilo de outro modo a não ser com desprezo. Começava a parecer que seria apenas questão de tempo — pouco tempo, na verdade — antes de abandonar aquilo completamente.

— São loucos de terem posto você de lado desta maneira — disse ele. — Quero dizer, você poderia ter escrito algo ótimo sobre este comício. Mandaram alguém para cobrir o evento?

— Estão deixando que eu o faça. Estão me permitindo um canto do cisne. Phil disse que eu podia ir até a casa dele e usar o computador. Para ser franco, não creio que deva me importar.

— Ele suspirou, seu hálito uma baforada de vapor em meio ao ar gelado. — Não sei o que fazer com isso, Ben. Fazer o melhor que posso em um emprego ruim, creio eu. O que me faz lembrar... *você* quer resenhar alguma coisa?

— Eu? — disse Benjamin, incrédulo.

— E por que não? Se vou tirar algum benefício desta merda de emprego, que ao menos eu faça algum bem para os amigos.

— Mas eu nunca resenhei coisa alguma antes. Muito menos para um jornal de circulação nacional.

— Não importa. Você não pode escrever nada pior do que o lixo que os críticos habituais me enviam. De qualquer modo, tenho algo para você.

— É?

— Lembra-se daquela bicha velha que veio ler poemas para nós na escola? Francis Piper, era o nome dele.

Benjamin meneou a cabeça. Realmente, aquele dia ficara gravado em sua memória com força indelével. Fora no mesmo dia em que ele esquecera de trazer o calção de banho para a escola e fora ameaçado — sob as leis brutais e arcanas do departamento de educação física da King William's — de ser obrigado a nadar nu com seus colegas de turma. Deus veio em sua ajuda naquele dia e era sobre este incidente (embora quase ninguém mais soubesse disso) que Benjamin fundamentou todo o seu sistema de crença religiosa. Não é o tipo de dia que se esquece rápido.

— Sim, lembro-me dele. O velho era legal, comprei todos os poemas dele depois disso. Mas não os leio há anos. Não me diga que ele ainda está vivo! Ele devia ter uns noventa anos quando veio ler para nós.

— Parece que morreu há uns cinco anos. Agora estão publicando uma biografia. Um tijolaço, cerca de oitocentas páginas. E então? Acha que pode escrever a respeito?

— Sim, claro... eu adoraria.

— Vamos receber um exemplar do livro em duas ou três semanas. Vou mandá-lo diretamente para você.

Durante esta conversa, Philip vinha andando logo atrás e, então, após alcançá-los, disse:

— Eu lembro do cara. Ele tinha uma aura... angelical, mas seus poemas eram absolutamente pervertidos quando você se dava conta do que se tratava.

— O que nenhum de nós fez na época.

— Exceto Harding — disse Phil. — Não se lembra? Ele ergueu o braço em uma das aulas de Fletcher e perguntou se Piper era gay.

— Só que não foi assim que ele se expressou, não é? — disse Doug sorrindo, e divagou em voz alta: — Ah, Harding, Harding... o que aconteceu com você? Onde está agora que tanto precisamos de você?

— Pode estar em qualquer lugar — disse Benjamin. — Nem sabemos se deixou Birmingham. Deve estar lá até hoje.

Phil balançou a cabeça.

— Sean? Não. Não era o jeito dele. Ele não era solidário com os trabalhadores nem com ninguém. Anarquia era mais a dele.

— Bem, de qualquer modo seria decepcionante reencontrá-lo novamente — disse Doug. — Como disse antes, ele provavelmente se tornou um controlador de estoque. Certamente deve ter ficado mais chato que qualquer um de nós.
— De quem vocês estão falando? — perguntou Malvina, juntando-se a eles após passar os últimos minutos na periferia da multidão.
— Alguém que conhecíamos — respondeu Doug. — Três coroas lembrando-se dos tempos de escola. Coisas que aconteceram antes de você nascer. — E, após pensar novamente, perguntou: — Por falar nisso, quando você nasceu?
— Em 1980.
— Meu Deus. — Todos pareceram genuinamente incrédulos ao ouvirem a informação, como se o que Malvina estivesse dizendo fosse biologicamente impossível. — Você realmente é uma filha de Thatcher, não é?
— Bem, não lamente ter perdido os anos 1970 — disse Phil.
— Creio que você está a ponto de entrar em uma cápsula do tempo.

Passeata de 100 mil pela Rover é advertência a Blair

Por Doug Anderton

A palavra de ordem parecia interminável e após algum tempo tornou-se hipnótica, como um mantra de êxtase: "Tony Blair, que horror! Tony Blair conservador!"

Se o primeiro-ministro ouviu, é outra história. Mas ontem o povo de Birmingham deixou claro ao governo quais são as suas intenções em um momento em que a cidade assistiu não apenas à sua maior manifestação desde os anos 1970, como também a uma das mais significativas expressões de protesto de massa da Inglaterra desde os confrontos da sra. Thatcher com os mineiros grevistas.

A decisão da BMW de abandonar a Rover pôs a cidade em ação. Em uma demonstração pública de revolta bem-comportada, os trabalhadores da Rover, líderes sindicais e dezenas de milhares de cidadãos comuns marcharam lado a lado pelas ruas de Birmingham até o Cannon Hill Park para ouvirem discursos desafiadores, seguidos de uma breve apresentação da banda local UB40.

Em termos de idade, classe e grupo étnico, o comício foi uma clara demonstração da amplitude e diversidade da cidade. Joe Davenport, de oitenta e quatro anos, carregava uma faixa oferecendo uma nova interpretação da sigla BMW: "Betrayed Midlands Workers", os Trabalhadores das Midlands Traídos. No meio tempo, crianças de três ou quatro anos misturavam-se aos adultos, ostentando balões e algodões-doces comprados em quiosques. Não houve incidentes e nem prisões.

Durante os discursos, alguns grupos de extrema esquerda apuparam os oradores.

Richard Burden, o parlamentar trabalhista de Northfield, teve de suportar o impacto da fúria da multidão para com aquilo que muitos vêem como sendo, no mínimo, inércia e falta de visão da parte do governo. (Por acaso, o seu colega parlamentar, Paul Trotter, notabilizou-se pela sua ausência.) Outros oradores provocaram fortes reações. Albert Bore, o líder do conselho municipal de Birmingham, foi aclamado pela multidão ao definir a venda de Longbridge como "o estupro da Rover". Tony Woodley, do TGWU, também marcou pontos, insistindo que a BMW se comportara de modo "desonesto e desonroso", e que o governo tem uma "responsabilidade para com a Rover, a Inglaterra e a indústria britânica".

Contudo, o ponto alto da tarde talvez tenha sido a presença da celebridade do rádio, o autodenominado "historiador da comunidade", dr. Carl Chinn, que se mostrou um orador envolvente capaz de recorrer sem pudor a um sem-número de referências às tradições de protesto da classe trabalhadora e dos sindicatos: o tipo de retórica que, vinda de um membro de seu círculo fechado, faria o atual primeiro-ministro engasgar com o Chardonnay.

Com as memórias do estadista ainda ecoando em seus ouvidos, a multidão pareceu voltar para casa revigorada e pronta para a luta. Que formas esta luta irá assumir, e quem será alistado, depende agora — assim como tudo o mais — de uma discussão oculta que sem dúvida se desenrolará a portas fechadas em Millbank nos próximos dias.

O discurso de Carl Chinn terminou com as palavras: "Que isto sirva de advertência: se não nos ouvirem, marcharemos pelas ruas de Londres e levaremos a nossa luta aos portões de Westminster." Quando os aplausos esmoreceram, Tony Woodley voltou ao palanque e disse:

— Mandamos hoje uma clara mensagem à BMW. Não vamos abrir mão de Longbridge em silêncio.

Woodley ainda repetia a frase e recebia ainda mais ovações e aplausos quando Philip sentiu um tapinha no ombro e voltou-se para ver seu filho e a ex-mulher atrás dele, sorrindo-lhe afetuosamente.

— Oi, Claire — disse ele, abraçando-a com força. Deu um tapinha nas costas de Patrick enquanto Claire e Carol se cumprimentavam com um tipo de abraço curto e funcional. Então Claire descobriu que Doug olhava para ela. Era a primeira vez que se viam em mais de quinze anos. Ele a cumprimentou e em seus olhos ela pôde ver a mesma ansiedade, a mesma curiosidade que ela lembrava ter visto no passado, quando eram estudantes e voltavam juntos para casa todas as tardes no ônibus 52. Era como se as décadas que haviam se passado tivessem se dissolvido.

O momento era mais perturbador do que isso, porque sentiu pesar sobre si a verdade daquilo de que já se dera conta no show de Benjamin, em dezembro: havia sentimentos que nunca diminuem de intensidade, não importando quantos anos tenham transcorrido, não importando quantas amizades e casamentos tenham passado no intervalo. Era verdade, pensou ela, olhando-o: ele sempre vai sentir o mesmo por mim; e eu sempre vou sentir o mesmo por Benjamin; e Benjamin sempre sentirá o mesmo por Cicely. Vinte anos e, no fundo, nada mudou. Nada muda nunca.

Mas ela não disse isso. Apenas sorriu quando Doug disse:
— Você está fabulosa, Claire.
Ela respondeu:
— Você também está ótimo. Ouvi dizer que se uniu à aristocracia. Andar com as classes dominantes certamente lhe cai bem.

Antes que pudesse pensar em uma resposta, Doug deu-se conta das pessoas atrás de Claire que esperavam para falar com ele. Ele era alto, ligeiramente acanhado e vestia um anoraque azul-marinho. Tinha cabelos ralos e grisalhos, estava perto dos setenta anos de idade e agarrava o braço da mulher, que parecia mais forte, em melhor forma e mais segura de si. Doug sabia que deveria reconhecê-los, mas não conseguia dar nomes àqueles rostos. Claire percebeu a sua hesitação e voltou-se para fazer as apresentações.

— Oh, perdão... você já se conhecem, não é mesmo? Estes são o sr. e a sra. Trotter. Pais de Benjamin. Encontramo-nos diante do campo de críquete.

— Olá, Doug — disse Colin Trotter apertando-lhe a mão, e continuando a apertá-la, aparentemente esquecido de que deveria largá-la. — Vejo que está muito bem. Sheila e eu estamos muito contentes. Pergunto-me o que seu pai diria de tudo isso.

— Ele teria ficado feliz em vê-lo aqui, posso garantir — disse Doug com sinceridade.

— Bem, tínhamos as nossas diferenças. Todos nós as tínhamos naqueles tempos. Mas é uma grande fábrica, essa é que é a verdade. Ninguém a quer ver jogada fora desse jeito.

— Ainda trabalha lá, Colin?
— Não. Eu me aposentei há quatro anos. Nem um minuto antes do tempo, devo dizer. Lamentamos tanto quando soubemos de seu pai, Doug. Muito mesmo. Ele nunca gostou muito da aposentadoria, não é mesmo?
— Bem, a coisa foi rápida. Ele nem sabia o que estava acontecendo. Não é um modo ruim de se ir embora.
— Como Irene está reagindo?
— Lutando. Teria adorado vir hoje, mas acabou de quebrar a bacia. Tive de ir lá na semana passada, levá-la ao hospital e tudo o mais. Acabamos indo a um particular.
— Bem — disse Colin —, de que adianta ter dinheiro se você não o gasta?
— Parece que é assim que são as coisas — acrescentou Sheila Trotter. Então disse: — Mudando de assunto... pensamos que Benjamin estaria com você.
— E está. — Doug olhou ao redor, subitamente dando-se conta de que não via o amigo havia quinze minutos. — Foi se despedir de alguém, mas disse que voltava logo. — Voltou-se para Philip e Carol e, embora houvesse surpresa em sua voz, estava mesclada com uma exasperação familiar. — Alguém viu Benjamin nos últimos minutos?

Malvina logo se cansou dos discursos: Benjamin via isso claramente. Não era para ouvir discursos que ela estava ali. Viera para estar com Paul, em parte para se certificar de que Paul estaria presente e fosse visto ali, mas também por pura saudade dele. Benjamin detestava concordar com aquilo, mas não havia como evitar. E o pior de tudo era que isso não parecia mudar os seus sentimentos em relação a ela.

Quando Malvina se voltou para ele no meio do discurso de Tony Woodley e disse "Acho que vou nessa", ele a seguiu sem pensar e caminhou ao lado dela até o estacionamento de Cannon Hill, abrindo caminho entre a multidão que se acotovelava.

— Não perca o resto do comício — disse ela no portão principal. — Deve voltar e se encontrar com os seus amigos. Ele meneou ao cabeça, impotente. Estava envergonhado de si mesmo por se sentir tão atraído por ela, mas nada podia fazer. Não podia mudar aquilo. E Malvina também deve tê-lo sentido porque, pouco antes de ir, disse algo estranho, algo maravilhoso, algo que ele jamais esperaria. Ela disse:

— Sabe, Benjamin, seja lá o que aconteça, seja lá como isso termine... Sempre me alegrarei por tê-lo conhecido. Nunca me arrependerei.

Então ela o beijou rápida e energicamente no rosto e se foi, como um peixe saltando em busca de águas mais seguras. Benjamin a viu desaparecer.

Ele voltou em direção ao palco no outro extremo do parque, onde Doug, Phil e Carol haviam ocupado a primeira fila. A retórica dos oradores começava a soar-lhe como gritaria sem sentido, uma barragem de barulho intimidadora em algum idioma que havia muito esquecera — embora ainda parecesse ser lembrado pela multidão, cujas ondas de aplausos e apupos pareciam-lhe vinculadas ao tom e ao ritmo das vozes do palco, não ao que estava sendo dito.

Começara a manhã sentindo-se politizado, engajado, e agora percebia estar envolvido em algum tipo de inércia melancólica: justamente o oposto do que o comício esperava provocar. Não daria certo. Ele teria de se encontrar com os outros, ir ao *pub* com eles depois, falar sobre quão inspirador fora o dia e como manter vivo o movimento. Talvez seus pais tivessem aparecido àquela altura e também desejariam ir com eles. Estas eram as suas obrigações. Era a coisa mais sã e adequada a fazer.

Voltando do estacionamento, aproximou-se da multidão. O cheiro de carne e cebola de uma barraquinha de cachorro-quente enchia o ar e um homem de cabelos brancos e rosto avermelhado com bandeiras da Inglaterra estampadas no chapéu e no colete vendia balões para as crianças. Benjamin viu duas meninas com cerca de três e cinco anos solenemente agarradas aos fios de seus balões enquanto a mãe brigava com a tampa de uma lancheira e tirava dali uma pequena pilha de sanduíches de geléia enrolados em plástico transparente.

A menina de cinco anos pegou o sanduíche e o mordeu; mas a coordenação de sua irmã menor não deu conta da tarefa. Ao tentar alcançar um sanduíche, deixou escapar o fio de seu balão amarelo. Instantaneamente, o balão subiu no ar. Ela olhou para cima por um instante, o rosto sem qualquer expressão, e depois congelou em um horror de olhos arregalados.

— Ma-mãe — gritou, e tentou pegar o fio que já ia alto demais. — MA-MÃE! — gritou novamente, e, para os ouvidos de Benjamin, a voz pareceu bem mais alta, bem mais comovente do que a arenga gutural que vinha do palanque.

Ele viu o que estava acontecendo e correu, enquanto ouvia a si mesmo gritando: "Vou pegar, vou pegar!", como se estivesse muito longe, e passou pela mãe da menina que olhou para ele em total confusão, convencida de que era um louco. A menina começou a correr atrás dele também, mas Benjamin não se deu conta: seu olhar estava fixado no balão que se movia em direção às castanheiras na periferia do parque. O balão aumentou de velocidade e ele também, acotovelando o bando de manifestantes e apoiando-se no ombro de uma mulher que gritou "Mas que CARALHO...?"

Emergindo da multidão em terreno mais ou menos aberto, começou a correr, mas já era tarde demais. O balão amarelo subia cada vez mais, ficou preso momentaneamente em um galho mas acabou se livrando, e então se foi, subindo em espiral em inúmeros volteios até desaparecer no céu de abril, confundindo-se lentamente com a distância infinita, nada deixando para trás além de um ponto amarelo na retina e uma sensação de perda dolorosa e insuportável...

Benjamin voltou cambaleante em direção à mãe e suas filhas e disse, sem fôlego:

— Não consegui. Tentei, mas foi rápido demais para mim.
— Está tudo bem — disse a mãe com frieza. — Era apenas um balão. Vou comprar outro para ela.
Ele olhou para a menina. Seus olhos estavam cheios de lágrimas, mas ela ainda o olhava fixamente, cautelosa, confusa.
— Lamento — disse Benjamin. — Sinceramente lamento.
Então, deu-lhe as costas e novamente se afastou da multidão.

20

----- Mensagem Original -----
De: Malvina
Para: Doug Anderton
Enviada: Quarta-feira, 19 de abril de 2000 01:54
Assunto: Conto

Caro Doug

Pensei muito antes de lhe escrever e acabei decidindo tomar a iniciativa.

Por favor, não leve este texto muito a sério. É um texto de "ficção" embora, é claro, tenhamos de escrever sobre pessoas que conhecemos e coisas que experimentamos. Uma vez que venho fazendo isso há mais de três anos, tinha muitos fragmentos para escolher e não conseguia decidir o que enviar, de modo que acabei simplesmente escolhendo a coisa mais recente que escrevi. Terminei este texto há apenas duas semanas.

Não espero que o publique ou algo assim. Sei que não tem espaço, inclinação (ou liberdade editorial?) para fazê-lo. Apenas valorizo a sua opinião. Sempre achei você "simpático", além de ser a única pessoa que conheço que tem a ver com o mundo dos livros. Se achar que não vale nada (como provavelmente achará), por favor, apenas delete e POR FAVOR não mostre para mais ninguém.

Parece que passaram séculos desde o comício de Longbridge. Paul manda-lhe lembranças, e seus cumprimentos pelo novo cargo, do qual ele espera que você esteja gostando.

Bj

Malvina

----- SEGUE TEXTO ---

MANIFESTAÇÕES

1.
Ela se perde.
Pega a saída errada da estação e caminha quase dois quilômetros em uma neblina que se transforma em penumbra.
Seu cabelo está molhado e despenteado. Suas meias grudam-se nas pernas por causa da umidade.
Saíra cedo para aquilo. Poderia ter ficado mais tempo, mais uma em meio à multidão, ouvindo os discursos ao lado de pessoas que ela começa a ver como amigos, com o homem que a olha com desejo, o homem para quem ela tem segredos, o homem de quem se sente inimaginavelmente próxima.
Ela não quer ser mais uma na multidão. Isso é um fato. Há muitos outros (fatos), pensa.
As nuvens se abrem. Ergue-se uma lua cremosa. Ela volta pelo caminho que veio.
Há uma ânsia dentro dela enquanto caminha. Fica mais forte, mais dolorosa, à medida que se aproxima da casa. Ela sente esta ânsia na presença dele. É um sentimento novo para ela. É o que a traz de volta, supõe, apesar de todos os seus melhores instintos. Às vezes é uma pressão na cabeça, às vezes um vazio no estômago, às vezes uma doce

ausência entre as pernas, ansiosa para ser preenchida. Por que ele, entre todos, a faz sentir tal ânsia, é um dos maiores e melhores mistérios.

Seriam almas gêmeas? É certo que não.

2.
Não é uma casa, é um estábulo. Ninguém mais quer viver em casas. Querem viver em celeiros, galpões, moinhos, igrejas, salas de escola e capelas. Mas, principalmente, em estábulos. As casas não servem mais, não para essa gente, não para as pessoas em que nossa prosperidade nos transformou. Ao pensar nisso, ela é obrigada a acrescentar: não estou me distanciando, não estou me mantendo à parte. Estamos nisso juntos. Eu mesma gostaria de viver aqui.

Ela mesma gostaria de morar ali, mas, infelizmente, alguém mais parece ter chegado primeiro. Como uma Cachos Dourados de cabelos negros, ela morde o lábio e olha para o retrato da mulher dele, para as fotografias de sua filha. As Barbies no chão, os ursinhos na cama, e o pequeno trampolim no jardim. Mais tarde naquela noite (após mais vinho e um jantar que ela mesma preparou — bouillabaisse, o prato favorito de sua mãe, puxado no açafrão e no alho, coisa que sempre a acalmou), descobre, surpresa, que ele deseja que ela durma na cama de sua filha. Quer que ela durma sob um edredom com fadas de flores, em um quarto com cartazes dos Tweenies nas paredes, em uma cama tão pequena que seus pés ficam para fora. Talvez ele tenha fetiche por pés e pretenda vir boliná-los à noite. Ou talvez (aha!) esteja aborrecido por ela não querer dormir na cama com ele, e esta seja a sua punição. Ele jamais admitiria isso. Apenas diz: "A cama extra não deve parecer ter sido tocada. Levantaria suspeitas."

Pessoalmente ela acha que é um pouco tarde para tais cuidados.

Mas isso ainda está por vir. No meio tempo, ela bebe um vinho amargo e observa quando ele se agacha e monta uma pirâmide de madeira na lareira. Ele acende a madeira com um fósforo e quase grita de satisfação quando o fogo pega e as chamas começam a dançar na lareira. Alguns minutos depois, porém, quando o fogo diminui de intensidade, tombando para dentro de si mesmo, reduzido a um brilho sem calor, ele se aborrece novamente e culpa a umidade da madeira.

3.
Mudando de forma, ela se divide em duas. É uma habilidade que tem. Uma entre tantas.

Sentam-se juntos no sofá, a vinte decorosos centímetros um do outro, e bebem em silêncio. Haviam trabalhado — trabalho é a desculpa dela para estar ali — e, agora, têm de preencher o tempo traiçoeiro antes de se recolherem.

Ela olha para o fogo e para o tapete diante do fogo e sabe que ele gostaria que ela estivesse deitada ali, olhando para ele. Ela também gostaria de estar ali deitada, olhando para ele, sentindo as veias pulsando com o conhecimento do poder que tem sobre ele, tocando-lhe a perna com a ponta do pé, afastando-lhe as pernas, movendo o pé para cima, até as coxas, em direção ao seu ponto fraco.

E enquanto estivesse afastando-lhe as pernas e subindo com o pé, ela olharia para si mesma, aquela outra pessoa sentada ao lado dele no sofá, a vinte decorosos centímetros, e diria: O que está fazendo aqui? O QUE, EM NOME DE DEUS, você está fazendo aqui? E a mulher no sofá olharia para a mulher no tapete, aquela mulher libertina e excitada que deixava a saia subir-lhe até as coxas, expondo a palidez luminosa de sua pele, e explicaria:

Durante toda a minha vida foi meu papel cuidar das pessoas. Desde que me entendo por gente. Tenho vinte anos e nunca me ensinaram como amar as pessoas, apenas como cuidar delas. Foi essa a tarefa que me foi atribuída por meus pais. Meu pai, devo dizer. Em minha curta vida adulta, fui para a cama com dois homens que me deixaram pouco depois de me comerem porque não queriam que eu tomasse conta deles. Eu os aborrecia tentando cuidar deles, mas eu não conseguia evitar porque isso é tudo o que sabia fazer. Mas neste homem sinto uma necessidade. Uma necessidade que eu creio poder satisfazer e que acho que ninguém mais pode. E é isso o que me atrai nele e é isso que me faz desejá-lo e creio que esse é o único tipo de desejo que conheço e irei conhecer.

Então, a mulher no tapete se sentaria, puxaria a saia para baixo, cobrindo os joelhos, e diria:

Acho que você é uma idiota.

E diria também:

Acho que está procurando um pai.

4.

É madrugada, talvez uma e meia, talvez duas horas.

Ela não consegue dormir. O quarto da filha dele está abafado e por isso ela abriu a janela para fumar um cigarro, olhando para a noite, fazendo vagalumes no escuro.

Aquele é um lugar escuro. Assusta-a. As raposas uivam à noite, mas ali não é cidade nem campo. Ela viveu na cidade e no campo, viveu em muitos lugares diferentes, até mesmo em continentes diferentes, mas este é o lugar que mais a assusta. As luzes ao longe. O longo, indiferente e absoluto silêncio daquela noite nas Midlands.

No meio da Inglaterra.

A porta se abre e ele está diante dela, emoldurado pelo batente da porta, iluminado por trás pela luz da escada. Ela apaga o cigarro, volta-se e caminha em direção a ele. Veste apenas uma camiseta e a calcinha branca de algodão, e embora tais roupas nada tenham de sexy, ela pode ver que

*ele está excitado ao vê-las. Pode sentir seus olhos sobre seus pequenos seios, seus mamilos enrijecidos pelo frio da noite. Ele dá um passo à frente e toca-lhe o rosto, seguindo a curva de seu queixo, a curva de seu longo pescoço. Ela deseja corresponder, deseja ronronar e devolver a carícia com a face, como uma gata voluptuosa. Mas algo a detém. Ela diz que não e ele pergunta pela quinquagésima vez: por que não? e tudo o que ela consegue dizer é:
Porque não quero ser a pessoa que irá destruir tudo isso.
E acrescenta:
Tem de ser você.*

19

Doug lê a história de Malvina, olhos embaçados, por volta das 02:30, uns quarenta minutos após ela tê-la enviado. Ranulph acabara que acordar pela terceira vez e ele levara o filho sonolento e faminto até a cozinha, pegara uma garrafa com o leite de Frankie e sentara-se à escrivaninha para verificar os seus e-mails enquanto o filho sugava ruidosamente a mamadeira até seus olhos se fecharem e seu respirar se metamorfosear no lento e regular fluxo e refluxo do ressoar dos bebês. Com a criança repousando pesadamente sobre o seu braço esquerdo, Doug começou a cumprir uma série de tarefas no computador com apenas uma mão. Abriu uma pasta chamada Trotter e salvou a história de Malvina ali. Depois criou um documento em branco chamado "Notas de Malvina", salvou-o na mesma pasta e escreveu ali algumas frases:

M passou a noite na casa de PT, 1º de abril de 2000

Sente-se prejudicada de algum modo. Estará ele abusando de alguém jovem, ingênuo e confuso?

Relacionamento = destruidor de carreira, nestas circunstâncias?

Depois disso, também se sentiu sonolento. Desligou o computador, levou Ranulph de volta ao berço, voltou ao seu quarto, acomodou o corpo às curvas do corpo de Frankie e não pensou mais naquilo nos dias que se seguiram.

Ele ainda era esperado nas reuniões de pauta, mas começava a imaginar, agora, se havia algum motivo para dar as caras. Geralmente ele era a última pessoa convidada a falar. Às vezes faltava tempo e nem mesmo discutiam o suplemento literário.

Na manhã de terça-feira, por exemplo, as notícias de economia eram o primeiro item da agenda. O editor chegou tarde, como sempre, sentou-se na cadeira giratória e viu diante de si o círculo habitual de rostos esperando sua atenção com diferentes graus de nervosismo, de acordo com a idade, experiência e temperamento.

— OK, James — disse ele. — O que tem para mim?

James Tayler, o novo editor de economia, era onze anos mais novo que Doug. Era formando em economia pela King's College, em Cambridge, e trabalhava no jornal havia menos de dois anos.

— Dia decisivo para a Rover — anunciou em seu modo franco e confiante. — A Alchemy Partners tem até sexta-feira para formalizar a sua oferta. Podemos esperar uma declaração neste dia. Acho que devíamos fazer um perfil do chefe da empresa, o sujeito que vai administrar a Rover, esse tipo de coisa.

— É um negócio fechado, certo?

— Assim parece.

O editor nunca ria. Muito raramente, porém, como naquele momento, um brilho malicioso iluminava os seus olhos.

— Quer me dizer — disse o editor (sem olhar diretamente para Doug mas de algum modo deixando claro que era com ele que estava falando) —, que aquela maravilhosa e definitiva manifestação em Birmingham não fez a menor diferença?

— Aparentemente não — disse James.

— O que aconteceu? Eles não lêem o *Evening Mail* em Munique? Nós até mesmo fizemos uma chamada de primeira página, não foi? Alguém me lembre... quem escreveu aquele artigo?

Houve um silêncio embaraçoso na mesa e risos amarelos.

— Há uma oferta rival — destacou Doug, baixinho.

O editor voltou-se para ele.

— Como?

— Ainda não é um negócio fechado. Há uma outra oferta na mesa.

Fingindo surpresa, o editor perguntou:

— Você sabia disso, James? Certamente deve ter ouvido, uma vez que a notícia chegou ao nosso correspondente com o mundo das *belles lettres*.

— Sim — disse James —, há um grupo de negociantes locais que se autodenominam Phoenix Consortium. Crêem poder continuar produzindo em grande escala. Na verdade, é um grupo peso-pesado. Dirigido por John Towers, que era o diretor-executivo da Rover.

— Então devemos levá-los a sério?

Ele balançou a cabeça.

— Não vai acontecer. Não tiveram tempo bastante para preparar a sua oferta, não tiveram acesso adequado aos livros contábeis da BMW. E, no fim do dia, provavelmente não terão dinheiro bastante.

— Stephen Byers está apoiando — disse Doug.

O editor voltou-se novamente.

— Como?

— Há rumores de que o secretário de Estado para o Comércio e a Indústria os está apoiando.

— Isso é verdade — disse James. — Mas Blair deixou claro que não vão receber qualquer ajuda. — Ele consultou as suas anotações. — Na segunda-feira, 3 de abril, ele declarou: "Se, no passado, governos de nossos dois maiores partidos políticos foram levados a resgatar empresas em dificuldades, vemos que nosso papel agora é ajudar a preparar as pessoas e os negócios para a nova economia, assim como encorajar as inovações e empreendimentos, melhorar a educação e o treinamento assim como aumentar o acesso à tecnologia."

— Em outras palavras, a baboseira de sempre do Novo Trabalhismo — disse o editor. — O que, em resumo, quer dizer:

fodam-se, não têm dinheiro. Bom. Então a Alchemy vai ficar com a fábrica e, nesta semana, vamos fazer um perfil do seu chefe.
— Não teria tanta certeza — disse Doug.
— Douglas, vamos quebrar a tradição e cuidar de suas páginas logo, está bem? Não pretendo detê-lo aqui mais do que o necessário. Você tem recebido romances contemporâneos vindos de toda parte, imagino. O que tem para esta semana?
Doug inspirou profundamente, tentando se acalmar. Estava começando a se sentir disposto à violência física. Ele sabia que seu tempo se esgotara, que não podia suportar mais aquilo, que ficaria ali apenas mais alguns dias. Mas isso seria o fim de uma relação profissional de oito anos e ele o faria adequadamente, com dignidade. Ele acabaria aquela reunião, sairia do prédio e, então, consideraria as suas opções.
— Michael Foot — disse, com perfeita compostura. — Michael Foot sobre Jonathan Swift.
O editor olhou para ele, confuso.
— Escritor do século XVIII — explicou Doug. — *As viagens de Gulliver*.
— Isso é um pouco antigo, não acha?
— É um clássico atemporal.
— Não, estou falando de Michael Foot. Ele é que *nasceu* no maldito século XVIII, não foi? Ele mal podia ficar em pé quando era líder do Partido Trabalhista, e isso há vinte anos! O que diabos vamos publicar na seção de música desta semana... a ascensão do skiffle?* *Michael Foot?* Deve estar de sacanagem. O que mais tem?
— Há uma biografia de Francis Piper. Estou esperando a resenha.
— Nunca ouvi falar dele. Ou dela. Diga-me que é mulher. Diga-me que ainda tem seus vinte anos é linda e podemos publicar-lhe uma foto de meia página.

---

*Tipo de jazz, folk, ou música country tocada por músicos que usam instrumentos pouco convencionais como caixas de fósforo, tábuas de lavar roupa, canecas, apitos etc. (N. T.)

— Poeta. Homem. Falecido. Branco. Considerado muito bom.
— "Considerado muito bom." Aí está uma manchete que podemos usar. Vamos aumentar a tiragem em cinqüenta mil exemplares esta semana, o que acha? Quem está resenhando isso?
— Benjamin Trotter.
— Nunca ouvi falar.
— Irmão de Paul Trotter.
O editor começou a falar mas pensou melhor e parou no meio. Pegou uma caneta e sugou-a durante algum tempo. Finalmente disse:
— Sabe, Doug, por um momento pensei que estivesse me dizendo algo de útil. Pensei que fosse me dizer que *Paul* Trotter escreveu algo para você. *Isso* seria interessante. Todos conhecemos Paul Trotter. Nós o vimos na tevê e o ouvimos pelo rádio. Ele é jovem, é *sexy*, tem carisma. É *notícia*. Posso lhe passar um conceito? O *irmão* de Paul Trotter — ele sorriu seu sorriso mais educado e perigoso — não é notícia. Nas outras páginas de arte desta semana, não estaremos resenhando um espetáculo sobre a irmã de Damien Hirst. Não faremos a crítica de nenhum filme dirigido pelo tio de Quentin Tarantino. As páginas de notícia não serão dominadas pelas opiniões do sobrinho de Gordon Brown sobre a economia inglesa. Compreendeu? — Sua voz aumentou a ponto de ele quase gritar: — Queremos figuras públicas neste jornal. Queremos gente conhecida, não os seus familiares. OK?
Doug levantou-se, recolheu os papéis que trouxera e disse:
— Conheço os dois. Benjamin é uma das pessoas mais inteligentes e talentosas que conheço, o único problema é que nunca teve facilidades na vida. Paul Trotter é um ninguém. Um ninguém famoso, admito, mas se as pessoas que votaram nele soubessem as suas verdadeiras opiniões, ele não ficaria tanto tempo onde está. Jonathan Swift é um dos maiores escritores da

língua inglesa e Michael Foot sabe mais sobre ele do que qualquer um já soube até hoje e, por isso, acho que isso é *notícia*. E, acredite ou não, esse é o tipo de notícia em que os *seus* leitores estão interessados: não que alguma cantora pop adolescente colocou silicone na bunda ou que Paul Trotter pode estar trepando com a sua assessora.

Então, subitamente, todos os olhares que evitavam Doug voltaram-se para ele.

— Eu não disse isso — ele desmentiu após uma pausa atordoada.

— O que disse? — perguntou o editor.

— Eu não disse isso.

— Você disse que Paul Trotter estava trepando com a assessora?

— Não.

O editor girou a cadeira e voltou-se para sua principal correspondente política.

— Laura, Paul Trotter tem uma assessora?

— Ele tem uma assessora de imprensa.

— Você a conhece?

— Sim.

— É jovem? Bonita?

— Sim.

— Descubra se ele está trepando com ela.

— OK.

— Excelente, Douglas — disse o editor, voltando-se para ele. — Você acaba de salvar o meu dia.

Mas Doug não estava mais lá para receber o cumprimento.

Para a sua surpresa, descobriu que Malvina era quase sua vizinha. Ligou para ela naquela tarde e, enquanto estavam pensando em um bom lugar onde beber, ela revelou que morava em Pimlico, uns dois quilômetros do lugar onde ele morava, em Chelsea. Como uma estudante podia viver em uma vizinhança daquelas?

Ao que parece, tudo o que sabia de Malvina apenas atiçava ainda mais a sua curiosidade. De qualquer modo, combinaram de se encontrar no subsolo do Oriel Café, em Sloane Square. Tudo o que ele lhe dissera foi que queria discutir o conto com ela. Não queria dar nenhuma outra razão específica para o encontro. Na verdade, Doug não estava completamente certo sobre quais razões seriam essas.

Ele chegou cedo e pediu um uísque duplo para completar os seis ou sete que já tomara à tarde. Não que estivesse bêbado ou perto de estar. Ninguém jamais o vira bêbado. Ele não se embriagava, e não tinha ressaca. Nunca teve; nem mesmo quando estudante, embora o álcool soltasse a sua língua e o fizesse ficar mais atrevido nas conversas do que de costume.

— Queria perguntar uma coisa — disse ele, antes mesmo que Malvina pudesse tirar o casaco. — Por que me mandou aquele conto? Onde estava com a cabeça?

Palavras que fizeram o rosto de Malvina, longo, magro e um tanto melancólico na maior parte do tempo, subitamente transformar-se em puro abatimento.

— É assim tão ruim? — perguntou ela. — É o que pensa?

— Veja, Malvina, eu nada entendo de literatura. Estou neste cargo porque é uma forma de o editor me punir. Não estou falando do estilo, do modo como você escreveu. Estou falando do conteúdo. Era tão... revelador.

— Era uma história. Eu a inventei. — Mas viu imediatamente que ele não acreditava nela. — De qualquer modo, a literatura não foi feita para ser reveladora? Não devemos expressar a nós mesmos? De outro modo, qual o propósito?

— O problema é que eu sou jornalista. Se você está tendo um caso com Paul, eu devia ser a última pessoa para quem você deveria contar isso.

— Mas eu não estou tendo um caso com ele — protestou Malvina.

— É... bem, vamos falar sobre isso. — Ele viu quando ela fez uma careta diante da acidez da bebida. Decidira juntar-se a ele no uísque. — Alguém do jornal ligou para você esta tarde?
— Sim.
— Quem? Laura?
— Como sabe? É uma boa pessoa, eu já tive contatos com ela antes.
— O que ela queria?
— Assim como você, misteriosamente queria me encontrar para tomar um drinque. Vou estar com ela amanhã.
— Ah — ele segurou o rosto com as mãos, momentaneamente incapaz de saber como lidar com aquilo. A abordagem direta parecia ser o único meio. — Malvina... há boatos sobre você e Paul. É por isso que ela quer vê-la.
— Oh — disse ela em meio ao gole. Em seguida, baixou o copo. — Merda.
— Merda. Exato.
— Como aconteceu?
Mesmo com tanto uísque, Doug descobriu-se incapaz de admitir a sua culpa no incidente.
— Está surpresa? — foi tudo o que disse. — Os jornalistas têm um radar para esse tipo de coisa. Você levantou a imagem de Paul; e muito bem, justiça seja feita. Infelizmente, há um preço para isso. As pessoas começam a... investigar.
— Mas não estamos tendo um caso.
— Você dormiu na casa dele. Dormiu lá quando a mulher e a filha estavam longe. Quando nada sabiam sobre isso.
— *Dormir. Dormir* é a palavra. Nada fizemos de errado.
— Ora, vamos...
Ele a deixou com um olhar de censura e foi pegar mais dois drinques.
Malvina não tinha a mesma resistência ao álcool que ele. Após alguns copos, sua voz começou a ficar pastosa e ela começou a olhar para além dele, para algum lugar a meia distância,

sem ver coisa alguma. Segurava o queixo com uma mão e um cigarro com a outra. O ruído das mesas que celebravam ao redor deles era tão grande que quase tinham de berrar para se fazer ouvir. A única alternativa, quando queriam falar, era se inclinar para frente e se aproximarem um do outro, afetando um tipo de intimidade de amantes.

— Como isso começou, afinal? — perguntou Doug. — Como, com sua idade, acabou se tornando sua assessora de imprensa?

— É tudo uma piada — disse Malvina. (Embora não muito engraçada, a julgar pelo seu tom de voz.) — É tudo um terrível engano. Como é mesmo aquela música? "This Wasn't Supposed to Happen". Isso não devia estar acontecendo. De quem é mesmo, Bjork? Mas é o que parece. Nada disso deveria estar acontecendo. E eu não sou sua "assessora de imprensa". Ele não devia estar me pagando um centavo. Levei-o a um programa de tevê porque conhecia um produtor. O resto foi só bom senso.

— Olha, isso é um bem precioso no que diz respeito a Paul. Ele certamente não tem nenhum. Mas como tudo começou? Como o conheceu?

— Por intermédio de Benjamin. — Ela deu um trago no cigarro e coçou um olho cansado com o polegar. — Eu ficava... Eu ia a Birmingham... regularmente... ficava na casa de amigos. Comecei a ir a um café, o Waterstone's, comecei a me encontrar com ele, apenas conversávamos. Falávamos de livros, então ele me falou do livro que estava escrevendo, e eu contei para ele das coisas que escrevo e... certa vez, ele mencionou quem era seu irmão e... eu vi a foto de Paul no jornal, ou algo assim... eu o vi na tevê e... e acho que já aí gostei um pouco dele... e Benjamin... Benjamin continuou tentando fazer as coisas por mim... continua tentando, na verdade... Ele acha que se me ajudar, ele... Bem, não sei o que ele pensa. Benjamin parece estar passando por uma pequena crise... muito particular.

— Benjamin ama outra mulher. Infelizmente, ele continuou a amá-la ao longo de toda a sua vida de casado. Alguém que conheceu nos tempos de estudante. Os olhos de Malvina entraram em foco e ela olhou para Doug como se aquilo tivesse sido a coisa mais interessante que ele dissera a noite inteira.

— Ele disse isso para você? Ele também me disse o mesmo.

— Bem, infelizmente não é segredo. Benjamin estava na fossa quando casou com Emily. Na verdade, ainda está. O pobre coitado ainda vai estar na fossa quando tiver setenta anos. Isso se ele não se matar antes. — Ele sorriu sem alegria, sabendo que não devia ter dito aquilo. — Prossiga.

— Então, ele ofereceu me apresentar o irmão... como um favor. Eu não pedi que o fizesse, embora eu tenha gostado da idéia assim que a ouvi. Era para ajudar em minha dissertação... que ainda estou tentando escrever. Acabou que não ajudou em nada. Quando muito, me fez empacar... De qualquer modo, eu e Paul nos conhecemos e... bingo...

Ela sorriu um sorriso contido, embaraçado, do tipo o-que-se-há-de-fazer. Doug não conseguiu retribuí-lo.

— Suponho — disse Malvina, preparando-se para uma declaração bombástica. — Acho que estou apaixonada por ele.

— Merda.

— Merda de novo. Esta palavra está se revelando muito útil hoje à noite, não é mesmo? — Doug parecia estar chocado e fechou-se em um silêncio temporário. — Acho que você deve achar que tenho um péssimo gosto.

— Ei — disse ele. — Todo mundo tem de amar alguém. O coração tem razões etc. e tal. E ele é um cara bonitão.

— É, mas... nenhum de vocês gosta dele de verdade. Admita.

— Não gosto de sua política, é tudo. E creio que ele se permitiu tornar-se desonesto, por causa dessa... estranha situação que nosso país está metido no momento.

— O que quer dizer com isso?

— Que se o povo souber o que ele realmente pensa... bem, então se dariam conta. Porque a maioria ainda acha que votou na esquerda. Contudo, o que realmente fizeram foi garantir mais cinco anos de thatcherismo. Dez anos. Quinze, até. — Ele riu baixinho da ironia daquilo, o que pareceu ter deixado Malvina encabulada. — De qualquer modo, é por isso que ele nunca sabe o que dizer quando alguém põe um microfone diante do nariz dele. E é por isso que ele precisa de você. Ele precisa. Você o transformou. Completamente.

— Oh, ele precisa mesmo de mim. Ele precisa dos meus... serviços. E está louco para transar comigo como parte da barganha. Mas não é o que quero.

— Na verdade, você quer muito mais, não é?

Malvina tentou beber de seu copo, sem perceber que estava vazio.

— Aquela mulher não é boa para ele. Não é certa para ele. Não concorda?

Olharam-se alguns segundos em silêncio.

— Não, não tenho opinião a esse respeito — disse Doug. — E não creio que você deva ter.

Tentou ler a expressão nos olhos dela, que pareciam vazios. Suas pálpebras pesavam. Então viu as lágrimas aflorarem e Malvina estremecer com soluços.

— Estou tão fodida — disse ela. — Fodida.

— Malvina...

— Está certo. Eu não devia ter lhe mostrado aquele conto. Foi burrice minha.

— Não se preocupe com o conto. O conto é...

— Quero outro drinque.

— Não acho boa idéia.

— Mais um. Por favor. Depois vou para casa.

Ele suspirou e disse, contra tudo no que acreditava:

— Só um. Simples.

— Obrigada. Vou me recompor. — Pegou um lenço de papel na bolsa e começou a limpar o rosto e a maquiagem que começava a borrar.

Doug voltou com dois outros drinques.

— Onde estão seus pais? — perguntou.

— Meus pais? O que têm a ver com isso?

— Talvez devesse ir para casa um tempo. Dar um tempo de Paul. Pensar um pouco.

— Estou dando um tempo. Mal nos vimos nas últimas semanas.

— Ainda assim. Talvez voltar para casa fosse bom para você.

Enérgica, Malvina disse:

— Um: o lugar onde meus pais vivem, ou melhor, onde minha mãe mora com seu quinto, sexto ou nonagésimo sétimo parceiro, não é meu lar. Dois: não há nada de bom por lá.

— Onde estão?

— Sardenha, onde ele é gerente de hotel. Cinco estrelas, tipo de lugar onde os astros de cinema se hospedam. Ficamos lá certa vez. Foi quando ela o conheceu.

— Não pode pagar a passagem?

— Oh, se fosse preciso acho que ele mesmo pagaria. Afinal, moro em seu apartamento; um de seus apartamentos, devo dizer. Mas não vou. De modo algum.

— E quanto ao seu pai, seu pai verdadeiro?

Malvina balançou a cabeça.

— Nunca o conheci. Tudo o que sei dele foi o que minha mãe me contou. Trabalhava no teatro, era cenógrafo. Grande gênio, de acordo com ela. Separaram-se antes mesmo de eu nascer. Depois, soube que ele morreu de Aids nos anos 1980. — Ela já havia terminado o último uísque e olhou surpresa para o copo, como se não lembrasse de tê-lo bebido. — Por que estou terminando esse negócio antes de você? Você é desse tipo de

homem que finge estar bebendo mas na verdade só está esperando a mulher ficar bêbada para se aproveitar dela?
— Não sou eu quem está se aproveitando de você.
Ela olhou diretamente para ele e, a princípio, Doug pensou que fosse começar a chorar novamente. Em vez disso, ela curvou-se sobre a mesa e apoiou a cabeça no ombro dele. Ele não tinha idéia se ela estava sendo libidinosa ou simplesmente estava exausta.
— Malvina... — disse ele. — O que pensa que está fazendo?
— Isso — murmurou, pronunciando cada palavra com um cuidado de bêbado — é... a... pergunta... de... um... milhão... de... dólares.
— Tudo bem. Vou levá-la para casa agora.
— Bom. Você é um cavalheiro. Há poucos deles ultimamente.
Ele se levantou com alguma dificuldade enquanto Malvina continuava a inclinar-se pesadamente sobre ele. Ele pegou ambos os casacos, com os braços ao redor de seus ombros estreitos, quase esqueléticos, e fez o melhor que pôde para conduzi-la escada acima. Ao chegar ao topo, ela tropeçou e caiu de cara no chão. Doug ergueu-a e limpou-a, murmurando desculpas aos outros clientes e rezando para que nenhum de seus amigos estivesse ali naquela noite.

Lá fora, por sorte, conseguiu encontrar um táxi em segundos.
— Pimlico — disse para o motorista, e, uma vez lá dentro, fez Malvina sussurrar o endereço completo em seu ouvido.

Foi uma corrida de cinco minutos. Ao saírem do táxi, Doug olhou ao redor para ver se o lugar estava sendo vigiado por jornalistas. Mas não, ainda não haviam chegado àquele estágio. Pagou o motorista, deu-lhe uma gorjeta ultrajante, depois envolveu a semiconsciente Malvina em seu casaco e remexeu os seus bolsos em busca das chaves.

Como ele imaginava, ela morava em um edifício suntuoso, com porteiro. Doug fez o possível para evitar os olhares curiosos do porteiro enquanto a guiava pela portaria em direção às escadas. Ao começarem a subir o primeiro lance, o porteiro gritou:

— Boa noite, senhora! — mas Malvina não respondeu.

A sala principal era decorada com neutralidade, com apenas alguns de seus livros e algumas pilhas de jornais e revistas, para indicar que estavam em algum lugar diferente de um hotel intercontinental. Malvina já não conseguia falar mais nada, de modo que Doug teve de adivinhar onde era o quarto. Era bem menor, mais aconchegante e caótico. Uma escrivaninha em um canto estava submersa em papéis, disquetes de computador e um *laptop* ainda ligado: peixinhos coloridos cruzavam a tela em formações aleatórias, com sons de bolhas ao fundo.

— Devia beber um pouco de água — disse-lhe Doug, mas em um movimento inesperado e violento, Malvina soltou o pescoço dele e jogou-se na cama. Seus olhos estavam firmemente fechados e ela se encolheu em uma bola fetal. Era tudo. Sua noite acabava ali.

18

Nos dias que se seguiram, Doug e Frankie tiveram hóspedes em casa.

Malvina ligou para ele na manhã seguinte, para se desculpar por seu comportamento e para agradecê-lo por ter cuidado dela com tanto carinho. Ele repetiu a sugestão de que ela deveria ficar na casa de alguém durante algum tempo: e quanto àqueles amigos dela em Birmingham, por exemplo? E ela lhe disse que não viviam mais lá, que haviam deixado o país. Não havia ninguém, ninguém mesmo, com quem ela pudesse contar. Então Doug convidou-a para ficar em sua casa.

Malvina chegou com uma pequena mochila e ficou duas noites. Passou a maior parte do tempo na cozinha, bebendo café e observando Ranulph e Coriander espalharem a sua destruição infantil pelo lugar. Conversava um bocado com Irina e outros membros mais transitórios do quadro de empregados de Gifford-Anderton; menos com o próprio Doug e Frankie. Na tarde de quinta-feira, 27 de abril, ao saber que a mãe de Doug, Irene, viria passar o final de semana e certamente desejaria dormir no seu quarto, ela os agradeceu do fundo do coração, presenteou-os com uma caixa com motivos florais contendo doze bombons com aroma de cardamomo absurdamente caros, comprados em uma loja local, e se foi. Parecia estar bem. Não mencionara o nome de Paul durante toda a sua estada ali.

Doug recebeu a mãe na estação Euston na tarde de sexta-feira. Fazia quatro semanas desde a sua operação de bacia e ela estava determinada a demonstrar que estava andando novamente. Em uma ocasião normal, teriam pegado o metrô de volta a Chelsea, mas, daquela vez, Doug insistiu em que pegassem um táxi e ela manteve os olhos fixos sobre o taxímetro, fazendo careta toda vez que computava outra libra.

— Dezessete libras! — repetia, enquanto Doug carregava as suas malas pelo passeio do jardim. — Quando vocês estavam na escola, eu comprava uma semana de comida com isso!

Como sempre, o absurdo custo de vida naquela parte de Londres foi um tema recorrente no fim de semana. Todos os *pubs* onde os mais velhos do lugar costumavam ir para beber em uma vizinhança familiar haviam sido redecorados com mau gosto nos últimos anos, paredes divisórias derrubadas e seus interiores transformados em amplos espaços abertos onde jovens corretores de valores e de imóveis podiam beber cervejas importadas da Holanda e da Bélgica a quatro libras o *pint*. Não havia por que levá-la a um lugar daqueles. Havia ainda alguns cafés despretensiosos espalhados pela área que serviam frituras e canecas de café solúvel, mas Irene ainda era capaz de surpreendê-lo, às vezes, com um vivo apetite por novas experiências, e quando ela viu que uma filial do Starbucks havia sido inaugurada recentemente na King's Road, perguntou se não podiam ir lá.

Era sábado à tarde, um dia após um estranho e inesperado desenrolar da saga de Longbridge: na véspera, contrariando todas as previsões (incluindo as de James Tayler) a Alchemy Partners, sem qualquer aviso ou explicação, cancelou as negociações para comprar o problemático grupo Rover da BMW. Trabalhadores e manifestantes, que se opuseram à Alchemy no começo, ficaram contentes quando receberam a notícia: houve celebrações tumultuadas diante do portão Q da fábrica na sexta-feira à tarde. Contudo, àquela altura, uma nova incerteza pairava no ar. Era evidente que a proposta da concorrente Phoenix estava sendo levada a sério. E era a única outra oferta na mesa. A alternativa era simples e aterrorizante: fechamento total.

Havia exemplares gratuitos de alguns jornais do dia espalhados pelo café, e enquanto Doug fazia fila no caixa, sua mãe pegou um exemplar do *The Sun* e deu uma olhada nas páginas de economia.

— Porcaria — disse ela, atirando o jornal para o filho enquanto este lhe entregava uma caneca quase grande demais para ela conseguir segurar. Ela olhou para a bebida, estupefata. — O que é isso?

— É um *tall latte* — explicou Doug.

— Eles não servem café aqui?

Ele sorriu e começou a ler a matéria do *Sun*.

Cinqüenta mil empregos condenados na noite passada, quando se esgotaram todas as esperanças de preservar a fábrica de automóveis Rover. Em um dia de desastre industrial para a Inglaterra, o grupo Alchemy **QUEBROU** o seu compromisso de comprar a empresa da BMW.

Os trabalhadores **ESPANTARAM-SE** com a notícia — pois acreditavam que a oferta da Phoenix pela Rover voltaria à tona, salvando mais empregos do que o plano da Alchemy. Mas, na noite passada, a alegria se transformou em lágrimas quando a sombria realidade se instalou em milhares de lares das Midlands — **NÃO** haverá resgate da Rover e muitas famílias serão obrigadas a viver de pensão.

— Que direito — dizia Irene, indignada —, que direito eles têm de publicar algo assim? Ninguém sabe o que vai acontecer. Como as famílias dessa gente devem ter se sentido ao lerem isso pela manhã? Eles não têm direito de dizer isso.

Ela tirou o jornal das mãos dele e foi até as primeiras páginas, reclamando de tudo, especialmente da garota da página três.

— Este era um jornal socialista — disse ela. — Até Murdoch meter as mãos nele. Olhe para isso. É uma desgraça. Pornografia velada... conversa fiada...
— É o espírito dos tempos, mãe. É o espírito dos tempos.
— Sim, mas você não escreve coisas assim, não é? Ninguém devia escrever isso.

Doug pensou um instante, então se aproximou dela e disse:
— Posso perguntar uma coisa, mamãe?
— Claro que pode.
— Seguinte... bem, descobri uma coisa. Algo sobre um parlamentar.
— Sim?
— Tem a ver com casamento, sexo e... você sabe, essas coisas.
— Sim, eu sei.
— Não sei se é grande o bastante para acabar com a carreira dele... talvez não seja, mas... certamente faria muito estrago. O que acha que devo fazer?

Sem hesitar, Irene disse:
— Os políticos devem ser julgados por sua política. Tudo o mais é apenas fofoca e bobagem. — Apontou para o jornal sobre a mesa diante deles. — Não quer acabar como eles, não é?
— Claro que não.
— De qualquer forma, as pessoas podem fraquejar na vida particular. Especialmente os homens. Não faz diferença. — E acrescentou, casualmente: — Seu pai não era nenhum santo.

Doug ficou surpreso. Nunca a ouvira dizer algo assim antes.
— O que quer dizer com isso?

Irene pesou as palavras cuidadosamente, as mãos frágeis abrigando a enorme caneca de café.
— Tenho muito do que me queixar. Mas era um bom homem. Tinha sólidos princípios morais e era fiel à maioria deles. Ninguém é fiel a todos. — Olhou ao redor e disse, enérgica: — Afinal de contas, como socialistas, não devíamos estar bebendo

em um lugar como esse, não é mesmo? A globalização supostamente não é nosso próximo inimigo?

— Aparentemente é — disse Doug. — Segunda-feira começa a primavera. Haverá protestos em toda Londres. Certamente visarão este lugar.

— Aí está: as pessoas estão começando a se mobilizar novamente. Iria acabar acontecendo, cedo ou tarde. Vai se juntar a eles?

— Talvez. — Ele sorriu e inclinou-se em direção a ela, apertando-lhe a mão. Aliviava-lhe o coração vê-la tão bem. — E como está o seu café?

— Delicioso. Quanto custa?

Quando Doug disse o valor, ela falou:

— Tomara que atirem um tijolo na vitrine.

Na ocasião, não foi o Starbucks que foi atacado pelos manifestantes na segunda-feira, mas o McDonald's: uma pequena filial em Whitehall (que fora fechada no dia) junto ao *bureau de change* que também foi atacado e saqueado. Até então, a manifestação fora relativamente pacífica: embora a visão que saudou Doug assim que ele saltou do ônibus perto da Parliament Square tenha sido certamente bizarra.

Era pouco mais de meio-dia e a praça fora tomada por cerca de mil manifestantes. Tambores rufavam, as pessoas sentavam-se sob as árvores e uma estátua de Winston Churchill havia sido enfeitada com um chapéu de policial de cabeça para baixo, com um gerânio plantado dentro. Quanto à praça em si, as pessoas começaram a escavá-la, atirando os torrões de terra e grama na rua e dedicando-se a uma sessão de jardinagem que envolvia plantar de tudo, de limão e alecrim a girassóis e ruibarbo. Doug observou a cena por um instante, lembrando-se que a manifestação por Longbridge havia apenas um mês e imaginando que o que estava acontecendo então tinha um espírito bem diferente.

Ele se foi quando viu que erguiam um mastro para os festejos de Primeiro de Maio e as pessoas começaram a dançar.

Combinara de encontrar Paul no saguão do parlamento às 12:30, mas na verdade não teve de andar tanto. Viu-o no Green — o ponto de encontro ritual de parlamentares e de qualquer membro da imprensa que desejasse abordar um parlamentar e saber a sua opinião sobre algum assunto — falando dos protesto de Primeiro de Maio para algumas câmeras da Sky News e da BBC News 24. Doug ficou por perto até a entrevista acabar (durou apenas dois minutos) e então atraiu a atenção de Paul com um acenar.

— Concedendo-lhes o benefício de sua sabedoria? — perguntou, ao saírem a pé em direção à Downing Street, evitando os grupos volumosos de anarquistas, ambientalistas e de tropas de choque que se preparavam para um conflito. — Então, vamos lá. O que disse dessa vez?

— Disse que essas pessoas não deviam ser levadas a sério. Se quisessem contribuir para o processo político, terão de renunciar à violência e trabalhar com as estruturas existentes.

— Brilhante, como sempre — disse Doug. — Exceto pelo pequeno fato de que foram vocês que os excluíram das estruturas existentes, para começo de conversa.

— O que diabos quer dizer?

— Quero dizer que, atualmente, todo o sistema só funciona para acomodar uma pequena minoria de opinião política. A esquerda deslocou-se radicalmente para a direita; a direita deslocou-se um pouquinho para a esquerda, o círculo se fechou e todo mundo que se foda.

— Só pelo seu vocabulário, Douglas, posso ver que você está atolado no passado — disse Paul, ao descerem a Horseguards Avenue e entrarem no Whitehall Place. — Esse é o seu problema, vive atolado no passado. Como lembro de ter dito a você há mais de vinte anos, em certa noite de fogueira, se mal me recordo. Para onde estamos indo afinal de contas?

Doug levou-o a uma adega subterrânea e abobadada chamada Gordon's, na Villiers Street. Era um espaço estreito como um túnel, onde nenhum dos dois podia ficar em pé ao caminharem para a mesa. Doug explicou que outrora aquilo fora um armazém fluvial, e que estavam sentados em um dos atracadouros das barcaças do Tâmisa.

— Muito aconchegante, de qualquer modo — disse Paul em tom de aprovação. Não conhecia aquela taverna, e já a marcara como um lugar onde trazer Malvina em segurança.

— Bem, não queria que nos ouvissem — disse Doug. — Queria conversar com você sobre algo em particular. *Alguém*, devo dizer.

Paul olhou-o com tranqüilidade.

— Vá em frente.

— Creio que imagina quem.

— Provavelmente — disse Paul. — O que tem ela?

— Bem... — Doug mexeu o suco de laranja no copo. Decidira estar perfeitamente sóbrio para aquela conversa. — Creio que devia... considerar... muito cuidadosamente... o que está fazendo... tanto em termos de sua relação de trabalho... quanto pessoal.

— OK — Paul refletiu sobre aquelas palavras e disse: — Não compreendo. O que exatamente está tentando dizer?

Com toda honestidade, Doug não sabia exatamente o que tentava dizer. Tendo considerado até certo ponto o que esperava obter encontrando Paul naquela tarde, chegara a apenas uma conclusão: tanto para o bem de Malvina quanto para o de Susan, queria forçar Paul a tomar alguma atitude, iniciar alguma mudança. E o único meio de levá-lo a isso, até onde podia ver, era amedrontando-o.

— Paul — disse ele. — Tenho boas e más notícias. Saí com Malvina na semana passada e, após tomar alguns drinques, ela começou a falar sobre os sentimentos dela por você e... bem, ela me disse que o ama.

— Merda — Paul engoliu metade do conteúdo de sua taça de vinho. — OK. Tudo bem. — Ele ficou pálido. — Isso é mau... quero dizer, isso é muito mau, mas obrigado por me dizer. Estou... muito grato.

— Mas esta é a boa notícia — disse Doug e os olhos de Paul começaram a piscar com raiva e pânico.

— Está bêbado? Como isso pode ser uma boa notícia?

— É uma mulher muito atraente. Bela, pode-se dizer. Muito inteligente. Cheia de disposição, pelo que vi. Qualquer homem se orgulharia de ter uma mulher como aquela apaixonada por ele.

— Mas eu sou *casado*, pelo amor de Deus. Tenho uma filha.

— Você devia ter pensado nisso antes de começar a fazer coisas como convidá-la a passar a noite na casa de sua família.

Embora Doug estivesse falando baixo, quase em um sussurro, Paul instintivamente olhou em volta para verificar se alguém tinha ouvido aquilo.

— Como você sabe disso, caralho?

— Isso me leva às más notícias — disse Doug. — Eu estava em uma reunião de pauta na semana passada e o seu nome surgiu e parece que há pessoas no jornal, provavelmente em outros jornais também, que começaram a se interessar por você e Malvina.

— Merda — disse Paul, ainda mais pálido. — Merda, merda, merda. Quanto sabem?

Doug mudou de assunto bruscamente.

— Como anda o seu relacionamento com Tony? É próximo? Educado embora cordial? Indiferente?

— Desembucha, Anderton. Diz logo aonde quer chegar.

— Estava apenas pensando que os partidos políticos e os primeiros-ministros reagem a esse tipo de situação de modo bem diferente. Por exemplo, algumas pessoas são consideradas indispensáveis, e mesmo após caírem em desgraça, os líderes do partido os apóiam integralmente. Outras são... bem, mais dis-

pensáveis, para ser bem direto. Só queria saber em qual categoria você se encaixa.
— Eu não caí em desgraça.
— Bem, hoje em dia tudo depende do modo como é mostrado pela imprensa, não é mesmo? Tudo parece depender disso.
Paul ignorou a enigmática provocação e refletiu em voz alta:
— Tony gosta de mim. Estou bem certo disso. Sempre sorri para mim no corredor ou na sala de chá. E mandou-me um bilhete muito simpático em resposta à pergunta que lhe fiz há algumas semanas.
— Sobre o chocolate inglês e a União Européia?
— Sim.
— Bem, isso é bom, Paul, mas não creio que você já tenha entrado no grupo dos "indispensáveis". Também é sabido que, ultimamente, você e o ministro não têm se dado bem... — Paul começou a tentar negar aquilo mas Doug continuou a falar: — ...mas lamento também que, afora isso, uma aparição inesquecível em um programa de tevê, uma coluna sobre ciclismo para um jornal de distribuição gratuita e um espalhafatoso exemplo de puxa-saquismo público disfarçado de uma pergunta sobre cacau não são suficientes. Se a notícia vazar, você pode ser detonado.
— Mas sou uma estrela em ascensão. Disseram isso ontem no *Independent*.
— Palavras, palavras, palavras — disse Doug com desprezo. — As palavras pouco importam em um caso como esse. As pessoas ainda são julgadas por suas ações. Na verdade, essa é a única coisa que me dá alguma esperança. De qualquer modo...
— Ele estava quase começando a ter pena de Paul, que já começava a parecer um condenado. — O que vou sugerir certamente agradará a um homem tão firmemente ligado aos valores tradicionais como você: uma boa e velha chantagem. O que acha?
Paul olhou-o desconfiado, embora também houvesse traços de alívio em seu rosto.
— Qual é o seu preço?

— Bem, não pretendo continuar mais tempo na página de livros, muito obrigado, de modo que daqui a alguns dias vou começar a oferecer os meus serviços para outro jornal como editor de política. E se eu puder oferecer-lhes esta história como parte do pacote, devo concluir que não poderão resistir.

— Você faria isso? — disse Paul, a voz repleta de desprezo. — Chegaria a esse nível? A decência representa tão pouco para você?

— Ah... foi bom você ter levantado o assunto da decência porque, na verdade, aquele despretensioso e muito caluniado mundinho representa muito para mim. Motivo pelo qual estou preparado a não falar sobre isso com ninguém, com a condição de que você, Paul, faça a coisa certa.

— O que quer dizer com isso?

— Que quero que você acabe com o tormento de Malvina. E de Susan também. Quero dizer, eu não sei se Susan também está atormentada, mas aposto que está.

Não era o que Paul esperava ouvir.

— Como posso fazer isso?

— Você que sabe.

— Acha que devo romper com ela?

— É uma opção. Talvez a melhor opção. O que você gostaria que acontecesse, Paul? Quais os seus... sentimentos a esse respeito?

Paul bebeu o resto do vinho, apoiou o queixo sobre as mãos e ficou pensativo. Agora que Doug fizera a pergunta, parecia ridículo que ele nunca a tenha feito antes. Contentava-se com o modo como estava a sua relação com Malvina: mal resolvida, sem direção, na verdade pouco mais do que uma extensão excitante do seu casamento, algo que não atrapalhasse o seu trabalho ou interrompesse a sua carreira de modo drástico. Até mesmo a falta de sexo, dava-se conta agora, era parte da atração: evitava que as coisas ficassem muito intensas, muito reais. Como poderia supor que, nesse meio tempo, Malvina começasse a levar aquilo a sério?

— Não estou certo — disse afinal, com a voz baixa. — Vou ter de pensar um pouco nisso.

— Ela o ama, Paul: é tudo o que estou dizendo. Faça algo a respeito. Resolva o problema. A mensagem que recebo dela no momento é que Malvina tem uma vida muito infeliz. Ela espera que você mostre a saída, que lhe ofereça algo melhor. Não se torne algo mais a que ela tenha de sobreviver.

Paul se levantou. Sentiu uma súbita claustrofobia.

— Tudo bem. Mensagem recebida, Doug. Vou fazer algo a respeito. — Ele pegou o sobretudo. — Podemos sair daqui agora? Queria respirar um pouco de ar fresco.

— Dou-lhe duas semanas antes de ir a público.

Paul pensou a respeito, pesando as suas opiniões.

— É justo — disse ele, e caminhou em direção à escadaria.

Caminharam juntos em direção ao Strand. Doug imaginou o que Paul estava pensando. Acabara de ser confrontado com uma decisão potencialmente momentosa: ou estava imerso em profunda contemplação, ou ainda não havia se dado conta das implicações daquilo, ou havia um vácuo emocional no lugar onde deveria estar o seu coração. Poderia alguém ser tão insensível?

No tempo em que ficaram sentados no Gordon's, a manifestação havia se deslocado. Todas as ruas de Trafalgar Square estavam fechadas por fileiras de tropas de choque. Parecia haver milhares de manifestantes cercados na praça, aparentemente sem saída. Em toda parte, bandos de manifestantes corriam pelas ruas, desviando-se dos cassetetes da polícia e gritando insultos para qualquer um que topasse em seu caminho. Brigas e tumultos começavam a pipocar em toda parte e irrompiam discussões calorosas entre manifestantes ambientalistas e outros, partidários do confronto direto.

— Vão plantar nabos, seus hippies de merda, pra ver o que é bom — Doug ouviu alguém gritar.

— Que país é este em que vivemos? — murmurou Paul amargamente enquanto buscavam uma porta de loja relativamente

segura em meio à balbúrdia. — Quem são essas pessoas? O que querem?
— Provavelmente não sabem o que querem. Nem você, pelo que parece. E nenhum de nós, quando vamos às vias de fato.
— O *Guardian* me deu espaço em sua página de opinião. Duzentas palavras sobre qualquer coisa que eu quiser. Vou escrever sobre isso. Dizer a desgraça que isso é. Cairia bem, não acha?
— Para os seus eleitores? E por que se importariam? Estão a duzentos quilômetros daqui.
— Não, quero dizer, para Tony.

Doug voltou-se para ele e disse, com alguma impaciência:
— Paul, só porque eu livrei a sua cara, isso não quer dizer que outros o farão. Já disse, esse seu caso com Malvina vai vir à tona em uma ou duas semanas. Não será muito, será apenas algum comentário anônimo em uma coluna de fofocas, mas logo começará a aumentar como uma bola de neve e você terá de lidar com isso. E puxar o saco de Blair não lhe será suficiente. Já disse, apenas os indispensáveis sobrevivem a este tipo de coisa.
— Você insiste nisso — protestou Paul. — E eu lá posso me tornar indispensável em uma ou duas semanas?
— Não. Claro que não — disse Doug. E decidiu não mais falar sobre o assunto. — Mas escreva algo sobre Longbridge. Seu silêncio sobre o assunto é quase ensurdecedor. É mais do que um assunto local, você sabe. A vida de cinqüenta mil pessoas está em jogo.

Paul meneou a cabeça:
— Talvez eu o faça — disse ele, sem muita convicção. Neste ponto, uma garrafa de vinho foi arremessada em sua direção, quebrando-se contra a porta da loja bem acima de suas cabeças, e eles saíram correndo dali.

De volta ao seu apartamento em Kennington, Paul ficou sentado imóvel em uma cadeira durante várias horas.

Quando a luz do dia se foi, continuou sentado no escuro, pensando em Susan e em como ela reagiria quando a história começasse a vazar.

Pensou em Malvina também, no quanto se tornara dependente dela. Quanto passou a gostar dela nas últimas semanas. Mais do que gostar, na verdade. Muito mais.

Esses pensamentos só eram interrompidos pelo soar periódico do telefone. Havia mensagens de todos os seus contatos habituais: seu ministro, jornalistas, lobistas, Susan, seu amigo Ronald Culpepper, o Whips. No meio de tudo isso havia uma mensagem de Benjamin que soava pouco comum. Mas ainda assim, Paul não atendeu ao telefone.

Às dez horas ele acendeu a luz e fez uma ligação telefônica pedindo uma pizza. Comeu metade, jogou o resto fora e bebeu a maior parte da garrafa de Chablis para empurrar. Imediatamente sentiu-se incrivelmente cansado. Despiu-se até ficar de cuecas e sentou-se na cama, passando a mão no cabelo.

Foi para a cama e estava a ponto de desligar a luz quando subitamente se perguntou:

— Por que meu irmão me ligou?

Foi até a secretária eletrônica, ouviu as nove primeiras mensagem sem demonstrar curiosidade então ouviu a voz de Benjamin.

— Oi, Paul, é seu irmão mais velho. Estou ligando apenas para... bem, saber como você está, e também para perguntar se você leu o *Telegraph* hoje. Dê uma olhada na fotografia da página sete. Se não reconhecer o rosto, leia a legenda embaixo. Pode despertar uma ou outra lembrança, nunca se sabe. Mundo pequeno, não é mesmo? Cuide-se e minhas lembranças para... minhas lembranças para Malvina.

Paul não estava disposto a ir até a cozinha e olhar para o exemplar não lido do *Telegraph*. Com que arcano fragmento da história deles em comum seu irmão nostálgico estava empolgado agora? Talvez algum colega de escola esquecido. Algum parente que vimos pela última vez em uma lúgubre festa de Natal familiar...

Relutante, aborrecido por estar caindo nessa, Paul abriu o jornal na página sete, viu a foto e de fato — como o irmão previra — não reconheceu o rosto. A princípio, nem mesmo sabia qual rosto deveria reconhecer. Havia quatro homens com terno executivo, do lado de fora da sede da BMW em Munique. Nenhum deles parecia-lhe remotamente familiar.

Então ele leu a legenda. E assim que viu um dos nomes, olhou para a foto assombrado. Poderia ser ele? Aquele homem de cerca de quarenta anos, com pouco cabelo, segurando um cachimbo, com uma barba densa, bem aparada e uma pança bem discernível?

A legenda o identificava como Rolf Baumann e o apresentava como "chefe de estratégia empresarial da BMW".

Paul levou o jornal para a sala de estar, voltou a sentar na cadeira onde estivera sentado várias horas naquele dia e deixou que uma maré de lembranças quebrasse sobre ele. Aquelas férias na Dinamarca — as únicas férias no exterior que seus pais os levaram.... A casa de praia em Gammel Skagen... Os dois garotos dinamarqueses, Jorgen e Stefan... As duas irmãs desajeitadas Ulrike e Ursula, e o desajeitado e atrapalhado Rolf, que quase se afogou ao nadar até o ponto onde os mares se encontravam.

Então, sentindo que ele também estava a ponto de afundar na piscina da própria memória, Paul voltou ao presente quando o real significado da descoberta daquela noite veio-lhe à mente. Rolf era um homem poderoso agora. Era um dos altos executivos da BMW — a mesma firma onde seu pai, Gunther, trabalhava. A BMW estava a ponto de vender a Rover. O destino da fábrica de Longbridge estava em suas mãos.

Estava ali e bastava que Paul aproveitasse a oportunidade. Ele encontrara um meio de se fazer indispensável. Não em uma semana ou duas: podia fazê-lo em poucos dias. A salvação — sua própria salvação — esperava por ele no outro extremo da linha telefônica. Era hora de ligar para um conhecido de vinte e três anos.

17

Finalmente, pareceu a Paul que estava dirigindo em uma paisagem lunar. Planícies de areia em ambos os lados. Os intervalos entre as aldeias modestas se tornava cada vez maior. Passou por uma placa que dizia que Skagen ficava a apenas sete quilômetros. Eram seis da tarde, mas ainda haveria muitas horas de luz do sol, e o céu exibia um extraordinário e transparente azul-acinzentado. Era daquela luz, a luz suave mas de algum modo esmagadora, que ele mais se lembrava, mais do que das dunas e das casas de teto baixo pintadas de castanho e amarelo-limão. Sabia que o efeito era criado, em parte, pelo reflexo da luz do sol nas águas dos dois mares que se encontravam no topo da península. Aquela luz preencheu-o com um indescritível misto de excitação e serenidade. Deu-se conta de que em Londres não havia luz da qual se pudesse falar. Não como aquela. Foi preciso vir até ali para descobrir do que realmente era feita a luz. Agarrou-se a esse conhecimento e sentiu-se como o orgulhoso portador de um segredo.

Parecia a Paul que no espaço de algumas horas ele fizera uma viagem não para outro país e, sim, para uma nova consciência, uma nova emoção. Era o único carro na estrada. Não havia outro som além do quase inaudível ronronar do motor enquanto ele dirigia em quinta marcha. O ruído macio dos pneus sobre o asfalto. Soprava um vento silencioso, que movia os cata-ventos instalados em grupos de três ou quatro por todo o interior do país, suas grandes hélices rodando em uníssono. Todo o mundo parecia calmo, absolutamente plácido e contido, como se não houvesse novidades ali por mais de mil anos, e como se ninguém esperasse por novidade alguma.

Passou pela placa da igreja e lembrou-se de ter passado de bicicleta por ali com Rolf. Foi a primeira coisa que reconheceu. Devia ter passado por aquela estrada dezenas de vezes, e no entanto, naquela tarde, tudo parecia incrivelmente novo. Era impossível imaginar a si mesmo com doze anos andando por aquela vizinhança, pedalando atrás de um menino alemão, rosto vermelho e sem fôlego. Ou teria sido Paul quem de fato fizera todo o esforço? Agora que pensava naquilo lembrou-se de que estava em muito boa forma naquela época — tinha de estar, para ter conseguido tirar Rolf da água naquela tarde. E não trouxera para a Dinamarca um aparelho de ginástica, guardado cuidadosamente em sua mala ao lado dos textos de Benjamin? Era impressionante como pouco pensara no passado nos últimos anos — qualquer parte dele, isso para não falar de um episódio tão profético quanto parecia ser aquele. Ele vivia de descontinuidades.

Após mais alguns quilômetros, apareceu o desvio abrupto para a esquerda que levava a Gammel Skagen. Paul fez a volta e dirigiu pela longa e reta estrada de acesso a uma velocidade apenas um pouco maior do que a dos três ciclistas mais velhos que avançavam pela ciclovia. Em um minuto ou dois estaria chegando à casa que compartilharam com os Baumann. Devia haver nove deles ali. Ou teria Lois vindo com eles? Não, claro que não: ela estava hospitalizada naquele verão. Fora um tempo difícil. Demoraram anos — três, ou teriam sido quatro? — para que ela se recuperasse integralmente do choque de ver Malcolm morrer. Sheila não quis deixá-la para trás: houve muita discussão a esse respeito. Era um longo tempo para ficar longe dela, duas semanas inteiras, mas não havia como Lois vir — ela nem mesmo conseguiria entrar no avião — e seus avós estavam lá, todo o tempo, a apenas alguns quilômetros do hospital. Mas Sheila ficara ansiosa, e preocupada. Ela não desfrutara das férias porque estava preocupada com Lois. Lembrava-se disso agora. Estava tudo voltando.

A estrada levou-o finalmente ao pequeno povoado de Gammel Skagen, e ele seguiu as últimas e inesperadas curvas da estrada passando por algumas lojas de turistas e um hotel antes de chegar a um estacionamento perto da praia. Havia apenas dois outros carros ali, e a pequena barraca que vendia café e lanches já estava fechando. Paul teria de esperar mais de uma hora. Voara para Aarhus naquela manhã em um vôo barato, e calculou que demoraria quatro horas de carro até chegar ao topo da Dinamarca. Mas a viagem demorou menos de duas horas e meia. Ele esquecera que aquele era um país pequeno.

Antes de sair e caminhar até o mar, deu uma olhada no fax que recebera do assistente de Rolf Baumann.

3 de maio de 2000

Prezado sr. Trotter

O sr. Baumann pediu-me para dizer que tanto ficou encantado quanto surpreso ao receber a sua mensagem.

Ele recebeu com prazer o seu pedido para que se encontrassem em Munique no meio desta semana, mas ele tem uma sugestão alternativa a fazer. Pergunta se seria conveniente para o senhor encontrá-lo na Dinamarca amanhã à noite (4 de maio). Propõe que vocês se encontrem na praia, em Gammel Skagen às 19:30, hora local.

Caso isso lhe seja conveniente, por favor faça-me saber. Se a sua resposta for afirmativa, farei reserva para os dois passarem a noite em um hotel local.

O sr. Baumann espera que concorde com a sua sugestão e disse-me que está ansioso para vê-lo novamente.

Sinceramente.

Paul trancou o carro e seguiu a pé pelo caminho arenoso até a praia. Deveria estar pensando no que diria a Rolf naquela noite, em como pôr o seu pedido em palavras, mas todas as preocupações que deixara em Londres — embora fossem seu pretexto para ir até ali — começavam a parecer-lhe irrelevantes. Em vez disso, seus olhos eram atraídos para as silhuetas das traineiras distantes que via no horizonte, enquanto ouvia apenas o marulhar das ondas na praia. Caminhando para o norte ao longo da praia, Paul podia discernir o perfil da casa onde ficaram certa vez. Aquilo o atraiu, ele parou de andar e a lembrança o fez ficar subitamente sem fôlego. Desejando mais que tudo saborear aquele momento, amaldiçoou quando o bipe duplo de seu celular anunciou a chegada de uma mensagem de texto. Mas o hábito prevaleceu e ele não pôde resistir a tirar o telefone do bolso.
    Era uma mensagem de Malvina.

> Desculpe se fui *over* noite passada — vc tem esse efeito sobre mim. Muita saudade, não pense mal de mim. Responda qd puder. bjs M

Sentou-se desajeitado em uma pedra, a alguns metros da arrebentação e, sem pensar muito no que fazia, digitou uma rápida resposta.

> Nunca pensarei mal de você. bjs P

Continuou a caminhar em direção à casa.
    Paul nunca lera o relato de Benjamin sobre as suas férias na Dinamarca, aquele com o qual ganhara o King William's Marshall Prize de redação criativa em 1976. Ele não sentia curiosidade sobre as coisas que o irmão escrevia quando eram adolescentes, muito menos agora. Benjamin escrevera sobre "as marolas prateadas que golpeavam a praia aparentemente interminável", e

descrevera o "furioso rugir das ondas". Paul, um detalhista, teria feito objeção a isso.

Ao caminhar pela areia que cedia sob seus pés, não conseguia sentir qualquer raiva, fosse no oceano ou em si mesmo. Tudo se acalmara em uma sensação de correção, na alegria que encontrou naquele lugar, naquele dia. Havia luzes nas janelas da casa, por isso não se aproximou muito. Fora pintada de cor-de-rosa. Ou já seria cor-de-rosa? Não conseguia lembrar.

A casa menor ao lado — aquela onde Jorgen e Stefan viviam com a avó Marie — parecia desocupada. Foi até lá e tentou olhar pelas janelas, protegendo os olhos com as mãos. Mas o vidro nada revelou, apenas refletiu de volta para ele as águas ondulantes que refletiam o sol.

Foi até os fundos e olhou para o trecho arenoso de grama onde jogara tantas partidas de futebol com outros meninos. Todos eles, não foi? Não, Benjamin quase nunca se juntava a eles. Ficava sentado junto à janela, lendo romances, tendo seus grandes pensamentos, ocasionalmente olhando para eles com aquele olhar perturbador, misterioso e indevassável. Todos acreditavam naquela pose de gênio misterioso. Agora, olhem para ele! Quinze anos, ou quase, trabalhando na mesma empresa, sem nem mesmo um haicai para mostrar. Era triste o modo como manteve este simulacro, o modo como enganou tanta gente, todos certos de que ele iria cumprir as suas promessas — Emily, Lois, seus pais. Triste, também, o modo como ainda babava por Malvina, recusando a aceitar a derrota com elegância...

Paul voltou para a beira do mar brilhante e novamente pensou em Malvina. Fora certo dizer-lhe o que dissera na noite anterior? A pergunta passou por sua mente sem causar impacto, sem causar qualquer ondulação. Essas coisas não podem ser racionalizadas. Falara com o coração, aquilo era a única coisa que importava. Meu Deus, fazia muito tempo desde que ele fizera aquilo. Já era tempo de dar voz ao coração só para variar. Não que tivesse *prometido* algo para ela. Na verdade, ele não se comprometera. Simplesmente dissera — honestamente — o que sentia por ela e, por isso, fizera-a feliz: transcendentalmente feliz, ao que pareceu. Isso, por si só, era uma conquista, não é? Quando foi a última vez que fizera alguém feliz? Quando fora a última vez que vira uma expressão no rosto de alguém como a que vira no rosto de Malvina na noite anterior, e saber que era responsável por aquilo? — um olhar de gratidão e amor tão penetrante e poderoso que ficou gravado em sua memória, permanecendo lá com uma clareza que era difícil crer que ela não estivesse ao lado dele naquela praia, a mão a ponto de tocar a sua. Aquilo era alguma coisa. Acontecesse o que acontecesse, tinha a lembrança daquele olhar para levar consigo. Isso certamente queria dizer que fizera a coisa certa?

Paul continuou a caminhar pela praia em direção ao norte, afastando-se das casas que viera revisitar. Estivera a sós com seus pensamentos durante umas sete ou oito horas — no trajeto de táxi para Stansted, no vôo para Aarhus, no caminho para Jutland — e estes pensamentos estavam começando a exauri-lo. Tentou esvaziar a mente.

Exatamente às sete e meia voltou ao estacionamento e descobriu que seu carro era o único ainda ali. Esperou durante alguns minutos, sentado no capô, olhando para a estrada de acesso. As gaivotas davam rasantes na praia, pousando nas pedras e grasnando. Paul só conseguia ver alguns metros da estrada antes de ela se curvar e ficar fora de vista, de modo que os carros que chegassem apareceriam subitamente. Mas nada manifestava-se. Passaram-se quinze minutos.

Finalmente ele ouviu um ruído. Não era o ruído de motor que estava esperando. Na verdade, veio do céu, não da estrada. Era um zumbido distante que logo aumentou. Olhando para cima, Paul viu uma luz brilhando contra o azul pálido do céu, um objeto negro e amorfo que, ao se aproximar, assumiu as formas de um helicóptero. Em segundos, o ruído era avassalador, e

a grama alta atrás dele foi aplainada pela corrente de ar do helicóptero enquanto este pairava sobre as dunas, procurando um lugar onde pousar. Antes mesmo de tocar o chão, uma porta se abriu e um homem de meia-idade vestindo um terno executivo preto saiu, curvado contra a força gerada pelas pás, uma maleta executiva como sua única bagagem. Viu Paul aproximar-se vindo do estacionamento e quando se alcançaram e apertaram as mãos, as primeiras palavras que ele gritou acima do rugir do motor foram:
— Desculpe, Paul. Dezessete minutos atrasado. Pegamos um pouco de turbulência sobre Lubeck.
Então, o helicóptero ergueu-se novamente e se foi. Rolf Baumann riu, deliciado, ao ver-se diante de um homem que não encontrava havia vinte e três anos. Então, deu-lhe um tapinha no ombro e disse:
— Imagino que tenha um carro?

16

O assistente de Rolf reservara-lhes dois quartos de solteiro no hotel Brøndums, em Anchersvej. O térreo era um lugar tranqüilo, antigo e elegante. Já o segundo andar, onde os banheiros e chuveiros eram compartilhados, revelou-se um espaço mais espartano. Ambos se lembraram dali como o lugar aonde suas famílias vieram para fazer uma refeição noturna ao ar livre no verão de 1976, e sentaram-se em uma mesa grande no jardim repleto de folhas, e sentiram-se um tanto intimidados pela formalidade do serviço e pelos detalhes elaborados do menu, que levaram Colin Trotter a folhear freneticamente o seu dicionário inglês-dinamarquês sob a mesa.

— Que ingênuos éramos naquela época — disse Rolf mais tarde naquela noite, ao deixarem o hotel e saírem em direção ao porto para jantar.

— Bem, a *minha* família era, com certeza — disse Paul. — Meu Deus, aquelas foram as únicas férias em toda aquela maldita década em que não tivemos de ficar dentro de um trailer na Irlanda do Norte debaixo de chuva. Foi uma incrível aventura para nós.

— No entanto, você pessoalmente se deu bem. Lembro-me de que eu o achava completamente... imperturbável. Acho que nunca vira tanta segurança em um menino.

— Benjamin e eu somos inabaláveis, cada um ao seu modo — refletiu Paul. — No caso dele, acabou sendo a sua ruína. No meu, foi minha força. Ao menos, eu costumava pensar assim.

Agora estou começando a pensar o contrário. E quanto a... permitir que outra pessoa me perturbe? Estou começando a achar que há algo a ser dito a esse respeito.

Rolf olhou-o com perspicácia, mas não pediu que explicasse.

— E sua irmã? — perguntou. — Ela não estava conosco naquele verão. Estava muito doente, eu me lembro. Vocês não falavam muito sobre isso: era muito peculiar. Ela havia se ferido... em um incidente violento. Algo relacionado a terrorismo, estou certo?

Paul contou-lhe a história de Lois e como ela testemunhou a morte de seu namorado, Malcolm. Enquanto o fazia, caminhavam ao longo do Østre Strandvej, e as estradas calmas e verdejantes do interior deram lugar a uma parte da cidade mais feia, mais comercial, onde as ruas eram flanqueadas por grandes armazéns cinza e o ar fedia a peixe. Rolf ouviu a narrativa com gravidade e nada disse durante algum tempo. Não tinha palavras de consolo a oferecer.

— E agora ela está bem? — perguntou afinal. — Tem uma vida normal?

— Mais ou menos — disse Paul. — Trabalha em uma biblioteca universitária. Casou-se com um bom advogado. Tem uma filha, Sophie. Creio que há recaídas ocasionais... mas não ouço falar muito sobre eles. Nunca fomos muito próximos, Lois e eu. Não a vejo o ano inteiro.

Chegaram ao porto. Passavam das nove da noite mas o céu ainda estava de um azul luminescente. Rolf e Paul caminhavam em silêncio. A estação de turismo ainda não havia começado e tudo estava calmo: os quiosques de madeira que vendiam cerveja, peixe e batatas fritas aos veranistas já estavam fechados, os estacionamentos estavam vazios e o único ruído era o sutil e irregular ranger das cordas de dezenas de iates e barcos de pesca ancorados no cais.

O recepcionista no hotel disse que tentassem comer no restaurante Pakhuset, que de fato parecia ser o lugar mais cheio e hospitaleiro em Skagen naquela noite. Uma garçonete loura com vinte e poucos anos de idade os conduziu escada acima, passando por timões, lemes, cronômetros e todo tipo de artigo náutico, em direção às mesas arrumadas na galeria de madeira, voltada para o bar do térreo, lotado por duas dúzias de jovens que aparentemente comemoravam uma festa de aniversário. Paul e Rolf sentaram-se um diante do outro em uma mesa pequena, os joelhos quase se tocando, e olhando com o cenho franzido para o menu dinamarquês.

— Vamos pedir uma sugestão à graciosa garçonete quando ela voltar — sugeriu Rolf. — Será uma boa desculpa para falar com ela.

Paul meneou a cabeça embora não tenha percebido se a garçonete era graciosa ou não. Sua mente ainda estava repleta de Malvina — de quem recebia outra mensagem de texto, justamente quando estava se preparando para dizer a Rolf o motivo pelo qual desejou vê-lo novamente.

> Espero não interromper discussões vitais, só queria dizer que ainda penso em vc. Sempre sempre sempre. Ligue mais tarde hoje à noite se puder? bjs

Paul guardou o telefone no bolso após ler a mensagem, esperando que seu sorriso não o traísse.

— *Friske asparges* deve querer dizer aspargos frescos — disse Rolf, olhando para o menu por cima dos óculos. — Com *rodtunge*, que pode ser algum tipo de peixe vermelho... talvez uma cioba?
— Olhou rapidamente para o menu e depois o deixou de lado.
— Fico imaginando qual a proporção das mensagens de texto são de teor sexual ou romântico. Cerca de noventa a noventa e cinco por cento, não acha? Imagino se fizeram alguma pesquisa a respeito.

Paul riu, constrangido.
— Espero que não pense que...

— Imagino que o próprio Tony Blair esteja lhe escrevendo sobre algum assunto de Estado. Ou isso ou sua esposa ainda tem suficiente romantismo para lhe enviar *billets doux* virtuais durante as suas viagens de negócios ao exterior. Há quanto tempo estão casados?
— Cinco anos. E você?
— Doze.
Rolf nada acrescentou àquela crua afirmação, e começou a espalhar uma densa camada de manteiga sobre um pedaço de pão de centeio.
Paul pairou um instante à borda do precipício — não mais que isso. Na verdade, era um salto fácil — e então desembuchou:
— Estou apaixonado por outra pessoa.
Rolf mordeu o pão, deixando uma marca de dente perfeitamente semicircular na manteiga.
— Ah, sim. Bem, isso acontece. Certamente acontece.
— Você não parece muito surpreso — disse Paul, ofendido por descobrir que sua momentosa confissão fora recebida com tão pouco caso.
— Quem é ela? — perguntou Rolf.
— Seu nome é Malvina. É minha assessora de imprensa.
— É o mesmo que uma assistente de pesquisa?
— Creio que sim, mais ou menos.
— Hum — resmungou Rolf. — Nada original, hein Paul? Qual a idade dela?
— Vinte.
Ele ergueu as sobrancelhas, surpreso, e comeu mais pão.
— Meu Deus.
— Sei como parece — disse Paul. — Mas é o máximo. Realmente... é o máximo.
— Oh. Posso ver — assegurou Rolf.
— Pode? Como?
— Está em seus olhos. Parecem desesperados. Os olhos de um homem experimentando uma euforia temporária, sem ter a

menor idéia do que está acontecendo. — Paul o olhava com descrédito, de modo que ele acrescentou: — Sei do que estou falando, Paul. Já vi este olhar antes.
— Verdade? Onde?
— No espelho. Duas vezes.

A garçonete veio para anotar os pedidos e Rolf concentrou-se na escolha dos pratos e mais ainda em flertar com ela. Em poucos minutos descobriu que ela era estudante de ciências biológicas na Universidade de Aalborg, que passara três meses nos EUA, que tinha dois irmãos e nenhum namorado, que se mantinha em forma fazendo ioga três vezes por semana e pensava que o Radiohead era superestimado. Também os convenceu a tentar uma especialidade da casa chamada *Hvidvin med brombœrlikøk* que, segundo ela, era vinho branco completado com licor de groselha. Trouxe-lhes dois copos altos e, depois de beber o seu em alguns segundos, Rolf pediu que ela lhes trouxesse mais dois.

Quando estavam completamente bêbados e bem alimentados, Rolf disse para Paul:
— Pode-se dizer que um homem é apenas uma mulher com defeito. O que acha disso?
— Não estou familiarizado com a teoria — disse Paul, franzindo o cenho.
— Bem, pode olhar para isso de um ponto de vista biológico — disse Rolf. — A presença do cromossomo Y por si só é um sinal de deficiência. Mas nem é preciso ser tão específico. Basta bom senso. Olhe para aquela garçonete, por exemplo.
— Lise.
— Lise. O nome dela é Lise? Ela nos disse isso?
— Disse. Várias vezes.
— Bem, olhe para ela... subindo e descendo a escada, sendo tão encantadora para todos sem fazer o menor esforço para isso. Quantos anos tem, vinte e um, vinte e dois? Veja o modo

como os nossos olhos a seguem. O que sabemos dela? Apenas que é jovem e que tem um corpo que ambos cobiçamos. Fora isso, nada. Podia até ser uma *serial killer* e, no entanto, após mais alguns drinques, seríamos capazes de arriscar a vida de nossas famílias se ela pedisse que fôssemos ao quarto dela. Não é? É uma desordem patológica do sexo masculino. Não somos fiéis, não temos instinto gregário... nenhuma dessas coisas saudáveis e naturais com as quais as mulheres já nascem. Somos defeituosos. Um homem é apenas uma mulher com defeito. Simples assim.

— Com todo respeito, acho que está falando besteira — disse Paul. — Pelo seguinte: por que ela iria pedir que fôssemos ao seu quarto? Somos velhos para ela.

— Você diz isso, Paul. Mas, aparentemente, você ganhou o coração de uma bela mulher de vinte anos. Portanto, pode acontecer.

— Isso é diferente. O que está acontecendo entre mim e Malvina está se desenvolvendo há longo tempo. Na noite passada, chegamos a um tipo de crise.

Rolf riu baixinho.

— A crise ainda não começou, Paul. Ainda nem começou.

— Eu sei, provavelmente acabará nos jornais. Já está quase lá, na verdade. Mas posso dar um jeito...

— Não é o que estou dizendo — disse Rolf. — Isso não é nada. Nada mesmo. — Agora bebiam conhaque e ele girava o líquido ocre em seu copo com formato de sino, o rosto azedando em depressão ao fazê-lo. — De qualquer modo — disse ele, fazendo força para tirar os olhos daquilo —, por falar em *crises*, não é hora de falarmos de negócios? Ou devo ficar sentado aqui a noite inteira esperando você me dizer o que quer de mim?

— O que o faz pensar que quero algo de você?

— Você não me ligou esta semana para lembrar do passado, Paul. Por favor, acredite que tenho algum conhecimento da natureza humana. Uma das últimas coisas que eu lhe disse da última vez em que nos vimos há tantos anos, não me lembro exatamente das palavras, talvez você sim, foi agradecê-lo por ter salvado a minha vida e assegurá-lo de que eu seria seu eterno devedor. Não é algo que a gente se esqueça facilmente, certo? E agora, subitamente, você me liga depois de mais de vinte anos. *Esta semana*, Paul. Agora, pense: por que um parlamentar britânico, com eleitorado nas Midlands Ocidentais, entraria em contato com um membro do corpo administrativo da BMW *esta semana*, entre todas? Hum? É um enigma e tanto, não é mesmo?

Paul desviou o olhar, incapaz de suportar o dele. Mas Rolf insistiu:

— Saiba que não me importo. Não teria vindo aqui se não quisesse ajudá-lo. Mas não sei se há muito que eu possa fazer.

— Se eu... — começou Paul com alguma dificuldade. Então se atrapalhou e tentou novamente. — Se você e eu pudéssemos ao menos... discutir algumas opções. É só que... a coisa é que estou um tanto em evidência para o partido, e tenho estado um tanto inativo no *front* de Longbridge nas últimas semanas, o que me deixa um pouco preocupado. Se ao menos pudesse mostrar a eles, de algum modo, que eu estava... na jogada...

— E essa "evidência" que mencionou tem alguma coisa a ver com sua assessora de imprensa?

— É possível.

— Muito bem. É sempre melhor sermos diretos, Paul. Economizamos muito tempo assim. Apenas diga-me o que quer. Sem embaraço. Direto ao assunto.

— Tudo bem, então — Paul baixou o copo de conhaque e juntou as mãos, quase como se estivesse rezando. Ouviram gargalhadas vindas da festa lá embaixo. Esperou o ruído baixar. — Vocês não deviam vender a Rover. A BMW não devia vender a Rover. Deviam ficar com a fábrica de Longbridge.

Pela primeira vez naquela noite, Rolf pareceu genuinamente surpreso.

— Mas o que está propondo, Paul... ou melhor, sugerindo... é contrário à própria política de seu governo. Corrija-me se estiver errado quanto a isso. Desde que a Alchemy voltou atrás, estamos em negociação com outro grupo: o Phoenix Consortium. As negociações vão bem. E o seu sr. Byers apóia o lance do grupo Phoenix. Na verdade, eu estava falando isso com ele esta tarde.

— É verdade. Mas a minha informação é que o lance do grupo Phoenix não é realista.

— E de onde você acha que vem tal informação? Dos jornais, suponho.

— Principalmente — Paul foi forçado a admitir.

— Bem, como sabemos, não devemos acreditar em tudo o que lemos nos jornais.

— Quer dizer que estão considerando a proposta?

— E qual a alternativa? Tornar milhares de trabalhadores redundantes e criar um desastre de relações públicas para nós mesmos?

— Uma solução muito mais simples. Mantenham a fábrica de Longbridge.

Rolf deu uma risada baixa de indiferença.

— E perder milhões de libras toda semana?

— As perdas não chegam nem perto do que dizem. Muitas dessas cifras se devem aos seus métodos de contabilidade.

Fosse porque era verdade, fosse por estar impressionado pela súbita paixão e sinceridade com que Paul parecia defender o seu ponto de vista, Rolf ficou em silêncio durante algum tempo. Parecia estar considerando o assunto seriamente.

— Bem, deixe-me ver se entendi — disse afinal. — Você quer que eu convença a direção a mudar de idéia a esse respeito, na verdade a mudar completamente de idéia, só para você voltar para casa e contar as novidades para o sr. Blair e apresentar-se como um herói. O homem que salvou Longbridge.

— Se prefere assim...

— Seja franco comigo, Paul, por mais que isso contrarie o seu treinamento. É o que quer que eu faça?

Paul não conseguiu fingir.

— Sim, suponho que sim.

Rolf olhou-o, então, como se finalmente tivesse lhe ocorrido que pudesse ser alguém com quem contar. Afora isso, sua expressão nada denunciava além de suas palavras.

— Muito bem — disse afinal, afastando a cadeira. — Vou pensar nisso. — E sinalizou para que Lise trouxesse a conta.

Paul despertou na manhã seguinte com uma tremenda ressaca e não desceu para tomar o café da manhã. Rolf, porém, deve ter acordado cedo, pois eram apenas nove horas quando ele bateu firmemente à porta de Paul e disse:

— Está acordado? Vamos! Tenho de ir embora em uma hora e meia... e temos um passeio a fazer antes disso.

Paul pôs a cabeça sob a água fria da torneira, engoliu dois comprimidos de paracetamol e correu escada abaixo. Rolf o esperava na rua, com uma expressão agradável e tendo ao lado uma leve e brilhante bicicleta de dois lugares.

— O que acha? — disse ele. — É bonita, não?

Paul andou ao redor a bicicleta, vendo-a por todos os ângulos com ares (não inteiramente afetados) de especialista.

— Nada mal — disse ele. — Nada mal mesmo. Onde arranjou isso?

— Há uma loja de aluguel na cidade. Achei que seria a melhor maneira de chegar até onde vamos.

— E aonde vamos? — perguntou Paul.

— Ao lugar onde os mares se encontram, é claro. Suba... você conduz. Tenho de segurar a minha bagagem.

E assim lá foram eles, dobrando à direita em Oddevej, passando pelo *Kunstmuseum* Grenen, por Fyrvej e seguindo em direção ao topo da península. Havia poucas pessoas para vê-los àquela hora, mas deveriam ser uma dupla esquisita. Paul, pelo menos, estava vestido para o papel, no uniforme padrão de parlamentar do Novo Trabalhismo de folga: camisa sem gola e jeans amarrotados. Rolf não apenas ainda vestia o terno escuro como também trazia a pasta cuidadosamente equilibrada em frente a ele enquanto pedalavam. Mas nenhum dos dois estava se incomodando com o modo como estavam vestidos. Estavam desfrutando da sensação — que voltou a eles assim que deixaram a cidade para trás e pegaram a longa e reta estrada para Grenen — de serem meninos de doze e catorze anos novamente.

— Isso nos faz voltar no tempo, não é? — gritou Rolf. E, quando Paul voltou-se para olhar para ele, viu que o rosto de Rolf, afora estar ficando vermelho após aquele exercício moderado, estava tomado por um tipo de euforia infantil que parecia tê-lo limpado das rugas e de todos os outros sinais de meia-idade incipiente.

Após isso, nada disseram, e Paul outra vez saboreou o silêncio absoluto: um silêncio que parecia marcar a suspensão do tempo de modo que lhe parecia não apenas possível viver o momento (o que jamais poderia fazer em Londres, tão *temporal* era a sua existência ali, tão inteiramente cercada de planos, considerações e estratégias de sobrevivência), como também prolongá-lo eternamente. Esta compreensão, passageira que fosse, deu-lhe uma sensação de deliciosa luxúria. E enquanto pedalava pela paisagem desolada, os quilômetros ficando para trás, ele teve uma visão. Uma lembrança destacou-se diante dele: Marie, a avó dos meninos dinamarqueses, alcançando a corda da veneziana ao final de uma longa história, erguendo a veneziana até o alto para que a sala de estar fosse inundada pela luz da tarde, cinza-azulada, como seus olhos... A visão era fugaz, evanescente, mas pareceu-lhe real enquanto durou, tão real que lhe tirou o fôlego e ele se esqueceu de tudo o mais: onde estava, com quem e o que ainda esperava ganhar daquele estranho e maravilhoso encontro.

— Ei, inglês! — gritou Rolf subitamente. — Nada de moleza aí na frente! Isso aqui é trabalho para dois homens.

E Paul deu-se conta de que parara de pedalar.

— Desculpe! — gritou, e voltou ao trabalho com energia redobrada.

A estrada seguia o litoral durante algum tempo e depois se curvava em um arco lento e gracioso, passando por um farol pintado com cores vivas, até chegar a um estacionamento no ponto mais setentrional da península. Deixaram a bicicleta dupla, sem tranca, em um dos muitos bicicletários (ninguém parecia pensar muito em crime naquela parte do mundo) e completaram o trajeto até a praia a pé, tirando sapatos e meias ao caminharem pelo sobe-e-desce das dunas.

— Ha! Lembra disso? — disse Rolf, apontando para trás.

E lá, à distância, havia uma estranha visão, um vagão ferroviário sendo puxado por um trator, levando o primeiro punhado de turistas matinais para o ponto mais avançado da praia, a ponta da Dinamarca, onde os mares Kattegat e Skagerrak se encontram.

— Sim, eu me lembro — disse Paul. E parou após dar mais alguns passos para ler os cartazes expostos em destaque, escritos em inglês, dinamarquês e alemão, que advertiam que a natureza hospitaleira e despretensiosa daquela paisagem ocultava perigos. — *Livsfare* — leu em voz alta. — Isso estava aqui antes?

— Oh, sim — disse Rolf. — Creio que sim.

— Não foi a sua mãe que, de algum modo, trouxe um carro até esta praia e teve de ser desatolada pelos bombeiros?

— Isso mesmo. Pobre Mutti... morreu há uns dois anos, e foi a pior motorista do mundo até o fim. Foi nesse dia... foi isso que fez Jorgen, ou seja lá qual era o nome dele, debochar tanto de mim. O que eu lhe disse em resposta foi muito insultuoso, creio eu. Ainda coro ao pensar.

— Faz muito tempo — disse Paul ao voltarem a caminhar. — Éramos todos muito jovens.

Rolf balançou a cabeça.

— Eu não devia ter dito aquilo.
Caminharam à beira da água, onde a areia era escura e firme. Eram quase dez horas e os turistas aumentavam em número, andando em grupos de três ou quatro, tirando fotografias da praia de todos os ângulos possíveis. O homem de negócios descalço e seu amigo político pareciam mais em evidência do que nunca.

Finalmente chegaram ao fim da península e, protegendo os olhos contra o sol matinal que as águas agora refletiam sobre eles com fascinante intensidade, olharam com assombro renovado às duas séries de ondas que corriam juntas, formando estranhos padrões triangulares, misturando-se e unindo-se naquilo que o Benjamin adolescente certa vez definira como "conjunções espumantes e promíscuas". Sorriam um para o outro, compartilhando o momento, mas nenhum dos dois disse coisa alguma durante alguns minutos. O bipe do celular de Paul avisou-o da chegada de outra mensagem de texto, mas ele não a leu. Guardou-a para depois.

Quando Rolf finalmente falou, o fez bem devagar, como se arrastando as palavras do fundo de algum oceano profundo de pensamentos.

— Estranhamente... não me lembro de como me senti perdido ali na água, puxado para o fundo do mar por alguma força elemental. Devo ter achado que ia morrer. Nem mesmo me lembro de você me salvando. Quero dizer, eu sei o que aconteceu, mas não consigo ver a cena: não consigo... lembrar da sensação.
— Ele olhou para o horizonte e seus olhos se estreitaram ainda mais por causa do sol ofuscante. — A mente tem bloqueios, suponho. Sim, deve ser isso.

— Também não me lembro muito bem — disse Paul. E acrescentou, sentindo a banalidade do que dizia: — Faz muito tempo.

— Imagino se você fez o certo ao me salvar — disse Rolf inesperadamente.

— Como assim? — perguntou Paul, genuinamente chocado.

— A absoluta sacralidade da vida humana — refletiu Rolf, para si mesmo. — Nunca compreendi bem tal conceito. Nunca concordei com ele, devo dizer. Suponho que, em minha filosofia moral, sempre tendi ao lado prático. Quando você se atirou na água e me salvou, o fez sem pensar, foi um impulso animal. Imagino se eu teria feito o mesmo.

— Quando a gente vê alguém se afogando, não pensa se aquela vida merece ser salva — disse Paul. — A gente não fica dez minutos pesando a contribuição do afogado para a humanidade. Para começo de conversa, não há tempo para isso. Você mergulha e faz o que tem de ser feito.

— Claro — respondeu Rolf. — Compreendo. Apenas quis dizer que, de um ponto de vista racional, creio que fez a coisa errada.

— A coisa errada?

— Se eu tivesse me afogado naquele dia... Bem, meus pais teriam ficado arrasados, nem preciso dizer. Mas, depois disso... — Ele balançou a cabeça. — Minha mulher teria conhecido outra pessoa, que não a teria feito infeliz como eu fiz. Isso é certo. Meus casos amorosos, que nada mais causaram além de dor para todos os envolvidos, não teriam acontecido. Meus empregadores poderiam facilmente ter designado outra pessoa para a diretoria, alguém tão capaz quanto eu. — Ele se voltou para Paul e havia um quê de raiva em sua voz, quase violência. — Veja, não tenho ilusões em relação a mim. Sei que sou um homem egoísta. Importo-me pouco com a felicidade alheia.

— Eu estava certo ao fazer aquilo — disse Paul baixinho. — E nada do que diga vai me convencer do contrário.

Rolf enfiou as mãos nos bolsos e caminhou até a beira d'água. Durante um longo tempo ficou de costas para Paul e não se moveu. Finalmente, Paul adiantou-se e ficou ao lado dele, forçando Rolf a dizer, afinal:

— Você se dá conta, não é mesmo, de que não posso fazer o que me pede? Algumas coisas não merecem ser salvas. Mesmo que não acredite que isso se aplique aos seres humanos, certamente se aplica a empresas doentes. — Pousou uma mão sobre o ombro de Paul, mas o gesto pareceu desajeitado, e ele deixou-a cair. — Sei que lhe sou devedor. E vou ajudá-lo de todo modo que puder. Dou-lhe dinheiro. Eu lhe empresto minha casa de praia... um lugar onde levar a sua amante neste verão. Dou-lhe o telefone da melhor prostituta do mundo, que por acaso mora em Londres. Mas não posso fazer isso para você. Não sou forte o bastante. Você está me pedindo o impossível.

— Tudo o que estou pedindo é que você leve isso aos outros membros da direção, que eles reconsiderem as suas opções...

— Já sei o que dirão. Não estamos falando de tirar alguém de dentro do mar, Paul. Na verdade, estamos falando de algo mais forte do que isso, algo ainda mais elementar: o mercado. Que também pode ser implacável e destrutivo. Você acredita no mercado, não acredita? Você e seu partido? Então deve ser honesto com as pessoas. Deve fazer com que percebam que às vezes ele suga os homens e depois os arremessa sem vida na praia. E não há nada que você ou qualquer outra pessoa possa fazer a respeito. Não minta para eles. Não os encoraje a crer que podem ter opção.

Então, atrás deles, à distância, veio o ruído de um motor que se aproximava. Ambos os homens se voltaram e viram, assim como Paul na tarde da véspera, um ponto negro no céu que ficava cada vez maior. Rolf olhou para o relógio e meneou a cabeça com satisfação.

— Dez e meia. Nenhum minuto a mais ou a menos. Vamos, Paul, acene em despedida para mim.

Ele correu para o helicóptero, que pousava na praia chamando a atenção dos turistas. Observavam, atônitos, aquela figura corpulenta e desajeitada em seu terno executivo escuro, correndo pela areia com a pasta em uma mão e os sapatos e as meias na outra, seguido de perto por Paul. Alguns chegaram a tirar fotos.

Gritaram as suas despedidas.

— Foi ótimo vê-lo novamente, Paul — gritou Rolf, o cabelo revolvido pelo vento. — E ver este lugar. Muito obrigado por vir. Não vamos esperar mais vinte anos, está bem?

— Não esperaremos — respondeu Paul.

— Desculpe — disse Rolf. — Desculpe por não poder fazer o que me pediu. Mas não se preocupe. A situação vai se resolver por si mesma.

— Espero que sim.

— Sei que vai. Estou preocupado é com sua outra situação.

— Está sob controle. Não se preocupe.

Rolf jogou as suas coisas na cabine e agarrou Paul pelos braços. Abraçaram-se calorosamente. Rolf estava a ponto de subir no helicóptero quando voltou-se, pôs a boca junto ao ouvido de Paul e disse:

— Tudo o que tenho a dizer, Paul, é que... é pouco comum uma mulher gostar de ser amante. Você não é um homem cruel, portanto lembre-se: geralmente acham muito desconfortável o papel de amante. Uma de minhas amantes cometeu suicídio. — Finalmente, Rolf beijou Paul em ambas as faces, do modo menos germânico que se podia imaginar. — Ainda não estou certo de que você agiu certo ao me salvar.

Após o que, em meio a um tumulto de barulho e areia, o helicóptero ergueu-se no céu e se foi.

15

Benjamin estava sentado em seu escritório, no sétimo andar de uma torre em frente ao St. Philip's Place. Vinha trabalhando na mesma escrivaninha havia mais de dez anos, e sempre se deliciou com a vista que tinha dali, o panorama cinzento da cidade que ele ainda amava, apesar de toda a sua vontade de livrar-se dela. Naquele dia, porém, ele não admirava a paisagem. Em vez disso, pela segunda vez, ergueu o livro da escrivaninha, leu as últimas frases com incredulidade e, então, deixou-o cair de suas mãos.

Era hora do almoço, e ele bebia um *mocha* duplo da Coffee Republic, e comia um queijo *feta* com *ciabatta* de azeitonas pretas de uma nova loja de sanduíches na galeria de Piccadilly. A biografia de Francis Piper estava aberta sobre a escrivaninha e ele chegara à página 567. Doug queria a resenha no fim da semana, no máximo, de modo que Benjamin realmente precisava terminar de ler o livro naquele dia. Cuidadosamente tomava notas à medida que avançava na leitura.

O biógrafo de Piper tivera acesso aos diários particulares do poeta e tecia a sua narrativa com citações daquelas fontes originais. Os diários eram extensos (intermináveis, pode-se dizer), e aparentemente o editor não interferiu no processo. Portanto, passaram-se 550 páginas até a narrativa chegar ao ano de 1974, e ainda havia umas 200 páginas pela frente. Àquela altura, Benjamin já dominava o assunto: nos anos 1970 os dias mais produtivos de Piper como poeta já tinham ficado trinta anos no passado, ele não estava escrevendo nada de importante (afora aqueles diários intermináveis), e, tendo ficado sexualmente inativo a maior parte de uma década, tornara-se presa de fantasias sexuais e obsessões de um tipo aborrecidamente mórbido. A litania de desencontros um tanto patéticos (operários de obra seguidos desesperadamente ao longo de quilômetros de ruas suburbanas, bolinações incipientes em banheiros públicos abandonadas em surtos de pânico) estava se tornando francamente tediosa.

Naquela época, a renda de Francis Piper parecia advir inteiramente de suas aparições públicas ocasionais em escolas e universidades do país, ou de estranhas visitas a postos isolados do British Council, como Bucareste ou Dresden. Em 7 de março de 1974, fez uma palestra na King William's School, em Birmingham. Benjamin estava na platéia. Ele já havia percebido que a escola era mencionada no índice, mas não queria ler partes do livro fora de seqüência e supôs que aquilo não passaria de uma breve menção à visita. Deste modo, a descrição do incidente pegou-o completamente de surpresa.

Foi depois de ler a passagem pela segunda vez que deixou cair o livro no chão e cambaleou para fora do escritório, sem dizer qualquer palavra para qualquer um de seus colegas e nem para Judy, sentada à mesa da recepção. Ela olhou para ele com estranheza, mas não se deu conta — por que daria? — de que os próprios fundamentos da vida de Benjamin haviam sido despedaçados nos últimos segundos.

Benjamin saiu em meio ao tráfego intenso da Colmore Row — precipitando uma sinfonias de buzinas furiosas — então vagou, como em transe, pela periferia de St. Philip's, apenas vagamente registrando as manchetes exibidas do *Evening Mail*: "Vitória do grupo Phoenix salva Longbridge". O que importava para ele que a esperança e o sentido tivessem voltado à vida de dezenas de milhares de estranhos quando foram abrupta e brutalmente tirados da vida dele?

Seu celular tocou. Era Philip Chase.
— Olá, Ben. Ouviu as notícias? A Rover foi salva. A BMW aceitou a oferta da Phoenix. É fantástico, não é? Vou até Longbridge ver o que está acontecendo em frente ao portão. Quer vir? Posso lhe dar uma carona.

Não houve resposta.
— Alô? — disse Phillip. — Benjamin? Está aí?

Após um ou dois segundos, e com um grande esforço, Benjamin conseguiu dizer:
— Não posso, Phil. Obrigado, mas tenho de trabalhar.
— Ah. Tudo bem — Phil desligou, soando confuso e desapontado, nem tanto pela desculpa e, sim, pelo tom de voz com que foi proferida.

Contudo, Benjamin não voltou ao trabalho. Na verdade, voltou brevemente ao escritório para pegar a biografia, mas, logo a seguir, seguiu rapidamente até a New Street Station e chegou lá bem a tempo de pegar o trem às 13:48 para London Euston.

Irina abriu a porta e pareceu embaraçada quando Benjamin perguntou:
— Estão em casa?
— Bem, estão — disse ela. — Mas não creio que estejam propriamente...
— Quem é? — Ouviu-se a voz de Doug enquanto ele descia a escada, sem calças, sem fôlego, lutando com os botões da camisa.
— Benjamin... é você? — desta vez era Frankie chamando lá de cima. Estava inclinada no corrimão, enrolada em um lençol para ocultar a completa nudez. Seu cabelo estava fabulosamente desgrenhado e não estivesse Benjamin em estado de pânico cego certamente sentiria as ondas de calor habituais atravessarem seu corpo. Da cozinha, ouviam-se os berros cada vez mais altos e indignados de Ranulph.
— Vou vê-lo — disse Irina, girando nos calcanhares.

— Benjamin? — disse Doug, agora no pé da escada. — O que faz aqui?

— Não me diga que cheguei em má hora — disse Benjamin.

— Na verdade não. Só que, você sabe, não tenho dito muitos palavrões ultimamente. — Pegou o braço de Benjamin e conduziu-o em direção à sala de estar. — Vamos, sente-se. Parece chocado. O que houve?

— Já desço! — gritou Frankie lá de cima, e desapareceu para se vestir.

— O que faz em Londres? — perguntou Doug, enquanto Benjamin tombava em um dos sofás. — Por que não está trabalhando?

— Aconteceu uma coisa — disse Benjamin. — Algo... terrível.

— Você e Emily se separaram — disse Doug instintivamente, antes de poder se conter.

Benjamin olhou-o.

— Não.

— Não. Desculpe... não sei por que disse isso. Quer uma xícara de chá ou algo assim? Vou pedir para Irina pôr a chaleira no fogo.

— Na verdade, não me incomodaria de tomar algo mais forte.

— Tudo bem. — Era um pedido bem incomum. Ainda eram 16:15, mas Doug serviu-lhe um uísque duplo. — Aí está. Tome e conte-me tudo.

Benjamin bebeu a maior parte do uísque de um só gole, fez uma careta quando o líquido ácido queimou o fundo de sua garganta, e disse:

— É sobre a resenha.

Doug emitiu um suspiro de incredulidade e alívio.

— Você veio até aqui para falar da *resenha*? — exclamou. — Meu Deus, Benjamin, para que acha que servem os telefones?

— Não posso falar sobre isso no telefone.

— Olhe... não precisa se preocupar. Se escreveu, ótimo. Se não, não tem importância. Só vou estar naquele emprego mais algumas semanas. Não vai me decepcionar ou coisa assim.
— Não é isso. Há algo nesse livro. Algo sobre mim.
— Sobre *você*?
— Bem, não diretamente. Quero dizer, não sou mencionado textualmente. Mas há uma história ali e... é sobre mim, eu sei que é.

Doug ficou assustado ao ouvir Benjamin falando assim. Anos escrevendo para um jornal e recebendo dezenas de cartas de leitores toda a semana o haviam ensinado — entre outras coisas — que a doença mental, em seus diversos graus de severidade, era mais disseminada do que a maioria das pessoas imaginava, e que podia assumir as formas mais surpreendentes. Estava familiarizado com o conceito de "delírios de referência", que podiam levar as pessoas a se convencerem de que pequenos artigos sobre assuntos de interesse geral na verdade estavam repletos de sentidos ocultos escritos unicamente para elas. Este tipo de delírio pode se tornar sinistro. Há pouco tempo, um homem em Chalfont St. Giles que tentara matar a mulher alegara, como atenuante, o fato de ter sido inspirado a fazer aquilo por mensagens em código inseridas na programação da tevê.

Suspirou novamente e passou a mão pelo cabelo. Teria sido um erro encomendar aquela resenha para Benjamin?

Por sorte — pois Doug não tinha idéia do que dizer a seguir — duas coisas aconteceram ao mesmo tempo. Frankie entrou na sala e o telefone tocou.

Ela se inclinou sobre Benjamin, beijou-o no rosto e abraçou-o.

— É tão bom ver você! — disse ela e, como sempre, deu a impressão de realmente estar sendo sincera. Ela vestira um suéter de *cashmere* com gola em V, sem blusa por baixo, e Benjamin pôde sentir em seu pescoço o odor cálido da excitação sexual recente. Ela se sentou ao lado dele e ambos ouviram a metade de Doug da conversa telefônica.

— Eu sei, David, são notícias fantásticas. Aparentemente, em Longbridge mal conseguem crer na notícia. Ninguém na imprensa londrina estava levando o lance a sério. Estavam cagando para a fábrica. Cinqüenta mil desempregados eram uma ótima história. Era tudo em que estavam interessados. Claro que vou. Quanto quer? Mil e quinhentas palavras? Vou escrever agora mesmo. Terá às seis da tarde. Tudo bem, pode deixar comigo.

Ao desligar, voltou-se para Benjamin e disse em tom de desculpa:

— Pulei do barco, como deve ter percebido. De volta a escrever o que importa. Tecnicamente, ainda estou comprometido com o outro caderno, mas, fodam-se. — Ao ver o olhar reprovador de Frankie ele se corrigiu: — Quero dizer: vão ter de se virar. De qualquer modo, você ouviu as notícias de Longbridge, não ouviu? Incrivelmente, seu irmão já conseguiu dizer em uma rádio que era isso que ele estava esperando todo o tempo. O que é uma surpresa para muitos de nós, devo dizer. — Olhou para o relógio. — Perdão, Ben, tenho de começar a trabalhar. Querem isso para as seis da tarde. Podemos conversar no jantar?

— Claro — disse Benjamin, sentindo-se rejeitado.

— Não se preocupe — disse Frankie. — Vou cuidar dele.

Então, quando Doug subiu correndo para o seu escritório, ela voltou a encher o copo de Benjamin e sentou-se na cadeira do lado oposto a ele, inclinando-se para a frente em sinal de atenção, as mãos unidas.

— Agora — disse ela, a voz quase trêmula de tanta gentileza (a sinceridade da qual Benjamin jamais conseguiu duvidar) — diga-me o que está errado.

Benjamin pensou por onde deveria começar. Afinal, parecia que só havia um meio de dizer aquilo:

— Não acredito mais em Deus.

Frankie digeriu aquilo um instante.

— Uau — foi tudo o que conseguiu dizer a princípio, e sentou-se como se impelida por uma força física. — Mas como... quero dizer, desde quando?

— Desde a uma e dez desta tarde.

— Uau — disse ela novamente. — Desculpe, não estou ajudando muito com os meus comentários mas, realmente, Benjamin, isso é... bem... você certamente não está falando sério, está?

— Não, estou falando sério. Completamente sério. — Ele se levantou, andou um pouco pela sala, depois pegou a biografia na mesa de café onde a deixara e mostrou a Frankie o retrato de Francis Piper na capa. — Sabe alguma coisa sobre esse cara? — perguntou.

— Não — ela admitiu.

— Bem. Ele é... ou era, antes de morrer... um poeta. Muito conhecido. Era famoso nos anos 30 e foi ficando cada vez menos famoso com o passar do tempo, de tal modo que, quando veio falar para nós na escola em 1974, nenhum de nós ouvira falar a seu respeito. Agora, alguém escreveu este livro sobre ele, e Doug me pediu para fazer a resenha. Hoje, cheguei na parte em que ele visita a nossa escola, no dia 7 de março de 1974.

Benjamin sentou-se novamente e tentou se recompor. A história que teria de contar para Frankie era longa e complexa, e provavelmente há anos de distância de sua própria experiência. Será que ela poderia compreender o tipo de ansiedade que assaltava um menino de treze anos, no limiar da puberdade, com pavor de perder o frágil e caprichoso respeito dos amigos? Ansiedades que lhe pareciam, agora, pertencer a uma era quase pré-histórica: embora às vezes (e nunca tanto quanto hoje) parecesse a Benjamin que ainda estava preso àquilo, enquanto o resto do mundo seguira adiante...

— Bem, na época — começou a falar após inspirar profundamente — eu era muito tímido, e não muito confiante, fisicamente, e bastante... envergonhado de meu corpo, acho. — Ele sorriu com tristeza. — Nenhuma mudança nesse aspecto desde então. — Esperou um sorriso de concordância ou, talvez, contradição, mas o rosto de Frankie permaneceu sério e atento. — E na King William's tinham essa regra... não sei se Doug já lhe falou a respeito... que dizia que, caso você esquecesse de trazer o seu calção de banho para a escola, ainda assim tinha de ir nadar. Nu.

— Meu Deus — disse Frankie. — Devia ser frio.

— Bem, obviamente havia o fator temperatura a ser levado em conta, porém mais importante do que isso era a vergonha. Meninos daquela idade, como provavelmente deve saber, são muito cruéis e muito... competitivos, em certos aspectos. E muito ciosos, como disse, de seus corpos. Portanto, era a pior punição que podiam imaginar. E eu vivia aterrorizado, literalmente, completamente, diariamente aterrorizado, com a idéia de isso vir a acontecer comigo.

— E um dia aconteceu?

— Um dia sim. Meu pai me deu uma carona e eu esqueci a minha pasta no banco de trás do carro. Não sei como aconteceu, mas em alguns minutos, toda a escola já sabia que Trotter esquecera o calção de banho. Era como se fosse a piada do século. Havia um garoto na nossa série chamado Harding, Sean Harding, e provavelmente foi ele quem começou com aquilo. Engraçado, ele era meu amigo, um dos melhores, mas quis me humilhar. Como explicar isso? Eu não sei. Há uma estranha mistura nos meninos. Crueldade e amizade parecem não ser contraditórias para eles.

— Sei tudo sobre Harding — disse Frankie. — Quando Duggie deu a sua palestra no ano passado, no Queen Elizabeth Hall, foi sobre ele quem falou. Nele e em seu irmão.

— Sim — Benjamin riu. — Muito parecidos em diversos aspectos. Mas não pensávamos assim na época. De qualquer modo, fiquei arrasado. Este cara, este poeta, Francis Piper viria à escola naquela manhã para fazer uma palestra na Big School, e houve um breve momento de alívio quando pensei que aquilo significava que a aula de natação seria cancelada. Mas não foi. Por isso, durante o recreio naquela manhã, pouco antes da aula começar, fui até o vestiário sozinho e tive uma espécie de... colapso, chamemos assim. E foi quando aconteceu.

— Sei o que vai dizer — disse Frankie, a voz repleta de sentimento agora. — Você rezou, não foi? Voltou-se para Cristo.

— Como sabe? — perguntou Benjamin.

— Seria o que eu faria.

— Bem, nunca tinha pensado muito em Deus antes — disse Benjamin. — Mas, subitamente, quase sem pensar, ajoelhei-me e vi-me rezando para Ele. Barganhando com Ele, para ser mais preciso.

— Barganhando?

— Sim. Fiz um acordo. Disse que se Ele me enviasse algum calção de banho, eu acreditaria Nele. Para sempre.

Frankie pareceu impressionada com a audácia daquela tática. E perguntou, inevitavelmente:

— Funcionou?

— Sim — Benjamin olhou para a frente, hipnotizado pela clareza com que os eventos daquele dia nunca deixaram de voltar à sua memória. — O vestiário estava em silêncio absoluto. Então, ouvi a porta de um armário abrir e fechar. Levantei-me e caminhei em direção ao ruído. A porta do armário estava entreaberta. E lá dentro havia...

— ...um calção de banho — disse Frankie em um sussurro.

— Foi um milagre, Benjamin! Você testemunhou um milagre.

Ela se aproximou, ajoelhou-se diante dele e apoiou as mãos nos seus joelhos. Naquele momento, o que ele mais gostaria era de beijá-la. Mas isso não parecia ser o que a situação exigia.

— E depois disso — disse ela — manteve a sua parte no acordo?

— Sim, mantive. Comecei a ir à igreja e continuei indo à igreja, apesar das ironias de meus amigos e contemporâneos. Durante vinte e seis anos, cumpri a promessa. E quando finalmente conheci alguém que compartilhava de minhas crenças, bem... não que eu tenha me apaixonado exatamente, mas... comecei a gravitar em torno dela. Quero dizer, conheci Emily e conversamos de religião mas a coisa só aconteceu quando passei um fim de semana com ela na universidade, no terceiro ano, creio eu. Eu estava em Oxford, ela em Exeter... foi quando falamos seriamente sobre aquilo. Também foi a primeira vez que dormimos juntos, lembro-me. Ela era virgem. Eu não era, porque alguns anos antes, no quarto de fundos de meu irmão...

Ele parou de falar e viu que Frankie tentava ganhar a sua atenção.

— Informação demais, Benjamin. Informação demais.

— Sim. OK. Então está bem... o que eu estava tentando dizer é que a fé ou o que sempre considerei fé... sempre esteve no meio de minha vida e também no centro de meu casamento. E hoje, há umas... — olhou para o relógio — ...três horas e vinte minutos, eu me perdi. Minha fé se foi.

— Mas por quê? — disse Frankie. — Deus não cumpriu a parte Dele no acordo?

— Sempre pensei assim. Mas ouça. — Ele pegou a biografia e caminhou até a janela da frente, onde a luz era melhor. — Foi nesse ponto que a carreira sexual de Piper chegava ao seu nada absoluto. E começou a declinar, de acordo com os seus diários, durante uma viagem de dois dias a Birmingham para dar uma palestra na King William's. Foi nesse dia que ele se deu conta de que não poderia manter os hábitos aos quais se acostumara e ainda assim preservar qualquer vestígio de respeito próprio.

Ele olhou para Frankie, para verificar se ela estava ouvindo. Ela estava, embora sem compreender muito bem.

— Vai compreender em um minuto — assegurou-lhe. — Apenas ouça: "Piper registrou as suas impressões sobre Birmingham em seu estilo característico e implacável: 'Uma inominável excrescência de cidade', ele escreveu, 'como se Deus tivesse participado inadvertidamente de um ritual divino de terrível pungência na noite anterior e tivesse esvaziado as tripas sobre as Midlands na manhã seguinte. Gente pálida como cadáveres, pessoas idiotizadas; os feios edifícios como se construídos para induzir um estado de náusea no infeliz observador.' Após algumas outras observações assim, Piper anotou que, após passar a noite no hotel Britannia (onde 'a comida era desgraçadamente abaixo até dos padrões de uma sopa de pobres da Londres vitoriana'), acordou na manhã de sua palestra e, em sua caminhada diária logo após o desjejum, foi até os banhos municipais.

"Este costume, como sabemos, tinha menos a ver com a prática de exercícios físicos saudáveis do que com a oportunidade que lhe dava de olhar para os corpos de outros nadadores com relativa impunidade. Nesta ocasião, certamente não se desapontou: 'Estava na água havia um poucos minutos', escreveu, 'quando o nauseabundo horror daqueles banhos — aparentemente projetados por alguma mediocridade esteticamente falida em um surto de ódio vingativo contra os seus concidadãos — foi subitamente transcendido, *trazido à vida*, por uma *visão*, uma *aparição* da virilidade em sua forma mais magnificente e sobrenatural. Um jovem negro de não mais que vinte anos, os músculos das coxas tão firmes quanto jovens arbustos, nádegas mais rijas do que a pele de um...'" Bem, há muito mais coisa escrita neste tom. Não vou aborrecê-la com todos os detalhes.

Benjamin passou para a página seguinte, percebendo que Frankie agora acompanhava cada detalhe da narrativa com olhos arregalados e absorta.

— Ele anda atrás deste rapaz nos banhos durante algum tempo, embora, obviamente, não possa acompanhá-lo muito de perto e, então, o segue quando este vai até o vestiário. Neste ponto, ele deprecia um bocado o próprio corpo: "a pele manchada pendurada em meus ossos esfarelentos como o escroto de um libertino senil devastado pela doença, nos estágios finais de decrepitude", etcétera, estou certo de que você não precisa ouvir isso. Então, chegamos ao acontecimento decisivo. O rapaz se despe e entra no chuveiro "expondo aos meus olhos encantados um órgão de prazer tão pesado e volumoso que me lembrei de um prodigioso salame milanês pendurado nos caibros de uma *trattoria*, no alto das montanhas de Bagni di Lucca..." Meu Deus, ele vai fundo, não é mesmo? Então Piper sucumbe ao seu momento de fraqueza: "Subitamente me pareceu intolerável, insuportável, que aquele ser divino entrasse e saísse de minha vida de modo tão passageiro, sem deixar o menor vestígio a não ser a lembrança de sua inalcançável beleza estampada em minha mente dolorida. Tinha de ter, ao menos, uma lembrança. Foi um impulso, um instante de lunática audácia, nada além, mas foi o que bastou para que eu roubasse o seu calção de banho azul-marinho do banco onde ele o deixara, permitindo que minhas narinas ansiosas (sim, admito!) inalassem durante apenas um segundo o aroma inebriante daquelas regiões escuras e misteriosas com as quais o pano (ó fibra feliz!) recentemente estivera em contato, e então metê-lo na maleta onde eu guardara não apenas os meus utensílios de banho, como também os próprios livros de poesia com os quais eu tentaria em vão impressionar os alunos indubitavelmente apáticos da King William's School mais tarde naquela manhã."

Benjamin fechou o livro lenta e respeitosamente e voltou a se sentar no sofá. Olhou pela janela com olhos vazios durante algum tempo, enquanto Frankie — sem palavras — esperava que ele terminasse a história.

— Portanto, foi daí que aquilo veio — disse Benjamin afinal. — Ao chegar à escola, a luxúria havia se esvaído e tudo o que ele sentia era vergonha, raiva de si mesmo e medo da idéia de ser descoberto. Portanto, antes de ir ver o diretor, entrou no vestiário e enfiou o calção de banho no primeiro armário que encontrou. E foi ali que eu o encontrei, alguns segundos depois.

— Benjamin balançou a cabeça, amargurado com sua própria credulidade. — O sopro de Deus! *O sopro de Deus*, foi como chamei aquilo! Um velho alquebrado e infeliz pegando os espólios de sua última derrota e metendo-os o mais rapidamente possível onde ninguém os visse. O sopro de Deus... que fiasco. Que piada.

Ele nada mais tinha a dizer. No longo e infeliz silêncio que se seguiu, podia-se ouvir o choro distante de Ranulph na cozinha, reclamando da última tentativa de Irina de alimentá-lo ou vesti-lo.

Finalmente, Frankie voltou a se sentar ao lado dele e tomou ambas as mãos de Benjamin.

— Deus opera de muitas formas, você sabe, através de muitos meios misteriosos. Só porque agora há uma explicação para o que ocorreu, isso não torna o fato menos... significativo.

— Pensei que fosse um milagre — disse Benjamin, como se não a ouvisse. — Mas milagres não existem. Apenas o acaso, interferindo de modo sem sentido.

— Mas fez sentido para você...

— Apenas caos — continuou, erguendo-se. — Caos e coincidência. Isso é tudo.

E nada do que Frankie ou Doug pudessem dizer mudaria a sua opinião, fosse pelo resto do dia ou durante a noite quando, em três ocasiões distintas, encontraram-no vagando de cômodo em cômodo da casa com o passo silencioso dos sonâmbulos.

14

Um visitante da pequena aldeia de Cotswold, próximo a Little Rollright, na tarde quente de segunda-feira, 22 de maio de 2000, certamente teria sido atraído até ali, assim como muitos outros visitantes, por um interesse em arquitetura sacra. Ela (vamos supor que seja uma visitante) teria dirigido pela estrada sinuosa de pista única até a igreja do século XV, com um exemplar de Pevsner em mãos, ansiosa para se fartar de ogivas, arcos-botantes, cúspides e cornijas. Ao entrar na igreja, perceberia que, sentado em um banco encostado à parede sul, olhando para o dourado aglomerado de casas da aldeia, há um homem de seus trinta e tantos anos e uma mulher de vinte e poucos. Notaria que conversavam, sérios embora tristes, em vozes baixas e murmurantes.

    Supondo que seu interesse por arquitetura sacra seja mais do que casual — supondo, na verdade, que ela jamais se cansasse de nichos, quadrifólios e dosséis — a visitante passaria uma hora dentro da igreja, caderno de notas em mãos, prancheta a postos, e quando emergisse, ofuscada, sob o sol da tarde que àquela altura aumentara de intensidade, notaria que o homem e a mulher ainda estavam ali e ainda conversavam. Talvez estivessem sentados um pouco mais distantes um do outro, e ambos parecessem um tanto mais exaltados e bem mais melancólicos do que quando os observara pela primeira vez. Mas ainda estavam ali. Ao sair pelo portão da igreja, ela os olharia uma última vez e perceberia que o homem se inclinava para a frente com a cabeça entre as mãos e murmurava palavras desesperançadas que não chegavam aos seus ouvidos curiosos. Então, ela voltaria ao carro sem saber coisa alguma do drama que se desenrolava no adro da igreja naquela tarde, sem jamais saber que, enquanto ela fechava a porta atrás de si com um ranger e um clique, Paul Trotter dizia a Malvina:

— Não posso crer que chegamos a isso. Não acredito que estejamos fazendo isso.

Paul não sabia o que esperar daquele encontro. Tudo o que sabia era que estava com saudades de Malvina. Não se viam havia quase três semanas, desde a noite anterior à viagem a Skagen. Enquanto estivera fora — na manhã de sua conversa com Rolf na praia em Grenen —, uma notícia sobre ele e Malvina fora publicada em uma coluna no jornal. Fora escrita com termos cuidadosos o bastante para evitar processos por calúnia, mas as implicações eram óbvias para qualquer um que viesse a ler aquilo. Infelizmente, Susan foi uma das pessoas que leu.

Ela não o expulsou de casa quando soube que Malvina passara uma noite ali sem que ela soubesse, embora tivesse ameaçado fazê-lo. Mas Paul foi obrigado a prometer que não voltaria a vê-la e, daquele dia em diante, Malvina parara de trabalhar como sua assessora de imprensa e ele parara de lhe pagar um salário. Em um e-mail de 8 de maio, Paul escreveu:

Não vê-la é impensável. Isso simplesmente não é uma opção, no que me diz respeito. Mas talvez seja melhor você ficar fora de cena um tempo. E talvez seja melhor não nos vermos durante uma ou duas semanas.

Malvina respondeu:

Não estou certa se gosto da idéia de me esconder. Mas acho que entendo a sua lógica. Provavelmente estou com medo de pensar que tudo entre nós subitamente dê errado, que os sentimentos que com tanta dificuldade conseguimos trazer à tona morram ao nascer por causa das complicações, por causa do pesadelo de mantê-los ocultos do resto do mundo...

Desde então, Paul andara circunspeto, para dizer o mínimo. Pedira para Malvina não mandar mais e-mails, mensagens de texto, e que não o visitasse. Nunca pensou em como ela preencheria os seus dias, agora que nada havia para ocupá-la além de seus trabalhos na universidade e os pensamentos de seu futuro possível; aquilo não era problema dele. De sua parte, mergulhou no trabalho parlamentar, se envolvendo em tantos trabalhos de pesquisa e tarefas sociais para o seu ministro que o relacionamento entre os dois (que beirou o rompimento durante meses) tornou-se — durante um breve período — quase cordial. Passava mais tempo em casa, brincando com Antonia, até descobrir que dez minutos eram o máximo que conseguiria suportar sem morrer de tédio.

Pela primeira vez em anos, procurou o irmão por vontade própria e falou com ele ao telefone após ouvir Susan dizer que Benjamin começara a se portar de modo estranho: não ia mais à igreja e andava discutindo com Emily. (Contudo, Paul não conseguiu esclarecer muita coisa a esse respeito e não levou a sua preocupação com o bem-estar de Benjamin ao extremo de ir vê-lo pessoalmente.) Também escreveu artigos para os jornais sobre a crise de Longbridge, louvando a habilidade do governo ao lidar com o problema. Chegou a se convidar para ir à fábrica e tirar fotografias junto aos diretores do vitorioso consórcio Phoenix — embora, no fim das contas, só tenha conseguido falar com um RP e a foto não foi usada por nenhuma agência de notícias.

Contudo, em meio a toda essa atividade, tudo o que ele realmente queria era ver Malvina novamente.

Afinal, chegou a hora em que achou que era seguro se encontrarem. Não queria que fosse em Londres. Estava convencido de que todos os seus movimentos na cidade seriam seguidos pela imprensa. Mas ele iria de carro naquele dia até o seu distrito eleitoral, e sugeriu que Malvina pegasse um trem para Paddington e o encontrasse a meio caminho, em Moreton-in-Marsh. Podiam passar algumas horas juntos, almoçar em um *pub*, passear pelo campo. Seria calmo, discreto, e ambos poderiam desfrutar de uma muito desejada mudança de ares. A previsão do tempo era boa. Paul esperou ansiosamente por aquilo durante todo o fim de semana.

Não gostava da idéia de encontrá-la na saída do trem — muita gente por perto — então esperou-a no carro, estacionado defronte ao White Hart Hotel. Quinze minutos depois do esperado, ela bateu na janela do motorista e, quando ele abriu, inclinou-se para beijá-lo. Só o cheiro dela, naquele momento, era maravilhoso. Por que sempre se esquecia de perguntar qual perfume ela usava? Se soubesse, compraria um vidro e o manteria à beira da cama de modo que pudesse cheirá-lo sempre que quisesse. Sentiu-se envolvido por ela, enredado por seus cabelos, os braços dela esticados para agarrar-lhe o pescoço. Sua boca fez menção de beijar-lhe os lábios mas no último momento prevaleceu a incerteza, algum registro da ambigüidade de sua relação — amigos? colegas? amantes? — e acabaram se beijando no rosto. Mas nenhum dos dois pareceu se importar. Ambos riram e quando Malvina o abraçou com força antes de entrar no carro, ela disse:

— Oi. Senti a sua falta.

Não falaram de nada muito sério durante o almoço. Havia dezenas de *pubs* conhecidos na área, recomendados em guias de viagem por seus ricos e variados cardápios e por seu toque de Velho Mundo, mas Paul não queria ir a nenhum desses lugares: naquela época do ano, estariam lotados de turistas, e eles podiam ser reconhecidos. Então foram a um lugar em uma das estradas secundárias, com uma feia fachada de seixos e comida que parecia vinda diretamente dos anos 1970.

Enquanto lutava com seu hambúrguer, Malvina parecia uma adolescente, tagarelando com nervosismo, aparentemente tão relutante quanto ele em abordar o assunto de seu futuro comum, se é que havia algum. Falava de seu curso, da entrega iminente de um longo trabalho de fim de ano, e de como um de seus orientadores lhe passara uma acanhada, porém inquestionável, cantada durante uma recente supervisão.

— Pobrezinha — disse Paul. — Essa é a última coisa de que precisa agora: um velho tarado babando por você.

— Na verdade, ele é mais novo do que você — disse Malvina.

— E quase tão bonito. — E seus olhos riram quando ela disse isso, excitados com aquela intimidade que lhe autorizava a provocá-lo.

Depois disso foram de carro para o leste, em direção a Banbury, mas após alguns minutos, Paul viu a placa indicando um passeio público e parou no acostamento.

— Onde estamos? — perguntou Malvina. — Parece-me vagamente familiar.

Paul não fazia idéia de onde estavam. Havia dois ou três outros carros estacionados no acostamento. Mais adiante, viram um portão que levava a um caminho ladeado de cercas vivas e que conduzia a alguma atração turística mais além. Malvina foi até o portão e leu uma placa que lhe disse que ali eram as famosas Rollright Stones, um círculo de pedras pré-históricas, provavelmente marcando algum cemitério antigo, mas que, na lenda local, também era associado a histórias de bruxaria.

— Creio que estive aqui antes — disse ela. — Tenho quase certeza. Vamos entrar e dar uma olhada?

Paul não se entusiasmou com a idéia. Havia pelo menos uma dúzia de pessoas andando por ali, tirando fotos das curiosas e desgastadas pedras repletas de liquens.

— Desculpe — disse ele. — É muito arriscado. Vamos caminhar em outro lugar.

— Ora, vamos... por favor. Só alguns minutos.

— Deixamos o carro aqui e voltamos depois, quando tiver menos gente.

Desceram a rua principal e seguiram à esquerda pelo passeio. Logo o chão começou a se inclinar e a aldeia de Little Rollright abriu-se diante deles, aninhada furtivamente no vale formado entre as pastagens de ambas as encostas. A torre atarracada de sua igreja brilhava sob a luz da tarde. Tudo estava calmo e mortalmente silencioso. Sem ruído de tráfego, sem turistas. Tinham o mundo para si.

Havia um banco junto à porta da igreja, de frente para a aldeia. Após passarem os olhos pelo interior (o que ao menos serviu para refrescá-los após o passeio) e lerem as lápides — que estavam quase gastas demais para serem lidas — abrigaram-se ali, e prepararam-se para a conversa que não podia ser mais adiada.

— Bem — disse Malvina, que sabia todo o tempo que seria ela quem teria de começar a falar. — As coisas mudaram um pouco nos últimos meses, não é mesmo? O equilíbrio mudou. Quando começamos, tive a impressão, e posso estar errada quanto a isso, que tudo o que você queria era transar comigo. Isso me dava uma sensação de controle sobre você e acho que gostava disso. Mas a coisa começou a me parecer diferente... quando foi mesmo?... no dia da passeata. Naquela noite, quero dizer. Na noite em que fiquei na sua casa. Eu me lembro... sentada no seu sofá, após o jantar, diante da lareira, antes de irmos dormir. Não podíamos tocar um no outro e, estranhamente, era isso que tornava a situação tão íntima para mim. Ou, ao menos, foi o que me fez admitir para mim mesma onde havíamos chegado. Que chegáramos à beira de um abismo, sem nos dar conta disso. Então... então creio que devamos agradecer a Doug pelo resto. Ele contou para você o que eu estava passando. Daí você veio me ver, na noite antes de ir à Dinamarca. Então... bem, fiquei surpresa. Completamente surpresa, devo dizer. Você realmente se soltou naquela noite. Disse muitas coisas...

— Fui sincero ao dizê-las — disse Paul rapidamente.

— Sei que sim — Malvina respondeu. — Não duvidei delas um minuto sequer. Ao mesmo tempo, não estou cobrando coisa alguma. — Ela olhou para ele. — Você sabe disso, não é?

Paul nada falou. O sol fazia seus olhos doerem e ele percebeu que sua camisa estava ficando encharcada de suor. Acabaria com uma queimadura de sol no fim do dia, caso não fosse cuidadoso. Como explicar aquilo a Susan quando a visse novamente?

— Eu estava no sétimo céu — continuou Malvina. — Até aquela matéria nos jornais me trazer de volta à Terra. E agora a coisa não parece tão cor-de-rosa. As últimas semanas foram horríveis. Sinto como se tivesse perdido o controle de minha vida. Sinto-me completamente impotente. Sabe como é isso? Provavelmente não.

Paul pousou as mãos sobre as dela e tentou soar confiante.

— Sei que as coisas estão difíceis, mas isso não vai durar muito... — disse ele.

— Como assim? — perguntou Malvina, subitamente furiosa. — Como pode dizer isso? Por que não vai durar muito?

— Porque depois de algum tempo a imprensa vai perder o interesse no assunto.

— Esqueça a imprensa. E quanto a você? O que você vai fazer? O que fará ao meu respeito? Esta é a questão, não é mesmo? Não a porra do jornal.

— Sim — disse ele, suspirando profundamente, pela primeira vez começando a dar-se conta do que ela estava falando. — Sim, está certa. Esta é a questão.

Então, Paul ficou sombriamente silencioso. Não que estivesse sem palavras: estava perdido em pensamentos. Subitamente sentiu-se sem âncora, à deriva, sem idéia do que deveria estar pensando ou sentindo.

— Não posso ter um caso com você — disse Malvina, quando começou a parecer que ele nunca mais voltaria a falar novamente. — Não posso administrar isso. Não quero magoar Susan, para começo de conversa, ou sua filha. E não posso andar sobre ovos o tempo todo, sem saber quando posso ligar, sem saber quando vou vê-lo de novo. Isso não parece incomodá-lo. Parece até que gosta disso. Mas... não podemos passar o resto de nossas vidas nos encontrando em igrejas do interior, com você olhando por cima do ombro a cada cinco minutos para ver se há um fotógrafo logo atrás, ou verificando o celular para ver se Susan ligou. — Sua voz era estridente e soava exasperada. — Podemos?

— Não, eu já disse... em um e-mail, que isso é apenas uma fase, até as coisas se acalmarem, até que eles... caiam fora.

— Mas eles não vão cair fora, Paul. Você tem de se decidir e fazer com que caiam fora. — Em outro tom de voz, mais baixo e mais triste, acrescentou: — Sei que estou pedindo muito. Na verdade, não sou eu quem está pedindo. Você está pedindo isso, basta pensar a respeito. Tudo o que estou dizendo é que chegamos a um ponto em que devemos escolher.

— Escolher o quê?

— Entre sermos amigos ou amantes.

Obviamente, era exatamente aquilo que Paul desejava ouvir. Mas ainda assim, a crueza da frase o chocou.

— Ah — foi tudo o que ele conseguiu dizer a princípio. Mas logo começou a pensar que a escolha não era assim tão dramática. O que "amizade" significava, afinal de contas? Amizade eles já tinham. Uma amizade intensa, apaixonada, certamente, mas essa era a melhor coisa daquela amizade, era isso que a tornava tão nova e excitante para ele. Ainda não haviam dormido juntos. Bem, podiam parabenizar-se por isso, por seu autocontrole. Na verdade, ele e Malvina estavam fazendo algo radical. O que estavam experimentando era um *novo tipo* de amizade que (apenas começava a intuir tal idéia) satisfazia às necessidades emocionais dele muito bem, diante do contexto de seu casamento seguro e de sua vida familiar. Ele não via motivo para balançar o barco por enquanto. O que tivera com Malvina fora o bastante. Talvez, à medida que a amizade se desenvolvesse, pudessem encontrar um meio de acrescentar uma dimensão sexual àquilo, talvez se sentissem prontos para isso após algum tempo... tudo era possível. Tudo era possível enquanto continuassem se vendo e fazendo as coisas devagar.

— Bem... — disse ele. — Tem de ser amizade. Se for tudo o que podemos ter, então... é o que teremos.

As palavras não soaram tão triunfais como ele esperava quando ditas em voz alta. E não tiveram em Malvina o efeito esperado. Ele sentiu um campo de força formar-se ao redor dela, um muro de energia. Todo o seu corpo se contraiu. Ela não se moveu, mas era como se uma distância física tivesse imediatamente se aberto entre eles.

A voz de Malvina estava trêmula quando, após muito tempo, disse:

— Então por que disse aquelas coisas para mim? Na noite antes de ir a Skagen? Com que objetivo?

— Eu... tinha de fazê-lo — respondeu Paul, impotente. — Era o que eu estava sentindo. Era a verdade. Não podia guardá-la dentro de mim mais tempo.

— Sei.

Ela se levantou e caminhou lentamente até o outro lado do pátio da igreja. Ficou ali algum tempo, de costas para ele, olhando para os campos ressecados e expostos ao sol. Ela usava um vestido de verão sem mangas. Paul ficou chocado com a sua magreza, a incrível falta de peso de seus ossos, sua tremenda fragilidade. Por um instante sentiu-se mais paternal e protetor em relação a ela do que jamais se sentira por Antonia. E no mesmo instante lembrou-se, repentinamente culpado, que tivera uma fantasia erótica no carro a caminho dali, que gostaria de levá-la até uma igreja isolada como aquela para fazerem sexo entre as tumbas. Agora, não parecia que aquilo iria acontecer. Imaginou se devia

se aproximar e abraçá-la, dizer-lhe algo. Mas, então, ela assoou o nariz e voltou caminhando em sua direção. Malvina sentou-se no banco ao lado dele e fungou mais algumas vezes. O sol foi encoberto por uma árvore alta, o que projetou uma sombra refrescante sobre os dois.
   Afinal, ela conseguiu dizer:
— Então, está bem. Seremos amigos. Mas há algo que você tem de entender.
— O quê?
Ela engoliu em seco e anunciou:
— Não podemos nos ver mais.
As palavras não fizeram sentido para Paul. Imaginou se ela as teria pronunciado por engano.
— Como assim?
— Até tais sentimentos acabarem, não podemos ter uma amizade. Não uma amizade normal. Não até tirarmos um ao outro de nossos sistemas.
   O estômago de Paul dava voltas. Sentia que estava começando a entrar em pânico.
— Mas... quanto tempo isso vai durar?
— Como saber? — disse Malvina, esfregando os olhos vermelhos. — Não posso falar por você. Um bom tempo. Muito tempo. — Ela olhou para outra direção e enrolou um cacho de cabelo com o dedo. À luz do sol não parecia tão negro quanto antes: era quase ruivo. — De qualquer modo, sou a que está na pior aqui. Negue isso se quiser, mas é verdade. Portanto, serei eu quem vai decidir quando devemos voltar a nos ver. Quando sentir que estou pronta para voltar a ser sua amiga. Não quero que me procure nesse meio tempo. Não suportaria.
   Ainda atônito com a velocidade com que as coisas estavam acontecendo, Paul perguntou:
— Estamos falando de... semanas? Meses?
— Não sei. Como disse: acho que será um bom tempo.

— Mas... — Agora era a vez de ele se levantar e começar a caminhar entre as lápides desgastadas. — Mas isso é loucura. Não faz muito tempo nós...
— Não. Não é loucura. O modo que tentamos viver nas últimas semanas, isso sim é loucura. Pense nisso, Paul. Estou certa. É horrível, mas sei que estou certa.

Ele pensou a respeito. E falaram no assunto também, durante muito tempo, a conversa não indo a lugar algum, apenas voltando sobre si mesma em um circuito interminável, oscilando e repetindo a si mesma, sempre voltando, afinal, ao fato central da proposta de Malvina, que mesmo para Paul pareceu ter assumido uma necessidade assustadora e indiscutível. De tal modo que, dominado por um tipo de paralisia, ele acabou sentado à beira do banco com a cabeça entre as mãos e repetindo sempre a mesma frase:

— Não acredito que vamos fazer isso. Não acredito que realmente vamos fazer isso.

— Nem eu, para ser franca — disse Malvina. — Mas é isso.

— Acho que... tem de haver alguma outra alternativa, alguma...

— Paul, ouça-me. — Ela o encarou. — Quando se chega a uma situação assim, não há uma terceira opção. Compreende? Pare de tentar se convencer de que há. — Ela se levantou, e ele pôde ver que os olhos dela estavam novamente cheios de lágrimas. — Tudo bem — disse ela, a voz trêmula. — Agora, vamos voltar para o carro?

Subiram a colina em silêncio. A princípio, de mãos dadas. Depois Paul abraçou Malvina e ela apoiou a cabeça no ombro dele. Andaram assim durante cinco, dez minutos. Era o mais próximo que jamais estiveram em termos de intimidade física. Então, Malvina se afastou, caminhou os últimos metros mais à frente e ficou esperando por Paul no portão, ao lado do carro.

— Vou dar uma olhada nas pedras — disse ela. — Quer se despedir agora?

— Não, vou com você — disse Paul, e seguiu-a portão adentro.

De qualquer modo, não havia ninguém mais lá dentro. Apesar da ausência de vento, o lugar não era inteiramente silencioso, pois as pedras ficavam junto a uma estrada, e a cada segundo passava um carro. Contudo, assim que entraram no círculo, ambos deram-se conta de uma grande tranqüilidade vindo, talvez, da sensação de estarem em um lugar muito antigo, criado para um propósito sagrado embora insondável.

Ficaram bem juntos um ao lado do outro, em silêncio, imóveis.

— Já estive aqui antes — disse Malvina afinal. Ela deu alguns passos adiante dele. — Minha mãe me trouxe aqui. Eu não sabia o que fazíamos nesta parte do mundo. Ela havia acabado de se separar do marido. Do primeiro. Ele era grego, nada tinha a ver com este lugar, não consigo explicar. De qualquer forma, lembro-me agora, muito claramente. Minha mãe estava chorando. Chorava escandalosamente, agarrando-me, dizendo para mim a pessoa horrível que ela era e como ela estava arruinando a minha vida. Eu devia ter o quê... seis, talvez? Sete? Não, seis anos. É isso. Ainda me lembro de um casal de meia-idade nos olhando e imaginando o que, diabos, estava acontecendo. A mulher usava um lenço verde na cabeça. Era inverno. — Ela olhou para as pedras corroídas e deformadas que se espalhavam ao redor, como se não as tivesse visto antes. — Engraçado estar aqui novamente.

Impulsivamente, Paul disse:

— Malvina, não sei o que vai acontecer entre mim e Susan. Não sei se sobreviveremos a isso. No futuro, se eu a procurar...

Ela sorriu.

— Bem, é claro que você pode fazer isso. Mas não sei onde estarei.

— Estará em Londres, não é?

— Quero dizer, onde estarei emocionalmente. Em algum outro lugar, espero. Algum lugar novo. — Então acrescentou, gentil: — Paul, você fez uma escolha, isso é o que importa. Agora vá. Sigo sozinha até a estação.
— Não seja tola. Não é seguro.
— Está uma tarde tão bonita. Vou andar. Vamos acabar com isso.
Ele via que Malvina estava determinada.
Então ela pegou as mãos dele e puxou-o em sua direção.
— Vamos, então — disse ela. — *Ae fond kiss*, como Robbie Burns o descreveria.
Mesmo assim, não se beijaram. Apenas seguraram as mãos um do outro, e Paul sentiu o cheiro do cabelo dela, o calor de sua cabeça e o perfume cujo nome ainda não sabia. A estranha tranquilidade do círculo o fez lembrar de Skagen, com seus silêncios invioláveis, e ele percebeu que estava vivendo outro daqueles momentos sem fim, que para sempre ficariam com ele. Agarrou-se àquele momento furiosamente, desejando sentir a sua atemporalidade. Mas, então, sentia Malvina empurrando-o, empurrando-o gentilmente para longe dela. Por fim ele a soltou e se separaram.
Paul olhou para trás uma única vez enquanto caminhava até o portão. Em um espasmo de desespero, ocorreu-lhe que aquela poderia ser a última vez que veria Malvina. Novamente de costas para ele, olhando para os campos, sozinha, com um vestido azul-claro de verão, no centro do círculo, o círculo de pedras que velava por ela, que se fechava sobre ela, como os demônios de que fugiu durante toda a vida e cuja natureza ele, agora dava-se conta, jamais chegou a começar a entender.
Ele girou nos calcanhares e caminhou até o carro.

Paul ainda estava em estado de choque quando chegou ao seu apartamento em Kennington. Bebeu os últimos dois terços de uma garrafa de uísque e, depois, cada gota de álcool que encontrou na cozinha. Às dez horas desmaiou no sofá, ainda vestido. Despertou às três da madrugada, morrendo de sede e com a bexiga dolorida. Sua cabeça pulsava como o polegar de um personagem de desenho animado depois de ser pego por uma ratoeira. Sentia-se enjoado. Então percebeu o que o havia despertado e quase gritou de alegria. Era o bipe duplo de uma mensagem de texto em seu celular. Malvina entrara em contato com ele novamente! Claro que sim. Da mesma forma que ele, não conseguiu levar aquilo adiante. Era tudo um grande erro e, pela manhã, voltariam a se ver. Leu a mensagem e descobriu que seu provedor de serviço telefônico o avisava que ele ganhara um prêmio de mil libras. Ele teria de discar um número especial para reclamar o prêmio e a ligação custaria cinqüenta centavos o minuto.

13

Paul manteve o trato. Nunca teve certeza se Malvina estava fazendo aquilo para puni-lo ou se verdadeiramente achava que era a única coisa que poderia fazer para sobreviver com sua sanidade e ego intactos. De qualquer modo, ele respeitou o desejo dela, e não fez qualquer tentativa de contatá-la. Os dias sem Malvina eram longos e agonizantes. Verificava as mensagens da secretária eletrônica obsessivamente, e os e-mails a cada minuto. Nada.

Com o tempo os dias começaram a parecer mais curtos e a agonia diminuiu.

Paul agiu com rapidez para debelar as fofocas sobre a sua vida pessoal. Em 1º de junho de 2000, deu uma declaração à imprensa, pronunciada, como manda a tradição, em frente à sua casa familiar, com Antonia agarrada à sua perna e Susan ao seu lado, um sorriso furioso de lábios apertados.

— Após agir como um tolo, tomei a firme decisão de me comprometer com meu casamento e com minha família... — disse ele.

Malvina leu aquelas palavras no jornal do dia seguinte, sentada na biblioteca da faculdade. Sentiu-se enjoada, correu até o banheiro, mas desmaiou a caminho e teve de ser levada pelo assistente do bibliotecário até o escritório da biblioteca, onde foi reanimada com um copo de água.

Um ano depois, nas primeiras horas de 8 de junho de 2001, enquanto Malvina assistia à cobertura dos resultados das eleições gerais, a tevê começou a transmitir ao vivo do distrito eleitoral de Paul, que fora reeleito com uma pequena maioria. Seu rosto radiante e gratificado encheu a tela por um instante e Susan, de pé ao seu lado, inclinou-se para beijá-lo no rosto, em *close-up*. O som diminuiu quando ele deu um passo à frente para fazer o seu discurso de vitória, e sua voz foi substituída pela do comentarista, que falou da oposição ferrenha que Paul enfrentara dos liberais democratas.

A câmera se afastou e Malvina percebeu que, ao fundo, Susan não apenas estava segurando a mão de Antonia como também trazia um bebê nos braços — provavelmente outra menina, a julgar pelo pijaminha cor-de-rosa — que parecia ter entre dois ou três meses de idade. Então foi assim que resolveram tudo. E por que não? Como dizer como funcionavam as relações entre as pessoas? Subitamente, ocorreu-lhe uma frase. Era um verso de uma letra de música, uma música que ouvira no ano anterior, quando ainda trabalhava para Paul: *Você está morta há muito tempo...* Era como se sentia então; e não via possibilidade de se sentir diferente. Foda-se. De qualquer modo, desejou-lhes o melhor. Depois decidiu que não queria mais ver aquilo, serviu-se de outra diet coke da geladeira e começou a zapear pelos canais.

12

12 de junho de 2001

Caro Philip

Não sei se você se lembra de mim, mas estudamos juntos na King William's nos anos 70. Quanto tempo passou desde então!

Estou escrevendo para você assim do nada porque às vezes leio o Birmingham Post e gosto do que você escreve.

Moro em Telford agora — com minha esposa, Kate, e duas filhas, Allison e Diane — e trabalho no departamento de pesquisa e desenvolvimento de uma empresa local especializada em plásticos. (Nunca cheguei a lugar algum com a física, após me ferrar naquele exame. Acabei fazendo química em Manchester. Atualmente, trabalho com polímeros, se é que isso lhe diz alguma coisa. Provavelmente não.) Estamos aqui há apenas nove anos e estamos bem.

Telford tem aparecido nos noticiários ultimamente. Estou certo de que sabe tudo sobre o caso Errol McGowan, que tem sido divulgado pelos jornais. Errol era porteiro do hotel e pub Charlton Arms e, certa vez barrou um sujeito branco à porta do pub. Daí em diante, começou a ser vítima de abuso racial

— pelo correio, por telefone. Coisas anônimas. A situação começou a ficar feia e Errol se convenceu de que estava em uma lista de execuções do Combat 18. No fim, teve uma crise nervosa e há uns dois anos foi encontrado morto na casa de outra pessoa, amarrado a uma maçaneta de porta. Tinha trinta e quatro anos de idade.

A polícia decidiu definir o caso como suicídio e basicamente não estava interessada em ouvir qualquer outra explicação. Nem mesmo quando seu sobrinho, Jason, foi encontrado pendurado no parapeito de outro pub, há uns seis meses! As pessoas ficaram muito furiosas com isso e acabaram promovendo uma investigação. Aconteceu no mês passado e você provavelmente leu a respeito. O legista novamente decidiu que fora suicídio. A polícia admitiu que Errol mencionara ameaças de morte, mas nada fez a respeito.

Estou escrevendo para você porque também andei recebendo algumas ameaças pelo correio nas últimas semanas. Duas cartas e um CD — um CD realmente horrível, que só consigo ouvir durante uns dez segundos. (E mesmo assim, em meu carro, porque sei como é e não quero que minha família ouça aquilo.)

Não estou amedrontado com isso. Só acho que há uma história aqui que ninguém está contando. Claro que vivemos em uma bem-sucedida sociedade multicultural. Uma sociedade tolerante. (Embora eu me pergunte o que fiz para as pessoas terem que me "tolerar"?) Mas essas pessoas ainda estão por aí. Sei que são uma minoria. Sei que a maior parte delas é constituída de idiotas. Mas veja o que está acontecendo nas últimas semanas em Bradford e Oldham. Conflitos raciais — verdadeiros conflitos raciais. Negros e asiáticos sendo novamente usados como bodes expiatórios para qualquer coisa que ande errado na vida dos brancos. Então andei pensando que a "tolerância" é apenas uma máscara de algo feio e podre que vai surgir a qualquer momento.

Não vou continuar. Imagino que os jornalistas não gostem de gente que diz o que devem escrever. Só acho que é algo significativo quando gente como eu não tem permissão para viver a sua vida em paz. Mesmo agora, no século XXI! Na Admirável Nova Inglaterra de Blair.

Ah, bem. Mantenha contato se puder, mesmo que apenas em nome dos velhos tempos. Tudo de bom,

Steve (Richards). (Astell House, 1971-79)

Dois dias depois, por volta das sete da noite, Philip foi de carro até Telford. O tráfego para o norte na M6 estava horrível, como sempre — parecia sempre haver uma pista fechada para obras inexistentes — e já passava das oito quando ele estacionou na frente da casa de Steve. As casas ali eram ainda mais novas do que a maioria das casas de Telford. Aquela era uma Nova Cidade, afinal de contas, um dos grandes experimentos dos anos 60, mas a propriedade onde Steve morava deve ter sido construída havia apenas dois ou três anos. As casas eram espaçosas, confortáveis, neogeorgianas. Viam-se Fiats, Rovers e, às vezes, BMWs estacionados nas garagens das casas. Não parecia exatamente um lugar sem alma: apenas plácido, de algum modo despretensioso, e muito, muito calmo. Philip podia imaginar que aquele não era um lugar ruim de se viver. Só lhe parecia estranho (e sempre lhe parecera estranho, desde que conhecera aquela parte do mundo quando menino, visitando os seus avós) que aquela cidade nova e sem características próprias tenha chegado tão recentemente sem aviso, sem preâmbulos, sem *história*, e simplesmente se alojado no meio de um dos mais velhos, menos conhecidos e mais misteriosos e recônditos condados de toda a Inglaterra. Aquela cidade não pertencia àquele lugar; e nunca pertenceria. Era um celeiro de deslocamento e alienação.

Mas Steve, justiça seja feita, não parecia nem deslocado e nem alienado ao abrir a porta com um largo sorriso para que Philip entrasse. Estava ficando grisalho nas têmporas e usava óculos, mas o sorriso não mudara, e havia certa juventude, certo deleite infantil no modo como conduziu Philip para a sala de estar para apresentá-lo às duas filhas, que desligaram a televisão sem reclamar e pareciam genuinamente intrigadas com a aparição daquele fantasma do passado do pai.

— As meninas já comeram — explicou Steve. — Não é bom deixá-las esperando. Agora, vocês duas, subam. Sem televisão até terminarem os seus deveres de casa. Podem descer e beber algo conosco mais tarde.

— Vinho? — perguntou Allison, a mais velha, que parecia ter catorze anos.

— Talvez — disse Steve. — Depende de como se comportarem.

— Beleza.

Ambas correram escada acima e Steve levou Philip até a cozinha, para jantar e conhecer a sua esposa.

Kate assara duas pizzas picantes, com carne moída e chili — e fizera uma salada verde de agrião e rúcula. De uma pequena adega sob a escada, Steve escolheu um rico e aveludado Merlot chileno, embora Philip tivesse de trocá-lo a contragosto por água mineral após apenas uma pequena taça.

— Kate vai achar isso muito aborrecido — disse Steve, lançando-lhe um olhar de desculpas. — Mas eu tenho de perguntar: você ainda tem contato com aquele pessoal da escola?

— Alguns deles — disse Philip. — Claire Newman, por exemplo. Lembra dela?

— Sim, lembro. Ela era legal. Trabalhava na revista com você.

— Isso. Bem, eu me casei com ela alguns anos depois de sair da escola.

— Foi? Que fantástico! Parabéns.

— É, mas não fique muito animado. Nós nos divorciamos.

— Ah.

— Está tudo bem. Tudo deu certo. Foi apenas uma dessas... decisões erradas. Temos um filho chamado Patrick. Mora comigo e minha segunda mulher, Carol, por várias razões. Claire morou na Itália alguns anos mas recentemente mudou-se para Malvern, de modo que talvez nos vejamos mais freqüentemente. Estamos combinando passar algum tempo juntos em Londres, com Patrick.

— Tudo muito maduro e liberal para o meu gosto — disse Steve. — Não sei se saberia administrar isso.

Kate provocou:

— Steve está ficando cada vez mais conservador com a idade. Há anos tento persuadi-lo a manter um casamento aberto, mas ele não quer nem saber.

Ele riu e mudou de assunto.

— Mas e o Benjamin? Sabe de Benjamin? Quero dizer, sei que soa estranho, mas toda vez que vou a uma livraria, sempre procuro pelo nome dele nas estantes, porque continuo esperando alguma coisa escrita por ele sair a qualquer momento. Quero dizer, todos achávamos que ele ganharia o prêmio Nobel ou algo assim.

— Oh, ainda tenho contato com Ben. Na verdade, eu o vejo a cada quinze ou vinte dias. Ainda mora em Birmingham. Trabalha para uma empresa chamada Morley Jackson Gray.

Steve serviu-se de rúcula e disse:

— Parece nome de firma de contabilidade.

— É exatamente o que é.

— Ele se tornou *contador*?

— Bem, T. S. Eliot trabalhava em um banco, não é? Ouso dizer que esse é o tipo de precedente que passa pela mente de Benjamin.
— Lembro-me agora — disse Steve. — Benjamin trabalhou em um banco, não é mesmo? Durante alguns meses, antes de ir para a universidade.
— Exato. E então... bem, após se formar, começou a escrever um romance e, como queria terminá-lo, não quis arranjar um emprego a princípio. O banco disse que o aceitaria de volta durante alguns meses, e isso deve ter soado como uma opção ideal para ele conseguir um pouco mais de tempo para escrever. Mas... não sei. Nunca terminou o romance e, nesse meio tempo, ficou amigo de outro sujeito do banco e formaram uma banda. Você sabe que Benjamin também compunha. Isso começou a tomar-lhe cada vez mais tempo e, de algum modo, no meio de tudo isso, deve ter se afeiçoado com aquela atividade de contador, porque o que soube depois foi que estava prestando exames para administração de empresas e dizendo que o romance teria de esperar pois ele precisava de um longo período de estabilidade. — Philip bebeu um gole de água e disse: — Então, é claro, casou-se com Emily.
— Quem?
— Emily Sandys. Da escola. Não se lembra? Da Sociedade Cristã.
Steve balançou a cabeça.
— Não era da minha turma. Sempre achei que ele fosse se casar com... você sabe... Cicely.
Sua voz baixou quando ele disse o nome, levando Phil a imaginar se, mesmo agora, Steve ainda se sentia culpado pelo tempo que ele e Cicely passaram juntos na produção escolar de *Otelo* e depois tiveram um namoro rápido (embora namoro seja uma palavra forte demais — nada mais do que uma "ficada" adolescente na festa depois do espetáculo) que levou ao rompimento de seu primeiro relacionamento sério. Philip nunca can-

sou de se surpreender com o fato de, mesmo após vinte anos, ainda haver pessoas que não conseguiam pronunciar aquele nome sem sentir um tipo de *frisson*: Benjamin obviamente era uma delas, mas Claire também, por algum motivo, e agora (aparentemente) Steve. Como alguém conseguia deixar tal legado atrás de si, tal trilha de energia, gerada de modo tão involuntário e em tão pouco tempo?

— Ninguém realmente sabe o que aconteceu com Cicely — disse ele. — Ela voltou para os Estados Unidos e... deixou Benjamin na mão. Levou um bom tempo para ele se recuperar.

— E ele conseguiu se recuperar? — perguntou Steve após uma pausa.

Philip limpou o molho da salada do fundo do prato com um pedaço de pão e disse:

— Benjamin me disse certa vez, e eu não sei se é verdade ou não, que ela voltou aos Estados Unidos para ficar com uma mulher chamada Helen, e elas se tornaram... você sabe... amantes.

Os olhos de Steve se arregalaram.

— *Cicely*? Sapatão?

— Como eu disse, não sei se é verdade ou não.

Kate levantou-se e começou a retirar os pratos.

— Talvez devamos mudar de assunto — disse Steve enquanto a mulher estava na pia, fora do campo de audição. — Mas há outra coisa: o que aconteceu com a irmã de Benjamin? Aquela cujo namorado morreu na explosão do *pub*?

Agora era a vez de Philip parecer subitamente pensativo.

— É... Lois... bem, Benjamin não fala muito dela. Também não a vê muito, creio eu. Pelo que eu sei vive em algum lugar no norte, York ou algo assim. Acho que ela ficou doente um bom tempo depois que aquilo aconteceu. Depois ela conheceu um cara e... casou-se, teve uma filha... não consigo me lembrar do nome dela agora.

— Benjamin tem filhos?

— Não. Não podem. Não sei por quê. Acho que eles também não sabem. — Philip lembrou-se, então, da última vez em que falara com Lois.

— Houve um jantar — disse ele, lembrando em voz alta enquanto Steve franzia a testa fazendo o possível para seguir o pensamento do amigo. — Lois estava usando um vestido. Devia ter uns dezesseis anos. Eu lhe dei algo estragado. Tínhamos aquela comida horrível... meu Deus, lembra-se do que nós comíamos nos anos 1970...?

— Lembro. — Steve riu e gesticulou para os restos sobre a mesa. — Estamos tão sofisticados agora... E foi nessa noite... acho que foi nessa noite que tive a primeira pista de que minha mãe estava pensando em ter um caso com o sr. Plumb... Lembra-se dele?

— Claro. Aquele velho tarado.

Philip sorriu.

— Meus pais quase se separam. Pode imaginar? Durante algum tempo, fiquei bem perturbado com aquilo. — Steve fez menção de servir-lhe mais vinho, e Philip estendeu-lhe o copo, sem se preocupar com o fato de ter de fazer uma longa viagem de carro mais tarde naquela noite. — Obrigado.

— Ele e sua mãe: eles nunca... tiveram nada, não é?

— Depende do que quer dizer — disse Philip, mexendo o vinho no copo. — Ela morreu há cinco anos e, pouco depois, juntei os pertences dela. Papai não queria fazê-lo. Encontrei um maço de cartas. Cartas que ele escrevera para ela. Eram muito apaixonadas, mesmo precisando de um maldito dicionário para entendê-las. E ela se agarrou às cartas todo o tempo. Não sei o que concluir. Não sei o que isso quer dizer.

— Mas ela ficou com seu pai todo o tempo — lembrou-lhe Steve. E quando Philip não respondeu, perguntou: — Como ele está encarando o fato de viver sozinho?

— Bem... — Philip sorriu novamente. Um sorriso íntimo desta vez. — Ele lê muito, isso você deve se lembrar. Sempre com o nariz enfiado em um livro. A vista está indo embora, mas ainda assim ele lê. Todo dia. Romances, história... tudo o que lhe cai nas mãos.

Kate voltou à mesa trazendo um *cheesecake* de morango e os amigos foram forçados a parar de falar de seus tempos de escola. Em vez disso, Philip soube como Kate e Steve se conheceram no último ano da Universidade de Manchester, como Kate interrompera a sua carreira para educar as meninas mas que já estava pensando em um meio de voltar a dar aulas assim que pudesse, e como Steve encontrara um nicho trabalhando na pesquisa de plásticos biodegradáveis no laboratório de uma empresa local, instalada em um pólo industrial na periferia de Telford.

— Basicamente eu *sou* o departamento de pesquisa e desenvolvimento — explicou. — Eu e um assistente de meio expediente. É frustrante o fato de não termos muitos recursos, mas é uma boa empresa.

— Infelizmente — disse Kate, dando uma colherada no *cheesecake* — pagam muito mal. Esse é o verdadeiro problema.

— Não sabia que plásticos eram biodegradáveis — disse Philip, sentindo-se bem ingênuo ao dizê-lo.

— Bem, claro que não são — disse Steve. — São sintéticos. Mas podemos *torná-los* biodegradáveis, ou fotodegradáveis, com o tempo. Desenvolveram alguns plásticos solúveis em água quente, por exemplo. O celofane é biodegradável, sabia disso? O problema no momento é que a degradação demora muito.

— E quanto à reciclagem? Não é a resposta?

— Bem, não é fácil porque as pessoas juntam todas as coisas de plástico no lixo, mas cada plástico tem de ser reciclado de uma maneira. Por isso, alguém tem de separá-los. Polímeros termoplásticos e polímeros termoestáveis não podem ser reciclados do mesmo modo, para começo de conversa.

— Eu acho — disse Kate — que Philip não sabe do que está falando. Para ser sincera, eu também não.

— Não, mas vejo que o que está fazendo é importante — disse Philip.

— Na verdade, é muito importante, para o lugar onde estou trabalhando. De certo modo, muito grandioso.

— Acha que poderia ser contratado por algum outro lugar? Uma empresa maior com mais recurso para essas coisas?

— Esses caras têm sido ótimos comigo, mas... sim, já me passou pela cabeça. — Steve pegou a cafeteira e começou a servir o café. — Digamos que estou de olho nos classificados.

Pouco antes de Philip ir embora, Steve deu-lhe um grande envelope. Dentro havia algumas folhas de papel manuscritas e um CD. A caligrafia era ruim e errática — uma mistura de letras minúsculas e maiúsculas, garatujadas com uma caneta esferográfica azul. O CD parecia ter sido fabricado do modo mais barato possível: a capa em preto-e-branco parecia ter sido reproduzida em uma fotocopiadora e apresentava a costumeira iconografia neonazista de crânios e suásticas. O título era *Auschwitz Carnival* e a banda se chamava Sem Remorso.

— Adorável — disse Philip enquanto passava os olhos pelos nomes das músicas.

Percebendo que Allison e Diane estavam no corredor, olhando com alguma curiosidade, Steve disse:

— Olhe, Phil, foi uma ótima noite. Ótimo vê-lo de novo. Não vamos estragá-la falando de coisas assim.

— OK — disse Philip. — Vou ver isso nos próximos dias.

— Seria bom se pudesse escrever algo a respeito.

— Vou ver o que posso fazer.

Sorriram um para o outro, e Philip estendeu a mão para Steve. Em vez de aceitar o cumprimento, Steve o abraçou e bateu-lhe gentilmente às costas.

— Vamos manter contato daqui por diante, certo?

— Certo.

Philip beijou Kate e ambas as filhas de Steve, e voltou-se para acenar para elas enquanto caminhava para o carro. Havia algo de bom em relação àquela família, pensou, enquanto dirigia de volta para casa. Daí é de se entender quão furioso ficou no dia seguinte, quando leu as cartas que Steve recebera, fazendo referência à "puta de sua esposa branca" e suas "crianças deformadas, meio brancas e meio negras". Só ouviu alguns minutos do CD e desligou o aparelho na metade da segunda faixa. Sem precisar refletir mais, sabia que teria de investigar e descobrir mais sobre aquilo. Teria de escrever uma matéria. Uma série de matérias. Talvez algo maior.

11

MINUTA
de uma reunião do
CÍRCULO FECHADO
no Rules Restaurant, Covent Garden
Quarta-feira, 20 de junho de 2001

Estritamente particular e confidencial

O encontro inaugural do CÍRCULO FECHADO realizou-se na data acima. Os membros presentes foram:

Paul Trotter, MP
Sr. Ronald Culpepper, MiF, EMBA
Sr. Michael Usborne, CBE
Lorde Addison
Prof. David Glover (London Business School)
Sra. Angela Marcus

Os drinques foram servidos em uma sala particular às 19h30. Uma vez que todos os membros se conheciam bem, não foram necessárias apresentações. O jantar foi servido às 20h e o encontro propriamente dito começou às 21h45.

Uma vez que foi acordado que a natureza das atividades do CÍRCULO e a maneira como deveriam ser conduzidas não requeriam presidência, as observações informais de abertura foram feitas pelo sr. CULPEPPER.

Tais observações foram breves e consistiram principalmente em congratulações dirigidas ao sr. TROTTER por sua recente reeleição como Membro do Parlamento. Um brinde foi proposto em homenagem ao sucesso parlamentar do sr. TROTTER. Os sentimentos do sr. CULPEPPER foram calorosamente apoiados pelos outros membros do CÍRCULO.

O restante da reunião consistiu em sua maior parte de um discurso do sr. TROTTER.

Em seu discurso, o sr. TROTTER propôs definir os objetivos e compromissos principais do CÍRCULO FECHADO. Ao fazê-lo, homenageou calorosamente, em primeiro lugar, ao sr. CULPEPPER, com quem desfrutou de uma longa amizade e associação durante mais de vinte anos. Informou aos outros membros que o nome "CÍRCULO FECHADO" fora escolhido em memória de uma sociedade à qual ele e o Sr. Culpepper pertenceram quando estavam na escola onde se conheceram.

Em seguida, lembrou as circunstâncias que o levaram a fundar a Comissão para Iniciativas Comerciais e Sociais (CICS) no início do ano, começando com sua séria decisão de, em janeiro, renunciar ao cargo de secretário parlamentar particular de um ministro de Estado. O sr. TROTTER repudiou a especulação da imprensa de que as suas relações com dito ministro se deterioraram além da conciliação. Em vez disso, insistiu em que, após mais de três anos de trabalho, começara a achar o cargo de secretário parlamentar particular cada vez mais limitado e resolvera encontrar um escoadouro mais produtivo para as suas idéias, que sempre tenderam para o lado mais radical do pensamento do partido.

Uma vez livre das restrições impostas por suas responsabilidades para com o seu departamento, a criação de uma comissão pareceu-lhe um meio apropriado de proceder. Embora tenha lembrado aos seus colegas que a CICS tinha pleno apoio da liderança do partido (referindo-se a ambas as alas ou, como alguns preferem chamar, facções), o sr. TROTTER reiterou que a sua intenção sempre fora a de fazer com que a comissão permanecesse totalmente independente e totalmente livre em seu modo de pensar. Apenas assim, estava convencido, podia esperar atingir o seu objetivo: encontrar meios para ampliar o envolvimento da comunidade empresarial no fornecimento de serviços públicos, maior até do que aquele obtido pelo Partido Trabalhista em seu primeiro mandato.

Segundo o sr. TROTTER, o objetivo do CÍRCULO FECHADO era o de apoiar o trabalho da comissão, e não miná-lo ou evitá-lo. Não obstante, os seis membros do CÍRCULO foram escolhidos entre os dezoito membros da comissão por uma razão específica. A comissão era essencialmente um corpo público, cujos detalhes sobre o seu quadro de associados eram de domínio público e cujos procedimentos estavam sendo documentados pela imprensa. Portanto, foi necessário tirar os seus membros do amplo espectro da opinião política. Obviamente, isto o transformou em um fórum vivo de debate, e não havia dúvida de que os membros do CÍRCULO desejariam evitar tal debate. Contudo, podia-se aventar — como de fato o foi — que havia espaço, dentro do próprio âmbito da comissão, para outro fórum: um tipo de círculo dentro do círculo, no qual os membros que estivessem mais afeitos às correntes mais progressistas da política pudessem expressar as suas visões livremente, de um modo informal e sem reservas, sabendo que as suas observações seriam dirigidas apenas àqueles membros que pensavam como eles, e que suas palavras não seriam passíveis de censura ou mal interpretadas.

Assim, o objetivo do CÍRCULO, foi o de criar um espaço dentro da Comissão onde as idéias mais radicais e de maior alcance pudessem ser aventadas pela primeira vez. Permaneceria clandestino apenas para que os seus membros tivessem mais liberdade de expressar as suas idéias, nada além. O sr. TROTTER lembrou aos seus colegas que a iniciativa privada abrira caminho no setor público de um modo que seria impensável havia dez anos, sob o governo conservador. A responsabilidade por áreas substanciais da saúde, educação estatal, governo local, serviços penitenciários e até mesmo controle de tráfego aéreo estava agora nas mãos de empresas privadas cujos deveres estão voltados aos interesses de seus acionistas mais do que aos do público em geral. De modo a avançar ainda mais com esse programa — "recuar as fronteiras do estado a um ponto que até mesmo a autora da frase (Margaret Thatcher) não a reconheceria" — os membros do CÍRCULO FECHADO teriam de pensar o impensável e imaginar o inimaginável. Sua tarefa, como um possibilitador, era simplesmente fornecer-lhes um contexto no qual isso fosse possível.

O sr. TROTTER concluiu o seu discurso neste ponto e perguntou aos outros membros se tinham alguma pergunta a fazer.

A sra. MARCUS perguntou se a existência do CÍRCULO era de conhecimento do primeiro-ministro. O sr. TROTTER respondeu que não. O primeiro-ministro estava profundamente interessado no trabalho da CISC, mas não sabia que alguns de seus membros se juntaram em um corpo suplementar. E nem havia intenção de fazê-lo saber disso.

Lorde ADDISON perguntou sobre a freqüência dos encontros do CÍRCULO. O sr. CULPEPPER sugeriu que o círculo deveria se reunir duas vezes mais do que a própria comissão: ou seja, logo após cada reunião da comissão, para compartilhar opiniões sobre a reunião, e uma vez pouco antes da reunião seguinte para discutir estratégia. Esta proposta foi aceita por todos.

O sr. TROTTER lembrou aos outros membros do CÍRCULO que, em seu próximo encontro, a comissão se concentraria no assunto da malha ferroviária, em vista da crise atual da Railtrack e da perda de confiança do cidadão devido à série de acidentes ferroviários fatais que resultaram em perdas de 534 milhões de libras. Especula-se que o governo possa voltar a estatizar as ferrovias em resposta à opinião pública, mas o sr. TROTTER insistiu em que isto não é uma opção. Era mais provável, disse ele, que a empresa fosse posta sob intervenção, embora ainda não se tenha estabelecido planos detalhados para uma substituição. Lorde ADDISON externou a opinião de que este era "um estado de coisas extraordinário". Perguntou se o sr. USBORNE, presidente de uma das empresas contratadas para a manutenção de longos trechos de ferrovias no Sudeste, recebera qualquer confirmação de tal informação. O sr. USBORNE respondeu dizendo estar um tanto "fora do circuito", uma vez que abrira mão de sua posição como presidente da Pantechnicon havia dois meses, preocupado com brechas na regulamentação de segurança, redundâncias crescentes e queda do preço das ações.

O professor GLOVER pediu que o sr. TROTTER esclarecesse a sua posição sobre este assunto, uma vez que lembrou de ter lido comentários atribuídos a ele em jornais no ano passado que poderiam ser interpretados como críticos à administração das empresas ferroviárias privadas. O sr. TROTTER respondeu que tais comentários foram publicados fora de contexto e não representavam as suas opiniões verdadeiras.

Neste ponto, o sr. TROTTER foi chamado para receber um fax. Ele explicou aos outros membros que recentemente fora contratado para escrever uma coluna semanal em um jornal de circulação nacional para falar de suas experiências como pai, e o redator da coluna concordara em enviá-la para o restaurante naquela noite para a sua aprovação antes da publicação. Pediu desculpas aos outros membros do CÍRCULO e disse-lhes que voltaria em alguns minutos.

Em seguida, o sr. CULPEPPER lamentou a renúncia forçada do sr. USBORNE à presidência da Pantechnicon. O sr. USBORNE agradeceu-o por sua preocupação e admitiu estar desapontado com o fato de seus esforços pela empresa terem sido menosprezados, e sua conduta mal interpretada pela imprensa. De sua parte, ele estava orgulhoso do modo como enxugara a empresa e fizera considerável economia em capital humano. Contudo, assegurou ao sr. CULPEPPER que, no todo, recebera uma compensação satisfatória por seu infortúnio e que já recebera diversas propostas para assumir presidências e cargos executivos, e que estava, então, em processo de escolha. A sra. MARCUS expressou a esperança de que ele tenha investido sabiamente a sua indenização e o sr. USBORNE informou-a de que ele a usara para aumentar a sua relação de bens imóveis.

Seguiu-se então uma discussão informal sobre pacotes de remuneração, e o encontro terminou com excelente ânimo às 22h55.

Acordou-se que a reunião seguinte do CÍRCULO FECHADO deveria ser feita na quarta-feira, 1º de agosto de 2001, no mesmo local.

10

Quando Benjamin chegou, Claire estava agachada no jardim, arrancando o broto de uma planta espinhenta, verde acinzentada, que ele, como sempre, era completamente incapaz de identificar. O ranger do portão a fez erguer a cabeça. Ela sorriu e levantou-se em um movimento gracioso e jovial. O sol da tarde estava baixo e iluminava o seu rosto em cheio, expondo pés-de-galinha e rugas de expressão. Mas sua pele — mais acobreada, mais mediterrânea do que Benjamin se lembrava — estava bem esticada sobre os zigomas salientes, e o corte de seu cabelo agrisalhado não era severo e nem meramente sensível: seguia a curva de seu rosto e fazia com que se parecesse mais jovem — oito, dez anos a menos do que sabia que ela realmente tinha.

— Oi, Ben — disse ela com alegria, e beijou-lhe o rosto brevemente. Ele tentou abraçá-la, mas o abraço dissolveu-se rapidamente e, após um ou dois segundos, ambos deram meio passo atrás.

Claire protegeu os olhos e encarou-o friamente, avaliando-o.

— Você está bem — disse ela. — Um pouco mais gordo. Você costumava ser magrelo.

— Acontece — disse Benjamin. — Você também está bem. Na verdade, muito bem.

O cumprimento despertou-lhe um sorriso que era metade felicidade, metade educação.

— Venha — disse ela, e voltou-se em direção à casa.

Era um chalé pequeno de tijolos vermelhos, parte de uma modesta fileira de casas empoleiradas no alto de uma colina em Worcester Road, as casas voltadas com forçada indiferença para o amplo terreno arborizado que se estendia mais abaixo. A porta da frente levava diretamente a uma sala de estar repleta de badulaques, através dos quais era possível, com um pouco de engenhosidade, abrir caminho até a cozinha e, finalmente, através de um quintal, chegar a um pequeno e ainda não-tratado jardim nos fundos.

— Deve ter sido um transtorno mudar-se para cá sozinha — disse Benjamin.

— Os homens da mudança me ajudaram. Além disso, faço tudo por conta própria ultimamente. A gente logo se habitua a isso.

— Ainda assim... — Ele olhou em volta para meia dúzia ou mais de caixas que lotavam a sala de estar e ameaçavam espalhar o seu conteúdo pelo chão. — Você precisa de um dia ou dois para recuperar o fôlego, após algo assim, não é mesmo? Antes de começar a pôr tudo em ordem.

— Mudei-me há quatro meses — disse Claire. — Não se lembra? Sempre fui relaxada. — Ela abriu espaço no sofá para ele sentar, tirando dali um prato de restos de torradas e um exemplar velho do *Guardian*.

— Por sorte, moro com alguém que é bastante tolerante quanto a esse tipo de coisa — acrescentou Claire.

— Pensei que morasse sozinha — falou Benjamin.

— Foi o que quis dizer. — O mesmo sorriso apertado novamente. — Então... chá, café?

— Ou vamos ao *pub*?

Quando começaram a subir a ladeira da Church Street em direção a Great Malvern, Benjamin disse, pensativo:

— Estou tentando me lembrar quando foi a última vez em que nos vimos.

— Foi em Birmingham, há um ano e meio — lembrou Claire.
— Nós nos encontramos no café da Waterstone's.
— Isso mesmo. Lamento não ter muito o que dizer a respeito. Para ser franco, foi tamanha surpresa vê-la lá que... bem, não sei o que dizer, mesmo.
— Ainda assim, você teve presença de espírito para me dar um folheto de seu show.
Ele pareceu não notar a farpa do comentário.
— Foi uma ótima noite. Pena que não pôde vir.
— Na verdade eu apareci lá, mas não fiquei muito tempo.
— Foi? Mas eu não a vi.
— Não, eu... meio que me escondi no fundo. — Ela olhou para Benjamin, que pareceu magoado com aquela revelação. — Perdão, Ben, eu realmente devia ter me aproximado e dito alguma coisa para você. Mas eu estava me sentindo um tanto estranha, havia acabado de voltar ao país e... ah, não sei. Foi uma noite estranha. Você parecia estar em outro lugar.
— Foi uma grande noite para mim.
Benjamin franziu a testa, relembrando aquela ocasião agridoce.
— Tente não me julgar, Ben. Foi muito, muito peculiar vê-lo novamente daquele jeito. Provavelmente não devesse ter ido.
— O que havia de tão peculiar? Não mudei tanto assim, mudei?
— Nossa — disse Claire, expirando profundamente. — Se você realmente não consegue ver isso, então... bem, neste caso...
— (Agora havia real deleite em seus olhos, assim como afeição.)
— ...neste caso, então, posso dizer honestamente que você nada mudou.
Ao se aproximarem do alto da ladeira — com Benjamin reclamando durante todo o percurso ("Por que não viemos de carro?") — viram um *pub* chamado The Unicorn e, mais além, a dramática e quase vertical encosta da colina, coberta de samambaias. Benjamin, que não vinha a Malvern desde que era crian-

ça, comoveu-se com a visão da escarpa cinzenta em contraste com o céu azul-claro cheio de nuvens esparsas do começo da tarde. Durante um momento — tendo a princípio se sentido deprimido ao ver as novas condições de vida de Claire — sentiu-se estranhamente invejoso do lugar que ela escolhera para morar.

— Gosto daqui — disse ele. — Há algo de majestoso, na verdade. Ao modo modesto das Midlands Ocidentais.

— Não é mal — disse Claire, pegando o braço de Benjamin para afastá-lo do *pub* e seguir a curva da Worcester Road. — Não posso dizer que era aqui que pretendia terminar. Milão, talvez. Praga. Barcelona. Foi o que sempre imaginei. Talvez hoje à noite estivéssemos bebendo no... Café Alcântara, em Lisboa. É um lugar fabuloso. Fui lá certa vez com um pretenso namorado. É todo em *art déco*. O café, quero dizer. A apenas alguns passos do Atlântico. Em vez disso, estamos aqui. — Ela parou do lado de fora de uma porta. — O Foley Arms Hotel, em Malvern. É bem o que merecemos, não é, Benjamin?

Sentaram-se no terraço, que oferecia um panorama deslumbrante do vale Severn coberto de névoa cálida, ilimitado, imerso na luz do sol da tarde, e Benjamin pensou que dificilmente abriria mão daquela vista em troca de algo melhor que Lisboa tivesse a oferecer. Mas guardou tal reflexão para si mesmo e, quando Claire voltou do bar com uma garrafa de vinho branco aquecido e duas taças, ele disse (incapaz de ocultar um tom de irritação na voz):

— Como pode dizer que pareço bem? Estou péssimo. Há mais de um ano estou enfrentando uma crise terrível.

— Benjamin, toda a sua vida é uma crise terrível. Sempre foi, talvez sempre seja. Nada de novo nisso, infelizmente. E você parece estar bem. Desculpe, mas aí está. — Ela entregou para ele uma taça e, mais gentil, disse: — OK então, o que está acontecendo... desta vez?

— Eu e Emily — disse Benjamin, bebericando o vinho e desviando o olhar para a paisagem.
Claire também bebeu, e nada disse.
— Meu casamento está em frangalhos — acrescentou, para o caso de ela não ter entendido a deixa. Ainda assim não houve resposta. — Bem, você não vai dizer nada?
— O que há para dizer?
Benjamin olhou-a, exasperado, e então balançou a cabeça.
— Não sei. Você está certa. Provavelmente nada.
— Passei por tudo isso com Philip, você sabe. Sei como é. É muito ruim. E lamento, Ben... muito, muito mesmo. Mas não vou lhe dizer que não percebi.
Benjamin inclinou-se para a frente, o olhar cada vez mais triste.
— Só me sinto tão... tão... qual a palavra?
— Culpado.
— Sim. — Ele a olhou, surpreso. — Sinto-me culpado. Passei cada minuto de cada hora me sentindo culpado. Como sabe disso?
— Porque, como disse, você não mudou nem um pouco. E eu sempre soube que algo assim iria acontecer, que você acabaria se culpando. Você é bom nisso. Tem talento para a culpa. E este talento permaneceu adormecido durante um bom tempo, mas agora você provavelmente vai vivê-lo.
— E do que devo me sentir culpado? Por que devo me culpar?
— Diga-me você.
— Não fui infiel para com Emily.
— Não?
— Não tive relações sexuais com ninguém.
— Não é a mesma coisa. — Ela suspirou. — O que houve? Quando começou?
— No ano passado — disse Benjamin. Então, contou-lhe a história dos diários de Francis Piper e de como estes lhe revela-

ram a prosaica verdade sobre o "milagre" no qual ele acreditara, tão fervorosa e secretamente, durante vinte e seis anos.

Era muito para Claire absorver.

— Quer dizer que... não acredita mais em Deus?

— Não — disse Benjamin enfaticamente.

— Bem, para começo de conversa, isto é um grande alívio. Vamos, vou beber a isso! — Ela tentou fazer um brinde com as taças mas Benjamin não retribuiu o gesto.

— Você parece não entender — disse ele. — Não é apenas o fim de uma ilusão, embora isso seja ruim o bastante, devo dizer. É o que representa para mim e Emily. Não temos mais isso em comum. Ela crê. Eu não. Esta era a única coisa que nos mantinha juntos.

— Mas vocês ainda estão juntos, não estão? Um ano depois. Isso deve contar para alguma coisa. Isso deve dizer que há outras coisas a desenvolver.

— Era de se pensar que fosse assim. Mas não tem sido. Foi um ano terrível. Horroroso. Mal nos falamos. Só conseguimos nos aturar em casa porque passamos o dia inteiro no trabalho e, então, você sabe, tem a tevê, e posso subir para escrever, isolar-me. Mas no mês que vem vamos à Normandia para passar algumas semanas e estou *apavorado* com a idéia. Tentando dividir a vida com alguém por quem não sinto a menor... proximidade, intimidade... não há nada pior do que isso.

— Nada? — disse Claire, maliciosa. — Fome, talvez? Ser partido ao meio por um homem-bomba? — Ela olhou para baixo com um sorriso tranqüilo. — É, eu sei. Ironias. Também não mudei muito.

Benjamin fez menção de tocar-lhe a mão mas, como sempre, a tentativa foi frustrada e ela nem notou.

— Então por que ainda está com ela? — perguntou.

— Boa pergunta.

— Tudo bem. É que... quero dizer, vocês não têm filhos com os quais se preocupar.

— Verdade. — Ele balançou a cabeça. — Não sei a resposta para isso, Claire. Por que ainda estou com ela?

— Posso lhe dizer se quiser — disse ela, erguendo os óculos. — Talvez porque esteja com medo? Porque ficou com ela dezoito anos e é o único modo que sabe viver? Porque lhe convém, de muitas maneiras? Porque você tem seu quartinho nos fundos de casa com sua escrivaninha e seu computador e seu equipamento de gravação e tudo isso é bom demais para se abandonar? Porque não se lembra de como se usa uma máquina de lavar? Porque assistir a um programa idiota de jardinagem com outra pessoa é menos deprimente do que ver-se sozinho? Porque você gosta de Emily? Porque sente lealdade por ela? Porque tem medo de acabar triste e sozinho?

— Não terminarei triste e sozinho — insistiu Benjamin, defensivo. — Provavelmente encontrarei alguém.

— Como assim... sem mais nem menos?

— Não sei... Em alguns meses, talvez.

Claire continuou impressionada; ou fingindo estar.

— Você soa bastante confiante quanto a isso. Alguém em mente?

Benjamin hesitou um instante, então se inclinou para frente.

— Há alguém — confessou. — Trabalha pertinho de nossa casa. É cabeleireira.

— Uma cabeleireira?

— Sim. É linda. Ela tem um rosto verdadeiramente... angelical. Angelical e sofisticado ao mesmo tempo, se faz algum sentido.

— E qual a idade dela?

— Não sei... vinte e tantos, talvez, algo assim.

— Nome?

— Não sei. Na verdade ainda não...

— ...falou com ela — disse Claire, terminando a frase com a mais cansada das inflexões. — Meu Deus, Benjamin, qual é a *sua*? Você já tem mais de quarenta anos, merda!

— Apenas isso.

— E você se sente atraído por uma porra de uma *cabeleireira* com quem nunca conversou? É esta pessoa que você vem pensando seriamente em tornar a sua parceira de vida?

— Não disse isso. — Claire percebeu que ele ao menos teve a decência de corar. — E você não deve prejulgar as pessoas. Ela parece ser muito inteligente. Suponho que seja uma estudante de doutorado, que faz aquilo para ganhar algum dinheiro ou algo assim.

— Sei. Então você se imagina tendo altos papos com ela sobre Proust e Schopenhauer entre um xampu e outro?

Se ela estava esperando que Benjamin mordesse a isca, ficou desapontada. Apenas pareceu mais e mais abatido.

— Aonde quer chegar? — foi tudo o que ele murmurou, amargamente, após um tempo. — Estou tão fora de prática. Eu nem saberia como começar a conversar com uma pessoa assim.

— Não é difícil começar a conversar com uma cabeleireira — destacou Claire. — Tudo o que tem a fazer é ir lá e pedir um corte e escova.

Inesperadamente, Benjamin demorou um longo tempo pensando naquela frase, como se Claire tivesse acabado de revelar a ele a senha que abriria uma porta secreta de um mundo de ilimitadas possibilidades.

— Só uma idéia — sentiu-se obrigada a dizer, um tanto embaraçada. — Para ser franca, você está mesmo precisando dar uma aparada no cabelo. — Então ela hesitou, sentindo que era hora de mudar a conversa para um plano mais sério. — Benjamin... — começou, hesitante. (Aquilo seria difícil de dizer.) — Você sabe qual é o problema, não sabe? Quero dizer, o problema real.

— Não — ele respondeu. — Mas tenho certeza de que gostará de me dizer qual é.

— Na verdade, não. — Bebeu um longo e ansioso gole de sua taça. — O problema é que... você não a esqueceu, não é mesmo? Vinte e dois anos depois e você ainda não a esqueceu.

Benjamin olhou-a atentamente.

— Imagino que você se refira a...

Claire meneou a cabeça.

— Cicely.

Houve outro longo silêncio após o nome ser proferido — o nome proibido, que jamais deveria ser dito. Por fim, Benjamin enunciou uma palavra com grande ênfase e sentimento.

— Besteira!

— Não é besteira — disse Claire. — E você sabe disso.

— Claro que é besteira — contra-argumentou Benjamin. — Estamos falando de algo que aconteceu no colégio, pelo amor de Deus!

— Exato. E você ainda não superou. Você ainda não superou esta merda! E o que é pior, Emily sabe disso, soube disso durante toda sua vida de casada, e isso provavelmente a fez sofrer muito.

Então ela disse o que presenciou no show, falou sobre como ele mudou ao sentar-se ao teclado e tocar os acordes iniciais de "Seascape Nº 4". Falou sobre a expressão remota e intensa que tomou seus olhos, um olhar que não era dirigido a coisa alguma naquele lugar e, sim, para si mesmo, no passado. Falou de como o olhar de Emily também mudou ao ouvir aquela música, de como ela olhou para Benjamin um instante e, em seguida, baixou os olhos para o chão, todo o seu orgulho, todo o seu prazer com a atuação do marido subitamente evaporado, deixando-a infeliz, olhos vazios de solidão e pesar.

— A propósito — acrescentou Claire —, o que aconteceu entre você e aquela mulher?

— Mulher? Que mulher?

— A que estava com você quando eu o encontrei no café. Aquela que me apresentou como sua "amiga".

— Malvina? O que tem ela?
— Bem, achei que vocês eram bem íntimos. E ela tinha um quê de Cicely, não consegui deixar de notar.
— Do que está falando? — disse Benjamin, incrédulo. — Ela tem cabelo preto!

Ficaram em silêncio algum tempo, ambos tentando recuperar a pose.

— Não estava... criticando você ou coisa parecida — disse Claire, em tom de desculpa.

Benjamin murmurou:

— Não deu em nada — e não havia dúvida quanto à tristeza ressentida em sua voz. Para ele, aquela amizade passageira ainda era um dos eventos emocionais que definiam a sua vida recente.

— Então, o que houve? Parou de vê-la?
— Não apenas isso. Ela começou a ter um caso com Paul.

Claire fez uma careta e balançou a cabeça.

— Deve ter sido difícil.
— Foi — disse Benjamin, bebendo outra vez, conscientemente permitindo que a sua autopiedade se abastecesse de vinho.
— Não — disse Claire. — Quero dizer... foi difícil para ela. Meu Deus, não é algo que deseje ao meu pior inimigo. — Ela fez uma pausa e, então, fez um pronunciamento decisivo: — Tem de falar com Emily sobre isso.
— Sobre Malvina? Para quê? Não foi nada. Não a vejo há muito tempo.
— Não sobre isso, necessariamente. Sobre por que começou. O que o levou a fazer isso. Quero dizer, claramente você tem alguma necessidade emocional que Emily não está satisfazendo no momento e isso... bem, isso é algo a respeito de que devem falar, não é mesmo? Porque ela provavelmente sente o mesmo. Ela estará acordada quando você voltar para casa hoje à noite?
— Provavelmente. Geralmente ela fica acordada, lendo.

— Bem, então me prometa o seguinte, Ben. Prometa que, ao chegar em casa hoje à noite, antes de dormir, você vai dizer: "Emily, temos de conversar." É o que basta. Acha que pode fazê-lo?

Benjamin deu de ombros.

— Creio que sim.

— Promete que vai fazer?

— Sim, prometo.

Depois disso, conversaram sobre outras coisas. Sobre a decisão de Claire de se tornar um tradutora técnica freelance, sobre o alívio que fora deixar aquela casa de estudantes em Londres, e de como havia mais demanda de italiano comercial na área de Worcester e Malvern do que se poderia imaginar. Sobre como, agora, podia fazer a maior parte de seu trabalho pela internet, de modo que os contatos que fizera em Londres e Lucca ainda lhe eram úteis, e ela ainda estava ganhando mais do que o suficiente para cobrir os seus pequenos pagamentos de hipoteca: o que queria dizer que ainda se sentia um tanto insegura de vez em quando, e às vezes acordava no meio da noite com estranhos surtos de pânico, mas as coisas estavam bem, de fato. Falaram de seu filho Patrick. De como era quieto e introvertido. De como Claire começava a crer que ele fora mais prejudicado pelo divórcio dela com Philip do que imaginara. De como ele falava de modo incessante e obsessivo sobre a tia Miriam que ele jamais conhecera, porque ela desapareceu em 1974, com apenas vinte e um anos de idade, e nunca mais fora vista, apesar dos melhores (aparentemente) esforços da polícia das Midlands Ocidentais. Era como se, intuía Claire, a separação de seus pais tivesse deixado nele algum vazio, algum obscuro vazio dentro de si mesmo, que ele tentava preencher agarrando-se àquela figura mítica e perdida da história recente, e tornando-a um tipo de totem de tudo o que faltava em sua experiência de vida familiar. Ele colecionava fotografias dela e pedia que a mãe contasse lembranças e fatos curiosos sempre que conversavam.

— Que idade ele tem agora? — perguntou Benjamin.

— Dezessete. Vai para a universidade ano que vem. Quer cursar biologia. Não faço idéia se vai passar.

Ele percebeu ansiedade na voz dela e disse:

— Não se preocupe. Tenho certeza de que vai dar tudo certo.

— Eu sei — disse Claire, que dificilmente se sentiria consolada com qualquer coisa que Benjamin dissesse, sobre este ou qualquer outro assunto. Estavam no portão de seu pequeno jardim em frente de casa, e era quase meia-noite. Uma lua de julho quase cheia estava pendurada no céu. Benjamin olhou para ela e lembrou-se, como sempre, de que fora em uma noite de luar como aquela que fizera amor com Cicely no quarto de seu irmão. Uma lua amarela como o balão amarelo de suas recordações de infância. Ele se sentara no jardim, olhara para a lua e saboreara o seu momento de felicidade perfeita e, de algum modo obscuro (ou seria apenas a sua percepção tardia?), sentira-o se esvair.

Nunca mais vira Cicely desde então, nunca mais a vira desde que ela o deixara sentado sozinho no Grapevine com Sam Chase, após ter acabado de falar com a mãe ao telefone e ouvi-la dizer que havia uma carta dos Estados Unidos esperando por ela, uma carta de Helen. No dia seguinte, ele ligou para a mãe dela e soube, por mais incrível que pareça, que Cicely já estava a bordo de um avião para Nova York.

O que poderia haver naquela carta? Ele não sabia, preferia não pensar a respeito, e não conseguia se lembrar de nada sobre a conversa com a mãe dela, de modo que a sua última lembrança de Cicely era a da meia hora ou quase que ficaram sentados juntos do lado de fora da casa de seus pais, olhando para a lua amarela. Desde então, passou a medir a sua vida por luas cheias e nunca mais foi capaz de ver uma lua cheia sem se lembrar daquela noite. Agora, sem ter de pensar muito a respeito, calcula-

va que aquela seria a 265ª lua cheia desde então. E não saberia dizer se aquilo lhe parecia um longo tempo, tempo nenhum, ou ambas as coisas...
— Benjamin? — disse Claire. — Você está bem?
— Hã?
— Acho que o perdi.
— Perdão. — Deu-se conta de que estavam a ponto de se despedirem e deu-lhe outro daqueles beijos breves.
— Bom menino — disse ela. — Agora, trate de se divertir na Normandia. Talvez seja do que precisam. Talvez opere milagres.

Benjamin não estava convencido.
— Talvez — disse ele. — Mas não creio.
— Vá até Etretat — disse Claire.
— Onde?
— É na costa, perto do Havre. Há umas falésias fantásticas. Estive lá há dois invernos: pouco antes de voltar para casa. Estava muito frio, mas a vista é maravilhosa. Fiquei lá durante horas, no alto da falésia... — Ela se calou, lembrando-se. — Bem, é apenas uma sugestão.
— Tudo bem. Iremos até lá.
— E não se esqueça do que eu lhe disse. Do que deve dizer a ela.
— Sim, vou me lembrar — disse Benjamin. — Corte e escova, por favor.

A princípio, Claire pensou que ele estivesse brincando. Então suspirou ao ver que não estava, e resolveu que não havia por que esclarecer o mal-entendido.
— Algumas vez já se perguntou por que me incomodo com você, Ben? — disse Claire. — Às vezes eu me pergunto.

Obviamente, não havia resposta para aquilo. Mas até mesmo Benjamin notara e fora tocado pela sinceridade com que Claire o dissera, e alguns minutos depois de afastar-se de Malvern em direção às luzes da M5, experimentou uma pequena epifania.

Ligou o rádio do carro e reconheceu a música que tocava, "Cantique des Vierges" do oratório *Judith*, de Arthur Honegger. De todos os presentes inúteis com que a vida o sobrecarregara, nenhum era mais inútil do que a sua habilidade de identificar quase qualquer trecho de música de um compositor menor do século XX. Mas, apesar disso, sentia-se feliz porque se deu conta de que não ouvia a antiga fita que tinha daquela obra havia quase dez anos, e embora a maior parte dela fosse imemorial, aquela passagem era uma de suas favoritas, algo para que se voltaria sempre que sentisse necessidade de consolo, algo cuja etérea simplicidade de sua frágil e infantil melodia nunca deixou de emocioná-lo. Agora, ao olhar para o espelho retrovisor da janela do carona e ver ali refletida a lua amarela e, sob ela, as luzes de Malvern (uma delas, sabia, da sala de estar de Claire), ao ouvir novamente aquela música que já fora tão familiar e importante para ele, sentiu um brilho de prazer e conforto ao pensar que ele e Claire continuavam amigos há mais de duas décadas.

Contudo, era mais do que isso. Naquele momento ele admitiu para si mesmo, pela primeira vez, que sempre houve da parte de Claire um desejo por algo maior do que amizade entre eles, uma perspectiva que deve tê-lo amedrontado, pois por que a teria negado durante tanto tempo, suprimido tal conhecimento de modo tão impiedoso? Naquela noite, porém, subitamente, não se sentiu assustado com aquilo. Também não quis voltar para Malvern e passar a noite com ela. O sentimento que o dominava não era assim tão simples. O que acontecia era que a combinação da límpida melodia de Honegger e da lua amarela, símbolo de seus desejos mais primais, parecia tomar o aspecto de um sinal naquela noite: uma seta em direção ao seu próprio futuro, no centro do qual, distante mas sempre presente, sempre dependente, estava o brilho do chalé de Claire. Quando a radiante certeza disso caiu sobre ele, Benjamin descobriu que estava tremendo e parou no acostamento para limpar as lágrimas dos olhos.

Sentou-se na beira da estrada até a música terminar, respirando profundamente, antes de retomar a sua jornada para o norte; de volta à cidade, à casa, ao quarto onde Emily estaria sentada, bocejando sobre um romance não lido; todo o seu ser — cada olhar, cada movimento — um léxico de censura inespecífica.

9

18 de julho de 2001
Etretat

Querido Andrew

Prometi-lhe um cartão-postal da Normandia. Bem... para a sua sorte, vai receber bem mais do que isso. Estou com minha viagem de volta para casa marcada em uma barca que só vai sair daqui a dois dias e, francamente, já me cansei de dirigir pelo interior visitando mosteiros e catedrais, de modo que vou ficar sentada aqui mesmo no hotel, tentando pensar nas coisas e me acalmar. Tenho muita coisa a pôr em ordem em minha cabeça, mas não se preocupe comigo: estou bem. Aconteça o que acontecer — e sei que muita dor vai rolar nos próximos dias e semanas, um bocado de "dificuldades" como meu amado conselheiro chamaria — cheguei a uma conclusão e vou me manter fiel a ela.

Caso você esteja se perguntando por que o parágrafo anterior foi escrito na primeira pessoa do singular, a pergunta é fácil de responder: estou aqui sozinha, Benjamin foi embora. Partiu ontem. Acho que foi para Paris, mas não estou certa disso e para ser honesta pouco me importa. Ele desligou o celular e isso também me convém. Na verdade, estou aborrecida comigo por ter tentado ligar para ele ontem. Afinal,

o que diríamos um ao outro? Nada tenho para dizer a ele no momento. Absolutamente nada.
Nosso casamento acabou.
Enquanto isso... deixe-me contar como foram essas férias no inferno. Talvez inferno seja forte demais, pelo menos no que diz respeito aos dez primeiros dias. Purgatório talvez seja mais adequado. Aliás, todo o ano passado foi uma espécie de purgatório para mim — mais tempo ainda. Suponho que a dor tenha aumentado gradativamente e acabou se intensificando a ponto de se tornar insuportável. De qualquer forma, para mim estava insuportável. Às vezes me pergunto se Benjamin já sentiu alguma dor. Dor de verdade, quero dizer. Não, isso não é justo dizer — ele a sentiu, no passado, sei que sentiu, pelo que ele me disse, há muitos anos, quando estávamos na escola, sobre o que acontecera com Lois e como ele a ajudou a se recuperar daquilo. Não duvido que tenha sofrido por isso, que ele compartilhou muito profundamente o sofrimento dela. Lembro-me que ele costumava visitá-la toda semana, sem falta, e isso deve tê-lo marcado. Portanto, ele é capaz de sentir as coisas profundamente. Benjamin só é bom em dissimular isso. Tem um bocado de autocontrole — uma qualidade muito britânica, como muita gente deve achar, e isso foi uma das coisas que mais me atraiu nele. (Benjamin acha que nosso relacionamento baseia-se inteiramente na religião mas não é, isso é absurdo, é uma história conveniente que ele gosta de contar a si mesmo para explicar por que as coisas deram errado.) De qualquer modo, alguma coisa mudou a respeito de Benjamin, desde aquele dia na margem do canal, quando me contou a história de Lois e Malcolm. (Lembra-se de que eu lhe falei sobre isso? Meu Deus, sinto como se tivesse lhe contado toda a história de minha vida — e a vida de praticamente todo mundo que conheço — nos últimos dois anos, e você tem sido tão paciente, escutando cada palavra. Você é tão bom ouvinte,

querido Andrew. Não há muitos por aí!) É como se algo o tivesse congelado no tempo, deixando-o preso a um momento em particular de onde não pode prosseguir, não pode mudar. Até mesmo acho que sei o que precipitou tudo isso — ou *quem* precipitou tudo isso, para ser mais direta — mas esse assunto pode esperar.
    Caso este fosse um de meus e-mails (e quantos e-mails eu tenho escrito para você nos últimos dezoito meses? Aposto que mais de cem), deletaria a maior parte do que escrevi até agora e me concentraria naquilo que desejo lhe dizer. O *xis* da questão. Mas, em vez disso, voltei à era da caneta e da tinta e isso me restringe a pensar no papel — o que, devo dizer, parece mais um luxo do que uma restrição. Escrever esta carta provavelmente é uma boa terapia para mim — era o que eu queria dizer. Afinal de contas, podia ligar para você; e vamos nos ver dentro de alguns dias, certo? Portanto, nem preciso enviar esta carta. Mas estou certa de que o farei.
    Então: minha última semana no purgatório, por Emily Trotter. Ou Emily Sandys, como parece que logo vou estar me chamando novamente. Por onde começar?
    Os primeiros dez dias, como disse, pelo menos foram suportáveis. Não posso lhe falar muito deles pois todos acabam se confundindo num só. Viagem de carro, passeio para ver paisagens, mais viagem de carro, almoço, viagem de carro, passeio, viagem de carro, *check in* no hotel, jantar, e daí por diante, interminavelmente. Acho que o que mais detestei foi ficar todo esse tempo dentro do carro porque as estradas são muito tranqüilas e retas e há algo de único naquela desolação (você nunca foi casado de modo que não conhece isso), no saber que estão se tornando um daqueles casais de meia-idade que você sempre jurou que jamais se tornaria, dirigindo horas lado a lado, olhos fixos na estrada, sem uma palavra para dizer ao outro. Quase me via gritando: "Olha lá!... As vacas!",

apenas para romper aquele silêncio macabro. Quero dizer, não era tão ruim assim, mas você deve ter pegado a idéia geral. De qualquer modo, fomos a Rouen, Bayeux, Honfleur, Mont-St.-Michel e no caminho nos empapuçamos de bouillabaisse e brandade de morue e chateaubriand. Sem falar no vin rouge porque, à medida que passava a semana, ficava cada vez mais evidente que a perspectiva de ficarmos bêbados como gambás à noite era a única coisa que nos impedia de largar aquilo tudo, como se faz com um emprego ruim, e voltar para casa. Ou nos estrangularmos um ao outro.

Durante todo o tempo — foi isso o que tornou tudo tão incrivelmente cansativo para mim — eu estava fazendo tudo para levar as coisas numa boa, no meu jeito "emiliano" de ser. Acho que passei os últimos dezoito anos tentando fazer isso, de um modo ou de outro e, no que diz respeito a Benjamin, levar tudo numa boa é um trabalho muito difícil mesmo nos melhores dias. Bem, e não estamos em nossos melhores dias. Na verdade, os últimos doze meses foram nossos piores dias, e aqui foi igual. Aqueles longos e miseráveis silêncios da parte dele. Olhos fixos à meia-distância, pensamentos voltados para... o quê? Não tenho a menor idéia... mesmo agora, mesmo após dezoito anos de casamento! Freqüentemente me via perguntando, desesperadamente: "Está deprimido com alguma coisa?" Ao que ele inevitavelmente respondia: "Na verdade, não." Eu ignorava a sua resposta e perguntava: "É o seu livro?" Isso freqüentemente o fazia perder o controle e começar a gritar: "Mas claro que é o meu livro!", e daí por diante...

Vou lhe dizer o que me fez ficar tão furiosa desta vez. Foi perceber que ele se comportava assim apenas comigo. Com seus outros amigos, Philip Chase, Doug e Frankie, ele subitamente ganha vida, subitamente parece saber, por algum motivo, como ser engraçado, sociável e como conversar. Nas últimas semanas, isso realmente começou a me incomodar.

Como uma pequena ilustração do que digo, a pergunta: afinal de contas, por que estou em Etretat? Porque Benjamin queria vir até aqui. E por que queria vir até aqui? Porque Claire falou sobre este lugar quando ele foi ter um pequeno e aconchegante tête-à-tête com ela há algumas semanas, do qual voltou à uma da manhã, bêbado, e parecendo estar muito bem consigo mesmo. Ora, Claire é tanto minha amiga quanto dele. Mais minha do que dele, de certo modo. Ele me convidou para ir também? Não. E devem ter conversado durante umas cinco horas. Quando foi a última vez que ele conversou comigo durante cinco horas? Ou uma hora? Ou cinco minutos? Foram coisas assim que fizeram com que eu me desse conta de que, na maior parte do tempo, eu pareço não mais existir para Benjamin. Eu não sou captada por seu radar.

Talvez isso soe algo banal para você. Mas quando duram meses, quando duram anos, deixa de ser banal. Torna-se algo enorme, a maior coisa de sua vida. (E nada tem a ver com o fato de ele acreditar em Deus ou não, seja lá o que ele goste de dizer.) E anteontem, creio que ficou grande demais para mim.

Foi a gota-d'água.

Ironicamente, foi o melhor dia de nossas férias. Ou ao menos me pareceu ser, antes de eu perceber que estava enganando a mim mesma. Almoçamos no Le Bec-Hellouin, que era um lugar bem agradável (na verdade, era mais do que isso. A torta de maçã deles era de se comer de joelhos), e então fomos de carro até St. Wandrille, uma bela aldeota no vale do Sena, onde havia um famoso mosteiro beneditino do século X. Estacionamos o carro na aldeia e caminhamos rio acima — cerca de três horas de percurso no total, creio eu. Em meio à caminhada, topamos com uma velha e mágica edificação.

Era um tipo de prédio anexo a uma antiga casa de fazenda, embora o resto da fazenda tivesse desaparecido há muito tempo. Ficava a apenas vinte metros da margem do rio. Estava quase completamente em ruínas e francamente parecia ser um *lugar perigoso de entrar mas, ainda assim, metemos nossas cabeças pela janela, descobrimos que a porta não estava trancada e entramos para dar uma olhada. Estava tomada de hera e espinhos, mas ainda era possível ter uma idéia do que seria após uma reforma. Olhei para Benjamin e posso jurar que ele pensava o mesmo que eu.*

Sempre falamos (pelo menos até recentemente) sobre comprar um lugar na França ou na Itália para escapar da cidade grande, um lugar onde encontrar paz e calma para que ele pudesse finalmente terminar o maldito livro. E embora aquele lugar fosse uma completa ruína, dava para ver que, uma vez restaurado, seria simplesmente perfeito. Até mesmo falamos de onde seria a sala de jantar, onde ele poria seus computadores, equipamentos de gravação, esse tipo de coisa. Conversamos de verdade, para variar.

Depois disso, nos afastamos seguindo o rio em direção a St. Wandrille, olhamos para a casa (comecei a pensar naquilo como uma casa). O sol baixava por trás do telhado, a água do rio parecia muito fria e brilhante no lusco-fusco da tarde, e aquele parecia o lugar mais romântico do mundo. Peguei a mão de Benjamin e, então, um verdadeiro milagre aconteceu: ele segurou a minha mão durante uns cinco, dez minutos, antes de largá-la e voltar a seguir o seu próprio caminho. (Ele sempre faz isso.)

Eram cerca de oito horas quando voltamos à aldeia, tarde demais para ver o interior do mosteiro. Benjamin estava animado porque ele lera em um dos guias de viagem que você podia fazer retiros ali, mas o escritório estava fechado e não havia ninguém com quem falar. Mas ainda era tempo para as <u>completas</u>, às nove da noite. Não achei que Benjamin iria querer vir comigo porque, como sabe, ela não chegava perto de uma igreja havia mais de um ano mas, muito para minha surpresa, ele foi. Talvez (foi o que pensei na hora) o fato de ver aquela casa mágica e falar a respeito de encontrar o dono,

comprá-la e reformá-la tenha feito com que finalmente se aproximasse de mim.
   De qualquer modo, entramos na capela e sentamos. É uma bela capela, devo dizer, originalmente um antigo celeiro de grãos, com um fabuloso teto de vigas, tudo arranjado com absoluta simplicidade. Não havia luz artificial de qualquer tipo e embora ainda estivesse claro lá fora, a capela estava imersa em sombras, com apenas os mais pálidos tons dourados e avermelhados do sol brilhando pelas janelas. (Sem vitrais.) Havia cerca de trinta de nós na congregação e, após estarmos sentados ali durante uns dez minutos, os monges chegaram. Estavam totalmente absorvidos com o ritual, totalmente entregues, e pareciam não registrar que estávamos ali. Talvez tenha sido apenas impressão. Seus hábitos eram cinza e eles usavam capuzes, por isso que não se podia ver seus rostos na maior parte do tempo. Provavelmente havia mais de vinte monges. Quando não se vê os seus rostos parecem de certo modo muito sérios e muito alegres ao mesmo tempo. E têm vozes maravilhosas. Quando começaram a cantar, aquelas longas e belas linhas melódicas pareciam emanar deles, subindo e descendo, quase como se estivessem improvisando. Mas ao ouvir mais detidamente, era possível perceber a lógica maravilhosa daquilo. Era a música mais tranqüila, mais espiritual e pura que eu já ouvi. Benjamin disse depois que fazia até mesmo Bach e Palestrina soarem decadentes! Peguei um folheto e este era o hino que cantavam. (Cantavam em latim, é claro.)

> *Antes do fim do dia, pedimos a Vós*
> *Criador de todas as coisas,*
> *Em Sua bondade infinita,*
> *Olhe por nós, vele por nós.*

Mantenha afastados de nós
Os sonhos e pesadelos da noite,
Aprisione nossos inimigos
Para que nada possa macular a pureza de nossos corpos.

Exalte-nos, ó Pai Todo-Poderoso,
Através de Jesus Cristo, nosso Mestre,
Que reina para sempre, Convosco,
e com o Espírito Santo. Amém.

Durante o tempo em que cantavam isso, Benjamin se aproximou de mim, e quando terminou o serviço religioso e deixamos a capela ao cair da noite, nos demos as mãos novamente e caminhamos de volta ao carro. E eu estava segura de que tudo daria certo.

Então, voltamos ao hotel — este hotel, o que Claire recomendou — e fomos jantar, e enquanto esperávamos o primeiro prato olhei para Benjamin e pude ver que seu rosto estava transformado desde a manhã. Havia uma luz em seu olhar, algum tipo de brilho de esperança, então me dei conta de quão <u>opacos</u> seus olhos andavam nos últimos meses, quão sombrios e sem vida. Imaginei que teria sido o serviço religioso que fizera aquilo — imaginei se teria feito algo para reavivar a sua fé, porque não posso crer que alguém ouça aquela cantoria e não sofra <u>algum</u> tipo de estímulo, que não perceba algum relance de divindade por trás daquilo. Mas ele nada disse a respeito. Falei apenas algo comum do tipo "Divertiu-se hoje?", e foi o que bastou. Finalmente ele começou a se abrir.

— Perdão — disse. — Tenho andado tão deprimido ultimamente. — Então disse que durante meses não conseguia saber o que faria do futuro, que não sabia o que desejar. Mas hoje, disse, ele vira algo novo: algo que sabia que nunca conseguiria ter, mas ao menos sabia ser <u>real</u>, ao menos sabia

que aquilo existia, e isso deu-lhe esperança, de algum modo, fez o mundo parecer-lhe mais tolerável, agora que ele sabia que estava ali, mesmo que fora do seu alcance.
— Como um tipo de símbolo? — perguntei.
Pareceu estar em dúvida quanto a isso mas respondeu:
— Sim.
Então eu me inclinei para frente e disse:
— Ben, não precisa ser apenas um símbolo. Não tem de ser uma vã esperança. Tudo é possível, você sabe. De verdade.
E eu estava sendo sincera. Quero dizer, apenas no aspecto prático. Havíamos quitado a nossa hipoteca em Birmingham havia anos, e podíamos vender a nossa casa por uma fortuna. Podíamos comprar aquela ruína, reformá-la, e ainda ter dinheiro para viver durante anos. Era nisso que eu estava pensando.
Mas Benjamin disse:
— Não. Não vai dar certo.
Então eu disse:
— Ora, vamos. Pense nisso passo a passo. O que envolveria?
— Bem — disse ele. — Para começo de conversa, eu teria de aprender a falar francês.
— Seu francês é muito bom — disse. — E vai melhorar se tiver de usá-lo todo o tempo.
— Terei de treinar um bocado.
É verdade que Benjamin não tem jeito para coisas práticas. Sabe diferenciar César Franck de Gabriel Fauré após alguns compassos, mas é incapaz de erguer um cabideiro para salvar a própria vida. Mas eu não seria derrotista quanto a isso. Como disse, parece que tudo é possível hoje em dia.
— Você pode fazer um curso — disse eu. — Há aulas noturnas para esse tipo de coisa.
— Onde, em Birmingham?
— Claro que tem.

Pensou nisso por um instante e, então, sorriu. E o brilho em seus olhos começou a aumentar. Ele olhou para mim e disse:

— Neste momento, não consigo pensar em nada que me faça mais feliz.

— Então está bem — disse eu com meu estúpido coração quase explodindo. — Vamos fazer.

Então ele olhou para mim e disse:

— Como assim, "vamos fazer"?

— Vamos fazer — respondi. — Não creio que você queira viver naquela casa sem a minha companhia.

Então ele me olhou mais um pouco e disse:

— Não estou falando da casa.

Esperei um ou dois segundos e perguntei:

— Então, do que está falando?

E ele respondeu:

— Estou falando de virar monge.

Desculpe, tenho de parar de escrever um instante. Estou escrevendo isso como uma louca há duas horas e precisava fazer uma pausa.

Ao escrever sobre isso, quase achei tudo muito engraçado. Mas na hora não me senti assim, eu lhe asseguro.

O que eu disse? Realmente não me lembro. Acho que, durante algum tempo, fiquei chocada demais para falar. Afinal, minha voz saiu, muito baixa. Isso acontece comigo, já percebi, quando estou furiosa com alguma coisa — quero dizer <u>realmente</u> furiosa. Eu disse:

— Eu podia não estar aqui, não é mesmo, Benjamin? Na verdade, você teria preferido assim.

Então eu me levantei, joguei um copo de água na cara dele — o que foi surpreendentemente satisfatório — e subi para o nosso quarto.

Dois minutos depois, ele bateu à porta. Foi quando a briga começou. E foi uma briga. Não que tenhamos nos atacado fisicamente, mas gritamos muito — o bastante para que alguém do hotel viesse correndo escada acima para saber se estava tudo certo. Disse a Benjamin tudo o que eu desejava dizer para ele há anos: que ele não tinha respeito por mim, que não prestava atenção em mim... Em certo ponto ele chegou a ter coragem de meter você no assunto, dizendo que nos vemos muito, e eu tive de gritar de volta para ele, "Bem, o que podia esperar, uma vez que meu marido olha através de mim todos os dias, como se eu fosse invisível, quando age como se eu não estivesse lá?"

Finalmente, acabei dizendo a ele que não queria mais vê-lo. Ele pegou as coisas dele e acho que pediu um quarto de solteiro para passar a noite. Quando fui para a cama achei que no dia seguinte desejaria falar com ele, tentar encontrar um jeito de consertar as coisas. Mas assim que acordei, percebi que não queria. Era verdade: eu realmente não queria mais vê-lo. De qualquer forma, ele não estava no café-da-manhã e, após tomar o meu café, a recepcionista me disse que ele havia ido embora e deixado um recado dizendo que ia para Paris. Onde, por mim, ele pode mofar. Pelo menos teve a decência de me deixar o carro, de modo que tenho um meio de voltar para casa.

Casa da qual sinto subitamente uma grande saudade.

Será bom vê-lo quando eu voltar, querido Andrew. Ao menos, não terei de contar-lhe esta história cara a cara.

Costumava crer que seria diferente caso tivéssemos filhos ou se tivéssemos insistido um pouco mais na agência de adoção, mas não penso nisso agora. Acho que as pobres criaturas apenas ficariam em meio ao fogo cruzado.

Que porcaria. Dezoito anos — dezoito anos de vida em comum para terminar assim.

Acho que sempre é uma porcaria. Talvez esse tenha sido até menos porcaria do que a maioria.
Algum dia desses você poderia me chamar para tomar uns drinques e se certificar de que eu fique completamente bêbada, por favor?
Selada com um beijo.
Com a amizade de,
Emily
bjs

8

Quarta-feira, 1º de agosto de 2001 era o décimo terceiro aniversário do divórcio de Claire e Philip. Não era uma ocasião que normalmente celebrassem, mas desta vez, já que ambos estavam em Londres — em um hotel em Charlotte Street para passar dois dias com Patrick — decidiram abrir uma exceção. Nenhum dos dois conhecia o nome dos restaurantes da moda na Londres daqueles dias, de modo que escolheram o Rules, em Covent Garden, que era mencionado em diversos guias turísticos.

Às oito horas, sentaram-se nas cadeiras revestidas de veludo pesado, estudaram os cardápios e prepararam-se para uma noite de carne vermelha, vegetais, molhos ricos e escuros e um clarete cor de ferrugem. Lá fora, nas ruas de Londres, era uma tarde densa e abafada, e o sol ainda aquecia as pedras da *piazza* e as mesas dos cafés nas calçadas. Dentro do restaurante, com uma luz baixa e uma atmosfera de cuidadosa formalidade, podiam estar jantando em um clube de cavalheiros em uma noite de outono dos anos 1930.

Patrick preferira ficar no hotel assistindo televisão. Não estavam habituados a conversar sem ele, ou tendo o luxo de poderem escolher qualquer assunto que lhes ocorresse. E responderam do modo que muitos casais casados — assim como os divorciados — respondem a esta situação.

— Acha que Patrick está bem? — Claire foi a primeira a perguntar. — Quero dizer, não parece estar se esforçando. Está muito largado para esses exames.

— Isso é porque está de férias! E, de qualquer forma, tem muitos meses para se preparar.
— Ele parece tão magro.
— Nós o alimentamos, você sabe disso. Há um tempo considerável. — Mais sincero, Philip acrescentou: — Não busque problemas onde não existem, Claire. A vida já é complicada o bastante.

Claire pensou naquele conselho com certo descrédito antes de perguntar:
— Ele alguma vez falou com você sobre Miriam?
Philip verificava a carta de vinhos.
— Para ser franco, ele não fala muito comigo.
— Creio que ele tem algo com ela.
— Como assim? — perguntou Philip, erguendo o olhar.
— Bem, no ano passado... na manhã da passeata por Longbridge, ele insistiu em pegar as coisas dela no sótão da casa de meu pai. Depois falamos do... desaparecimento dela. Na verdade, falamos muito a respeito. É claro, não falei com quem ela andava se encontrando. — Ela se interrompeu. — Desculpe, Philip, este assunto o está aborrecendo?

A atenção de Philip havia se perdido. Ele olhava para um homem jovem com cabelos escuros em um terno muito bem cortado, que havia atravessado o salão do restaurante e desaparecia escada acima, em direção aos salões privativos.
— Aquele era Paul — disse ele. — Paul Trotter. Tenho certeza.

Claire não pareceu muito interessada.
— Este provavelmente é o tipo de lugar aonde ele vem todo o tempo. Quer cumprimentá-lo? Eu com certeza não quero falar com ele.
— Não — disse Philip, voltando-se para ela novamente. — Perdão, continue o que estava dizendo.
— Eu estava dizendo — recomeçou Claire, muito irritada — que conversamos sobre o desaparecimento dela naquela ma-

nhã, e... bem, aquilo reavivou um bocado de coisas. Coisas que eu vinha tentando não pensar a respeito desde então... pelo bem de minha sanidade mais do que qualquer outra coisa, eu trilhei aquela estrada há muito tempo e tudo o que consegui foi... Phil, você está ouvindo ou não?

— Claro que estou — disse Philip, voltando a prestar atenção.

— Então qual é o seu problema? Seus olhos continuam longe.

— Desculpe. É que... — Ele tirou os óculos e esfregou os olhos em um gesto distraído. — Ver Paul agora... E ouvi-la falar de Miriam... Não sei, me fez lembrar de algo. Há algo no fundo de minha mente... alguma relação entre os dois. Vem e vai... sabe como é, como se fosse um *déjà vu*?

— Que tipo de relação? — perguntou Claire. Sua voz estava subitamente ansiosa.

— Não sei — disse Philip. — Como disse, vai e vem. — Ele voltou a pegar a carta de vinhos. — Não se preocupe, estou certo de que vai voltar.

Umas duas horas depois, Philip dizia:

— Quase terminei o artigo. Mas fui muito superficial. Essas organizações neonazistas são... você pode achar que são apenas uma minoria de lunáticos, gente que nega o Holocausto e esse tipo de coisas. Basicamente loucos. Mas depois você presta atenção no que está acontecendo no Norte nos últimos meses. Não apenas os conflitos raciais, o número de cadeiras no conselho que o BNP vem ganhando com toda essa intranqüilidade. Agora, o modo como o BNP está fazendo o seu marketing no momento é muito interessante. Eles têm observado o Novo Trabalhismo, suponho, e estão atrás do voto feminino e da classe média. Atualmente, metade de seus candidatos parece ser de mulheres. A diferença é que basta excluir o marketing e você se defronta com algo realmente horrível, como aquele CD. Mas os eleitores brancos em Burnley e Bradford não estão fazendo isso. Nós estamos muito habituados a ver o valor das coisas pela aparência. Não há mais espírito investigativo, somos apenas consumidores de política. Engolimos o que nos empurram. Portanto, isso tem a ver com o modo como o país está, como está toda a cultura. Você vê? Por isso tem de ser um livro. Posso pegar a extrema direita como ponto de partida, mas será muito mais do que isso.

— Parece fascinante. Tem tempo para tanto?

— Terei de arranjar tempo. Tenho de me mexer, Claire. Não posso continuar escrevendo "Na cidade com Philip Chase" por mais vinte anos. Todo mundo tem de mudar algum dia.

— Somos tão inquietos, não é mesmo? — disse Claire, quase aborrecida, como se toda a sua geração começasse a irritá-la naquele momento. — Nossos pais trabalharam nos mesmos lugares durante quarenta anos. Hoje em dia, ninguém consegue ficar quieto. Doug mudou de emprego. Eu mudei de emprego... e de país. Steve quer arranjar um novo trabalho. — Pensou um momento e acrescentou: — Sabe, só consigo pensar em uma pessoa que parece não se mexer.

— Benjamin — disse Philip, sem precisar perguntar.

— Benjamin — repetiu ela, baixinho, antes de beber um gole de café.

— Bem — disse Philip. — Pelo menos agora ele deu uma mexida no casamento.

Aquilo provocou uma risada curta.

— Mas ele não se mexeu, não é mesmo? Foi expulso. É típico dele. Ele cria uma situação impossível e, depois, simplesmente... leva-a a um estado intolerável até que a outra pessoa faça o trabalho sujo de acertar as coisas. — Sua raiva, se é que era raiva, rapidamente se dissipou e então ela perguntou, mais gentil: — Como ele está?

— Ah, está bem — disse Philip. (Benjamin mudara-se para a casa dele havia três dias.) — Fica no trabalho a maior parte do tempo, o que é um grande alívio. Como era de se esperar, está

um tanto abalado, mas acho que isso é apenas uma coisa de curto prazo. Continua a falar em se tornar monge.
— Monge? Ficou religioso de novo?
— Não. Acho que é mais uma escolha de estilo de vida.
— Pobre Benjamin. Quanto tempo vai ficar com você? Carol não se incomoda?
— Bem, certamente não está adorando. Mas ele pode ficar quanto tempo quiser.
— Eu me preocupo com ele — disse Claire o que, para Philip, era uma afirmação óbvia. — Você acha que algum dia ele vai terminar aquele livro? — perguntou. Então, lançou uma pergunta ainda mais perigosa: — Acha que o livro existe?
— Bem, vamos perguntar ao irmão dele — disse Philip, e levantou-se para saudar Paul, que passava novamente pelo restaurante a caminho da saída. — Paul! — chamou, estendendo-lhe a mão. — Philip Chase. *Birmingham Post* e, é claro, King William's School. Falamos ao telefone no ano passado. Como vai?

Paul apertou-lhe a mão frouxamente, evidentemente confuso com aquele encontro fortuito. Estava acompanhado por dois outros homens. Um deles era alto, grisalho, imponente: vestia-se como um homem de negócios mas a sua pele paradoxalmente sugeria predileção pela vida ao ar livre. Parecia não ser alheio a iate, clubes e praias jamaicanas, e aparentava ser no mínimo vinte anos mais velho do que Paul. O outro homem não apenas parecia ser ainda mais velho — era quase completamente careca — mas era muito corpulento, barriga de monárquica circunferência e olhos dardejantes, atentos, aparentemente pequenos por estarem profundamente mergulhados em um rosto carnudo de papuda rotundidade. Em um milhão de anos, Philip jamais o reconheceria. Mas foi este homem quem subitamente exclamou:
— Chase! Philip Chase, em carne e osso! O que diabos faz aqui?

Pouco a pouco Philip começou a reconhecê-lo e estendeu-lhe uma mão vacilante.
— Culpepper? — arriscou. — É você, certo?
— Claro. Meu Deus, será que mudei tanto assim? Poderia aquela ser a mesma pessoa que competira tão furiosamente com Steve pelo título de Victor Ludorum, o maior troféu esportivo da escola? A transformação era desconcertante.
— Não muito, só que você...
— Ah, eu sei. Com os anos acrescentei alguns centímetros à minha linha de cintura. E quem não acrescentou? Incomoda-se se nos juntarmos a vocês um ou dois minutos?

O outro homem foi-lhes apresentado como Michael Usborne, mas antes que alguém tivesse a chance de se sentar, Paul Trotter — parecendo subitamente desconfortável — olhou impaciente para o relógio e anunciou que tinha de ir. Nesse meio tempo, Culpepper sugeriu que, em vez de pedir mais drinques na mesa, fossem beber no bar do seu hotel, que ficava a poucos minutos de caminhada dali. Claire e Philip concordaram — impelidos (como admitiram um para o outro mais tarde) quase que inteiramente pela mórbida curiosidade de descobrir o que acontecera com aquela lendária *bête noire* de seus tempos de colégio.

Paul despediu-se dele na rua e guardou as palavras finais para Culpepper.
— Bem, divirta-se bebendo com seus amigos jornalistas.
Se havia uma dica implícita na frase, Culpepper pareceu ter percebido. Apertou solenemente a mão de Paul.

Mais tarde, enquanto atravessavam a Charing Cross Road em direção ao Centrepoint, não conseguiram falar em outra coisa senão na extraordinária mudança no aspecto físico de Culpepper.
— Eu não *acredito* — repetia Philip. — O cara era um dínamo na escola, não importando o que se pensasse dele.
— Então, o que aconteceu? Anos de almoços executivos com quatro pratos têm o seu preço, não acha?

— Deve ser. Ele parece fazer parte do quadro de no mínimo doze empresas, portanto suponho que isso represente doze vezes mais comida. De qualquer modo — disse ele, com uma voz gentilmente acusadora —, você mesma poderia ter perguntado a ele, não tivesse passado todo o tempo conversando com aquele capitão da indústria. Do que falavam durante todo aquele tempo?

— Achei-o um cara legal — disse Claire. — Um tanto adulador, mas nada muito evidente. Falamos de todo tipo de coisa. Ele teve muito azar nos últimos tempos. Nem mesmo tem um emprego atualmente.

— Claire, você sabe quem é Michael Usborne? Você não lê a seção de economia?

— Claro que não. Quem lê a seção de economia? Meu gato faz cocô em cima dela.

— Michael Usborne — disse Philip, enquanto se esquivavam de um grupo de adolescentes bêbados que gesticulavam com estardalhaço para o motorista de um táxi, que evidentemente não tinha a menor intenção de pegá-los como passageiros — era o presidente da Pantechnicon até o começo do ano. Era responsável por metade das ferrovias no Sudeste. É a segunda vez que dirige uma empresa ferroviária privatizada: sua especialidade é reduzir a força de trabalho, economizar com procedimentos de segurança e depois sair fora antes da bomba estourar, o que geralmente acontece alguns meses depois. Ele derrubou aquela empresa e acho que pagaram três milhões e meio para se livrarem dele. Antes disso ele estava no ramo das telecomunicações e fez exatamente a mesma coisa. E antes das telecomunicações foi uma destilaria. O homem é um *serial killer* de empresas.

Claire nada disse em resposta àquilo. Parou do lado de fora da vitrine de uma loja de eletrodomésticos e olhou para as brilhantes estantes de sistemas de som, *laptops* e DVDs. Ainda estava aberta, mesmo àquela hora, e um jovem de jeans, ainda adolescente, carregava caixas de papelão enquanto o amigo assinava um recibo de cartão de crédito. O *boom* do consumismo ainda estava no auge.

— Por que essas lojas ficam uma ao lado da outra, todas vendendo as mesmas coisas? — pensou em voz alta. — Não pode ser bom para os negócios.

Philip suspirou e perguntou:
— Ele estava dando em cima de você?
— O que isso lhe interessa? — disse ela. — Virou meu anjo da guarda de uma hora para a outra?
— Ele já foi casado quatro vezes.
— Duas vezes — corrigiu Claire. — Também me disse que sempre há lugar para um bom tradutor técnico, de modo que eu lhe dei o meu cartão de visita. — Algo mais lhe ocorreu: — Ah, sim, também me convidou para subir ao seu quarto de hotel. Mas eu respondi que não estava a fim.

— Velho sujo — murmurou Philip. — Pelo menos ele não pode importuná-la em Malvern.

— Engraçado, ele me disse que tem uma casa lá perto... em Ledbury — disse Claire. — E me convidou a passar o próximo fim de semana lá.

— Você não vai, não é?

Chegaram ao saguão de seu hotel. Claire foi até o elevador, apertou o botão do terceiro andar, voltou-se para Philip e disse com um tom de voz resoluto e enfastiado:

— Estou com quarenta e um anos de idade, você sabe disso, e posso tomar decisões por conta própria. Também sou solteira e, para ser honesta, ultimamente não tenho sido muito cantada. Talvez você tenha esquecido como isso é. Portanto, se algum sujeito bonitão que pareça ser boa companhia e que tenha uma casa perto da minha com não apenas uma e, sim, duas piscinas cobertas, quiser me convidar para eu ir até lá, seja qual for o motivo, cabe a mim decidir se vou ou não. Ainda por cima, não dou uma trepada há... bem... — Ela se interrompeu quando o elevador chegou. Ambos entraram e Claire não terminou a frase. Apenas disse: — Bem, há coisas que não se deve contar nem para o ex-marido.

Philip sorriu para ela com carinho, quase pedindo desculpas, e foram em silêncio até os seus quartos adjacentes. O quarto de Claire era duplo, e ela o dividia com Patrick.

— De qualquer forma — disse ela, remexendo a bolsa em busca do cartão eletrônico —, foi uma bela noite, muito obrigada.

— Também gostei. Dê um alô ao Patrick por mim. Eu o vejo no café da manhã.

— Direi, se ele ainda estiver acordado.

Era mais tarde do que ambos pensavam, quase 1:30 da manhã.

— Merda — disse Philip. — Fiquei de ligar para Carol esta noite. Saber como está Benjamin. — Então, ao mencionar o nome do amigo, lembrou-se de algo. — Aliás... quando o viu há algumas semanas, Benjamin falou alguma coisa sobre uma cabeleireira?

Claire interrompeu-se em meio ao gesto de abrir a porta.

— Sim, falou. Por quê, ele falou dela para você?

— Apenas que... bem, ele disse que foi vê-la na semana passada, tentou falar com ela e deu tudo errado. Aparentemente, não apenas não conseguiu cantá-la, não conseguiu cortar o cabelo, como também o gerente o proibiu de chegar a menos de cem metros do lugar.

— Proibiu? — disse Claire, incrédula. — Por quê, o que houve?

— Ele ficou nervoso, acho eu — disse Philip. — E às vezes, sabe, quando se fica nervoso, saem as palavras erradas.

— Mas tudo o que ele iria pedir era um corte e uma escova.

— A parte do "corte" saiu-lhe bem. — esclareceu Philip, impassível. — Foi a "escova" que lhe saiu mal.* — Ele balançou a

---

*Jogo de palavras intraduzível. Em vez de pedir "cut and blow dry", Benjamin pediu "cut and blow job" ou seja, "corte e boquete". (N. do T.)

cabeça e abriu a porta. — Acho que, na hora, ele tinha outra coisa em mente.

Durante a meia hora seguinte, ele e Claire ficaram deitados em suas camas ouvindo o outro rir do lado oposto da parede divisória.

7

----- Mensagem Original -----
De: P. Chase
Para: Claire
Enviada: Quinta-feira, 9 de agosto de 2001 10:27
Assunto: *Déjà vu*

Foi ótimo vê-la semana passada. Devemos comemorar o doloroso e devastador rompimento de nosso laço matrimonial com mais freqüência. E que curiosa surpresa encontrar Culpepper naquela noite. Pareceu tão feliz em nos ver que, por um instante, eu o vi como nada mais do que um velho chato e inofensivo — até eu me lembrar que filho-da-puta ele fora na escola, e como transformou a vida de Steve um inferno, antes de qualquer coisa. Isso mostra o quanto a nostalgia pode ser perigosa, aparando as arestas dos fatos para torná-los algo mais palatáveis, mais suaves...

De qualquer modo estou escrevendo este e-mail por uma razão específica: só esta manhã eu me lembrei do que "não conseguia" me lembrar na outra noite a respeito de Paul Trotter e Miriam. E agora que me lembrei, me parece um tanto embaraçoso e, de certo modo, impensável deixar isso passar sem ser mencionado. Da mesma forma, não estou certo de que deva encorajá-la (ou a Patrick) a ficarem obcecados com este assunto. Algumas coisas simplesmente

devem ser deixadas de lado, e nós devemos traçar uma
linha firme sobre elas.

De qualquer modo, foi o seguinte: certo dia, Benjamin e eu
estávamos passeando e nos perdemos — como fazíamos
todas as semanas, como bem me lembro. Não digo que
tenhamos feito muito esforço para nos encontrarmos com
os outros — minha lembrança é a de que levamos alguma
comida conosco, possivelmente alguma cerveja, e
acabamos nos sentando e fazendo um piquenique. Foi
quando Paul apareceu, de bicicleta. Supostamente ele
estava doente em casa naquele dia, embora aquilo não o
impedisse de continuar treinando para o Tour de France
para cima e para baixo nas colinas Lickey.

Benjamin e eu estávamos tendo um daqueles "papos de
homem" sobre as mulheres. Ambos admitíamos como era
triste o fato de nenhum de nós ter visto uma mulher nua, a
não ser na tevê. Foi quando (ao menos é assim que me
lembro) Paul apareceu e nos deixou pasmos ao dizer que
"ele" já havia visto uma mulher nua — e então mencionou
a sua irmã, Miriam.

Eu não daria qualquer atenção àquilo pois ele poderia
estar inventando ou se referindo a alguma espiadela que
dera no banheiro das meninas na escola (eu não poria
nada na frente dele naquela época), não fosse por um
detalhe peculiar. Lembre-se de que estamos falando de
uma conversa que aconteceu provavelmente há vinte e
cinco anos, de modo que minha memória não será muito
clara; mas por outro lado, não pensei mais naquilo desde
então, o que significa que a lembrança não foi distorcida
ou reinventada pela minha mente. E minha lembrança é a
de que ele a vira na represa — uma represa perto de
Cofton Park. Creio que se referia àquela represa na Barnt
Green Road.

Isso é uma coisa muito estranha de se inventar, não acha? Ben e eu apenas achamos que ele estivesse de onda e não demos bola para o que estava falando. Se ele não fosse um grande babaca, pelo menos teríamos "registrado" aquilo. Na hora, achei que era uma história que ele estava inventando. O que estou tentando agora é me lembrar da data do ocorrido.

Quero dizer, não tenho como saber quando Paul havia tido a sua experiência (se é que fora uma experiência real), mas penso poder dizer, com alguma certeza, quando ele nos disse aquilo. Quando chegou de bicicleta, estava cantando "Anarchy in the UK", lembro-me disso com total clareza — portanto não foi antes do outono de 1976. Dois anos depois do desaparecimento de Miriam. Pode ter sido alguns meses antes disso porque acho que Benjamin já estava enrolado com Cicely àquela altura, o que nos colocaria logo após a sua famosa resenha da peça *Otelo*, no início da primavera de 1977.

Benjamin deve se lembrar mais a respeito disso. Vou perguntar a ele quando voltar do trabalho hoje à noite. (Veja, é difícil falar qualquer coisa com ele atualmente que não seja o estado lastimável em que está a vida dele.) Como alternativa, você poderia ir diretamente a Paul e tirar isso da boca do próprio. Neste caso, é melhor você falar com ele.

Veja, provavelmente eu esteja fazendo tempestade em copo d'água. Chego a me sentir culpado enviando-lhe esta mensagem. Espero que não volte a levá-la a algum tipo de pista falsa e reavive coisas que você tenta manter guardadas com tanta dificuldade há anos. Não vá com muita sede atrás disso, Claire, OK? Pense no que está se metendo. Tire alguns dias e tente decidir se realmente quer seguir esta estrada novamente.

Cuide-se,
com grande amor,
bj Phil

----- Mensagem Original -----
De: Claire
Para: P_Chase
Enviada: Quinta-feira, 9 de agosto de 2001 11:10
Assunto: Re: *Déjà vu*

Oi Phil, obrigada.
Poderia me dar o telefone de Paul Trotter por favor?
Muito amor
bj Claire

— Alô?
— Alô. Estou falando com Claire Newman?
— Sim, você é...
— Paul Trotter.
— Ah. Olá.
— Estou ligando em boa hora? Você está só?
— Hã... sim, é uma boa hora. E, sim, estou só.
— Ouvi a sua mensagem em minha secretária eletrônica.
— Bom. Bem... foi onde eu a deixei.
— Certo.
— Foi legal vê-lo novamente, naquele dia.
— Como é?
— Em Londres... há algumas semanas... no restaurante? Foi legal vê-lo novamente.
— Ah, sim. Você também. Então nós... já nos vimos antes, não é mesmo?
— Bem... na escola, obviamente.
— Ah! Escola! Claro. Pensei que você pudesse ser...

— Não creio que tenhamos nos visto desde então. Estive fora do país muito tempo.
— A mensagem que deixou era bastante fora do comum.
— Hã... Sim, perdoe-me por isso. Talvez fosse boa idéia... Talvez fosse uma idéia ainda melhor explicar tudo pessoalmente.
— Não estou certo de poder ajudá-la.
— Não. Bem, é claro que compreendo.
— Seu marido, Philip...
— Ex. Ele é meu ex-marido.
— Ah. Ex-marido. Não sabia. Tive a impressão de que comemoravam o seu aniversário de casamento.
— E comemorávamos... de certo modo. É uma longa história. Nada relevante.
— Seu marido é jornalista, não é mesmo?
— Não sou casada.
— Refiro-me ao seu ex-marido.
— Sim. É verdade. Jornalista.
— E foi ele quem lhe deu meu número?
— Sim.
— Ele está aí com você?
— Não tem ninguém aqui. Estou só. Não sou mais casada. Philip mora em Birmingham, eu moro em Malvern. Não há ninguém mais aqui.
— Desculpe se pareço paranóico. Tenho problemas com jornalistas.
— Isso nada tem a ver com Philip. Estou tentando descobrir algo de interesse... pessoal.
— Sei.
— Fica mais fácil assim?
— Talvez. Possivelmente. Mas, como disse, não sei se serei de muita ajuda para você.
— Você se lembra de minha irmã, suponho? Lembra da história de seu desaparecimento?
— Claro.

— É que Philip lembrou-se de algo que você disse para ele. Algo sobre tê-la visto...
— Sim, ouvi a sua mensagem. Não me lembro de ter dito isso.
— Não. Claro que não. Faz muito tempo.
— Mas eu me lembro do... incidente em si.
— Lembra? Mas... de que incidente?
— Lembro-me de ter visto a sua irmã... na represa.
— Pode me dizer algo...?
— Devo pedir que me esclareça, Claire. Você tem alguma intenção de levar esta informação ao domínio público?
— Nenhuma.
— Tenho a sua palavra?
— Sim. Estou fazendo isso por mim mesma. É a única razão.
— Está bem, então. É verdade... creio eu... que vi sua irmã certa tarde. Estava ficando escuro e eu pedalava pelo Cofton Park. Era depois da escola e eu estava voltando para casa.
— Estudava na King William's?
— Creio que não. Acho que ainda estava na escola primária.
— Como ela estava?
— Estava sem roupa.
— Nenhuma roupa?
— Nenhuma. Disso eu me lembro.
— Quando foi isso? Que época do ano?
— Era inverno.
— Estava só?
— Não. Havia um homem com ela.
— Um homem?
— Sim. Como disse, estava ficando escuro e eu não podia enxergar muito bem. Foi a palidez do corpo dela que me chamou a atenção entre os arbustos. Saltei da bicicleta e me aproximei. Ao me aproximar vi um homem com ela. Ele se virou e olhou para mim. Fiquei com medo, corri para a minha bicicleta e pedalei de volta para casa.

— Você não contou isso para ninguém? Por que não?
— Fiquei com medo.
— Minha irmã... Ela estava viva?
— Não sei. Na hora pensei que sim. Pensei que ela e o homem estavam fazendo sexo... que era isso que faziam ali na represa.
— Ele também estava nu?
— Não. Não creio.
— Por que não disse isso para alguém depois que minha irmã desapareceu?
— Não soube do desaparecimento dela durante algum tempo. Dois ou três anos, ao menos, creio eu. Não foi comentado em nossa casa. Por volta da mesma época tivemos a nossa própria tragédia familiar.
— Lembra-se de ter encontrado Miriam e eu certa manhã no café de Rednal, no ponto final do 62? Você e seu irmão haviam acabado de sair da igreja.
— Não, não me lembro.
— Pergunto a mim mesma se aquilo foi antes ou depois de tê-la visto na represa.
— Nunca mais a vi depois de tê-la visto na represa.
— Está certo disso?
— Sim.
— Então deve ter sido antes.
— Sim. Penso que sim.
— OK, tudo bem, há muito em que preciso pensar...
— Já contei tudo o que sei.
— Sim. Obrigada.
— Não vejo por que continuarmos esta conversa.
— Não. Não há necessidade. Obrigada. Você foi muito...
— Tudo que disse o fiz sob extrema confiança. Você compreende, não é?
— Sim, é claro.

— Bom. Vou lembrar que disse isso. Adeus, então.
— Adeus. Você...?

----- Mensagem Original -----
De: Doug Anderton
Para: Claire
Enviada: Segunda-feira, 20 de agosto de 2001 20:53
Assunto: Documentos

Querida Claire

Essa me pegou de surpresa. Dupla surpresa, primeiro voltar a ouvir falar de você, depois o seu pedido inesperado.

Perdoe eu ter demorado alguns dias para responder. Engraçado, por coincidência eu estava em casa de minha mãe. Bem, na verdade não há nada de engraçado nisso. Há cerca de uns dez dias ela teve um grave derrame. Estávamos de férias em Umbra e tive de voltar correndo. Ela perdeu os movimentos de metade do corpo, não pode falar e nem se mover. Ficou caída no chão da sala de estar de sua casa durante dezoito horas. Por sorte o vizinho tinha combinado de vir na tarde seguinte. Mamãe é dura na queda, uma verdadeira guerreira — mas ficou apavorada, como pode imaginar.

Saiu do hospital há quatro dias (hoje em dia eles não vêem a hora de você ir embora do hospital) e tenho ficado na casa dela desde então. Cheguei a Londres há algumas horas e acabo de ler os meus e-mails. Minha mãe não está em condições de ver ninguém no momento. Talvez dentro de algumas semanas possa receber visitas. Até lá, teremos uma assistente social que ficará com ela de tarde, além de minhas visitas de tempos em tempos.

Eu lhe aviso quando ela puder ter visitas. Mas devo adverti-la de que os documentos de que fala não são mexidos desde a morte de meu pai e estão todos lá em cima, no que costumava ser o meu quarto. (Já foi lá? Não, creio que não. Nunca consegui convencê-la a entrar naquele antro de iniqüidades. Ah, as chances que perdi!) E duvido que haja algo sobre a sua irmã ali. Eu não sabia que ela e meu pai estiveram juntos em um comitê de caridade. Deve haver alguns documentos a esse respeito, creio eu. Não sei exatamente o que procura — mas talvez você também não saiba. Suponho que qualquer coisa que encontre se torne uma pista, do modo mais inesperado.

De qualquer modo, agüente a curiosidade mais um tempo que eu lhe digo quando der para você aparecer. Até lá, você costuma vir a Londres de vez em quando? Seria ótimo beber com você. Sou um homem muito bem casado, como sabe, de modo que não haveria o risco de eu lhe fazer gracinhas a não ser que você as requisitasse especificamente.

Bjs
Doug.

----- Mensagem Original -----
De: Doug Anderton
Para: Claire
Enviada: Sexta-feira, 7 de setembro de 2001, 22:09
Re: Visita a Rednal

Querida Claire

Acabo de voltar de uma visita de alguns dias à minha mãe. Ela ainda está em estado lastimável, mas bem mais forte do que da última vez em que eu lhe escrevi. Disse-lhe que você queria visitá-la e ela disse (pelo que pude entender pois ainda é muito difícil compreender o que ela diz) que ela gostaria de vê-la. Disse-lhe que você gostaria de dar uma olhada nos documentos de papai e ela disse que você iria sofrer, o que é verdade. Fui lá ver e é mesmo um pesadelo. Umas cinqüenta caixas de papelão cheias de coisas. Vá e dê uma olhada se quiser, mas vai dar um trabalhão. — está tudo fora de ordem. Há anos penso em doar aquilo para o Modern Records Centre da Universidade de Warwick — eles têm um grande arquivo de documentos sindicais — e isso me fez tomar a iniciativa de fazê-lo. Liguei para eles e vão mandar um sujeito para ver o material no fim da semana.

Se quiser dar uma olhada antes dele, por que não dá uma passada por lá no começo da semana? Mamãe tem médico na segunda, portanto terça-feira seria um bom dia. Qualquer hora à tarde seria ideal.

Diga-me como se saiu. E como acha que ela está!

Com amor
Doug

----- Mensagem Original -----
De: Claire
Para: Doug Anderton
Enviada: Terça-feira, 11 de setembro de 2001 23:18
Assunto: Re: Visita a Rednal

Caro Doug

Estava certo — não há como eu encontrar alguma coisa naquelas caixas. Não do modo como estão arrumadas. Agulha no palheiro. Estive lá apenas quinze minutos e logo vi que seria inútil. Ainda assim, obrigada por ter me deixado ir até lá. Terei de esperar que o material seja selecionado e arquivado e depois darei outra olhada caso esteja tudo bem.

De qualquer modo, isso não parece muito importante agora. De repente, nada mais parece muito importante, não é? Ficou grudado na tevê a tarde inteira, como eu fiquei?

Sua mãe parece estar bem. Considerando o que você me disse, acho que ela se recuperou incrivelmente. Às vezes parece um pouco confusa. Quando desci de seu quarto, às quatro da tarde, ela estava vendo aquelas imagens chocantes e a princípio achou que fosse um desses filmes horríveis que passam de tarde. Ela viu as pessoas se jogando das janelas e disse que não deviam mostrar aquelas coisas antes das nove da noite. Mas logo ela se deu conta de que era real.

Assistimos às notícias juntas durante cerca de duas horas. Devo dizer que ela estava muito mais calma do que eu. Por algum motivo, chorei diversas vezes. Mas tudo o que a sua mãe disse é que lamentava pelos mortos e que os Estados Unidos iriam armar uma grande vingança. Perguntei o que queria dizer e ela não respondeu. No fim, só disse estar feliz por saber que não estará por perto para saber o que acontecerá a seguir.

Disse-lhe para não ser boba. O que mais podia dizer?

Tempos incríveis.

Amor
Claire.

6

Talvez o segredo fosse viver o momento. Ou tentar descobrir um meio de fazê-lo. Afinal de contas, não fora ele quem acreditara certa vez que "há momentos na vida que valem mundos"? E não era este um desses momentos, desde que encarado de certo ponto de vista? O sol brilhava. Era um sol brilhante e nítido de uma manhã de fins de outubro. Seus raios refletiam na água, produzindo padrões fantásticos de luz na atmosfera enquanto as ondas arrebentavam contra a praia.

Eram dez horas, com a perspectiva de todo um dia de lazer pela frente. Completando tudo isso, estava sentado em uma mesa de madeira, de frente para o mar, com um *cappuccino* em mãos e na companhia de uma bela e elegante mulher de dezoito anos que, nos últimos dias, estivera agarrada a ele, bebendo cada uma de suas palavras e, neste exato momento, o olhava com admiração e amor sincero. Conseguia sentir os olhares invejosos de cada homem de meia-idade naquele café. Por um lado, o fato de ela ser a sua sobrinha em vez de namorada era um detalhe infeliz. Mas, afinal de contas, você não pode ter tudo. A vida nunca é perfeita. Benjamin aprendera estas simples verdades havia alguns anos.

Estavam no outono de 2002, e ele estava separado de Emily já havia quinze meses.

— Três semanas, foi tudo o que demorou — queixava-se Benjamin para Sophie. — Três semanas para começar a sair com o maldito administrador da igreja. Da última vez que ouvi falar, soube que ele se mudou para a casa dela. Mora na minha casa.

Sophie deu um gole em seu *cappuccino* e nada disse, limitando-se a sorrir para ele com ternos olhos castanho-claros que, de algum modo inexplicável, o fizeram sentir-se melhor imediatamente.

— Eu sei, ela tem direito de ser feliz — disse Benjamin, meio para si próprio, olhando para o mar. — Deus sabe, eu não me ressinto por isso. Certamente eu não a estava fazendo feliz. No fim, pelo menos, não estava.

— E você também está feliz, não é? — perguntou Sophie.
— Você gosta de estar só. Foi o que sempre quis.
— Sim — disse Benjamin com tristeza. — Sim, é verdade.
— Claro que é — insistiu Sophie, respondendo à falta de convicção na voz dele. — As pessoas sempre disseram isso de você. É uma das coisas que sempre invejaram em você. Mesmo quando estava na escola. Não foi Cicely quem disse isso certa vez? Algo a respeito de não querer se meter em um trem com você porque você nunca diz grande coisa, mesmo estando convicta de que você era um gênio e que o mundo iria reconhecê-lo algum dia?

— Sim — disse Benjamin, para quem a lembrança daquela conversa jamais se apagou. — Isso também é verdade.

Àquela altura ele já parara de se surpreender com o conhecimento exaustivo e a aparente facilidade que tinha Sophie de se lembrar de quase tudo que acontecera com ele na escola. A princípio, achou aquilo espantoso. Agora, estava habituado ao que considerava apenas mais uma das facetas de uma personalidade que, quanto mais ele conhecia, mais se revelava singular em todos os aspectos.

Havia algum tempo, Sophie explicara a Benjamin como ficara sabendo tão bem de suas histórias de infância. Ela as ouvira através de sua mãe, quando tinha nove ou dez anos de idade. Lois havia acabado de começar a trabalhar na Universidade de

York. Seu marido, Christopher, ainda advogava em Birmingham. Durante mais de um ano viveram em casas separadas, e quase toda sexta-feira durante aquele tempo, Lois e sua filha iam de carro até Birmingham, voltando a York na noite de domingo para que Sophie pudesse ir à escola na manhã seguinte. E foi nessas viagens de três horas, indo e voltando para Birmingham, que Lois costumava passar o tempo contando para a filha tudo o que podia lembrar de Benjamin em seus tempos de escola.

— Mas como Lois conseguiu saber tanto sobre mim? — quis saber Benjamin. — Quero dizer, ela nem mesmo estava lá. Esteve em um hospital durante um tempão.

— Exato! — respondeu Sophie, olhos brilhando. — Não se lembra? Ela ouviu tudo isso de você. Todo sábado você vinha visitá-la e levá-la para caminhar, e contava tudo o que tinha acontecido na escola durante a semana.

— Quer dizer que... ela ouvia aquilo tudo? Compreendia tudo? Não achava que ela estivesse ouvindo. Ela nunca me disse uma palavra sequer durante as caminhadas.

— Ela ouvia tudo. E lembrava-se de tudo, também.

Freqüentemente, durante as noites longas e insones que se tornaram um dos muitos aspectos depressivos de sua nova vida de solteiro, Benjamin envergonhava-se de ter se esquecido de que ele e Lois haviam sido tão próximos naquela época. Era o mais estranho de todos os paradoxos: justo quando a sua irmã ainda estava em choque pós-traumático, muda, aparentemente insana, os laços entre eles estiveram mais fortes. Por mais distante que parecesse, por mais inatingível, ela na verdade jamais fora tão devotada a ele, jamais fora tão dependente. O Clube dos Podres, como se chamavam: "Bent" e "Lowest" Rotter.

Contudo, uma vez que ela começou a se recuperar, eles começaram a se separar. Assim que Lois conheceu Christopher, a separação se acelerou, até se tornarem tão formais e distantes um do outro como... bem, as coisas nunca ficaram tão ruins quando como entre ele e Paul, obviamente. Mas, ainda assim, ele não sentia qualquer simpatia particular pela irmã. Não mais conseguia recobrar aquela sensação de proximidade, não importando quanto tenha tentado. Talvez algum processo de transferência traiçoeiro tenha ocorrido sem que ele percebesse e a afinidade que outrora sentira em relação a Lois estivesse sendo gradualmente substituída por sua crescente e cada vez mais profunda afinidade com Sophie. Isso seria satisfatório, em certo sentido. Teria algo a ver com a simetria que ele passara a maior parte da vida buscando em vão: a sensação de um círculo se fechando.

— É incrível como você se lembra de tudo isso — disse ele.
— Você é uma enciclopédia ambulante do meu passado.
— Alguém tem de registrar as coisas — disse ela, sorrindo enigmaticamente.

Terminaram o café e começaram a caminhar em direção ao mar. Estavam em Hive Beach, em Dorset, alguns quilômetros ao sul de Bridport. Benjamin vira aquela praia e aquele café na tarde da véspera quando toda a família — incluindo Lois e seus pais — passaram de carro por ali.

— Ótimo lugar para se tomar café da manhã — observara, falando para ninguém em particular. Mas foi Sophie quem o despertou às oito horas da manhã do dia seguinte e disse:

— Vamos tomar café da manhã na praia!

Foi assim que ambos acabaram ali, juntos — fugitivos, parceiros — enquanto os outros eram deixados para trás, olhos cansados, para lutarem na casa alugada contra torradeiras pouco familiares e um sistema de encanamento rebelde.

— Você alguma vez visitou o *FriendsReunited*? — perguntou Sophie enquanto Benjamin vasculhava a praia em busca de pedrinhas.

— De vez em quando — disse ele casualmente. Na verdade, ele verificava o site pelo menos uma vez por semana, às vezes diariamente, para ver se Cicely se registrara. — Por que pergunta?

— Ah, só estava pensando se você sabe o que aconteceu com toda aquela gente. Como Dickie... aquele que tinha uma mochila com quem vocês faziam sexo todas as manhãs.

— Richard Campbell... — lembrou-se Benjamin em voz alta, ao se aproximar da água e obter um satisfatório placar de doze ricochetes com a primeira pedra. — Provavelmente já deve ter entrado e saído da terapia uma dúzia de vezes a essa altura. — Voltou-se para Sophie, que se curvara contra o vento de outono vestindo um comprido sobretudo escarlate e um cachecol de *cashmere* azul ao redor do pescoço. — Quer saber? Acho que você vai acabar se tornando a escritora da família. Nunca conheci alguém com tanto interesse em histórias. Você tem... — atirou outra pedra — ...um senso de narrativa muito desenvolvido.

Sophie riu.

— Aposto que diz o mesmo para todas as garotas.

— Na verdade, disse isso como um elogio.

— Vindo de você, Benjamin, de fato é. — Ela pegou uma pedra da mão de Benjamin e a arremessou. Afundou imediata e ruidosamente na água. — De qualquer forma, não é verdade. Só me interesso por gente, isso é tudo.

— Não... é mais que isso. Quero dizer, quanto tempo você passou lendo aqueles diários na noite passada? Não conseguimos afastá-la dali.

Benjamin, Lois, seus pais e Sophie estavam passando uma semana em um castelo do século XV a alguns quilômetros a leste de Dorchester, alugado pela Landmark Trust. Ao chegarem, encontraram em uma gaveta, entre velhos quebra-cabeças, baralhos e folhetos turísticos, quatro grossos diários, cada um deles com diversas centenas de páginas, encadernados em papel pergaminho verde, registrando as experiências de cada visitante do castelo nos últimos vinte anos. As pessoas que passaram por ali pareciam ser, de modo geral, um tipo de gente muito particular: conservadora em seus valores e intelectual, mesmo em sua busca pelo lazer. Sophie pegara os diários apenas por curiosidade momentânea, mas logo começou a achá-los fascinantes, quando menos como documentos sociais.

— Se algum dia eu me tornar terapeuta — disse ela —, vou usar este troço como fonte de material. O que temos aqui é o registro de décadas de abuso sistemático. Crianças impotentes sob o capricho de pais que não as deixavam fazer outra coisa durante uma semana além de tecer tapeçarias e cantar madrigais. Dá pra imaginar? Um sujeito aqui diz que vestiu o filho de oito anos em estilo Tudor e passou quatro dias tentando aprender a tocar "Greensleeves" na sacabuxa. Como acha que ele vai ser quando crescer? O que aconteceu com os Gameboys e Playstations? Será que essa gente não faz nada de normal, como ver tevê ou ir ao McDonald's?

— E quanto àquele casal, o que você leu para mim ontem à noite?

— O sadomasoquista? O que se queixou de não haver um calabouço adequado e deixou o endereço de um lugar em Weymouth que vende armaduras de metal e ferros de marcar?

— E a mulher dele parecia ser tão doce. Colocou algumas flores entre as páginas do diário, e escreveu um pequeno poema: "Soneto ao castelo". Aquele com vinte e três versos.

— Há gente de todo tipo, Benjamin. Toda vida humana está nestes livros.

— Espero que não. Deus nos ajude se isso for verdade.

Esperou um intervalo entre duas ondas, então atirou na água a última pedra. Depois disso, seguiram em frente, para o oeste, afastando-se do café e do estacionamento, em direção à face pedregosa e estriada do penhasco. Caminhando ao acaso, desequilibrados pelas lufadas de vento, tropeçando nos seixos desnivelados, às vezes chocando-se um contra o outro, e seria natural que, nestes momentos, Benjamin segurasse Sophie e a abraçasse. Um abraço neutro, próprio dos tios? Podia confiar em si mesmo e manter as coisas assim? Ele vivia lembrando a si mesmo que sua sobrinha — que lhe parecia uma mulher adulta e muito sofisticada — ainda cursava o último ano da escola. Estas eram as suas férias de meio de ano. Tinha de lembrar desses fatos. E lembrar, também, que Sophie e Lois iriam voltar a York dentro de dois dias, na sexta-feira. Enquanto isso, devia tentar saborear o prazer — o efêmero prazer — de sua companhia. Era isso que importava. Saborear o momento.

O castelo que alugaram por uma semana era dominado por uma sala de estar cavernosa, que nunca parecia adequadamente iluminada e quente. Ali, o pai de Benjamin, Colin, passava a maior parte do dia, lendo jornais ou jogando baralho ou Banco Imobiliário com Lois, enquanto Sheila ocupava-se na cozinha, lavando, esquentando a chaleira, fazendo chá, preparando refeições, passando o tempo exatamente como o fizera nos últimos cinqüenta anos. Às vezes, saíam para passear, ficavam com muito frio e voltavam. Então, acendiam a lareira, bebiam chá, ficavam extremamente quentes e saíam para passear de novo. Sempre pareceu a Benjamin que seus pais viviam uma vida que não envolvia nada mais dramático do que mudanças regulares na temperatura de seus corpos.

Dos seis quartos, dois já haviam sido ocupados por Benjamin: um para dormir, outro para acomodar papéis e equipamento de gravação. Seus pais limitaram-se a observar, incrédulos, quando ele apareceu na segunda-feira pela manhã com um carro lotado de caixas de papelão e estojos de instrumentos. Trouxera um iBook da Apple, uma mesa de mixagem digital Yamaha com dezesseis canais, dois microfones, guitarras elétricas, violões, quatro teclados Midi e uma mesa de som.

— Pensei que você estivesse escrevendo um livro — disse Colin. — Do que mais precisa além de caneta e um pouco de papel?

— É um pouco mais complicado do que isso, papai — respondeu Benjamin, sem se incomodar em explicar qualquer outra coisa. Desistira de tentar fazê-los entender.

Naquela tarde, após caminharem pela praia, Sophie foi até o seu quarto de trabalho, sentou-se na cama e anunciou:

— Estou na metade do segundo diário. Não consigo ler mais. Essa gente está me virando a cabeça.

— Espere um pouco — disse Benjamin. Ele clicava repetidamente com o mouse, olhos fixos no monitor, controlando um *software*. — Tem um ruído estranho neste sample de flauta. Estou tentando encontrá-lo e me livrar dele. — Rolou a tela mais um tempo e depois se afastou com um suspiro. — Bem. Isso pode esperar.

— Então, vai me dizer o que faz aqui? — perguntou Sophie.

— Assim como o vovô, tinha a impressão de que trabalhava em um livro.

— É um livro — disse Benjamin. — Veja... caso não acredite em mim, ali está.

Apontou para um canto do quarto onde havia duas caixas de papelão transbordando de manuscritos. Sophie agachou-se diante delas e, buscando a permissão nos olhos do tio, pegou uma pilha de páginas e começou a folheá-las.

— Deve haver umas dez mil páginas aqui — disse ela.

— Bem, isso é porque guardei todos os rascunhos — disse Benjamin. —Todo o meu material de pesquisa também está aí, assim como coisas que escrevi quando era estudante e meus diários recentes. Ainda assim, vai ser um livro grande.

— Então este livro é sobre você, certo? É um tipo de autobiografia.

— Não, não é. Pelo menos, espero que não seja.

— Então é sobre o quê? — Ela riu. — Esta é uma pergunta idiota que você odeia quando as pessoas fazem?

Normalmente, Benjamin odiava quando faziam aquela pergunta para ele. (Não que muita gente a fizesse atualmente.) Mas,

por alguma razão, ele estava bem feliz por tentar explicar aquilo para Sophie.
— Bem... — disse ele — Chama-se *Inquietação*, e trata dos acontecimentos políticos dos últimos trinta anos, e como se relacionam com... acontecimentos da minha vida.

Sophie meneou a cabeça, incerta.

— De certo modo, é mais fácil falar sobre a forma. Quer dizer, o que estou tentando alcançar formalmente... isso soa pretensioso, eu sei... louco na verdade... é uma nova forma de combinar texto, texto impresso, com a palavra falada. É um romance com música, compreende?

— Como funciona? — perguntou Sophie.

— Bem, além disso... — disse Benjamin folheando o manuscrito — ...haverá um CD-Rom. E algumas passagens terão de ser lidas na tela do seu computador. O texto rola a intervalos que eu mesmo programei. De vez em quando, correrá em velocidade de leitura normal. Outras vezes, haverá apenas uma ou duas palavras na tela... certas passagens do texto ativam trechos de música, que também tocarão no computador.

— Foi você que compôs esses trechos de música?

— Exato. — Nervoso com o silêncio dela, pela solenidade com que ela o olhava, ele disse: — Parece loucura, não é mesmo? Sei que sim. Talvez seja loucura. Talvez eu esteja louco.

— Não, não, de modo algum. Parece absolutamente fascinante. Só que é difícil entender sem... sem ler alguma coisa.

— Não estou pronto para mostrar o texto — disse Benjamin, que se apressou em pegar a página de manuscrito, que ela prontamente lhe devolveu.

— Não. Eu acredito.

Mas ela pareceu ter ficado muito desapontada; e Benjamin não queria desapontá-la. Fazia anos que alguém não se interessava por ele desta maneira. Sentia-se muito grato e em débito com ela, e sabia que teria de retribuir de algum modo.

— Pode ouvir um pouco da música, se quiser — arriscou.

— É mesmo? Adoraria.
— OK, então.

Com alguns cliques abriu uma pasta de arquivos .wav, rolou a lista de títulos e selecionou um com um clique duplo. Aumentou o volume dos alto-falantes do computador e depois sentou-se na cadeira, braços cruzados, tenso. Lembrou-se da vez em que tocara para Cicely uma de suas músicas e tudo o que ela percebeu foi que havia um gato miando no fundo da gravação.

Mas Sophie era melhor ouvinte.

— Isso é lindo — disse ela, após um ou dois minutos. A música era complexa e repetitiva, lembrando a *systems music*, porém com mais mudanças de acordes. Não havia linha melódica: fragmentos de melodia irrompiam ocasionalmente, em solos de guitarra ou de cordas e flautas sintetizadas, antes de submergirem novamente, absorvidas pela textura densamente contrapontual. Tais melodias não desenvolvidas eram modais, como trechos de uma canção folclórica. Harmonicamente, havia uma ênfase em sétimas e nonas menores, dando à peça uma melancolia implícita. Ao mesmo tempo, porém, um padrão subjacente de acordes crescentes sugeria otimismo, um olhar esperançoso fixado no futuro distante.

Após um tempo Sophie disse:

— Parece um pouco com aquele disco que você deu para a mamãe faz tantos anos.

— Hatfield and the North? Sim, é provável. De fato, este tipo de música que escolhi imitar não é muito atual.

— Não, mas funciona. Funciona com você. Soa... triste e alegre ao mesmo tempo. — Uma nova idéia melódica surgiu e ela disse: — Reconheço isso. Você roubou uma canção famosa aqui, não é?

— É Cole Porter, "I Get A Kick Out Of You". — Benjamin abaixou um pouco o volume e explicou: — Isso vai com uma passagem sobre as bombas nos *pubs* em Birmingham. Não sei se

a sua mãe contou, mas... esta era a música que estava tocando quando a bomba explodiu.
— Não — disse Sophie, olhando para baixo. — Não, ela nunca me disse isso.
— Durante anos ela não conseguiu ouvir esta música. Fazia com que ficasse completamente louca. Provavelmente já superou isso. — Benjamin deu um clique no mouse e desligou a música. — Bem, creio que basta para dar-lhe uma idéia.
Ele se ajoelhou junto à caixa de manuscritos e guardou os papéis. Enquanto ele estava de costas, Sophie disse:
— Vai ser fantástico, Ben. Sei que vai. Vai fazer as pessoas vibrarem. Só estou preocupada por ser tão... grande. Será que vai acabar algum dia?
— Não sei. Pensei que, quando começasse a morar sozinho ficaria menos dispersivo. Mas parece que tudo o que faço agora é navegar na internet e ver tevê. No verão eu finalmente abandonei o meu emprego, mas isso também não facilitou as coisas. Apenas pareceu desestruturar toda a minha vida.
— Pode agüentar mais tempo, sem dinheiro entrando?
— Mais alguns meses.
— Você *tem* de terminar. Há quanto tempo está nisso? Você *tem* de terminar.
— E se ninguém quiser publicar? — disse Benjamin, recostando-se na cadeira. — De qualquer modo, envio para um editor ou para uma gravadora? Será que alguém vai se interessar? Alguém quer saber dessas coisas? Sou um homem de meia-idade, classe média, branco, que estudou numa escola pública em Oxbridge. Será que o mundo já não se cansou de ouvir falar de gente como eu? Já não tivemos a nossa chance? Não é hora de nos calarmos e darmos espaço para outras pessoas? Estarei me enganando com a idéia de que estou fazendo algo importante? Será que não estou apenas remexendo as brasas de minha vidinha e tentando atiçá-las com algo significativo metendo um bocado de política no meio? E quanto ao 11 de Setembro? Como

abrir espaço para algo assim no meu livro? Não escrevo uma palavra desde que aquilo aconteceu, ou após os americanos terem invadido o Afeganistão. Subitamente, tudo o que eu fazia pareceu menor e menos importante. Agora, parece que logo vamos ao Iraque. O fato é que... — Ele se inclinou para a frente, mãos irrequietas. — ...Devo tentar me lembrar. Lembrar de como me senti em relação a isso quando começou. Recapturar um pouco daquela energia. Tinha tantas convicções, tantas crenças. Pensei estar juntando palavras e música... literatura e história, o pessoal e o político de um modo que ninguém pensara antes. Sentia-me como um pioneiro.

— E é o que é — disse Sophie. E ele viu que ela falava com sinceridade. — Um pioneiro. Lembre-se, Benjamin. Não é elogio vazio. Apenas a verdade. Ninguém fez nada parecido.

— Sim. Está certa — disse ele, quando as palavras dela foram assimiladas. — Não vou perder a fé nisso. O trabalho só está se tornando mais lento e difícil porque está ficando melhor. Sei mais, compreendo mais. Até mesmo o que ocorreu entre mim e Emily é algo com que devo aprender. Tudo... tudo o que me aconteceu vai alimentar este livro e torná-lo mais rico e mais forte. Bom que tenha demorado tanto. Estou pronto para terminá-lo agora. Não sou mais ingênuo. Sou maduro. Estou no auge.

Teria dito mais coisas assim, mas houve uma batida à porta. Era sua mãe, com uma toalha de chá no braço e trazendo no rosto uma expressão mista de reprovação e solicitude.

— Você não come há eras, não é mesmo? — disse para o filho. — Desça. Fiz ovos quentes.

Os olhos de Benjamin encontraram-se brevemente com os de Sophie. Ela lhe deu um sorriso de cumplicidade. O coração dele derreteu.

Estava deitado e desperto às duas da manhã. Lá fora, o vento uivava e as paredes e o piso do castelo nada faziam além de refletir o frio de volta para ele, mas ainda assim Benjamin sentia-se suado e febril. Seus pêlos pubianos, através dos quais suas mãos passavam incessantemente, estavam úmidos. Tivera uma ereção que nada parecia ter a ver com desejo e tudo a ver com o hábito, do tipo mais deprimente e exaustivo. A perspectiva de se masturbar — embora talvez fosse a sua única chance de conseguir dormir — parecia impossivelmente insatisfatória. Seus olhos estavam bem abertos.

Pegou o celular na mesa-de-cabeceira, ligou a luz e viu que eram 02:04. Resmungou e ligou o rádio. Tocava o segundo movimento da sinfonia de Bruckner: o movimento que ele menos gostava da sinfonia que ele menos gostava do compositor que ele menos gostava. Desligou o rádio novamente. No quarto ao lado, podia ouvir o pai tossir. Sua mãe se levantara para pegar um copo de água no banheiro ao lado. Ouviam-se fragmentos de conversa. Lois dormia em uma ala distante do castelo. Sophie, ao que ele sabia, ainda estava na sala, de camisola, recém-banhada, lendo o terceiro volume do diário à luz de uma lâmpada, o fogo reduzido a um monte de cinzas. Benjamin a deixara ali, sentindo-se cansado, imaginando se, ao menos uma vez, conseguiria dormir com facilidade, mas não... era a mesma história. Ainda não se acostumara a dormir só.

Fechou os olhos, apertou-os bem, fechou o punho e tentou evocar alguma fantasia plausível para começar. Desesperado, imaginou a nova âncora do *Six O'Clock News* da BBC e começou a se preparar para chegar ao clímax por conta própria, mas logo se distraiu com a imagem de milhares de espermatozóides infelizes sendo lançados nos lençóis, morrendo arquejantes, destinos inconclusos. De onde, diabos, viera essa abstração? O que importava, afinal de contas? Milhões de espermatozóides como aqueles haviam se esforçado em inúteis encontros com os óvulos de sua mulher nos últimos vinte anos, e também acabaram morrendo. Quanto a isso, não havia esperança. Ele falhara, falhara. Os lençóis eram o melhor lugar para eles. Era o único destino que mereciam.

De qualquer modo, cinco minutos de exercício mecânico não o levaram a parte alguma. Estava a ponto de abandonar aquela causa perdida e voltar a ligar o rádio quando ouviu passos na escada de pedra.
Então, ouviu uma voz do lado de fora de sua porta.
— Benjamin? — Era Sophie. — Está acordado?
— Sim — disse ele, voltando-se de lado. — Entre.
A maçaneta girou e ele viu Sophie no vão da porta. Ainda estava de camisola e trazia um dos diários debaixo do braço. Ela entrou e sentou-se na cama ao lado dele. Respirava rápida e pesadamente, excitada ou cansada por ter subido a escada correndo, ou ambas as coisas.
Benjamin ligou a luz de cabeceira.
— O que foi?
— Seu amigo Sean — disse Sophie, ofegante. — Sean Harding. Ele tinha um pseudônimo, não é?
— O quê? — disse Benjamin, esfregando os olhos, tentando se acostumar com aquela súbita mudança de rumo.
— Era Pusey-Hamilton? — perguntou Sophie. — *Sir* Arthur Pusey-Hamilton?
— Isso mesmo — disse ele. — Escrevia uns artigos malucos para o *Bill Board*. Era o nome que usava.
— Bem — disse Sophie, radiante. — Veja isto.
Ela entregou o diário a Benjamin e apontou para um texto que começava na metade de uma das páginas. Ele procurou os óculos de leitura e surpreendeu-se ao topar com a outrora familiar caligrafia. Então começou a ler.

5

Claire andava saindo com Michael Usborne havia mais de um ano e ainda não entendia bem a natureza daquele relacionamento. Por fim, decidiu que aquilo não importava. Talvez fosse até por isso que gostasse da história toda. Certamente, não tinha a menor semelhança com os seus relacionamentos anteriores. Era extremamente esporádico, nada apaixonado (embora tenham feito bastante sexo de modo satisfatório) e nenhum dos dois parecia fazer idéia de onde aquilo iria dar — ou sequer demonstravam interesse em descobrir.

Ela sabia que ele se encontrava com outras mulheres (mais jovens), sabia que fazia sexo com elas, até mesmo suspeitava que às vezes pagava por tais serviços. E daí? Se o amasse, aquilo a teria incomodado. Mas não amava, portanto não fazia mal. Também sabia que ele não a via como alguém com quem casaria (não era jovem o bastante, bonita o bastante, elegante o bastante, magra o bastante): mas ele *estava* procurando uma esposa e, quando ela se materializasse, o tempo de serviço de Claire certamente acabaria.

Este pensamento era ligeiramente mais incômodo. Ela sentiria falta dele. Um pouco. No começo. Mas jamais iria tão fundo. Aquela não era uma situação do tipo Stefano, ou algo parecido. Ela gostava de ver Michael naquelas (raras) ocasiões em que ele não estava fora do país, nem em Londres, trabalhando até tarde, ou ocupado no fim de semana. Gostava de sair com ele, gostava de usar sua academia e sua piscina, gostava de compartilhar sua cama. Gostava de provocá-lo falando de política e fazendo o estereótipo da feminista de esquerda, leitora do *Guardian*, que foi como ele a classificara (e era o que fazia com que ele acreditasse que passar algum tempo com ela era algo muito ousado, pouco convencional e divertido).

Em outras palavras, havia uma boa série de benefícios implícitos no ofício de ser a namorada provisória de Michael Usborne — se era isso o que ela era — e, melhor do que tudo, ele permitia que ela desfrutasse de tudo sem se sentir barata, sem sentir que estava sendo usada ou vendendo a própria alma. Só aquilo, pensou, já pesava a favor dele. E apenas por isso ela lhe seria eternamente grata.

Então, de onde veio aquela recente e inusitada sensação de insatisfação? Mesmo ali, sentada no que sem dúvida seria um lugar muito agradável — a sala VIP do Aeroporto de Heathrow — observando Michael procurar papéis na pasta que apoiou no banco junto a ele, enquanto conversava ao celular preso entre o ombro e o ouvido. Há algumas semanas, essa cena lhe teria inspirado uma ternura divertida, nada além: "o maluco do Michael", pensaria, "sempre ligado, sempre motivado por alguma coisa, incapaz de ficar sentado quieto um instante enquanto houver dinheiro a ser ganho".

No entanto, naquela manhã, o comportamento dele simplesmente a incomodava. Seria porque era o começo de suas férias — suas primeiras férias juntos — e até agora ele não mostrara o menor interesse em relaxar? Seria porque Patrick também estava lá, era a primeira vez em que se viam e Michael não conseguira dirigir três palavras para ele desde que foram apresentados? Ou será que (como ela no fundo suspeitava) na verdade era mais sério do que isso?

Esse era o problema básico. Fazia quase três anos que ela deixara Stefano em Lucca. Quase três anos desde que estivera nas falésias de calcário em Etretat e olhara através das águas acinzentadas do Canal da Mancha para o país ao qual ela relutantemente decidira voltar seus passos derrotados. Naquele dia ela se convencera de que era melhor estar só do que infeliz no amor; mas agora, três anos depois, essa convicção esmorecia.

Seu relacionamento com Michael fora divertido por algum tempo. No mínimo fora uma novidade, e um modo de se habituar novamente à prática (tão facilmente esquecida) de ser íntima de outra pessoa. Mas ela tinha quarenta e dois anos e não podia perder muito mais tempo com alguém cujo interesse por ela parecia ser tão casual. Ela queria algo mais agora, algo não superficial, e não esporádico: ela queria um parceiro.

Banal como pode parecer, ela queria alguém que fosse ao supermercado com ela, que a ajudasse a escolher o molho da salada e decidisse entre diferentes marcas de sabão em pó e xampu. (Quão invejosos tornaram-se os seus olhares naqueles dias, ao ver casais tendo exatamente este tipo de conversa nos corredores do Tesco-Safeway.) Será que Michael vai ao supermercado?, ela se perguntava. Será que pisou em algum supermercado nos últimos vinte anos? Sempre que estava na casa dele, em Ledbury, ela percebia que a geladeira (que era quase do tamanho do quarto vago de sua casa) estava sempre repleta de vegetais frescos, carne vermelha, suco de laranja recentemente espremida, garrafas de champanhe. De onde vinha tudo aquilo? Desde seu divórcio mais recente — talvez mesmo antes disso — ele contratara pelo menos duas empregadas e, supostamente, cabia a uma delas garantir que os estoques de comida nunca baixassem. Ela não conseguia imaginar compartilhar a vida com alguém que vivesse assim.

Por mais real que parecesse para ele, ela não conseguia deixar de considerar o modo de vida de Michael como uma ridícula fantasia. Aquelas férias, por exemplo: uma semana nas ilhas Cayman, ida e volta na primeira classe, uma casa de frente para o mar — aparentemente propriedade de um sócio americano — com jardineiro, empregada, chofer e cozinheira, à sua disposição durante uma semana. As pessoas simplesmente não *vivem* desse jeito. Era irreal. Mas ele se recusava a encarar as coisas assim. Levava tudo ao seu modo, insistindo em que não havia nada de especial naquilo. Estendeu o convite a Patrick sem nem pensar a respeito. (Afinal de contas, o lugar podia abrigar até quinze pessoas.) Disse, inclusive, que ele podia trazer a namorada, Rowena, com quem namorava havia seis semanas e que agora lia a *Vanity Fair* bebendo vinho branco gelado na sala VIP e parecia não estar acreditando na própria sorte.

Claire suspirou ao sentir o peso de tudo aquilo sobre ela.

A incompatibilidade entre os dois — os estilos de vida e sistema de valores absurdamente antagônicos — a atingiam naquela manhã com clareza nauseabunda. Será que ele também não via isso? Será que isso não o aborrecia, ou ele simplesmente decidiu ignorar tudo aquilo? Talvez tivessem oportunidade de falar sobre o assunto nas férias. Mas as férias já haviam começado e os presságios não pareciam nada bons até agora.

— Que tal apenas destacar que esta é a área que mais cresce em nosso ramo e a que oferece as margens mais sustentáveis? — dizia Michael ao celular. Se havia alguma urgência ou irritação em sua voz, era difícil perceber. Parecia sempre falar no mesmo tom: gentil, melífluo, persuasivo, fosse pedindo comida no restaurante ou (como agora, ao que parece) dando uma bronca em um subordinado.

— Bem, estas serão tarifas excepcionais. Ninguém está tentando ocultar o fato de que haverá tarifas excepcionais.

Patrick levantou-se e foi até uma máquina de café. Os olhos de Claire o seguiram.

— "Sinergia" é uma boa palavra, sim. Não tenho problemas com isso. Desde que deixemos bem claro que não se trata de economia de custos e, sim, de crescimento. — Ele suspirou.

— Me diz uma coisa, Martin está mesmo nessa? Porque me parece que sou eu quem está escrevendo esse negócio.

Claire juntou-se a Patrick junto à máquina de café e deu-lhe uma xícara vazia para encher.

— Sabe que não precisa se servir aqui — destacou ela. — Aquela garçonete ali nos teria trazido mais café.
— Assim é mais rápido — disse ele, lacônico.
Claire tentou ocultar o nervosismo da voz ao perguntar:
— Então, o que achou de Michael?
Patrick pensou um instante.
— Ele é tudo o que eu esperava que fosse.
— Como assim?
Ele entregou-lhe o café e disse:
— Você conhece bem este cara, mãe? Ele é o último tipo de gente com quem eu acharia que você perderia tempo.
Ela tomou um gole. Estava escaldante.
— Você não o está vendo em seu melhor momento. Ele está muito preocupado. — Enquanto voltavam às suas poltronas, acrescentou: — Você tem de aprender a ver além da aparência das pessoas, Patrick. Não importa o que elas fazem e, sim, suas qualidades humanas.

Patrick não respondeu. Mesmo para ela, o que disse soou como algo difícil de acreditar.

Patrick sentou-se junto a Rowena e encheu o copo dela de vinho. Ela terminara de ler a *Vanity Fair* e pegara um exemplar da *Condé Nast Traveller*. Ele se inclinou e olhou para o artigo que a namorada estava lendo, ilustrado com uma fotografia em cores de alguma idílica cena pastoral na França, com aquilo que parecia ser um grande *château* ao centro.

— Que legal — disse ele. — Quem vive aí?
— É um mosteiro — respondeu ela. — Em algum lugar na Normandia. Você pode se hospedar em lugares assim, sabia? Os monges hospedam qualquer um. Faz parte da filosofia deles fornecer hospitalidade para qualquer um que precise.
— Que merda, então agora estão anunciando retiros espirituais como opções de lazer para executivos estressados? O capitalismo realmente dominou tudo.

— Não vejo motivo para termos de estabelecer um valor — dizia Michael. — Vi diferentes estimativas e pode ser qualquer coisa entre nove e vinte e quatro. Alan acha que está mais para vinte e quatro e estou inclinado a ir na dele.
— Estão chamando nosso vôo — disse Patrick, olhando para o quadro de partidas.
— Não podemos contar com uma reviravolta no mercado. Todo mundo sabe disso. Escreva aí "incerteza global". É a expressão do momento.
— Não acredito que vamos voar de primeira classe — disse Rowena, metendo a revista na bolsa. — É tão excitante.
— Vamos, então? — perguntou Patrick, que se levantara e estava pegando alguns jornais gratuitos de uma mesa próxima: *Times, Independent* e *Guardian*. Claire notou que uma das fotos de capa do *Guardian* mostrava um rosto familiar. A chamada ao lado dizia: *Paul Trotter: minhas sérias dúvidas sobre a guerra contra o Iraque.*
— Não me parece que haja alguém senhor da situação — continuou Michael. Claire tentava atrair-lhe a atenção. Ele olhou para ela e ergueu um dedo, pedindo que esperasse um minuto.
— Estamos tentando recuperar a nossa lucratividade. É uma mensagem assim tão difícil de transmitir? — Agora ouvia-se um tom de irritação em sua voz.
— Vá na frente — disse Claire para o filho. — Nos encontramos no portão de embarque. Caminhou com eles até a porta da sala VIP e antes de se despedir disse a Patrick: — Não se preocupe... ele não vai ser assim todo o tempo das férias.
— Como sabe? — perguntou.
— Porque vou dizer a ele que não seja.
Patrick sorriu ao ouvir aquilo, feliz ao ver que a mãe voltava a ser combativa. Era a melhor parte dela, pensava ele às vezes: a parte que não andava muito em evidência nos últimos anos, desde que voltara à Inglaterra.

— Ela falava sério — disse para Rowena enquanto caminhavam juntos pelo corredor. — Ela vai dar uma de suas broncas nele.
— O que Michael faz afinal de contas? — perguntou Rowena.
— Não entendi uma palavra do que ele dizia ao telefone.
— Não estou certo qual o tipo de empresa em que ele está trabalhando no momento. Chama-se Meniscus. Algo a ver com plásticos, creio eu. — Patrick remexeu os bolsos, subitamente ansioso, até seus dedos tocarem o passaporte. — Parece que estavam tentando rascunhar um *release* para a imprensa, não é? Eu o ouvi falando de consolidação e racionalização. É um jeito empresarial de se referir ao fechamento de fábricas e demitir pessoas. Acho que estão tentando descobrir um modo suave de dizer isso aos jornais.

Enquanto Michael continuava a falar ao telefone, folheando cada vez com mais impaciência os papéis de sua pasta e fazendo contas rápidas e ocasionais em seu *palmtop*, Claire mantinha o olhar no quadro de partidas (que mostrava que a última chamada para o seu vôo fora feita há cinco minutos) e ensaiava o que diria para ele.

Isso é um absurdo, começaria dizendo. Como podemos vir a nos conhecer, como podemos nos relacionar de algum modo significativo se não consegue deixar o trabalho de lado nas férias, se não consegue arranjar tempo para falar com meu filho durante alguns minutos em seu primeiro contato? Ela tentaria extrair dele uma promessa como condição para que continuassem a se ver depois daquela viagem: a de que ele não passaria as férias ao telefone, que não se esconderia em um escritório nos próximos sete dias, mandando faxes e remexendo folhas de pagamento enquanto o resto do grupo estaria mergulhando. Ela lhe daria um ultimato, certa de que era o tipo de linguagem que ele entenderia. E confiante também — embora não soubesse de onde vinha tal confiança, a não ser de seus próprios instintos, que eram incomumente bem fundamentados — de que ele não ficaria enfurecido ou amedrontado com essa abordagem. Havia um sentimento genuíno entre eles que Michael apreciava, mesmo que fosse a um nível profundo demais para reconhecer. Ela estava certa disso.

— Então, como foi? — perguntou Patrick alguns minutos depois, quando ela chegou ao *check in*.

Claire estava só.

— Não tive chance de dizer coisa alguma — disse ela. — Ele voltou ao escritório. Disse que os próximos dias serão decisivos e não podia deixar ninguém cuidando daquilo. Vai se juntar a nós na terça-feira.

— Promessas, promessas — disse Patrick. — De qualquer modo, Rowena e eu já teremos ido embora. (Eles não iriam passar toda a semana, apenas os três primeiros dias.) Ele abraçou Claire e disse: — Não fique chateada, mamãe.

Ela devolveu o abraço e forçou um sorriso.

— Ah, bem, *c'est la vie*. Vamos nos divertir, certo? Tomar um pouco de sol caribenho em nossos rostos.

4

Após decidir que não desejava escrever uma matéria e, sim, um livro sobre a extrema direita inglesa e o crescimento de sua popularidade durante o segundo mandato de Blair, Philip passou quase quinze meses recolhendo material. Então, em certa manhã de setembro de 2002, começou a trabalhar no primeiro capítulo, e três dias depois, tendo escrito 243 palavras e jogado 168 partidas de Freecell no computador — resignou-se com um fato desolador: ele jamais conseguiria. Durante duas décadas ele jamais produzira algo maior do que duas mil palavras. Jamais se incomodara com um argumento tão complicado que não pudesse ser vendido ao editor de opinião em alguns segundos. A coluna "Na cidade com Philip Chase" pode ter se tornado uma velha fórmula da qual ele estava desesperado para se livrar, mas, infelizmente, era também tudo do que ele era capaz. Um homem tem de trabalhar dentro de seus limites, concluiu.

Após abandonar o projeto, ele não olhou para as anotações que reunira para o livro durante quase dois meses, até receber uma carta de Benjamin, na segunda semana de novembro. Foi aquilo que o fez ligar o computador certa manhã e reabrir a pasta intitulada *Livro BNP*.

Que caos encontrou ali! Como poderia esperar tirar algo de coerente daquela seleção casual de recortes de jornal, fotografias e entrevistas gravadas? Havia três pastas secundárias, nomeadas *Neoliberalismo*, *Fundamentalismo* e *Nacionalismo*. Estas eram as três vertentes que ele tentaria costurar em seu texto.

Esperava poder argumentar que todas tinham a mesma origem: que os defensores de cada sistema eram movidos pelo impulso primitivo essencial de habitar um mundo fechado, isolado de qualquer outro cujas crenças ou modo de vida lhes parecesse desagradável.

Os neoliberais [escrevera] *buscam a pureza tanto quanto os fundamentalistas ou os neonazistas. A única diferença é que não estão tentando criar um estado-nação baseado em princípios religiosos ou genéticos. O estado que* <u>eles</u> *estão construindo (que cresce ao nosso redor enquanto escrevo) é supranacional e uma das características que o define são as viagens globais. Seus traços geográficos são hotéis exclusivos, estações de veraneio exclusivas, comunidades fechadas em casas extraordinariamente caras cercadas de muros. Seus habitantes não andam de transporte público e só usam hospitais particulares. O impulso que move essa gente é o* <u>medo</u> *de contato, medo de ser contaminada pela grande massa da humanidade. Desejam viver entre ela (ou melhor, não têm escolha quanto a isso) mas usam o seu dinheiro para erguer o maior número de proteções possíveis, o maior número de* <u>limites</u> *possíveis, para que só precisem ter um contato significativo com gente de seu nível econômico e cultural. O modo como o Novo Trabalhismo se associou com essa gente — domesticamente, através de coisas como as Iniciativas Financeiras Privadas; no campo da política externa, através de seu apoio a Bush e aos neoconservadores dos EUA — mostra que basicamente os apóia em seus objetivos elitistas e segregacionistas. Iniciativas sociais e democráticas de pequena escala em saúde e educação são uma cortina de fumaça, um tipo de conversa fiada esquerdista, de modo a camuflar a real natureza do Projeto do Novo Trabalhismo.*

Depois disso, acrescentou um bilhete para si mesmo: *Perguntar a Claire por que seu namorado estava jantando com Paul Trotter!!*

Philip suspirou ao olhar novamente para aquele material. O último parágrafo estava bastante bom, pensou, mas fora criado para ser o fim do livro, e ele não sabia como chegaria até lá. Que caminho esperava trilhar a partir daquelas cartas terríveis que Steve recebera até chegar àquela acusação contra a principal corrente política da atualidade? Tinha a ver com a natureza do fascismo moderno, com o modo como o movimento nacionalista na Inglaterra fora esfacelado e, agora, fundamentava-se não apenas em um ódio racial ultrapassado e, sim, em uma matriz de crenças muito mais intrincada, muito mais escorregadia. Com o modo como as linhas de frente, que pareciam tão definidas e simples nos anos 1970, eram tão difíceis de definir atualmente.

Entre os novos fascistas ingleses, por exemplo, descobriu que havia alguns pensadores (usando o termo aqui de um modo bastante tolerante) que não mais advogavam a violência contra a população negra ou asiática, e não falavam mais de repatriação forçada ou em controle mais rigoroso da imigração, mas que, em vez disso, argumentavam que os racistas brancos deveriam se fechar em pequenas comunidades rurais, tornando-se autossuficientes, desenvolvendo uma relação quase mística com a natureza e "a terra", e nada ter a ver com a sociedade moderna, decadente, urbanizada e multicultural.

É claro que nada disso agradava aos jovens *skinheads* que ainda formavam uma boa parcela do movimento, cujo *milieu* era a cidade e cujo gosto pela violência e o "hooliganismo" eram abominavelmente romanceados por esses teóricos como uma versão moderna do "espírito guerreiro" inerente ao povo ariano. Contudo, isso significava que afinidades estranhas e incômodas começam a irromper entre os elementos do pensamento neonazista e alguns aspectos do movimento verde.

Do mesmo modo, o golfo entre o fascismo britânico e o islamismo militante não parecia ser tão amplo quanto Phil esperava encontrar. O ódio aos negros, asiáticos e árabes parecia estar em segundo plano diante do anti-semitismo: só se falava em derrubar o governo de ocupação sionista. Falava-se que uma conspiração de judeus poderosos supostamente dominava o mundo com a cumplicidade e o apoio militar dos EUA (e da Inglaterra). Por isso, talvez não fosse surpresa descobrir que os racistas estavam preparados para se juntarem a grupos revolucionários de outras culturas comprometidos com a mesma idéia, e que Osama bin Laden era um herói para essas pessoas muito antes do 11 de Setembro. E agora, vinham sendo discutidos em alguns lugares (principalmente nos fóruns de discussão nacionalistas da internet) que o verdadeiro nacional-socialismo nada tinha a ver com racismo, mas era simplesmente um sistema político que permitia a todos voltar às suas raízes culturais (separadas) e viverem em harmonia com a natureza e com Deus; e que a única coisa que impedia que isso acontecesse — a ordem mundial atualmente estabelecida baseada no capitalismo, decadência e materialismo ateu — deveria ser derrubada de modo violento ou subversivo.

Philip descobriu que seguir a lógica de tais teorias de conspiração era algo profundamente traiçoeiro e perturbador. Às vezes pegava-se chegando a conclusões com as quais concordava (que a sociedade ocidental era decadente e sem valores, por exemplo) e então tinha de refazer as suas pegadas e apoiar-se em fatos simples e objetos concretos que o fizessem chegar a uma resposta na qual pudesse confiar: a linguagem racista hedionda usada nas cartas anônimas para Steve, ou as letras repletas de ódio no CD *Auschwitz Carnival*. Em meio à absoluta incompatibilidade entre tais coisas e os arroubos místicos e quase poéticos dos neonazistas mais articulados, com seu discurso de Cultura Folclórica, Território e Honra, Philip lutou para encontrar uma posição moral própria. Sua idéia predominante era a de que todo sistema de valores parecia estar em estado fluido, de derretimento e que, de algum modo, o Novo Trabalhismo em si era sintoma disso, constantemente falando uma linguagem de crenças e idealismo mas, na verdade, comportando-se com pragmatismo tão impiedoso quanto os demais, e tão profundamente comprometido com seu próprio deus (a economia de livre mercado) quanto qualquer fanático muçulmano. A imagem de Paul Trotter continuava a lhe vir à mente.

Mas aquilo era muito mais difícil de traduzir em palavras. Às vezes escrevia um ou dois parágrafos e lia-os apenas para descobrir que ele mesmo soava como um simpatizante da extrema direita. Então, meia hora depois, olhava para aquilo novamente e achava que vinha da esquerda radical. Não parecia haver mais diferença entre as duas perspectivas, entre a perspectiva de ninguém.

Outras vezes, aquilo que estava tentando parecia tão imenso e abrangente que começava a se sentir como Benjamin, com sua eterna e jamais inacabada obra-prima: a qual, caso a fusão de texto e música fosse alguma novidade, remontava à noção de Wagner de *Gesamtkunstwerk*, um conceito que também acabou se conformando muito bem com a ideologia nazista.

E o pior de tudo: Philip não conseguia pegar o tom. Estaria melhor fazendo "Na cidade" outra vez. Tinha isso em mente quando escreveu alguns artigos sobre a rede de gás de rua e como os seus canais sinuosos testemunharam as amargas rivalidades entre as empresas controladoras no início do século XIX. Pelo menos este era o tipo de complicação que ele conseguia administrar. Ele se refugiaria naquilo que compreendia, naquilo que sabia.

Certa noite, na época em que estava mais profundamente envolvido com a pesquisa de seu livro, Carol perguntou-lhe algo interessante.

— Por que está tão fascinado com esse assunto?

E Philip falou, não pela primeira vez, sobre o sentimento de bondade e afeto que observara reinar entre Steve e a sua família, e como ficara enojado ao ver que alguém os ameaçava anonimamente por causa daquilo.

— Sim, mas para que se meter nisso? A gente que faz este tipo de coisa é escória, baixaria. Escrever sobre eles só os deixará mais fortes.

— Bem, o racismo é um problema eterno. Estas cartas provam. O caso Errol McGowan prova. Portanto, alguém deveria escrever sobre isso.

— Mas de qualquer modo, o que você está investigando não é racismo. Quero dizer, o racismo está em toda parte, mas não se *declara*. Se quiser ver racismo, vá para o interior da Inglaterra, vá em um jantar do Rotary Club, ou algo assim. Encontrará um bando de ingleses brancos de classe média que basicamente não *gostam* de negros — não gostam de *ninguém* que seja diferente deles — mas estão confortavelmente de fora, com o controle de suas vidas, de modo que nada têm de fazer quanto a isso: exceto, talvez, ler o *Daily Mail* e falar sobre isso no bar do clube de golfe. *Isto* é racismo. Por outro lado, as pessoas de quem você está falando, as pessoas que organizam, as pessoas que participam de protestos e se envolvem em conflitos, as que falam sobre isso abertamente, estas pessoas são outra coisa. São gente prejudicada. Seu medo e seu senso de impotência são tão fortes que não conseguem escondê-lo. Na verdade, é por isso que fazem o que fazem: *querem que as pessoas vejam o seu medo*.

— Então está me dizendo que o Combat 18 é um pedido de socorro?

— O que estou dizendo, Phil — respondeu Carol, apoiando a mão sobre o ombro dele, que mastigava a ponta de um lápis —, é que eu o conheço. Você não pode escrever sobre política, não pode escrever sobre idéias. É abstrato demais para você. Você se interessa por *gente*. É sobre isso que este livro deveria ser, se algum dia o escrever: o que leva as pessoas a fazerem isso? E acho que isso talvez tenha começado a fasciná-lo porque, no meio de tudo isso, acha que vai descobrir alguma coisa.

— Alguma coisa? Que tipo de coisa?
— Não sei. A resposta para algum enigma. A resposta para algo que o está intrigando há anos. É por isso que este livro começou a tomar conta de você.

Ele franziu a testa para ela, sem realmente entender o que ela queria dizer; mas as palavras dela ficaram com ele durante muitos meses, e voltaram para ele naquela manhã de novembro quando Philip abriu a carta de Benjamin e viu o que este descobrira em Dorset.

Prezado Phil [escreveu Benjamin]

Harding está vivo e bem!

Ou pelo menos estava há nove anos.

Na semana passada eu estava em Dorset com meu pai e minha mãe, Lois e sua filha Sophie. Estávamos em um velho castelo que tinha um bocado de diários que os visitantes anteriores escreveram. Sophie estava lendo um desses diários certa noite e descobriu isso! O que acha? Não é o nosso homem?

Tudo de bom
Benjamin

O registro do diário chegara-lhe em quatro folhas de papel fotocopiadas. Dizia:

13 a 17 de março de 1995

Dizem que um inglês sente-se em casa em seu castelo, e eu realmente queria que isso fosse verdade. Infelizmente, enquanto escrevo, meu lar (ao qual devo retornar, pesaroso, em algumas horas) é um trailer abandonado no ermo noroeste da Inglaterra, permanentemente estabelecido em um campo ventoso a apenas vinte metros de um reator nuclear e com as instalações sanitárias mais física e psicologicamente desafiadoras que já encontrei em setenta e cinco anos — em retrospecto — de existência inútil e completamente miserável.

 Ó, quem diria que o último dos Pusey-Hamilton acabaria assim!

 Por outro lado, foi uma felicidade ocupar este nobre estabelecimento nos últimos três dias. Se ao menos eu pudesse tê-lo compartilhado com Gladys, minha última e muito saudosa esposa! Minha última ex-esposa, devo dizer. Não porque gostasse de se vestir de látex (embora tenha havido, devo admitir, duas ou três alegres ocasiões nas quais eu a persuadi a fazê-lo, durante meu dias tranqüilos, carinhosamente lembrados, como secretário do Grupo Sutton Coldfield de Sadomasoquitas e Fetichistas, um círculo de respeitáveis cidadãos e contribuintes envolvidos em atividades <u>inteiramente consensuais</u>, e que, não obstante, foi escandalosamente fechado pelo esquadrão antidrogas das Midlands ocidentais, apesar de seu chefe ser, na época, um de nossos membros mais entusiasmados. <u>O tempora, o mores!</u>) Agora... onde eu estava mesmo? Ah, sim: referia-me a Gladys como minha última ex-esposa não por esse motivo, mas por dois outros: primeiro, porque está morta (ela morreu, lamento dizer, alguns dias depois de fazer 67 anos, após ser atingida na cabeça por um mastro enfeitado durante um rito de fertilidade pagã que fugiu de controle); segundo, porque — e mesmo agora hesito em levar essas palavras ao papel — ela também escolheu me deixar, abandonar seu leal companheiro de quase quarenta anos, pouco antes de nossas bodas de rubi.

 As circunstâncias que cercam tal abandono foram amplamente divulgadas nos jornais da época: nossa disputa conjugal centrada em um mal-entendido idiota. Naquele verão, durante um idílico fim de semana na Cornualha do norte, eu a levei para visitar um esconderijo isolado (na verdade, a casa de um velho amigo meu, o major Harry "Grapeshot" Huntingdon-Down, na época envolvido na formação de um exército particular em uma remota fazenda da Cornualha), após o que fizemos um passeio na praia. Ali, eu a persuadi a tirar a maior parte da roupa — não que tivesse de persuadir muito: para ser franco, ela dava para qualquer um que lhe oferecesse um litro de Old Peculiar e um pouco de picles de cebola; sua virtude não era lá essas coisas — e posar para uma série de fotografias artísticas de bom gosto que tirei com minha velha Brownie (cujo nome me esqueci temporariamente).

Assim, Gladys achava que aquelas fotos haviam sido tiradas para minha exclusiva fruição, e não seriam levadas a público de modo algum — exceto, talvez, uma ou duas que enfeitariam o consolo da lareira em Hamilton Towers, para servir de assunto quando os amigos viessem jogar bridge e a conversa tivesse secado sobre os canapés. Contudo, ao ver os resultados, mudei de idéia. Seria forçar uma barra, admito, descrevê-la como uma mulher atraente naquele estado avançado de sua árdua vida de dissipações, quando a destruição do tempo havia desencadeado uma vingança terrível sobre um corpo que, mesmo no auge da juventude, sempre me inspirou profunda curiosidade médica em vez de excitação sexual.

Não obstante, ocorreu-me que havia alguns indivíduos tristemente pervertidos — internos de longo tempo em instituições penais de segurança máxima, por exemplo, ou monges beneditinos idosos com grave deficiência visual — que, após alguns drinques fortes, encontrassem no corpo desnudo de Gladys algo para despertar os seus paladares famintos ao fim do dia. Assim, decidi publicar algumas fotografias: e torná-las o destaque central da primeira edição de meu novo *empreendimento editorial: uma revista chamada <u>Aryan Babes</u>, que pretendia combinar o melhor em pornografia hardcore com as mais atualizadas notícias, matérias e comentários neonazistas e que, por algum motivo (um mistério para mim até hoje), nunca inflamou a imaginação do público leitor.*

A revista fechou após três números e houve, lembro-me, uma chateação envolvendo batidas policiais e a apreensão de computadores e disquetes. Então, após cumprir a minha pena de três anos (mais outros quatro ou cinco meses acrescidos por conta de pequenos delitos sexuais cometidos durante o tempo de prisão), emergi de meu confinamento apenas para descobrir que Gladys havia me abandonado. Sim! Abandonou o ninho e levou tudo o que havia na casa. Levou até mesmo os meus pertences mais queridos: a fotografia emoldurada que mostrava Gladys e eu apertando a mão de Mussolini. (As pessoas disseram que fôramos enganados — que não era possível que o tenhamos conhecido nos Eastbourne Winter Gardens em 1972 — mas isso não passava de pura inveja.)

Felizmente, agrada-me registrar que, no fim da vida, Gladys deu-se conta do erro que cometeu e voltou a viver comigo. Nossos anos crepusculares foram os mais felizes de todos (ela sempre pareceu melhor à luz do crepúsculo — ou, talvez ainda melhor, em completa escuridão). Mas isso tornou o meu pesar subseqüente ainda mais difícil de suportar. Sou o primeiro a admitir que o tempo aqui, sem ela, está sendo desolador para mim. Durante muitas semanas após a sua morte não consegui suportar o frio e a falta de vida no lado dela na cama. Foi ainda pior quando levaram o corpo e o enterraram. É claro, nunca viajo sem minha tábua ouija, e me comunico com ela todas as noites. Às vezes jogamos baralho, a vela tremulando enquanto ela transmite as suas palavras para mim do outro lado do grande rio Letes. Tento manter o bom humor brincando ("Essa jogada foi de morte!" digo, ou "A partida está dura hoje à noite!"), mas não é a mesma coisa, não é...?

Ah, Gladys. A vida é muito difícil sem você.

Passei o resto do meu tempo aqui, o mais produtivamente possível, fazendo anotações para meu grande livro, O declínio do Ocidente, *que pretendo publicar por conta própria, em quatro volumes, encadernados com pele de toupeira. Na verdade, fiz muito progresso neste sentido esta semana, porque o lugar está infestado de toupeiras e, no amanhecer de quarta-feira, após uma noite particularmente insone e infeliz, consegui abater mais de trinta dessas pequenas criaturas com o atiçador de brasas. Ao terminar, doarei a obra para a excelente biblioteca particular deste castelo — junto com meu breve esboço autobiográfico da infância, uma pequena lembrança dos meus dias de adolescente na África Equatorial aos cuidados de meu pai: um homem bom e honrado — firme embora justo — como deixa claro o título* Espancado antes do desjejum. *Finalmente, acrescentarei uma obra literária de meus anos maduros, um pequeno embora útil livro de bolso chamado* O onanista acidental: um guia ilustrado com 100 posições sexuais solo para o homem divorciado, viúvo ou nada atraente. *Espero que tais obras sejam do interesse dos futuros ocupantes deste lugar.*

Foi um prazer — embora solitário — passar algum tempo neste antigo recanto da Inglaterra; um prazer desfraldar a bandeira de São Jorge sobre estas ameias ancestrais; um prazer sentir, por alguns dias efêmeros, que algum dia possa ser possível viver neste país como o fizeram nossos ancestrais, em uma terra que pode e será livre, imaculada, como todos os homens de palavra e honra desejam que seja.

Arthur Pusey-Hamilton, MBE.

SELADA com o nobre e
ancestral sinete dos
Pusey-Hamilton.

"*ALBION RESURGENS!*"

Philip leu o texto com sentimentos confusos. Trouxe-lhe de volta muitas lembranças dos tempos de escola, dos artigos cada vez mais ultrajantes que Harding costumava mandar anonimamente para o *Bill Board*. Às vezes, as discussões sobre se seria possível publicá-los eram longas e ferozes: mas eles sempre acabavam se rendendo ao humor de Harding, e à convicção de que ninguém poderia confundir o tom daqueles textos com outra coisa além de ironia calculada. Quase sempre essa ironia era sombria demais para servir de conforto; quase sempre o ambiente que descrevia — o solitário mundo de fantasia dos Pusey-Hamilton, com seu filho traumatizado e suas crenças políticas ensandecidas — parecia ser sublinhado por uma genuína tristeza. Mas nem Philip ou qualquer um dos outros duvidaram de uma coisa: a de que Harding fazia aquilo apenas por diversão.

Estaria ainda fazendo aquilo por diversão quase vinte anos depois?

Quanto à frase "Albion resurgens!" — bem, isso também provocou um calafrio de inquietação em Philip. Era uma frase que qualquer nacionalista britânico culto usaria e, portanto, poderia ocorrer naturalmente à pena de alguém que escrevesse satirizando o movimento. Mas era também, dava-se conta, o nome da gravadora que lançara o CD *Sem remorso*.

Apenas coincidência? Provavelmente. Mas não descansaria até ter certeza. Após reler o texto de Harding, abriu o seu programa de e-mail e enviou uma mensagem para os editores de uma revista antifascista que muito o ajudaram em sua pesquisa. Philip disse que precisava ir a Londres e consultar novamente os seus arquivos de fotografias.

3

Ao menos uma vez os papéis se inverteram e foi Doug quem procurou Benjamin em busca de consolo. Estava em Birmingham para visitar a mãe e certa noite de quinta-feira saíram juntos de carro para ir a um restaurante japonês em Brindley Place. Benjamin ficou hipnotizado com os *bowls* de comida que passavam lentamente diante deles sobre uma pequena esteira, enquanto ele e Doug se equilibravam sobre tamboretes cromados e bebiam vinho Gewurtztraminer em taças de cristal fino.

— Imagina como seria a vida nos anos 70 se tivéssemos lugares assim aonde ir? — disse ele, pondo molho de soja em seu *tempura* de camarão. — Eu certamente acabaria me casando com Jennifer Hawkins. Não admira que ela tenha me largado. Lembro-me de uma noite em que eu a levei a uma lanchonete e passamos o resto da noite sentados na plataforma onze da New Street Station. Não sabia aonde ir. Não havia aonde ir naquela época.

— Pelo que eu me lembre não foi ela que te deixou — disse Doug. — Foi *você* que a deixou. Para ficar com Cicely. Mas achei interessante você falar disso. Não sei bem o que pensar a respeito. — Percebeu que Benjamin hesitava diante de um prato de *maguro maki*. — Estou pagando o jantar esta noite... se é que é com isso que está preocupado.

— Ah. Obrigado. — Ligeiramente envergonhado, Benjamin pegou o prato da esteira e acrescentou-o aos que já tinha diante dele. — Farei o mesmo por você algum dia.

— Sem pressa.

Benjamin passou algum tempo tentando pegar um rolinho primavera com os pauzinhos, mas o rolinho escorregou e caiu de volta no prato tantas vezes, que ameaçava se desintegrar. Faminto, usou os dedos e deu conta daquilo em uma bocada.

— Então, qual é o problema entre você e Claire? — ele tentou dizer com a boca cheia.

— Bem... — Doug aproximou-se. Os tamboretes do restaurante eram dispostos um junto ao outro ao redor da mesa central, de modo que os outros clientes ouviam tudo o que se dizia. Talvez não fosse o melhor lugar para ter uma conversa confidencial. — Não quer dizer que brigamos ou algo assim. Só que ela disse algo na noite passada que... chocou-me, Acho. Ou talvez tenha sido o que ela não disse.

Os olhos de Benjamin perseguiam um *bowl* com *tori nambazuki*. Imaginou se sobraria algum quando chegasse diante deles.

— Fale.

— Acho que começou há alguns anos — começou Doug.

— Mamãe veio a Londres passar o fim de semana e fomos ao Starbucks certa tarde. Sei que soa estranho, mas o fato é que conversamos sobre todo tipo de coisas. Sobre seu irmão, entre outros assuntos.

Benjamin, em meio a uma asa de frango, resmungou surpreso.

— Foi na época em que ele estava saindo com a Malvina. Eu estava pensando em escrever algo a respeito.

Os resmungos ficaram cada vez mais expressivos, culminando em um engolir com as palavras:

— Você não faria isso, não é mesmo?

— Não, provavelmente não. — Doug decidiu não falar mais nada sobre o assunto. Agora que Malvina parecia ter desaparecido e não mais fazia parte da vida de nenhum deles, não havia por quê. Apressado, prosseguiu: — Mamãe me aconselhou a não

fazê-lo. Disse que ninguém é perfeito e as pessoas não devem ser julgadas pelo que fazem em suas vidas particulares.
Benjamin meneou a cabeça. Mais rolinhos de legumes sortidos vinham em sua direção.
— Foi quando ela me contou, a título de ilustração, que papai lhe fora infiel.
— Meu Deus — disse Benjamin, pegando dois rolinhos e voltando a alcançar o molho de soja. — Você nunca suspeitou?
— Nunca.
— Ela lhe contou... com quem ele a traiu?
— Não. Na verdade, deu-me a impressão de que fora mais de uma vez. Mas não perguntei. Nunca me ocorreu que fosse alguém conhecido. De qualquer modo, na noite passada conversei com Claire e descobri.
— Não diga — falou Benjamin, parando no ato de voltar a encher a boca. — Era a mãe de Claire.
— Não.
— Certamente não era a mãe de Phil, não é?
— Não.
Benjamin ficou um tanto pálido e baixou os pauzinhos.
— Minha mãe?
Doug balançou a cabeça, impaciente.
— Isso aqui não é um programa de perguntas e respostas, Benjamin. Pode apenas ouvir o fim da história? Bem, no ano passado, pouco depois de mamãe ter o derrame, Claire me enviou um e-mail. Perguntou se podia ir à casa de mamãe e pesquisar nos papéis de meu pai. Coisa que creio que fez, embora estivesse tudo tão bagunçado que nada encontrou.
— O que procurava?
— Não sei exatamente... mas acho que voltou a se preocupar com Miriam novamente.
Benjamin ficou triste ao ouvir aquilo.
— Que loucura! — disse ele balançando a cabeça. — Quero dizer, só Deus sabe como deve ser isso... perder a irmã desse

jeito, nunca saber o que aconteceu com ela... mas isso foi... há quanto tempo? Mais de vinte e cinco anos, não foi? Ela nunca vai descobrir algo a respeito agora. Tem de deixar isso de lado.

— Mais fácil falar do que fazer, creio eu — disse Doug. — De qualquer modo — ele inspirou profundamente —, suponho que adivinhe o que vem por aí.

Mas aparentemente Benjamin não adivinhava.

— Bem, o motivo de ela querer ver os papéis de meu pai — disse Doug lentamente — é porque era Miriam quem estava tendo um caso com meu pai.

— Meu Deus... — Benjamin baixou o copo de vinho e nada disse durante algum tempo, chocado. — Quando ela lhe disse isso?

— Na noite passada. — Doug mexeu distraidamente a comida no prato. Quase não comera. — Os papéis de meu pai foram todos levados. Doei-os para a Universidade de Warwick e eles os arquivaram adequadamente. Na semana passada liguei para lá, perguntei se já estavam acessíveis. Disseram que sim, de modo que enviei um e-mail para Claire, pois prometera avisar assim que isso acontecesse. Bem, não recebi resposta ao e-mail e então liguei para ela. Parecia que estava de férias e havia acabado de chegar. — Ele franziu a testa. — Sabe alguma coisa sobre esse novo namorado dela? Sabe quem é?

— Na verdade, não. Phil disse que era um homem de negócios. Um figurão. Tem bala na agulha, ao que parece.

— Bem, é o que parece, pois a levou para as ilhas Cayman. Não deve ter dado certo porque Claire me disse ter voltado antes do tempo, sozinha. Havia acabado de chegar quando liguei, portanto não tinha lido o e-mail. De qualquer forma, disse-lhe que podia ir a Warwick e ver os arquivos caso estivesse interessada. Obviamente estava, pois imediatamente disse que iria esta semana. — Ele ficou em silêncio e esperou

Benjamin encher a sua taça de vinho e bebeu. — Pareceu muito agitada quanto àquilo, e então eu disse, "Do que se trata, Claire? Algum dia vai me dizer?". Ela ficou um tempo calada do outro lado da linha e depois disse, "O que acha que seja, Doug?" Acho que àquela altura eu já sabia. Então eu disse: "É meu pai, não é? Ele estava tendo um caso com sua irmã." E ela disse: "É, é isso mesmo."

Na longa pausa que se seguiu, Benjamin percebeu como estava barulhento o restaurante: como estava alta a música de fundo, o soar incansável das baterias eletrônicas e dos sintetizadores, o quanto os outros comensais faziam barulho, rindo juntos, gritando piadas uns para os outros, vivendo o presente, vivendo para o futuro: não presos no passado como ele sempre parecia estar, como seus amigos pareciam estar; o passado que vivia alcançando-os com tentáculos sutis sempre que tentavam se livrar e seguir adiante. Negócios inacabados.

— Mas isso não é tudo — continuou Doug lentamente. — Ela disse que está convencida de algo.

Benjamin esperou.

— Sim?

— Ela diz saber que Miriam está morta. Ela não tem mais dúvida disso. Não espera encontrar o corpo ou coisa assim. Só quer saber a verdade.

Hesitante, Benjamin perguntou:

— O que isso tem a ver com ver os papéis de seu pai?

— É o que quero saber. Na verdade, foi o que eu lhe perguntei.

— E ela?

— Nada disse durante algum tempo. Então perguntei: "Não creio que acredite que sua irmã morreu de causas naturais. Você acha que ela foi... assassinada?" E ela disse apenas "sim", com uma voz muito baixa. Muito distante. Imaginei se... você sabe, imaginei se ela alguma vez usara aquela palavra antes. Naquele contexto. Mesmo quando pensava naquilo.

— Talvez não — disse Benjamin, sem saber o que dizer.

— Bom, de qualquer jeito — Doug olhou para a sua taça de vinho e bebeu o líquido dourado. —... Eu tinha de dizer, certo? Tinha de perguntar para ela: "Claire, você acha que meu pai a matou? Você não pode estar pensando nisso." — Ele baixou a taça e apoiou o rosto entre as mãos um instante. Ao voltar a olhar para cima, Benjamin notou como estavam cansados os olhos dele.

— Sabe o que ela respondeu?

Benjamin balançou a cabeça, como se adivinhasse a resposta.

— Nada. — Doug deu um sorriso sombrio. — Ela nada disse... nem uma maldita palavra.

Bem atrás dele, um jovem de cabelo espetado e terno executivo terminou uma piada e foi recompensado com uma explosão de gargalhadas pelos seus dois companheiros. Pareciam representantes de vendas em viagem a trabalho, dispostos a se divertirem naquela noite. Benjamin estremeceu com o barulho e quase sentiu como se o ruído estivesse cutucando suas costas.

— Merda — disse para Doug, e pousou uma mão no braço do amigo.

— Então eu desliguei — disse Doug. — Disse "Tchau, Claire" e desliguei o telefone. — Ele olhou para Benjamin e, embora tentasse sorrir novamente, havia tristeza em seus olhos. Parecia estar olhando para o passado, de volta aos tempos de escola que continuava puxando-os: o passado que não ia embora. — Sempre soube que Claire me odiava — disse ele. — Agora sei por quê.

Resolveram que a melhor solução seria se embriagarem. Foram até Brindley Place no carro de Doug, mas agora o carro estava guardado em um estacionamento 24 horas e ambos dividiriam um táxi de volta para casa. Assim, abandonaram os seus tamboretes e o círculo de comida giratória, sentaram-se nas almofadas ao redor de uma mesa baixa, com os joelhos quase à altura do rosto, e pediram outra garrafa de vinho para começar.

Benjamin contou a Doug sobre a descoberta que fizera em Dorset. Ele lera o texto de Harding no diário tantas vezes que podia recitar quase tudo de memória. A maior parte do texto fez Doug rir; mas era um riso incomodado. Ele lembrou a Benjamin como Harding certa vez participara em uma eleição simulada na escola, lançando-se como candidato do Frente Nacional.

— Ele sempre achou hilário tirar onda com aqueles caras — disse ele. — Começou a ficar um tanto obsessivo. Agora parece estar pior.

— Isso foi há sete anos — destacou Benjamin. — Ainda não sabemos onde ele anda e como está.

— Como disse cem vezes, talvez seja uma decepção descobrir. Mas veja — disse ele, pegando Benjamin pelo ombro, a voz começando a ficar pastosa —, você não está me dizendo que começou a ficar a fim de sua sobrinha, certo? Estamos todos preocupados com você, cara. Faz um tempão desde que deixou Emily. É hora de encontrar alguém. Alguém da sua idade. De preferência que não seja parente.

— Não estou a fim de Sophie. Não deste jeito. Nos gostamos, é tudo. Ela me entende. Ela se esforça para entender o que estou tentando fazer, e não tem pena de mim ou acha que eu sou um tipo esquisito. Além disso, não posso fazer nada se as pessoas mais bonitas e interessantes que conheço são mais jovens do que eu. Gosto de gente jovem. Simpatizo mais facilmente com jovens.

Doug riu debochado.

— É, claro.

— Foi o mesmo com Malvina. — Ao ouvir o nome, Doug simplesmente ergueu os olhos para o teto. — Não me importo com o que pense. Tive uma amizade com aquela mulher. Uma incrível amizade. Não creio que tenha sentido uma ligação tão forte com outra pessoa. Uma ligação real, imediata e emocional. Não desde...

— Por favor. — Doug ergueu a mão. — Acha possível passarmos o resto da noite sem mencionar aquele nome que começa com C? — Benjamin calou-se neste ponto, e Doug começou a se lembrar da noite há alguns anos, quando saiu para beber com Malvina em Chelsea e percebera quão infeliz ela era. Era uma infelicidade real, profunda, do tipo que pede anos de terapia para ser superada. Sentiu frio ao pensar nisso. — Pergunto-me o que aconteceu com ela. Onde foi parar depois que seu irmão terminou com ela.

Surpreendentemente, Benjamin disse:
— Ainda mantemos contato.
Doug levantou a cabeça.
— É mesmo?
— Bem... mais ou menos. Eu não a vejo. Mas de vez em quando mando uma mensagem de texto.
— E? Ela responde?
— Às vezes — disse Benjamin, e parou de falar.

Para ser honesto, ele não tinha idéia de onde Malvina estava morando no momento, ou o que fazia. Tudo o que sabia era que o número do celular dela não havia mudado nos últimos dois anos. Durante algum tempo tentou ligar para ela, mas geralmente caía na caixa de mensagens, e em duas ou três ocasiões, quando conseguiu falar com ela, Malvina foi monossilábica e evasiva, e a conversa foi incrivelmente formal. Desde então, criou o hábito de enviar mensagem de texto para ela a cada duas ou três semanas.

Tentava fazer as mensagens o mais concisas e divertidas possível, contando-lhe um pouco sobre o que estava acontecendo em sua vida, e ele gostava da disciplina de tentar fazer tudo isso em apenas 149 caracteres. Era como escrever um pequeno poema de versos econômicos. Às vezes ela respondia, às vezes não. Às vezes as respostas vinham nas horas mais estranhas da noite. Percebeu que ela costumava responder sempre que ele encerrava a mensagem com uma pergunta, mesmo sendo algo ameno ou convencional como "Como vão as coisas c/ vc?" ou "O que anda fazendo?", ao que ela enviava respostas nada elucidativas. Mas pelo menos era um tipo de contato. Pelo menos assim sabia que ela ainda estava viva. Paul nem isso devia saber: isso, para Benjamin, era um ponto muito importante. Ele descobrira Malvina; ela fora sua amiga até Paul a roubar dele. Mas Paul estragara tudo. Paul nunca a veria novamente. Benjamin conseguira uma vitória nesta disputa particular. Uma pequena vitória, talvez, para alguns: mas, para ele, uma vitória significativa.

— Talvez viaje por alguns dias — anunciou. E acrescentou (embora no fundo soubesse ser pura fantasia): — Estava pensando em pedir que ela me acompanhe.

— É mesmo? E aonde vai?

Então, Benjamin contou a Doug sobre a abadia de St. Wandrille, na Normandia; como estivera lá com Emily, e como soube, no momento em que pisou na capela e ouviu os monges cantando as suas completas, que ali era um lugar onde se sentia inteira e abençoadamente em casa.

O amigo estava intrigado.

— Mas Malvina é mulher.

— Há um dormitório feminino lá — disse Benjamin. — Fica fora dos muros da abadia, e as mulheres não podem fazer as refeições com os monges. Mas, sabe, ainda é um belo lugar onde ficar.

Doug olhou-o durante algum tempo, a surpresa e o riso lutando pela preferência em seu rosto.

— Benjamin — disse afinal —, não sei como consegue. Mesmo quando penso que nada do que diz pode me surpreender, você sempre consegue tirar algo da cartola.

— Como assim?

— Só você, Benjamin, só *você* convidaria uma mulher para passar um maldito fim de semana com você na porra de um mosteiro!

Riu tão alto que caiu de costas da almofada e bateu com a cabeça na mesa ao lado, enquanto Benjamin limitou-se a beber o seu vinho e parecer ofendido. Pessoalmente, não via graça naquilo. Mas ficou feliz que algo tivesse alegrado o amigo.

2

Após ser levada à sua escrivaninha, Claire ficou sentada ali durante vários minutos, com a primeira das dezenas de pastas fechadas diante dela. Tinha dois lápis apontados ao seu lado e um caderno A5 com capa azul aveludada e folhas de papel espessas cortadas grosseiramente, que comprara em Veneza havia anos e que continha apenas um texto: a longa carta que escrevera para Miriam, descrevendo o seu retorno à Inglaterra no inverno de 1999.

Durante algum tempo, ela não tocou na pasta. Ainda não. Não que lhe faltasse vontade. Na verdade, esperava a mente clarear. Queria estar alerta ao ler aquele material, não queria deixar passar qualquer detalhe, e no momento ela se sentia tudo, menos alerta.

A viagem de carro de Malvern a Coventry fora um inferno: uma hora e quarenta e cinco minutos na chuva. Havia mais gente no campus de Warwick do que esperava e teve dificuldade de encontrar vaga mesmo no maior estacionamento. Chegou ao Modern Records Centre cinqüenta minutos mais tarde do que combinara com a bibliotecária ao telefone. Não que alguém parecesse se importar: mas Claire estava perturbada, desorientada. No momento, não se sentia apta para a tarefa.

Talvez um pouco de café ajudasse.

O Modern Records ficava a menos de um minuto a pé do Arts Centre, mas ainda assim a chuva a encharcou. Pediu um expresso duplo e também comprou um chocolate para manter as mãos aquecidas pela caneca. Sentou-se em um canto e observou a vida universitária passar diante dela naquela manhã de terça-feira. Observou que não havia muitos estudantes ali: era mais um lugar aonde os acadêmicos e outros funcionários vinham comer. O ar cheirava a roupas e cabelos molhados. Jovens palestrantes de rosto leitoso abriam pacotes de batatas-fritas e os dividiam com pós-graduandas em supostas cerimônias de flerte. Mulheres solteiras com cinqüenta e poucos anos olhavam as suas agendas e tiravam sacos de chá de dentro de copos de papel e depositavam-nos sobre guardanapos.

Estava de volta à Inglaterra: não havia como não ver aquilo naquele momento. Não é de se estranhar que estivesse desorientada uma vez que quarenta e oito horas antes estava sentada em uma praia particular perto de Bodden Town, sob o sol tropical. Dois dias atrás, tinha um tipo de relação com alguém; naquela manhã, estava solteira.

E provavelmente feliz por isso, pensando bem.

As férias começaram bem, embora um tanto surrealistas. Como nunca haviam voado de primeira classe, Claire, Patrick e Rowena abusaram, cada um bebendo mais de uma garrafa de champanhe, se empanturrando de caviar Beluga e trufas italianas, e assistindo ao equivalente a sete ou oito horas de filmes em suas telas de vídeo individuais. Por isso, chegaram bêbados, empanturrados e exaustos enquanto os outros passageiros mais experientes, que passaram a maior parte do vôo dormindo, saíram do avião parecendo em ótima forma. No aeroporto, foram recebidos por George, o motorista contratado pelo sócio de Michael (cujo nome nunca souberam qual era), que os levou ao longo dos vinte e cinco quilômetros até a vila Proserpina, no lado sul da ilha.

Talvez tenha sido o álcool, ou talvez o cansaço, mas quando entraram na vila, e quando as suas malas foram levadas pelo mordomo, e seus casacos pela empregada, os três simplesmente caíram na gargalhada. A opulência naquela escala era cômica: não conseguiam ter outra reação àquilo.

O próprio tamanho dos cômodos era desconcertante. A sala de estar principal era grande como o saguão de um hotel, com seis sofás, dois bares, inúmeros alto-falantes conectados a um sistema central de som estéreo Bang and Olufsen e janelas francesas que se abriam para uma praia particular de 500 metros de extensão. O menor dos quartos tinha uma cama onde dormiriam cinco pessoas confortavelmente. Assim como todas as camas da casa, apoiava-se sobre um estrado de carvalho com entalhes feitos a mão sob um teto muito alto. Havia televisores por toda parte, bares por toda parte (até mesmo, paradoxalmente, na academia). No escritório havia uma mesa mais ampla do que uma mesa de sinuca, voltada para um painel de vinte e quatro monitores de tevê que podiam ser usados tanto para vigiar cada cômodo da casa de qualquer ângulo possível, quanto para assistir a todos os canais de negócios ou de notícias via satélite. Para aqueles que não podiam cumprir o árduo caminho de vinte metros até a praia, havia piscinas cobertas e ao ar livre. A banheira do banheiro principal era, em si, uma piscina.

Claire passou a maior parte dos dois dias seguintes na praia, na água, ou lendo, sentada em um dos terraços ensolarados. Não havia livros na casa, com exceção de um gabinete envidraçado trancado e com alarme, contendo primeiras edições modernas (Thornton Wilder, Scott Fitzgerald, Steinbeck) e alguns volumes dos séculos XVIII e XVII, que não pareciam estarem ali para serem lidos. Mas ela trouxera livros suficientes. Via pouco a Patrick e Rowena, que desapareciam horas seguidas para mergulhar com cilindros de ar comprimido ou com *snorkel*. Só se encontravam nas refeições, que se mostraram repletas de problemas de etiqueta. Na primeira noite, o jantar foi-lhes preparado pelo cozinheiro residente. Sentiram-se tão incomodados com aquilo, e as pessoas que os serviram, por sua vez, pareciam estar tão incomodadas com as tentativas dos hóspedes de serem gentis com eles, puxando papo e tratando-os como seres humanos em vez de itens da mobília da casa, que Claire decidiu que não passaria por aquilo novamente. Nas duas noites seguintes, comeram fora, em restaurantes em Bodden Town. Mesmo assim, George insistiu em levá-los de carro aos seus destinos, e esperava por eles no carro até quererem voltar para casa. Claire fez o possível para relacionar-se com Rowena nessas ocasiões, mas encontrou-a fria e distante quase ao ponto da descortesia. Ela e Patrick pareciam nada terem em comum. Não parecia haver relacionamento entre eles, a não ser de natureza física. Claire calculou que o namoro não duraria até o Natal.

Ao fim do terceiro dia, Michael ainda não havia aparecido. E era hora de Patrick e Rowena voltarem. Ambos estavam naqueles anos pré-universidade e em dois dias Rowena estaria começando um estágio no escritório de arquitetura do tio, em Edimburgo. Gentilmente, Patrick ofereceu-se para levá-la de carro até lá. Claire acenou-lhes adeus quando George os levou até o aeroporto e depois passou trinta e seis horas ainda mais estranhas, sozinha naquela casa, com ninguém como companhia afora meia dúzia de empregados que pareciam ter instruções por escrito para não falar com ela, embora estivessem sempre por perto não importando o cômodo da casa em que ela estivesse, prontos para encherem o seu copo ou levar-lhe o prato quando acabasse de comer.

Ela começou a se sentir mais do que ligeiramente estranha. Não conseguia se acostumar com a idéia de estar só sabendo-se constantemente vigiada (fosse pelos empregados mudos e vigilantes, ou pelas câmaras de segurança que ligavam automaticamente e a seguiam sempre que ela entrava em um cômodo). Claire não sabia o que estava fazendo ali. Sentia-se mais prisioneira do que hóspede. Estava começando a perder o seu senso de identidade. Começou a se sentir como o personagem de Catherine Deneuve em uma versão colorida do filme *Repulsa ao sexo*.

A demora de Michael em chegar fez alguma diferença, mas não tanto quanto esperava. Mergulhavam juntos, nadavam juntos, comiam juntos ao lado da piscina. Certa noite ele a levou de lancha para jantaram no iate de um amigo, ancorado a algumas milhas da costa, diante do Long Coconut Point. Fizeram amor na praia, no quarto e até mesmo (uma única, precária e desastrosa vez) no aparelho de remar da academia. A única coisa que não fizeram, na verdade, foi conversar. Toda a determinação de Claire para confrontar Michael com sua crescente preocupação a respeito do futuro do relacionamento deles foi frustrada pelo constante ar de preocupação dele e sua magnificente distância. Podia ser falante quando queria: tinham as suas discussões de sempre, meio sérias, meio de brincadeira. Discutiam assuntos atuais, a situação da economia, a ameaça de guerra no Iraque (contra a qual ele se opunha) e até mesmo, ocasionalmente, coisas mais triviais como a cozinha caribenha ou a educação de seus filhos (que estavam todos no colégio interno). Mas toda tentativa de levar a conversa a um plano emocional foi frustrada.

Claire começou a se perguntar, novamente, por que viera até ali. Na sala principal, viu Michael apertar um botão no controle remoto para que uma tevê de tela de plasma se erguesse do chão como se fosse o console da nave estelar *Enterprise*, viu-o zapeando os canais, da Bloomberg para outros canais de economia via satélite, e continuou a se perguntar, repetidas vezes: o que estou fazendo aqui?

Não que ele passasse todo o tempo trabalhando. Fosse qual fosse a crise que o prendera em Londres, parecia ter sido satisfatoriamente bem resolvida. Só passava uma ou duas horas no escritório. Quando recebia uma chamada no celular, primeiro verificava o número, e geralmente respondia uma em cada quatro ligações. Às vezes, se Claire perguntava sobre o que era a chamada, ele até mesmo tentava responder. Ela realmente não entendia o jargão dos negócios, e sempre tinha a impressão de que ele estava sendo muito seletivo com a informação que compartilhava com ela, mas ao mesmo tempo, sentiu como se estivesse fazendo um esforço razoável para ajudá-la a entender o que passava pela sua cabeça. Não achava que estava sendo enganada ou mantida de fora de alguma coisa. Ela sabia que a empresa estava em processo de livrar-se do excesso de terras e fábricas: ouvia repetidas referências a propriedades próximas a Solihull, perto de Birmingham. O negócio parecia estar na reta final. Parecia estar indo bem e, para Claire, era isso o que importava. Significava que Michael ficaria de bom humor.

Certa manhã, por volta das dez horas, ela saiu do chuveiro e viu que Michael estava sentado na varanda de seu quarto, olhando para a praia. O café da manhã fora servido e ele falava ao celular enquanto bebia café. Ainda de camisola, ela se sentou na mesa do lado oposto a ele, serviu-se de café em uma xícara de porcelana e continuou lendo o romance que começara na noite anterior. Michael olhou-a, dizendo com o olhar que não ficaria muito tempo ao telefone. Ela perdeu interesse no romance após uma ou duas frases, e em vez disso pôs-se a admirar a paisagem ensolarada, hipnotizada pelos sutis movimentos das palmeiras tocadas pelo vento contra o céu azul profundo.

— Então é isso? — dizia Michael. — Cento e quarenta e seis é a cifra final? — A pessoa do outro lado da linha confirmou e ele meneou a cabeça em sinal de aprovação, parecendo muito feliz com aquilo. — Excelente. Acho que podemos divulgar isso em algumas semanas sem muito estardalhaço. Não... certamente após o Natal. Logo depois.

A seguir, fechou o telefone, sorriu para Claire e inclinou-se na mesa para dar-lhe um beijo de bom-dia.

— Boas-novas? — perguntou ela, enchendo sua xícara de café.

— Muito satisfatórias.

Ela esperou que ele desse mais detalhes mas, por algum motivo, ele não tinha intenção de fazê-lo. Claire aborreceu-se com aquilo mas conseguiu manter a leveza no tom de voz ao perguntar:

— Então... cento e quarenta e seis, hein? Seriam milhões? Ele ergueu a cabeça do prato.
— Hã?
— É o quanto vai ganhar com a venda dos prédios da Solihull?
— Ah — Ele sorriu, distraído. — Não. De modo algum.
— Então não me diga: vai ser sua bonificação de Natal este ano?

Ele riu de novo. Era uma risada completamente relaxada. Fosse lá o que tivesse confirmado pelo telefone, não era algo que lhe causasse algum embaraço ou que ele se sentisse obrigado a esconder dela.

— Também não — disse ele. — Lamento não lhe dizer algo mais dramático, mas são apenas cento e quarenta e seis, mesmo. Estamos fechando o departamento de pesquisa e desenvolvimento. Estamos fechando o departamento e a fábrica. Isso quer dizer que demitiremos cento e quarenta e seis pessoas.

— Ah — disse Claire. — Sei. E por que isso é uma boa notícia?

— Por que tinha medo que fosse mais do que isso. Qualquer coisa perto de duzentos seria um desastre de relações públicas. Mas cento e quarenta e seis não é nada, certo? As pessoas mal irão notar.

— Não — disse Claire, pensativa. — Suponho que não.

Não muito depois disso, Michael foi tomar uma ducha, deixando Claire pensar no que ele dissera. Desta vez, ela não tentou voltar à leitura. Em vez disso, sentiu um tipo de dormência espalhando-se pelo seu corpo. Não era uma sensação nova: deu-se conta de que aquilo vinha crescendo dentro dela ao longo da semana. De certo modo, o que acabara de ouvir de Michael não fizera diferença: não era como um marco divisório ou um momento de revelação. Talvez agora a dormência apenas estivesse tomando forma. Ou, talvez, tenha se tornado tão premente que ela sabia que não mais poderia ignorá-la. Fosse qual fosse a razão, ela subitamente sentiu-se profunda e opressivamente infeliz por estar sentada ali naquele terraço ensolarado, o mar diante dela, a milhares de quilômetros do mundo que ela conhecia, o mundo que ela compreendia. Sentiu uma súbita saudade de sua casinha com terraço na encosta de Great Malvern.

Alguns minutos depois ela voltou para dentro, vestiu a roupa de banho, deixou a casa sem nada dizer para Michael e foi até a praia.

Não se sentia ultrajada por nada que tivesse ouvido. Claire não era ingênua. Ela sabia o que Michael fazia para viver. As pessoas viviam perdendo os seus empregos e isso inevitavelmente significava que alguém, em algum lugar, tinha de tomar as decisões que levavam a essas perdas. Acontece apenas que aquela decisão em particular fora tomada naquela manhã, na mesa diante dela, em uma ilha caribenha, por um homem de quem ela escolhera tornar-se íntima, no terraço do quarto que ela compartilhava com ele. Que diferença isso fazia? Nenhuma. E ele estava certo. Cento e quarenta e seis não era um número assim tão grande. Regularmente viam-se histórias nos jornais sobre milhares de pessoas perdendo os seus empregos.

Então, por que subitamente sentia náuseas?

Talvez fosse esse o problema. Cinco mil seria uma cifra inimaginável. Teria parecido sem sentido. Por outro lado, havia algo de vergonhosamente específico e palpável naquele número cento e quarenta e seis. Quando Claire estendeu a toalha na areia branca e escaldante à beira da água e caminhou até a arrebentação, pensou nas cento e quarenta e seis famílias que receberiam a notícia pouco depois do Natal. Sem dúvida, Michael estava certo em fazer o que fizera. E também fora atencioso de sua parte esperar que passasse o Natal antes de dar a notícia. Não era um homem mau, ela podia ver isso: mas também não podia amá-lo. Ela não podia amar um homem que tomava decisões assim e se satisfazia com elas. Talvez alguém mais pudesse. Ela assim o esperava.

A água quente espumava entre as suas coxas, sua cintura. Ela respirou fundo e atravessou uma onda. Sentiu o impacto da água no rosto, os ouvidos zumbirem, e quando emergiu alguns segundos depois o sol era forte demais para poder suportar. Protegeu os olhos do brilho do sol e repetidamente mergulhou a cada onda, e a cada vez que o fazia era como se recebesse um tapa na cara, uma chamada à razão vinda de um amigo a quem não se podia perdoar, embora fosse bem-intencionado.

Pouco depois, voltou para casa. Por sorte, não encontrou Michael em parte alguma. Claire fez as malas e deixou-lhe um bilhete dizendo: "Obrigada por tudo, pense que na verdade foram 147." Então pediu para o sempre solícito George levá-la até o aeroporto.

Claire terminou de tomar café, desistiu do chocolate e voltou ao Modern Records Centre com a capa puxada sobre a cabeça. Mas a chuva começava a esmorecer.

O café a reavivara. Ela sabia ter força o bastante agora para dedicar-se às pastas e estava pronta para qualquer coisa que pudessem revelar. (Na verdade, a única coisa que a assustava era a idéia de que nada revelassem.) Pensar nas férias a fizera compreender com maior clareza do que antes quem ela era e por que estava ali. Aquela chuva, aquele céu plúmbeo e britânico, aquela massa apressada e preocupada de humanidade teimosa e molhada: aquelas eram as coisas que a definiam. Se a sua vida nos últimos vinte e oito anos a levaram a algum lugar relevante, esse lugar era ali: aquele campus, aquela biblioteca. Tudo o mais, sabia agora, era irrelevante. Ela seria incapaz de prosseguir, até ser confrontada com tudo o que aquele lugar estava pronto para mostrar para ela.

Então, começou a ler.

Fosse lá o que estivesse esperando dos documentos de Bill Anderton, ela jamais imaginou que fossem tão envolventes. Imaginara que fossem secos e recatados, escritos apenas para preservar os registros mais lacônicos e oficiais. Em vez disso, encontrou um mundo inteiro, e toda uma era, reunidos diante de si.

Como convocador do comitê, parecia que Bill fora algo mais além de um porta-voz de sua força de trabalho. Fora conselheiro epistolar, agitador político, solucionador de disputas e guardião de segredos. As pessoas escreviam para ele sobre quase qualquer assunto: desde um gerente de oficina de uma siderúrgica que se queixava que seus homens estavam sendo descontados pelo tempo que passavam nos chuveiros após o turno de trabalho (queixa que acabou em passeata), até um pai desesperado que escrevera uma carta de cinco páginas denunciando que a filha estava sendo torturada e mantida prisioneira por freiras em um convento em Gloucestershire.

Não estava claro se Bill respondera a todas aquelas cartas. Certamente respondera a muitas delas, e o trabalho deve tê-lo mantido bastante ocupado. Claire nunca pensara nos anos 1970 como uma era distante, mas descobriu que o tom e os assuntos daquela correspondência pareciam-lhe agora tocantemente arcaicos. Ficou chocada com o tom nada irônico como Bill usava a palavra "irmão" ao escrever para outros membros do sindicato, e pelo modo como terminava cada carta com a palavra "Fraternalmente". Também se chocou ao ver o quanto daqueles documentos eram relacionados à Frente Nacional, e com o modo como diversos elementos da extrema direita tentaram se infiltrar na fábrica de Longbridge naquela época. Havia uma carta recusando permissão a um membro da Frente Nacional de usar as instalações do sindicato para uma de suas reuniões. Uma cópia de um bilhete muito mal escrito convidando os trabalhadores (por incrível que parecesse a Claire) a uma festa em Birmingham em 20 de abril de 1974, para comemorar o nascimento de Hitler. E uma declaração do comitê que condenava...

...os conflitos ocorridos em Birmingham na noite de quinta-feira, 21 de novembro de 1974. Instamos nossos membros a exercitarem o seu comedimento e não permitirem que os provocadores criem divisões entre os trabalhadores. O modo mais positivo de ajudar e expressar a nossa solidariedade é contribuir para uma maciça concentração nesta fábrica, e não participar de manifestações convocadas por organizações de fora.

Mas onde ficava Miriam em meio a tudo aquilo?

Claire não imaginava que fosse encontrar alguma carta de amor. Certamente nada haveria ali de tão pessoal: os documentos pessoais teriam sido peneirados pelos arquivistas, pensou, e discretamente devolvidos à família Anderton. Se houvesse alguma referência direta à sua irmã, certamente estaria na pasta de nome "Comitê de fundos para a caridade". Bill fora o presidente daquele comitê, e Miriam era a sua secretária. Foi como se conheceram, parecia se lembrar. Mas ela ainda não havia aberto aquela pasta. Ela a pusera cuidadosamente de lado, pretendendo guardá-la para o fim. Estava determinada a ver o material em seqüência, pacientemente.

Mas sua determinação não durou muito. A pasta do comitê de fundos para a caridade foi a segunda que abriu, após apenas vinte minutos.

Os papéis ali não estavam organizados em ordem cronológica. No alto da pilha havia um pacote de documentos legais relacionados a certo Victor Gibbs, que parecia ser o tesoureiro do comitê, e que fora pego por Bill forjando cheques e embolsando fundos. De acordo com as anotações de Bill, foi demitido da empresa em fevereiro de 1975, embora não tenha sido aberto contra ele qualquer processo judicial.

Claire reconheceu o nome. Ou pensou ter reconhecido. Miriam não se referira certa vez em um de seus diários a um certo "desprezível Victor"? Devia ser a mesma pessoa. Tentou se lembrar do que ela escrevera a respeito dele, mas não se lembrou de nada. Por que o chamava de "desprezível"? Suas falsificações e desfalques não implicavam uma personalidade particularmente atraente, é claro: mas seria algo mais que isso? Teria ele feito algo contra Miriam — prejudicado ela de algum modo — para fazê-la escrever sobre ele com tanta repugnância?

Seguiam-se as muitas minutas do comitê. O principal interesse de Claire em relação àquelas minutas residiam no fato de sua irmã tê-las datilografado. Afora isso, nada revelaram de especial. Não havia nomes de mulheres relacionados, ela percebeu. As mulheres ainda não eram participativas naquela época.

Claire tentou imaginar como seria a atmosfera na sala do comitê naquelas reuniões em noites de inverno. Imaginou fumaça de cigarro, rodopiando em direção a um tubo exposto de luz fluorescente de sessenta watts. Um grupo de homens sentados ao redor da mesa, o suor e a sujeira de um turno de nove horas na fábrica ainda pesando sobre os seus corpos. Miriam sentada junto a Bill, anotando tudo com sua desajeitada estenografia. Deviam todos olhar para ela. Ela era muito bonita. Sempre tivera facilidade de atrair os homens e sempre gostara do poder que exercia sobre eles. Que foco de atenção furtiva teria sido! Será que Victor Gibbs era uma das pessoas naquele círculo incapazes de tirar os olhos dela, e teria ela deixado claro que não estava interessada nele? Seria esta a causa da animosidade entre os dois?

O documento seguinte que Claire encontrou não respondia a esta pergunta. Mas causou-lhe tal choque vê-lo pela primeira vez que ela empurrou a cadeira para trás, que tombou rompendo o silêncio da biblioteca, e saiu dali para ficar alguns minutos ao ar livre, recuperando o fôlego, sem notar a chuva fina que caía sobre o seu cabelo e começava a escorrer pelo seu pescoço. Era uma carta de Victor Gibbs para Bill Anderton. Uma carta sobre Miriam. Mas não fora o conteúdo da carta que a chocara. Não era o que dizia. Era o modo como fora datilografada.

Claire pensou em tirar uma fotocópia da carta. Mas não queria ter uma cópia. Queria a própria carta. Por isso, roubou-a. Não teve escrúpulos quanto a isso. Se pertencia a alguém por direito, esse alguém era ela. Ela a dobrou, colocou-a em sua bolsa e levou-a da biblioteca sem que ninguém percebesse. Ela sabia que era o certo a ser feito.

Ao chegar em casa naquela tarde, pousou a carta na mesa da cozinha e voltou a lê-la. Estas foram as palavras que Victor Gibbs escreveu para Bill Anderton há quase três décadas:

> Caro irmão Anderton
> Estou escrevendo para me queixar do trabalho da sra. Newman como secretária do comitê de caridade.
> A sra. Newman não é boa secretária. Ela não faz bem o seu trabalho.
> A sra. Newman é desatenciosa. Nas reuniões do comitê de caridade ela está sempre divagando. Às vezes penso que ela tem algo mais em mente além do cumprimento de suas tarefas como secretária. Prefiro não dizer que coisas seriam essas.
> Fiz apartes e muitas observações importantes que não foram registradas pela sra. Newman nas minutas do comitê de caridade. Isso também se aplica a outros membros, mas diz respeito a mim,

especialmente. Creio que ela está executando
o seu trabalho com total ineficácia.
Levo este assunto à sua urgente atenção,
irmão Anderton, e pessoalmente sugiro que a
sra. Newman seja retirada da secretaria do
comitê de caridade. Se continuará ou não em
nosso quadro de datilógrafas é problema da
empresa, é claro. Mas também não creio que
ela seja boa datilógrafa.
Fraternalmente,
Victor Gibbs.

Após lê-la mais uma vez, Claire correu escada acima e abriu a escrivaninha no quarto vazio onde ela guardava as lembranças mais preciosas de Miriam. Pegou a mais preciosa de todas — a carta que seus pais receberam em dezembro de 1974, duas semanas após o desaparecimento de sua irmã, a última notícia que tiveram dela — e desceu as escadas com a carta em mãos. Pousou-a na mesa da cozinha, junto à carta de Victor Gibbs. Dizia:

Queridos mamãe e pai
Esta carta é para lhes dizer que fugi de
casa e não vou voltar. Encontrei um homem
com quem vou viver e estou muito feliz.
Estou grávida dele e provavelmente terei o
bebê.
Por favor, não tentem procurar por mim.
Sua filha querida.

Fora assinada por Miriam — ou Claire pensara assim até então. Mas Victor Gibbs já não havia demonstrado ser um especialista em forjar assinaturas? Por enquanto, ela só podia especular a respeito, não havia necessidade de especular quanto às cartas em si. Ambas tinham a mesma anomalia tipográfica — a letra "g" ligeiramente acima da linha. Foram escritas na mesma máquina.

O que isso representava? Que a última carta de Miriam fora forjada?

Ou que ela ainda estaria viva, duas semanas após seu desaparecimento, e estivera com Victor Gibbs ao escrevê-la?

De qualquer modo, Claire teria de descobrir.

1

O vizinho de Benjamin, Munir, opunha-se à guerra que ainda não havia começado, mas que todos achavam que seria inevitável, ou se era a favor ou contra ela. Na verdade, quase todo mundo parecia ser contra, com exceção dos americanos, de Tony Blair, da maioria de seu gabinete, da maioria de seus parlamentares e dos conservadores. Todos os demais achavam que era uma idéia desastrosa, e não entendiam por que falavam nela como se fosse inevitável.

A única pessoa que parecia não ter uma idéia definida quanto à guerra, fosse contra ou a favor, era Paul Trotter. O que era uma ironia pois ele vinha sendo regularmente muito bem pago por diversos jornais de circulação nacional para expressar a sua opinião a esse respeito. A primeira dessas matérias, chamada "Minhas sérias dúvidas quanto à guerra contra o Iraque", foi publicada pelo *Guardian* em novembro. Foi seguida de outras semelhantes, escritas para o *Times*, o *Telegraph* e o *Independent*, todas expressando dúvidas futuras, de igual gravidade, sobre a justificativa moral para a guerra, sua legalidade e sua sabedoria política. Tais artigos mostravam Paul lutando com a própria consciência em uma linguagem angustiada, enquanto de algum modo evitava dizer realmente aos leitores aquilo que realmente queriam saber, ou seja, se ele achava que a guerra era ou não uma boa idéia. Teve o cuidado de não incluir nenhum ataque a Tony Blair e de retratá-lo como um homem de princípios e um líder potencial em tempos de guerra. Também não passou despercebido pela maioria dos comentaristas (inclusive Doug Anderton) que, nas duas ocasiões em que a Casa dos Comuns votou sobre o assunto, Paul seguiu a orientação do partido e votou com o governo. No entanto, ao que parecia, as suas dúvidas continuavam sérias. O público leitor foi lembrado deste fato repetidas vezes.

— Já viu isso? — disse Munir, entrando pela porta aberta do apartamento de Benjamin certa noite em início de dezembro. Acenou com um exemplar do *Telegraph* do dia, onde Paul repetia a mesma história. — Seu irmão está em cima do muro novamente. Não sei como continua com isso. É uma piada.

— Estou ao telefone, Munir — disse Benjamin, cobrindo o bocal. — Não é uma boa hora.

— Tudo bem — disse Munir, sentando-se em um sofá barato e desconfortável. — Posso esperar.

Benjamin suspirou e foi até o quarto. Ele gostava do vizinho e não queria se indispor com ele. Assim como Benjamin, Munir, um paquistanês de meia-idade que trabalhava no conselho municipal, era solteiro e criara o hábito de, na maioria das noites, subir as escadarias vindo de seu apartamento no térreo para tomar chá e discutir política, assunto que acompanhava avidamente. Às vezes, os dois sentavam-se para ver televisão juntos: Munir não tinha um aparelho — alegando que a tevê inglesa era corrupta e decadente — o que queria dizer que freqüentemente subia as escadas e assistia à tevê de Benjamin durante horas. Ambos moravam nos únicos apartamentos naquela pequena casa com terraço (onde Benjamin já morava havia oito meses) e os dois acabaram gostando da companhia um do outro.

— Desculpe, Susan — murmurou Benjamin ao telefone, fechando a porta atrás de si.

— Tudo bem... tenho de ir de qualquer modo — disse Susan. — Ainda não dei banho nas meninas e já são quase oito horas. De qualquer modo, obrigado por ouvir, Ben. Você já deve estar enjoado dessa vaca velha e triste ligando para você toda noite.

— Você não é vaca, não é triste e *certamente* não é velha — insistiu Benjamin.
Susan riu do outro lado da linha.
— Sim, eu sei... mas é como seu irmão me faz sentir às vezes.
— Ele só está ocupado, Susan. Sei que já ouviu isso antes... de mim e de todo mundo... mas sei que é isso mesmo.
Ele desligou e voltou à sala de estar.
— Oi, Munir. Estou de saída.
— Ah. Bem, deixa pra lá. Eu só queria conversar um pouco. Talvez você não se importe se eu ficar e assistir às notícias durante meia hora?
— Sem problema — disse Benjamin, pegando as chaves e metendo-as no bolso de seu casaco de inverno. — Só não fique mudando de canais. Sei que facilmente você fica chocado.
A brincadeira não conseguiu extrair um sorriso do outro. Munir não gostava que implicassem com ele. Olhando ao redor em busca do controle remoto, perguntou:
— Era Susan ao telefone outra vez?
— Sim — disse Benjamin, abotoando o casaco.
— Essa é uma situação ruim — disse Munir. — Seu irmão a está negligenciando. Ela vai arranjar um amante se ele não tiver cuidado.
— Para ser franco, não creio que ela tenha tempo nem inclinação para isso — respondeu Benjamin. — Não com dois filhos em volta dela. Tudo o que deseja é um pouco de papo adulto de vez em quando.
Munir balançou a cabeça em sinal de desaprovação e ligou a tevê. Em alguns segundos, estava absorto nas manchetes do Channel 4 News e quase se esqueceu de que Benjamin estava ao seu lado. Benjamin sorriu e desceu as escadas, ganhando as frias ruas de Moseley para esperar um ônibus até a cidade.

Philip estava atrasado, mas Steve Richards já esperava por Benjamin no Glass and Bottle, com um copo de cerveja na mesa diante dele. Era a terceira vez que se encontravam desde que Steve e a família voltaram a Birmingham. O arranjo logo se formalizou, e agora se encontravam toda segunda quinta-feira do mês. Era uma oportunidade que todos esperavam ansiosamente.

— Fiz algo muito estúpido há algumas semanas — disse Steve, voltando do bar com uma Guinness para Benjamin. — Vi Valerie outra vez.

— Valerie? — disse Benjamin. — Uau. Isso é que é voltar no tempo, hein? Como a encontrou?

— No FriendsReunited, é claro.

Brindaram e Benjamin bebeu com avidez o líquido negro e cremoso.

— Eu não sei... — disse Steve. — É uma dessas coisas que você sabe que não devia fazer, mas não consegue se conter. Na hora, cada passo parece inocente, mas só o leva adiante no caminho. O pior, ao pensar nisso, é a quantidade de vezes que menti para Kate. E menti para ela sem motivo. Pense nisso: estava certa noite no computador, no site FriendsReunited, mas disse para ela que tinha muito trabalho a fazer. Esta foi a mentira número um. Então, recebi um e-mail de Val alguns dias depois e o estava lendo quando Kate entrou no quarto. Então eu o deletei e disse para ela que era spam. Mentira número dois. Depois eu disse a Kate que iria comer com alguns colegas novos do trabalho. Mentira número três. Então, ao voltar para casa, ela me perguntou sobre eles e tive de inventar tudo: nomes, histórias de vida, todas as coisas que supostamente conversaríamos — mentiras de número quatro a vinte e sete. E para quê? Eu e Valerie apenas ficamos sentados em um *pub* durante uma hora e meia e dissemos um para o outro como éramos felizes em nossos casamentos e como amávamos os nossos parceiros. E por isso, tive de enganar a minha mulher. Loucura. Loucura. Completa perda de tempo.

— Você vai voltar a vê-la?
— Creio que não.

Benjamin bebeu a sua Guinness e pensou nos encontros secretos com Malvina que haviam começado há três anos e que desencadearam o início do fim de seu casamento. Mas ele sabia que a situação de Steve era diferente.

— Veja — disse ele. — Não vou culpá-lo por isso. Sei o que Valerie significa para você. Ela foi a primeira, não foi? Coisas assim nunca terminam, nunca o abandonam. Portanto, se tiver a chance ...ou se puder se dar a chance... para revisitar o lugar, e dar uma olhada nele, e dar-se conta de que não mais pertence a ele, ninguém o culpará por isso. Você precisa resolver isso na sua cabeça. Todo mundo precisa. Isso é tudo, suponho.

— E quanto a você e Cicely? Já resolveu isso na sua cabeça?

Benjamin pensou muito antes de responder:
— Digamos assim: eu não penso mais nisso.
— Não é a mesma coisa.

Mas Benjamin não queria mais falar no assunto. Em vez disso, começou a perguntar sobre a mudança do amigo para Birmingham: como a família estava se adaptando à nova casa, se Kate já estava se acostumando com aquela cidade ainda pouco familiar, se as meninas gostaram da nova escola. Ele perguntou como era voltar à cidade natal, e Steve respondeu:

— Quer saber, Ben? É ótimo voltar a Birmingham. É tudo o que posso dizer. Não me pergunte por quê, mas é tão... bom.

Brindaram novamente e Steve começou a contar como fora triste deixar para trás aquele cargo em Telford, onde os patrões davam-lhe tanta liberdade para prosseguir com sua pesquisa. Mas não lamentava a decisão. É para frente que se anda. A empresa em que estava agora, a Meniscus Plastics, tinha um grande e florescente departamento de pesquisa e desenvolvimento, com excelentes instalações de laboratório perto de Solihull. Também tinha um novo e dinâmico presidente, nomeado no ano anterior, que prometera levar a empresa para frente. No todo, o futuro nunca lhe parecera tão promissor.

Philip chegou às nove e meia, direto do trem de Londres, rosto corado de excitação. Trazia a sua pasta de executivo e insistiu em se sentar com ela equilibrada no colo, como se o conteúdo fosse incomumente precioso e ele tivesse medo de que alguém a roubasse caso a apoiasse no chão.

— Há algo que eu queria perguntar, Steve — disse ele, após tomar quase o copo todo de cerveja de um só gole. — Você ainda tem aquela medalha de são Cristóvão? A que Valerie lhe deu?

Benjamin e Steve trocaram olhares de surpresa cumplicidade.

— Estávamos falando dela antes de você chegar — explicou Benjamin. — Estamos voltando no tempo esta noite.

— Claro, eu ainda a tenho — disse Steve. — Está enfiada em alguma gaveta. Não é o tipo de coisa para se mostrar a esposa e filhos. Por que pergunta?

— Porque fico pensando no que aconteceu na escola. Quando todos pensamos que Culpepper poderia tê-la roubado, para prejudicá-lo na competição.

— Bem, ele provavelmente o fez. Ele era um crápula, não é mesmo?

Os três beberam em silêncio algum tempo. Tanto Steve quanto Benjamin esperavam para ver onde aquilo iria dar. Afinal, Philip disse:

— Lembra-se do que aconteceu no ano seguinte?

— Como assim?

— Quando você estava fazendo os seus exames de nível A.

— Claro. O desgraçado me drogou. Fez-me beber algo justo antes do exame físico.

— Exato. Ficamos todos presos numa sala. Eu, você, Doug... Lembra-se de mais alguém?

Steve balançou a cabeça.

— Faz muito tempo. Não me lembro do nome de metade daqueles meninos. — Pegou o copo mas parou em meio ao gole. — Ah, sim... Sean estava lá, lembro-me. Sean Harding.
— Exato — Philip inclinou-se para frente. — Agora, pense, Steve. Lembre-se do que aconteceu. Culpepper encontrou a sua medalha na caixa de propriedade perdida, e todos nos reunimos para ver. E sempre achamos que ele fizera aquilo de propósito, para que nos distraíssemos e ele pudesse batizar a sua bebida. Entende? Mas pense no que aconteceu depois disso.

A expressão de Steve era nula.

— Não. Não me lembro.

— Sean fez uma de suas brincadeiras. Lembra-se? Fez um dos meninos pequenos jogarem um pedaço de papel pela janela. Você e Culpepper pensaram que era a cola do exame daquela tarde e brigaram por causa daquilo. Uma briga feia no chão. É claro que não era. Sean armara tudo aquilo e, enquanto vocês estavam brigando, ele ficou ali sentado, rindo. Batendo em sua xícara de chá com...

— Com aquele anel dele! O anel de sinete. Sim, lembro-me agora.

Mas não sorriu ao lembrar-se daquilo. Perdera o prazer pelas brincadeiras maldosas de Harding muito antes dos outros alunos da King William's. Nunca o perdoara por fazer o papel de porta-voz da Frente Nacional, mesmo de brincadeira.

— Mas e daí?

— Bem — disse Philip — suponha que *aquela* era a real distração. Suponha que Culpepper nada tivesse a ver com aquilo...

— O quê?... então foi Sean quem me drogou? Por que faria isso?

— OK. — Philip abriu a sua pasta, e tirou envelope de papel pardo, tamanho A4. Pousou-o na mesa diante deles. — Vou lhes mostrar algo agora. Tem a ver com o CD que você me deu.

Tirou do envelope duas fotos em preto-e-branco e mostrou a primeira para Steve, sem revelar a segunda, escondida sob a primeira.

— Há uma revista em Londres que registra as atividades da extrema direita. Quando estava pensando em escrever aquele livro, me ajudaram muito. Eles me ofereceram cópias de fotos. Nunca as aceitei mas, então Benjamin encontrou isso em Dorset... ele falou com você sobre isso?

Steve balançou a cabeça.

— Bem, ele pode explicar depois... De qualquer modo, me fez pensar. Pensei em voltar e dar outra olhada. Foi onde estive hoje. Agora, o que acha disso?

A fotografia mostrava quatro *skinheads* ao redor de uma escrivaninha em um escritório e pouco mobiliado, olhando para a câmara com olhos mortiços, como se a desafiando para uma briga. Na mesa, estava sentado um sujeito gordo de camiseta e casaco de piloto de bombardeiro, brandindo uma caneta.

— Quem são esses caras? — perguntou Steve.

— São os quatro talentosos músicos em questão. A banda Sem Remorso — a formação original, agora, infelizmente, extinta. Esse é Andy Watson, ex-proprietário do selo independente *Albion Resurgens*, lançando a sua candidatura como conselheiro do BNP, em algum lugar em East End, creio eu. A pergunta é: quem é o *sexto* homem?

Steve olhou mais atentamente para a foto.

— Não há ninguém mais.

— Olhe novamente.

Ele ergueu a fotografia e a trouxe a poucos centímetros dos olhos.

— Suponho que possa ser o braço de alguém.

— Exato. — Philip pegou a foto de volta e mostrou-a para Benjamin. — Vê? Bem aqui. Há alguém mais no canto da fotografia. Está apoiado na escrivaninha.

Philip fez uma pausa teatral, desfrutando do suspense.

— Quem é? — perguntou Steve afinal.
— Não posso dizer com certeza — disse Philip. — Mas ampliei a foto o máximo possível. Isso pode nos dar uma pista. Ele descobriu a segunda fotografia, que mostrava apenas um detalhe da primeira — o braço de um homem — ampliado dez ou doze vezes o seu tamanho original. Steve e Benjamin se inclinaram, olharam para o braço, a manga preta ligeiramente puída que sugeria um terno bem usado, a pele branca das costas da mão, os dedos magros e compridos e, no dedo médio, um anel. Um anel que reconheceram imediatamente. Era o anel que Harding comprara em um mercado de antiguidades em Birmingham, havia muitos anos: o anel com sinete que ele carimbava ao fim de todas as cartas e artigos insultuosos escritos para o *Bill Board*, o supostamente nobre e ancestral selo dos Pusey-Hamilton.

Rapsódia Norfolk nº 1

INVERNO

10

— Chama-se "Rapsódia Norfolk nº 1" — disse o motorista de táxi. — De Ralph Vaughan Williams. Linda, não é mesmo? Ouvi na Classic FM e comprei o CD. Quer que eu aumente um pouco?

— Não, obrigado — disse Paul. Ele só fizera a pergunta porque, na semana anterior, uma jovem e irritadiça repórter do *Independent* viera entrevistá-lo e um de seus comentários no perfil resultante fora que "Ele parece viver dentro de uma bolha de auto-absorção absolutamente impermeável, incapaz de demonstrar qualquer interesse pelas outras pessoas".

De qualquer modo, fizera o motorista começar a falar e parecia que não iria parar mais.

— Conhece alguma coisa da música dele? Faz coisas lindas. Tocam muito na Classic FM. Ele tem uma outra chamada "The Lark Ascending", que é totalmente fantástica. Está neste mesmo CD... é a faixa seguinte. Você pode ver o pássaro alçando vôo quando o violino começa a tocar. Sabe como é? Dá para ver. Ao ouvir esta música, basta fechar os olhos e sinto-me de volta a South Downs. No velho chalé de minha mãe. É de onde venho. É claro que não fecho os olhos enquanto dirijo, o que seria fatal, certo? Falava metaforicamente. Mas preciso de algo para me acalmar enquanto dirijo em Londres. O tráfego está inacreditável. Preciso de algo que me ajude a relaxar ou fico uma pilha. Se estivesse em casa, bastava tomar uma ou duas taças de Shiraz australiano, sabe como é, algo frutado e suave. Mas não posso me aborrecer ao volante, não é?

49
PAUL TROTTER, MP
Sua carreira está em ascensão desde que voltou a assumir a sua cadeira no Parlamento há dois anos. Freqüentes aparições na tevê e no rádio tornaram-no um dos rostos mais conhecidos do Novo Trabalhismo, e seus ternos parecem ficar cada vez mais elegantes a cada dia. Sua Comissão para Iniciativas Comerciais e Sociais ainda não disse ao que veio, mas suas realizações podem vir a confirmar a sua posição como figura proeminente na ala direita do partido.

Paul Trotter veste: terno sob medida de Kilgour (£ 2.300) e camisa de algodão branca de Alexander McQueen (£ 170).

(Extraído da matéria "Os 50 homens mais elegantes da Inglaterra", dezembro de 2002)

Paul saiu do táxi e descobriu que havia duas fileiras de fotógrafos do lado de fora do restaurante, e que teria de passar pelo espaço entre elas. Não havia um tapete vermelho, embora achasse que deveria haver. Quando o táxi se foi, ajeitou a gravata e o cabelo. Então avançou, sentindo-se subitamente lúcido, tentando se mover com a graça felina de um modelo de passarela, mas convencido, por algum motivo, de que seus braços e pernas estavam se movendo de modo estranho. Sorriu para a esquerda, para a direita, sem querer parecer pouco acostumado com tal tipo de atenção. Mas não tinha com o que ser preocupar. Nenhum dos muitos *paparazzi* se incomodou em erguer a câmera quando ele passou, e a esperada barragem de flashes nunca se materializou.

Assim que chegou à porta do restaurante uma limusine branca chegou e um casal de vinte e poucos anos desceu do carro: o homem usava uma barba cuidadosamente por fazer e óculos escuros, a mulher trajava um vestido virtualmente inexistente, que parecia consistir em três pequenos lenços de musselina unidos por um tipo de cordão. Paul não tinha idéia de quem eram, mas os fotógrafos enlouqueceram, e ele quase foi jogado no chão quando passaram por ele, flashes espocando. Massageou o cotovelo, atingido durante o estouro da multidão, e sorriu um cumprimento embaraçado para o porteiro alto e arrogante que lhe abriu a porta para entrar.

Paul já estivera naquele restaurante: ficava na esquina de Kingsway e Aldwych, e ele regularmente encontrava-se ali com jornalistas para falar em off em meio a bifes e tortas de ostras ou sopas de galinha-d'angola. Naquela noite, porém, o lugar estava mudado. As mesas haviam sido retiradas e as paredes estavam cobertas de cartazes com o logotipo da revista e mensagens de boas-vindas para os "Homens mais elegantes da Inglaterra".

As luzes haviam sido atenuadas a ponto de os convidados precisarem encontrar o caminho do bar às apalpadelas através de uma penumbra crepuscular. O som estava no máximo volume mas, apesar do estardalhaço, podia estar tocando qualquer coisa: tudo o que Paul conseguia ouvir era uma batida robotizada tão alta que fazia chacoalhar os seus ossos. Ingenuamente, imaginara que não demoraria muito até encontrar alguém conhecido. Mas assim que começou a abrir caminho em meio ao aglomerado de gente barulhenta, deu-se conta de que era pouco provável encontrar alguém de seu círculo social ou político, embora não fosse possível identificá-los caso ali estivessem.

Se não pretendia passar a noite em isolamento humilhante, teria de algum modo de penetrar em um dos grupos pequenos, exclusivos e fechados que aparentemente havia se formado ao seu redor. Mas como faria isso? Quem era aquela gente afinal de contas? A maioria parecia pelo menos dez anos mais jovem que ele. Os homens estavam mais à vontade e mais elegantes do que Paul, e as mulheres eram todas louras, usavam vestidos pretos colantes e pareciam tanto entediadas quanto belas. Supostamente a maioria das pessoas ali trabalhava na revista, em uma ou outra função. Qual deles seria o editor? O editor escrevera pessoalmente para Paul, congratulando-o por pertencer à lista. Era uma revista masculina prestigiosa, com leitores jovens e afluentes, e Paul gostaria de agradecer o editor pela carta, e usar isso para entabular conversa com ele. Mas não fazia idéia de como ele era.

Paul tinha um plano de emergência do qual esperava não ter de lançar mão: podia conversar com Doug Anderton. Doug também estava na lista — mais bem colocado que Paul, em vigésimo terceiro lugar. Mas, no momento, Paul não o via em lugar algum. Talvez não tivesse se incomodado em vir.

Foi até o bar e armou-se com uma taça de champanhe, que era grátis naquela noite e que alguém tivera a brilhante idéia de servir em taças sem pés, de modo que tinha de ser bebido com canudo. Tinha um gosto horrível daquele jeito. Paul jogou o canudo no chão e começou a olhar em torno de si com crescente desespero.

Finalmente acabou topando com um homem de meia-idade, cabelos grisalhos e óculos com armação de chifre de boi, em pé em um canto com uma mulher que certamente era sua esposa. Ela tinha cabelos mechados e trajava um vestido que parecia ter vindo da Marks and Spencers, e ambos davam a impressão de estarem perdidos e mais do que ligeiramente horrorizados com a situação em que se encontravam. Certamente, pensou Paul, aquele não podia ser um dos cinqüenta homens mais elegantes da Inglaterra. Parecia mais um carteiro do interior em um dia de folga com a esposa na cidade grande, após terem se perdido de seu grupo e entrado por engano naquela festa quando deveriam estar assistindo a *Cats*.

De qualquer modo, Paul decidiu tentar.

— Paul Trotter — disse ele, aproximando-se do homem grisalho e estendendo-lhe a mão. — Quadragésimo nono.

— Ah! Muito prazer conhecê-lo. — O homem apertou-lhe a mão efusivamente. — Professor John Copland. Universidade de Edimburgo. Décimo sétimo.

Décimo sétimo? Paul ficou atônito.

— Graças a Deus veio falar conosco — disse a esposa do professor Copland. — Estamos nos sentindo como peixes fora d'água.

O professor Copland era um dos maiores geneticistas do país, autor de diversos best sellers sobre o assunto. Infelizmente, Paul nunca ouvira falar dele, e nada sabia de genética, de modo que a conversa — que conseguiram prolongar por mais de meia hora, com algum considerável esforço das três partes — restringiu-se a generalidades. O professor e esposa estavam interessados em ouvir a opinião de Paul sobre a iminente invasão do Iraque. Pareciam estar confusos, mesmo após terem lido muitos de seus artigos no jornal, se ele era contra ou a favor da guerra. Ele não conseguiu esclarecer muito. Na verdade, este era o primeiro assunto no qual a sua lealdade à liderança do partido parecia fraquejar, mas achava impossível dizer isso, fosse em público ou para si mesmo. Por um lado, sentia ter uma dívida de confiança para com o partido que o levara ao parlamento em 1997. Por outro, seus instintos políticos (e morais) mais básicos diziam-lhe que aquela aventura era perigosa, que as justificativas apresentadas para aquilo eram mal articuladas, que aquilo feria os limites da lei internacional e só promoveria o terrorismo em vez de debelá-lo. Ele não conseguia entender por que o primeiro-ministro, cuja opinião ele prezava de coração em qualquer outro assunto, apoiava tal tipo de ação. Aquilo o deixava confuso. E isso era a coisa mais perturbadora de tudo, no que dizia respeito a Paul. Ele não gostava de se sentir perturbado. Gostava de lidar com certezas.

— Bem, foi ótimo conversar com você — disse a esposa do professor Copland, após um silêncio mais longo que sinalizou que todas as vias de conversa haviam sido exploradas. Os olhos de seu marido começaram a ficar vidrados. — Acho que já vamos. Está não é a nossa praia.

— Prazer em vê-lo — disse Paul, acenando-lhes, e quando eles se foram e ele se viu com um solitário observador na periferia de grupos de jovens pouco hospitaleiros, sentiu-se genuinamente infeliz.

Foi resgatado alguns segundos depois por uma saudação inesperada.

— Paul Trotter, não é mesmo?

Paul voltou-se e viu um homem que ele não reconhecia. Ou ao menos reconhecia apenas vagamente. Conhecia centenas de pessoas durante a sua semana de trabalho e aquele homem podia ser qualquer uma delas. Parecia ter trinta e poucos anos, tinha uma barba de bode e a cabeça raspada, talvez para disfarçar a careca incipiente.

— Olá — disse Paul, inseguro. — Perdoe, mas não me lembro se...

O homem se apresentou, lembrando a Paul que haviam se conhecido há três anos, quando ele era produtor de um programa de tevê. Fora a primeira aparição televisiva de Paul, e não fora um sucesso. De qualquer modo ambos haviam mudado com o tempo. O homem agora dirigia uma empresa de produção independente e tinha dois seriados de tevê — um no Channel 4, outro na BBC — e outra meia dúzia em desenvolvimento. Com base nessas conquistas, a revista decidiu que ele era o décimo quarto homem mais elegante da Inglaterra.

— Sou o número quarenta e nove — disse Paul, sombrio. Aquela estava se revelando uma estatística pouco impressionante. Seria bom se pudesse encontrar o número cinquenta, mas não se lembrava de quem era.

— Sozinho esta noite? — perguntou o produtor.
— Sim — disse Paul. — Susan, minha mulher, adoraria ter vindo, mas... você sabe. Crianças.

O produtor meneou a cabeça. Ele não tinha filhos. Afora isso, Paul estava mentindo. Ele não dissera a Susan que viria àquela festa. Em vez disso, convidara a jovem jornalista irritadiça do *Independent* mas ela não respondeu nenhum de seus e-mails.

— Um som um tanto alto, não é? — perguntou o produtor.
— Deus sabe quem são essas pessoas.
— Horrível — concordou Paul. — Acho que vou cair fora em um minuto. Comer alguma coisa.

Por não poder enfrentar a perspectiva que então se desnudava diante dele, de ir a um restaurante sozinho, ou voltar para o apartamento e pedir algo por telefone, Paul perguntou, desajeitado:

— Gostaria de vir comigo? Parecemos ser os únicos sujeitos solitários nesta festa. Seria bom se ficássemos juntos.

— Obrigado — disse o produtor —, mas na verdade estou acompanhado.

Então, a sua companheira saiu do banheiro feminino e apareceu ao lado dele.

Paul não acreditava que Malvina pudesse estar ainda mais magra do que ele se lembrava. E ainda mais pálida. Acrescentara mechas vermelhas ao seu cabelo negro, e havia luas escuras de rímel sob seus olhos, que lhe davam um ar de sonolência. Ela usava um vestido negro de chiffon que permitia vislumbrar a magreza láctea que se ocultava ali embaixo. Nos olhos, na fração de segundo em que ela o viu pela primeira vez, ele pressentiu um brilho de pânico; mas foi imediatamente controlado. Em vez disso, ela pigarreou e adotou uma atitude formal, agarrando a bolsa contra a cintura com ambas as mãos.

— Olá — disse ela, sem emoção alguma na voz. Então, voltou-se para o produtor, que olhava para ambos com alguma curiosidade. — Paul e eu trabalhamos juntos um tempo. Lembra-se?
— Ah, sim — disse ele. — É claro.
— Quero mais champanhe, por favor — disse Malvina, incisiva.
O produtor meneou a cabeça e, depois de perguntar a Paul se também iria querer, foi até o bar buscar três taças. Parecia estar acostumado a obedecer tais ordens.
— Então — disse Malvina, quando foram deixados a sós em meio à multidão barulhenta e embriagada. — Como vai? — Sua voz ainda estava despojada de qualquer sentimento.
— Bem — disse Paul. — As coisas vão bem. — E perguntou: — Sabia que eu estaria aqui esta noite?
Malvina balançou a cabeça.
— Está na lista?
Paul meneou a cabeça.
— Muito bem.
— Obrigado.
Houve uma longa pausa.
— Tem outra filha agora, eu vi.
— Sim, é verdade. Vai fazer dois anos em abril. O tempo voa.
— Susan está aqui?
— Não. Não está. — Paul olhou-a mais detidamente, tentando ler uma expressão nos olhos dela. Era impossível. — Penso muito em você — disse.
Ela o olhou diretamente pela primeira vez.
— É mesmo?
Ele meneou a cabeça.
— Você nunca me procurou — disse ela, levemente acusadora.
— Você me disse para não fazê-lo. Obedeci. Você me disse... que não podíamos voltar a ser amigos até... tudo entre

nós ter sido superado. — Malvina virou o rosto. — Será que já foi?
Ela balançou a cabeça.
— Não. Não creio.
Paul pensou um momento no que ela dissera: não era o que esperava ouvir, e parecia deixá-los com pouco a dizer um ao outro.
— De qualquer modo — murmurou Paul —, para ser honesto, esse evento foi um tanto inconveniente. Estava de saída.
Então, Malvina disse algo ainda mais inesperado.
— Vou com você.
O barulho da festa pareceu desaparecer, deixando Paul e Malvina a sós: como se subitamente transportados para o mesmo isolamento, a mesma imobilidade absoluta, como no dia em que se viram pela última vez, no centro do círculo ancestral das pedras de Rollright.
— E quanto a...? — Paul olhou para o produtor. Estava no bar, flertando com duas jovens que talvez trabalhassem para a revista.
— Ele vai ficar bem — disse Malvina e, pegando Paul pelo braço, empurrou-o em direção à recepção.
Enquanto ele a ajudava com o casaco, permitiu-se acariciar os seus ombros magros e, ao tocá-la, mesmo que brevemente, pôde senti-la inclinar-se em sua direção, como se atraída por ele. Imediatamente ele se deu conta de que o longo silêncio entre os dois fora um aberração, um erro tolo. E ele tinha certeza absoluta de que iriam dormir juntos naquela noite.

A única pessoa que viu Paul e Malvina deixando a festa juntos foi Doug Anderton. Estava só, encostado em uma parede, compondo em sua mente as primeiras frases de uma matéria para os jornais de domingo.
Doug não estava procurando Paul, embora soubesse que ele provavelmente estaria ali. Em vez disso, seu olhar estava fixado

em uma cena que se desenrolava no canto do restaurante junto à entrada, onde o jovem casal que chegara atrás de Paul em uma limusine branca desfrutava das atenções de uma multidão de jornalistas e fotógrafos. Este casal, que Paul não reconhecera, eram dois concorrentes de um dos *reality shows* mais populares da tevê britânica. Durante semanas eles mantiveram o público imaginando se iriam ou não fazer sexo diante das câmaras. Os jornais tablóides dedicaram centenas de centímetros de suas colunas a este assunto. Nenhum dos dois tinha talento, conhecimento, educação e nem mesmo personalidade ao seu favor. Mas eram jovens e bonitos, vestiam-se bem, tinham aparecido na tevê e isso era o bastante. Assim, os fotógrafos continuaram a tirar fotografias, os jornalistas continuaram tentando fazê-los dizer algo de interessante, passível de citação ou divertido (o que era difícil, pois também não eram perspicazes).

Nesse meio tempo, bem junto a eles, Doug não conseguiu deixar de notar, a figura do professor John Copland, o maior geneticista e um dos maiores escritores de ciência da Inglaterra, freqüentemente mencionado como um potencial ganhador do prêmio Nobel, que esperava a mulher sair do banheiro feminino. Ninguém tirava fotos e nem lhe pedia que dissesse qualquer coisa. Era como se fosse um motorista de táxi, esperando para levar um dos convidados para casa. Para Doug, tal situação sintetizava tão perfeitamente tudo o que ele queria dizer sobre a Inglaterra de 2002 — a obscena falta de substância de sua vida cultural, o triunfo grotesco do brilho sobre a substância, todos os clichês que eram apenas clichês, afinal de contas, porque eram verdadeiros — que ele estava, perversamente, agradecido por estar testemunhando aquilo.

Doug viu o distinto professor esperando pacientemente com dois casacos apoiados no braço, observou o casal de celebridades, desfrutando de sua fama efêmera, e ficou como que hipnotizado, ao seu modo, observando os jornalistas de tablóide que desesperadamente tentavam extrair alguma observação importante dos entrevistados. Enquanto tentava guardar cada detalhe da cena em sua memória, viu com o canto dos olhos Paul Trotter deixar o restaurante com o braço ao redor de Malvina, as cabeças unidas sob uma aura de intimidade. Contudo, pensando bem, aquilo também era interessante.

9

Munir era, por natureza, um homem que se preocupava com as coisas. Sua lista de preocupações era interminável: o bem-estar de seus irmãos e irmãs, por exemplo, ou a insuficiência de seu plano de aposentadoria, ou a ameaça de cortes de pessoal no seu trabalho, a infiltração em cima da janela de seu banheiro, o estalar das juntas sempre que se erguia após as orações, o livro da biblioteca com prazo vencido que ele não conseguia achar, ou o aquecimento global. Mas naquela época em particular — na terceira semana de dezembro de 2002 — havia duas coisas que lhe davam um motivo de preocupação extra: a iminência da guerra e a saúde mental de Benjamin.

— Este país está enlouquecendo — disse certa noite para o amigo, durante um intervalo comercial do noticiário da tevê.

— E você também, se quer saber. Por que vendeu todo aquele equipamento? Era seu orgulho e prazer.

— Porque preciso do dinheiro — disse Benjamin a caminho da cozinha para esquentar a chaleira. Munir o seguiu.

— Mas assim você não vai terminar o livro.

— Vou terminar o livro — corrigiu-o Benjamin. — Só vou me livrar da música. Estava ficando muito complicado.

— Mas pensei que esse fosse o grande lance do livro!

Benjamin parou em meio ao gesto de acender o fogão, olhando direto em frente em busca das *mots justes*.

— Decidi ser radicalmente simples — disse ele.

Voltaram à sala de estar. A mesa de café diante do sofá estava lotada de guias de viagem, cobrindo cada parte do globo, da

Tailândia ao Alasca. Benjamin planejava viajar. O problema era que não conseguia decidir aonde ir primeiro, e havia muitas opções.

— Você sabia — disse ele — que só com a venda da unidade de reverberação consegui dinheiro bastante para comprar uma passagem na Trans-Siberiana? Primeira classe!

Munir desdenhou:
— O que vai fazer na Transiberiana?
— Olhar pela janela.
— Para o quê?
— Não sei... para a Transiberiana, suponho. Mas há também Bali. A América do Sul. As ilhas do Cabo Verde. O mundo é uma ostra.

Munir não estava convencido.

— Bem, só comi ostras uma vez, e fiquei enjoado. Desculpe-me dizer, Benjamin, mas você está tentando fugir de si mesmo. Isso não vai funcionar.

— Não estou tentando fugir de mim mesmo. Estou tentando fugir... disso! — ele apontou para o apartamento ao seu redor, sua pouca mobília, papel de parede antigo e pinturas encardidas.
— Estou fugindo de Birmingham. Do tédio. Do fracasso. O que há de errado nisso? Já era hora, certo?

Munir sentou-se e voltou a aumentar o volume da tevê.

— Comece devagar, Benjamin, é tudo o que tenho a dizer. Desta vez, não morda mais do que pode mastigar.

Assistiram à reportagem especial sobre as armas de destruição em massa do Iraque e então tiraram o volume da tevê quando começaram as notícias esportivas. Nenhum dos dois tinha o menor interesse em futebol.

— Ha! — disse Munir com desdém. — Então agora os americanos têm um documento de 12 mil páginas e *ainda* assim admitem que não têm provas de que essas armas ridículas existam. Será que há alguém no mundo que não veja que isso é apenas uma aventura imperialista, que eles estão determinados a estabelecer uma base de poder no Oriente Médio e essas armas são apenas uma desculpa inventada para o fazerem?

Benjamin concordou, mas disse:

— Mas o que podemos fazer? Uma vez que são eleitas, essas pessoas podem fazer o que quiser. Estamos amarrados a eles.

Aquilo pareceu enfurecer Munir mais do que qualquer coisa.

— É só o que ouço! Derrotismo. Apatia. Não é bom o bastante, estou lhe dizendo. Que tal nos mobilizarmos fazendo manifestações de protesto, escrevendo cartas ao parlamento, assinando petições?

— E daí?

— Bem, funcionou no caso de Longbridge, não foi? Você estava no Cannon Hill Park naquele dia. Eu também. Não foi inspirador? Não mudou o curso das coisas?

Benjamin deu de ombros.

— Como saber que o governo realmente se importou? Talvez as coisas acabassem assim, mesmo sem a passeata.

Ele pegou o controle remoto novamente e passou pelos canais. Durante alguns minutos ele e Munir assistiram a um programa de humor norte-americano. Era sobre quatro mulheres ricas e solteiras que viviam em Manhattan e se encontravam regularmente para almoçar e discutir os detalhes mais íntimos de suas vidas sexuais. Benjamin gostava daquele programa. Nunca conhecera mulheres assim na vida, e suspeitava que não passassem de fantasias de algum roteirista. Mas ambicionava o seu estilo de vida e sentia-se gratificado com aqueles relances voyeurísticos de seu meio de vida libertino e privilegiado. Além disso, ele tinha atração por duas das atrizes.

Em alguns segundos, porém, Munir se sentiu incomodado com o linguajar e a franqueza desavergonhada dos diálogos. Logo se levantou e começou a caminhar pela sala, incapaz de ouvir mais.

— Desligue isso — disse ele. — Este programa.
— Ora, vamos — disse Benjamin. — Não passa de um pouco de diversão escapista.
— Não, acho isso inacreditável — insistiu Munir. — Estas mulheres estão em um lugar público, falando umas com as outras a respeito de como proporcionar prazer oral aos seus homens, como se discutissem padrões de bordado ou livros de receitas. Uma delas, aquela ali, admitiu abertamente ter feito sexo com cinco parceiros diferentes na semana! Que respeito, que *respeito* sentem essas mulheres por si mesmas, pelos seus próprios corpos? O que está acontecendo com a sociedade para que tais coisas sejam admitidas em nossas telas? O que passa pela cabeça das pessoas que fazem isso? Olhe para isso, Benjamin! — Ele apontou para a tela quando uma das personagens dava uma demonstração prática de sua técnica, usando o gargalo de uma garrafa de vinho. — *Isso* é a América de hoje. Uma terra de degenerados! É de se estranhar o fato de o resto do mundo ter começado a desprezá-los? Que tipo de... *probidade* podemos esperar de uma nação que se porta desta maneira? Este é um país que professa uma coisa e faz o oposto... na frente de todo mundo! Prega religião e moralidade, mas suas mulheres se comportam como putas. Obrigam outros países a se desarmarem, mas gastam todo o seu dinheiro montando o mais terrível arsenal de armas nucleares e convencionais do planeta. Cospe no rosto do mundo muçulmano e arremete contra o Oriente Médio em sua ânsia por petróleo para abastecer os seus carros sedentos de combustível e depois manifesta assombro pelo fato de haver homens como Osama bin Laden que acreditam no que ele acredita. E é com isso — com *isso* que nosso primeiro-ministro se aliou. Com uma nação de caubóis e *call-girls*! — ele se sentou no sofá, exausto por sua própria retórica, e passou a mão na cabeça antes de concluir: — Não sou um homem que goste de xingar, Benjamin, você sabe disso,

mas esse país está fodido. O mundo inteiro está fodido, pelo que vejo.
 Benjamin procurou algo que dizer. Por algum motivo, a frase "é um ponto de vista" pairou sobre seus lábios. Mas no fim ele apenas murmurou, mais para si mesmo do que para Munir.
 — Tenho de sair daqui. Tenho de sair daqui logo.

Tentou seguir o conselho do amigo e fez a sua escapada devagar, em passos administráveis. Um bom modo de começar, pensou, seria passar alguns dias em Londres. Mas, desta vez, não queria ficar com Doug e Frankie. Queria escapar de tudo associado à sua vida pregressa. Ele queria ficar sozinho.
 O irmão de Susan, Mark, tinha um apartamento em Barbican Centre, que ficava vazio durante as suas freqüentes ausências da Inglaterra. Seu trabalho para a Reuters significava passar a maior parte do ano no exterior. No momento estava em Bali, cobrindo as tentativas das autoridades de pegar os terroristas responsáveis pela recente explosão de um clube noturno. Susan e suas filhas usavam o apartamento às vezes quando iam a Londres, e ela freqüentemente sugerira que Benjamin também aproveitasse. Agora, pensou ele, seria uma boa ocasião de aceitar a oferta. Para começar, poderia passar o Natal ali. Qualquer coisa seria melhor do que passar o Natal a sós com os pais.
 Foi visitar Susan na tarde seguinte. Achou melhor pedir-lhe pessoalmente e, além disso, gostava de passar algum tempo com as sobrinhas. Chegou no fim da tarde e descobriu que as meninas ajudavam a mãe a decorar a árvore de Natal. Era tão pesada que Susan mal conseguia erguê-la, e o pé da árvore precisava ser serrado antes de ser encaixado na base. Até mesmo Benjamin, o pior ajudante do mundo, achou que podia ajudar naquilo. Deitou a árvore no chão da sala de estar e começou a trabalhar com

a serra enquanto as meninas o observavam. Sentiu-se inflar de orgulho com o seu olhar admirado.

— Há... algo... que quero lhe pedir — disse ele para Susan, surpreso ao ver que estava ofegante após apenas trinta segundos de trabalho. — Eu... estava pensando se... o apartamento de Mark estaria livre... no momento.

— Pelo que eu saiba está — respondeu ela. — Por quê, quer usá-lo?

— Acho que preciso... de um tempo — ofegou Benjamin.

— Pensei em ir a Londres... no Natal.

Sentiu algo úmido e frio na testa. Cuidadosa, Antonia correu até a cozinha e voltou com um pano que usou para limpar as gotas de suor de seu rosto vermelho.

— Parece estar tudo bem. Quero dizer, a gente nunca sabe onde ele vai estar de um dia para o outro. Ele me disse que, se a guerra começar, talvez o chamem de volta para ele ir para o Iraque com as tropas inglesas. Mas, de qualquer modo, o apartamento está vazio agora. O único problema é que eu estou sem a chave. Está com Paul.

— Paul?

— Sim. Mark deu-lhe a chave, caso houvesse uma emergência ou algo assim. Não creio que ele vá lá. Quer que eu ligue para perguntar?

— Seria ótimo... quando tiver... um minuto.

— Vou ligar agora.

Susan foi até a cozinha e, após mais algumas serradas, Benjamin decidiu largar as ferramentas e juntar-se a ela. Estava pronto para fazer uma pausa, embora só tivesse serrado até a metade do tronco. As meninas ficaram atrás, dispondo cuidadosamente os enfeites natalinos no tapete, à espera do grande momento em que seriam pendurados na árvore.

— Ele não responde — disse Susan, pousando o telefone no gancho com um suspiro. — Só Deus sabe por que achei que atenderia. Só consigo falar com ele uma vez em dez.

(Na verdade, Paul ouvira o celular tocar, mas não o atendeu. Na hora, ele estava no apartamento de Mark, os dedos ocupados em abrir a blusa de Malvina.)
Susan olhou para Benjamin e seu rosto subitamente foi tomado de dor.

— Virei uma mãe solteira, Ben. Como aconteceu?
— Está assim tão ruim? É como se sente de fato?

(Paul deitou-se de costas na cama de Mark, e Malvina ajoelhou-se sobre ele. Ela mesma abriu os últimos botões e tirou a camisa.)

— De certo modo é pior do que isso. Se eu fosse uma mãe solteira ao menos poderia procurar outra pessoa... por mais aterrorizante que fosse. Mas, no momento, estou presa em uma terra de ninguém.

— Talvez devesse deixá-lo — arriscou Benjamin, sabendo que não lhe cabia sugerir tal coisa.

— Eu não *quero* deixá-lo — disse Susan. — Não quero ficar sozinha agora. Não quero que as meninas percam o pai sendo tão novas. E decidi me casar com seu irmão porque eu o amava... por alguma razão estúpida e insondável. Na verdade, ainda o amo.

Ela fungou e assoou o nariz, virando-se de lado para que Benjamin não visse as lágrimas em seus olhos enquanto Paul, a cento e setenta quilômetros dali, tocava os pequenos e desnudos seios de Malvina e os acariciava até ficarem duros e eriçados.

— Ele está saindo com alguém? — perguntou Benjamin.

— Como saber? Não creio. Para seus padrões, ele tem sido bastante atencioso nas últimas semanas. Parte de mim... tem medo disso e a outra parte quer que aconteça. Suponho que me forçaria a tomar uma atitude. De algum modo, me libertaria. — Ela voltou a assoar o nariz. — Mas não sei se eu *quero* ser livre. O que viria depois disso?

Antonia apareceu na porta da cozinha.
— Venham vocês dois — disse ela. — Estamos prontas para começar a decoração.

Ela pegou a mão de Benjamin e puxou-o até a árvore de Natal, enquanto Malvina tirava a camisa de Paul e começava a desafivelar o cinto das calças dele.

Benjamin não teve grande dificuldade para terminar de serrar o tronco, e em alguns minutos a árvore foi posta no lugar. Depois, seguiu-se o difícil processo de colocar o fio de luzes pelos galhos. Ruth já pisara sobre uma das lâmpadas por acidente e a quebrara.

Malvina ajudou Paul a tirar as calças e jogou-as de lado, depois tirou-lhe as cuecas em um movimento cobiçoso. Agora, apenas de calcinha, ela se abaixou e deixou o tecido áspero entrar em contato com seu pênis intumescido e impaciente, rodando os quadris e apoiando-se pesadamente sobre ele.

— O que acha que devemos pôr primeiro, querida? — perguntou Susan para Antonia, acariciando-lhe os cabelos. — Papai Noel?

— Não, vamos pôr as bolas primeiro. — Ela pegou uma bola dourada e outra prateada e pendurou-as em dois galhos, franzindo a testa, concentrada, a língua no canto dos lábios. Enquanto isso, o pai grunhia de prazer ao primeiro toque da boca de Malvina em seu pênis, a língua úmida percorrendo-lhe com sofreguidão.

— E você, Ruthie? Vai pendurar alguma coisa? — Ruth parecia em dúvida, de modo que Benjamin passou-lhe um pequeno anjo, as asas brilhantes ligeiramente tortas, e ela fez o possível para equilibrá-lo em um dos galhos. Logo ela se afastou, assustada, quando seu dedo foi picado por uma das agulhas do pinheiro.

— Cuidado, querida! — disse Susan. — Essas coisas são afiadas, lembra-se? — Ruth olhou para o dedo indicador e sugou-o até a dor passar. Olhou sério repetidas vezes para a mãe, como se a censurasse por não ter lhe dito que o mundo era um lugar tão perigoso. Sua boca se estreitou e ela esteve a ponto de chorar, mas conteve as lágrimas. Benjamin tomou-a no colo e a abraçou como força, beijando-lhe a cabeça e respirando o cheiro amendoado de seus cabelos.

Paul abriu os lábios da vagina de Malvina e inseriu-lhe a língua. Saboreou-lhe o líquido salgado e quente que vertia em sua boca. Tomou seu clitóris intumescido e mordeu-o delicadamente, provocando-a. Suas costas se arquearam e ela gemeu de prazer.

O telefone tocou.

Susan foi até a cozinha atender.

— Uma de cada vez, meninas — gritou. — E cuidado com essas agulhas!

Ficou longe alguns minutos. Benjamin e as meninas penduraram algumas bolas no meio tempo, e então Antonia e Ruth perderam interesse e, em vez de decorarem a árvore, começaram a embrulhar uma à outra em ouropel. Então, embrulharam Benjamin e riram ao verem quão engraçado ele estava. Malvina abriu as pernas na cama como uma estrela-do-mar. Paul deitou-se entre elas e penetrou-a. Susan voltou a aparecer na porta da cozinha e disse:

— Ben, posso falar com você um instante?

— Claro — disse ele, e aproximou-se dela, esperando que ela achasse engraçado a sua cabeça embrulhada com uma rena de plástico no topo. Mas Susan parecia séria, quase apreensiva.

— Está tudo bem? — perguntou Benjamin.

— Sim, está tudo bem. — Ela se voltou e ele a seguiu cozinha adentro.

— Quem era?

— Era Emily.

— Emily? O que ela queria?

— Bem, na verdade são boas notícias. Ao menos, espero que pense assim.

Benjamin esperou em silêncio ansioso até Susan dizer:
— Ela está grávida.

Ele não sabia o que dizer. O rádio na cozinha de Susan, percebeu, tocava o terceiro mote natalino de Poulenc. Lentamente, tirou a rena do alto da cabeça e começou a desenrolar o ouropel.

8

Benjamin desapareceu pouco depois do Natal. Não deu explicações para seu amigo e vizinho, e Munir chegou a pensar que ele havia se ofendido naquela noite após seu ataque verbal contra os valores do Ocidente. Mas não conseguia crer que essa fosse a verdadeira razão para a partida de Benjamin, uma vez que tiveram tantas conversas similares anteriormente. Algo mais o motivara. E a razão de seu desaparecimento continuava um mistério.
Aconteceu muito subitamente. Na manhã seguinte à sua visita à cunhada, Benjamin arrumou um carro em algum lugar e passou mais de uma hora lotando o bagageiro, os bancos traseiros e o banco do carona com caixas de papelão cheias de papel. Partiu às nove da manhã e só voltou tarde da noite. Voltou a pé, tendo aparentemente devolvido o carro ao dono. Já passava da meia-noite quando bateu à porta de Munir e deu-lhe as chaves de seu apartamento.
— Vou pegar um vôo cedo pela manhã — disse ele. — Não sei quando vou voltar. Cuide do lugar para mim.
— Para onde vai? — perguntou Munir.
Benjamin hesitou, antes de dizer-lhe:
— Minha passagem é para Paris. Mas não ficarei muito tempo por lá. Depois, não sei.
E foi tudo o que disse. Quando Munir voltou do trabalho naquela noite, foi até o apartamento de Benjamin e descobriu que não estava vazio. Benjamin deixara a maior parte de suas roupas, a maioria de seus livros, a maioria de seus CDs. Seu

computador ainda estava lá, embora todos os seus papéis tenham desaparecido. Parecia que pretendia voltar, mas era impossível adivinhar quando.

Mas Benjamin não fizera qualquer arranjo com o proprietário para continuar pagando o aluguel. Em uma manhã de domingo no início de janeiro de 2003, Munir ouviu ruídos no corredor e descobriu que o proprietário aparecera com dois de seus empregados e estava trocando as fechaduras do apartamento de Benjamin e tirando dali os pertences que ele deixara para trás. Munir protestou, mas de nada adiantou: o contrato expirara no fim de dezembro, as cartas do locador não foram respondidas e o imóvel fora imediatamente posto em disponibilidade para aluguel. Munir conseguiu salvar alguns livros, a maioria dos CDs, o computador, a televisão e algumas das roupas de Benjamin. Tudo o mais — inclusive a mobília — foi levado.

Mas o apartamento não foi realugado. Nem mesmo foi redecorado, como prometera o proprietário. Permaneceu vazio e tornou-se lugar de estranhas reuniões, um misterioso entrar e sair de pessoas. Foi o início de um tempo de ansiedade e medo para Munir. Para onde fora Benjamin? Se levara o telefone celular com ele, parecia que nunca o ligava. Seus pais ligaram pedindo informações e Munir não pôde fornecê-las. Nesse meio tempo, lá em cima, ouviam-se passos tarde da noite, vozerio em horas tardias, carros e motocicletas saindo da portaria em horas que gente decente já estaria na cama. Certa vez ouvira ruídos de luta corporal e, em outra oportunidade, às três da manhã, Munir pensou ter ouvido o grito de uma mulher, que o despertou de um sono profundo.

Agora, na maioria das noites, descobria-se desperto, ouvindo esses sons, o coração pulsando na escuridão. Quando se cansava de ficar ali, alerta e desperto, a mente repleta de especulações sobre o que poderia ter acontecido com o amigo e que assuntos nefandos o proprietário vinha tratando ali, ligava o rádio e ouvia o World Service. Fosse lá o que ouvisse, aquilo apenas alimentava a sua ansiedade. As notícias iam de mal a pior. O governo inglês parecia expressar apoio servil ao presidente Bush e à sua retórica belicista. Mais e mais tropas estavam sendo enviadas ao Golfo, prontas para a invasão. Afora a sua ida semanal ao *salat al-jama'ah*, Munir freqüentemente se levantava e rezava durante a noite, no quarto vago onde pusera um tapete exatamente para esse propósito. Em suas du'a pedia que Alá tivesse piedade do mundo e não o mergulhasse em uma guerra terrível. Dizia essas rezas em voz alta, sentindo-se mais só e sem amigos do que nunca à medida que as palavras saíam de sua boca e esvaíam-se na noite de Birmingham.

Munir sabia que não era o único a se opor àquela guerra. Sabia, em verdade, que a maioria do povo britânico estava do lado dele. Ficou contente ao saber das grandes passeatas organizadas em todas as cidades principais do país no dia 15 de fevereiro. Caminhou lado a lado com seus concidadãos, ouviu os seus discursos, bateu palmas e gritou e, ao voltar para casa no fim da tarde, assistiu às notícias na tevê de Benjamin e viu que uma multidão ainda maior se reunira no Hyde Park em Londres. Contudo, no fundo de seu coração, sabia que o primeiro-ministro não ouviria nenhum daqueles protestos. Um processo incontível começara. A história — cujo fim fora anunciado prematuramente por alguns escritores havia mais de uma década, após a derrota do comunismo — estava tomando um impulso terrível, crescendo em um rio impiedoso e rápido que logo alagaria as suas margens, e milhões de pessoas, temia Munir, seriam levadas por sua corrente em direção a um destino desconhecido sobre o qual não tinham controle.

Os estranhos continuavam a chegar após o escurecer; passos continuaram a serem ouvidos, passadas pesadas para cima e para baixo da escada. Munir pensou em ligar para a polícia, mas sabia que nada de definitivo tinha a dizer, e acreditava que não o levariam a sério. Em vez disso, posicionou uma cadeira junto à janela de seu apartamento térreo e passou muitas noites ali sentado, com um olho na tevê, outro na rua lá fora. Era uma situação lamentável. Tornara-se um grande curioso, e isso o fazia se sentir muito velho.

Certa noite, alguns dias após as marchas pela paz de fevereiro, uma grande neblina baixou sobre a cidade. Sentado à sua janela e regularmente olhando pela fresta das cortinas, Munir não conseguia enxergar além do portão do jardim, a uns cinco ou seis metros adiante da porta da frente. Contudo, podia ouvir passos. Alguém andava por ali havia uns cinco minutos ou mais. Seja lá quem fosse, tinha um passo curioso, hesitante e irregular. Talvez estivesse ouvindo mais do que um par de pés, embora não tenha ouvido qualquer voz. Após alguns minutos, decidiu investigar. Pegou o guarda-chuva no cabideiro — era bem pesado e talvez não completamente inútil como arma — e saiu na turva escuridão invernal.

A neblina se enroscava nos postes de luz cor de âmbar em caprichosas espirais. Munir morava em uma rua tranqüila: não havia barulho de trânsito naquela noite, e assim que ele abriu e fechou a porta da frente, ouviu a pessoa que estava lá fora dar as costas e se afastar. Correu até o portão do jardim e ouviu mais atentamente. Os passos que se afastavam não pareciam serem rápidos. Soavam relaxados e, novamente, algo irregulares. Após alguns segundos, sumiram e o estranho invisível se foi.

Munir não estava satisfeito. Decidiu esperar um pouco junto ao portão do jardim. Saiu à rua e sentou-se sobre o muro baixo que margeava o seu trecho de jardim. O tijolo estava gelado: o frio atravessou instantaneamente o tecido fino de suas calças e espalhou-se por suas nádegas. É assim que se fica com hemorróidas, lembrou-se. Contudo, após algum tempo a dor passou e ele continuou sentado ali, tremendo um pouco mas também desfrutando do frescor do exterior enevoado. Ele costumava superaquecer a sala de estar e percebeu que estava perto de ficar sem ar ali.

Não demorou até voltar a ouvir os passos.
Sabia ser a mesma pessoa. Os passos eram pesados, lentos e cuidadosos: o tipo de passo que se associa a um velho. Seja lá quem for, aparentemente se assustou com a chegada de Munir, mas agora mudara de idéia e voltava em direção à casa. Munir ficou tenso, pôs-se de pé em meio à penumbra e apertou a mão ao redor do guarda-chuva. Após alguns segundos, viu de relance uma figura humana, ainda indefinida pela neblina, a princípio nada além de um borrão de denso negror, o perfil indefinido e pouco nítido. Quando a pessoa se aproximou, viu que não era um homem.

Era uma mulher, caminhando lentamente mas com propósito fixo e inexorável, apoiando-se pesadamente sobre uma bengala e olhando para frente com olhos esbugalhados — como os olhos de uma criatura noturna assustada — mas parecia nada ver. Usava um sobretudo marrom-escuro com pele falsa que lhe caía abaixo do joelho, revelando panturrilhas poderosas e tornozelos cobertos por meias de lã coloridas. Sua cabeça estava envolta em um lenço, amarrado sob o queixo. Seu rosto era pálido, com uma grossa camada de pó-de-arroz, e seus lábios intumescidos brilhavam com o batom vermelho-escuro. O rosto era inchado e doentio. Parecia ser uma mulher corpulenta mas havia, ao mesmo tempo, algo de formidável e imperioso em sua figura. Sua corpulência revelava força de caráter, assim como a imutável invariabilidade com que olhava adiante de si. Quando Munir se ergueu e viu aquela criatura emergir em meio à névoa, sentiu-se apreensivo, intimidado.

A mulher parou a alguns passos dele e apoiou o peso sobre a bengala, respirando profundamente. Seus protuberantes olhos de peixe pousaram sobre Munir enquanto ela recobrava o fôlego antes de dizer:

— Você mora aqui?
— Sim — respondeu Munir.
— Benjamin mora aqui?

Pela resposta a esta pergunta ser complicada, por pensar que ela talvez quisesse repousar, e por estar curioso em saber mais sobre ela, Munir disse:

— Você parece cansada. Gostaria de entrar um instante?

Ela balançou a cabeça. Ela repetiu a pergunta e Munir explicou que Benjamin vivera ali até recentemente, mas desaparecera havia dois meses e ninguém sabia para onde teria ido. Desculpou-se por não poder dizer mais nada.

Algo dentro da mulher pareceu murchar ao ouvir a informação. Seu corpo curvou-se sobre si mesmo. Pareceu diminuir de estatura aos olhos de Munir.

— Obrigada — disse ela.

— Estou tentando falar com ele desde então — acrescentou. — Se eu conseguir, quer lhe deixar algum recado?

Antes de se voltar para ir embora, ela falou:

— Apenas diga que Cicely procurou por ele.

Munir não reconheceu o nome. Nada significava para seus ouvidos. Em silêncio atônito, viu aquele corpo portentoso se afastar com dificuldade até desaparecer em meio à névoa, como cortinas se fechando sobre o ato final de um longo drama.

7

Não demorou até o apartamento de Mark tornar-se algo mais do que o lugar onde Paul e Malvina faziam sexo. Logo começaram a pensar nele como um lar, a casa que compartilhavam. Não que fosse o caso de sair para comprar um novo padrão de papel de parede, uma torradeira ou uma cafeteira. Mas era onde se encontravam, todos os dias, durante horas, não apenas para fazer amor mas também para conversar, comer, beber vinho e ver televisão. Era o lugar onde começaram a se ver como um casal.

A princípio, não fora idéia de Paul irem para lá. Naquela noite no início de dezembro, eles deixaram a festa dos "Homens mais elegantes da Inglaterra" e foram fazer uma rápida refeição no restaurante de Joe Allen's, que ficava a algumas ruas dali e era muito freqüentado por atores e pequenas celebridades. Antes mesmo de fazerem os seus pedidos, o celular de Paul emitiu um bipe e chegou uma mensagem de texto: era de Doug Anderton.

Difícil abandonar velhos hábitos, hein Paul? Pensei que fosse mais esperto que isso.
Cuide-se. Doug

— Oh, merda — disse Paul após ler a mensagem.
— O que houve? — perguntou Malvina.
— Alguém nos viu saindo juntos.
Ele fechou os olhos com força, tentando acreditar que aquilo não estava acontecendo. Teriam de passar por tudo aquilo nova-

mente? Olhou para Malvina, que olhava para ele preocupada, confiante, e sentiu-se presa indefesa do desejo que corria dentro dele; da noção de todo o tempo que perderam, de todo o tempo que tinham de recuperar. Então, sua mão se fechou ao redor das chaves — as chaves do apartamento de Mark em Barbican — e imediatamente deu-se conta de que esta era a solução. Ficava a quilômetros de Kennington; a imprensa nada sabia a respeito e jamais o encontraria lá. Era conveniente, seguro, e estava vazio. Pegaram um táxi uma hora depois e ficaram a noite inteira lá.

O padrão que rapidamente desenvolveram — noites de segunda, terça e quarta no apartamento e algumas horas de almoço quando o horário de Paul permitia — foi interrompido pelo Natal e pelo Ano Novo. Malvina ficava em Barbican a maior parte do tempo, mas Paul foi obrigado, em nome da decência, a passar ao menos dois ou três dias nas Midlands, com esposa e filhas. Teve até que suportar uma noite em Rubery com a irmã e os pais, que acabou se transformando em uma tensa reunião a respeito do desaparecimento de Benjamin. Paul, pessoalmente, não entendia o porquê de tanta preocupação. Seu irmão era um adulto de quarenta e dois anos de idade. Podia cuidar de si mesmo. Não acreditava na idéia de que ele estivesse tendo algum tipo de crise nervosa, causada pelo fato de sua mulher (de quem estava separado há mais de um ano) estar grávida do namorado. Lois parecia considerar significativo o fato de ele ter ido de carro até York pouco depois de deixar o país e deixado todos os seus escritos com sua filha, Sophie — cujo quarto era pequeno demais para acomodar tudo aquilo. Mas ainda assim, Paul não via o que haveria de tão ameaçador quanto ao incidente. Sempre lhe parecera óbvio que Benjamin estava perdendo tempo escrevendo aquele romance interminável. Agora, finalmente, despertara para o fato. Não era motivo de celebração? Ninguém mais parecia pensar assim. O resto da família disse que ele estava sendo impiedoso; mas não era isso. Estava apenas impaciente porque sentia muita falta do corpo desnudo de Malvina.

Janeiro foi um mês idílico. Houve poucos assuntos parlamentares para distrai-lo e puderam passar longos dias e noites juntas. Ao mesmo tempo, Paul estava ajudando a esboçar as páginas finais do relatório de sua Comissão para Iniciativas Sociais e Comerciais, que, estava convencido, seria bem recebida pela liderança e geraria considerável atenção de parte da imprensa. O relatório era prefaciado por uma citação de Gordon Brown, tirada do *Financial Times* de 28 de março de 2002:

"O Partido Trabalhista está mais a favor dos negócios, da geração de riquezas e da competição do que jamais esteve. É muito recomendável que o papel das empresas privadas no setor público seja ampliado ainda mais, com ênfase especial na saúde e educação. É aconselhável que os cortes em empresas, por exemplo, sejam encorajados para diminuir suas folhas de pagamento e apoiar os serviços no setor privado. Da mesma forma, as escolas públicas deviam contratar equipes de administração particulares. O ingrediente vital que falta ao setor público, e que o setor privado está bem equipado para fornecer [escreveu Ronald Culpepper] pode ser resumido em uma palavra: "administração". O argumento de que tais iniciativas falharam no passado recente — no caso da privatização das ferrovias, por exemplo — foi firmemente rejeitado como "derrotista".

O término do relatório foi comemorado em uma reunião especial do Círculo Fechado na primeira semana de fevereiro de 2003. A única ausência na ocasião foi a de Michael Usborne, que estava em reunião de emergência com a direção da Meniscus Plastics. Desde a sua nomeação como presidente da empresa, apesar de todo o seu programa radical de racionalização e redundâncias forçadas, que envolvera o fechamento de todo um departamento de pesquisa e desenvolvimento na fábrica de Solihull, as ações da empresa começaram a cair e os custos operacionais pareciam estar aumentando. Ao que tudo indicava, ele teria de renunciar novamente, e já estava no processo de renegociação de seu pacote de indenizações. Paul ligara para Michael mais cedo naquela tarde e ele pareceu de bom humor. Paul também estava ao deixar o Rules Restaurant pouco depois das onze da noite. No táxi, mandou uma mensagem de texto para Malvina e perguntou se ela poderia estar no apartamento de Barbican à meia-noite. Mas ao chegar lá às 23:30, teve uma amarga surpresa. Girou a chave na fechadura e descobriu que as luzes estavam acesas e que seu cunhado, Mark, estava sentado no sofá assistindo à CNN.

— Paul? — disse ele, levantando-se. — O que faz aqui?

Paul murmurou alguma desculpa de estar a caminho de casa após jantar na cidade e ter decidido verificar o apartamento porque fazia um longo tempo que não passava por lá. Então perguntou se podia usar o banheiro e, uma vez ali, buscou traços da presença de Malvina e tentou se lembrar se ela deixara algo no quarto. Ele sabia que havia alguns preservativos na gaveta da mesa-de-cabeceira. Tentaria tirar aquilo dali o mais rapidamente possível. Enquanto isso, enviou para ela uma rápida mensagem de texto dizendo para dar meia-volta e voltar para casa imediatamente.

— Então, o que o traz de volta à Inglaterra? — perguntou a Mark, voltando à sala. — Férias de alguns dias?

— Não. A Reuters decidiu que não precisa mais de duas pessoas na Indonésia. Um dos terroristas de Bali confessou mas, afora isso, não há mais nada acontecendo por lá. Estão nos chamando de volta caso tenhamos de ir ao Oriente Médio.

— Sei — disse Paul. — Então vai ficar aqui algum tempo?

— Tudo depende do presidente Bush. E de seu mui estimado líder de partido, é claro.

— Então, quanto tempo... — (Paul tentou fazer com que a pergunta soasse casual) — ...quanto tempo acha que isso vai demorar?

Mark olhou-o com curiosidade e riu.

— Achei que *você* pudesse responder isso, Paul. Você não vai votar em breve?

Nas semanas seguintes, parecia que todo mundo estava ansioso em saber como Paul iria votar sobre a guerra. O debate dos Comuns seria travado em 26 de fevereiro. Uma moção reafirmando apoio à Resolução 1441 do Conselho de Segurança da ONU fora proposta, expressando apoio aos continuados esforços do governo frente à ONU para despojar o Iraque de suas armas de destruição em massa. Muito mais interessante foi a emenda moderada multipartidária proposta por Chris Smith, do Partido Trabalhista, e Douglas Hogg, do Partido Conservador, que insistiam em que a Casa "considerasse o caso de uma ação militar contra o Iraque ainda não comprovado". Não havia perspectiva de o governo ser derrotado; mas as pessoas estavam falando sobre uma revolta dos parlamentares nanicos, os deputados sem cargos no governo, o que diminuiria significativamente a autoridade de Tony Blair e talvez o fizesse repensar o seu apoio aparentemente incondicional ao presidente Bush. É claro, era bem sabido onde estavam os mais ferrenhos opositores à guerra; mas havia também dezenas de parlamentares do Novo Trabalhismo que ainda não haviam expressado uma opinião definitiva contra ou a favor da invasão ao Iraque liderada pelos EUA, e Paul era um dos mais destacados entre eles. Jornalistas o emboscavam sempre que chegava perto do palácio de Westminster, ansiosos para saber se ele já havia se decidido; os líderes da bancada do governo o acuavam nos corredores do palácio e deixavam escapar pistas nada sutis de que votar a favor da emenda seria algo ruim para a sua carreira parlamentar. Enquanto isso, nas Midlands, os membros de seu eleitorado — que eram absolutamente contra a guerra — o pressionavam para votar em seu interesse e murmuravam a respeito de uma possível destituição caso ele não fizesse isso.

Para Paul, entretanto, a voz mais persuasiva na campanha antiguerra vinha de muito mais perto. Era a voz de Malvina. Perder acesso ao apartamento de Mark fora um duro golpe. Malvina já não tinha um lugar onde ficar em Londres. O relacionamento de sua mãe com o namorado da Sardenha — assim como todos os outros — terminara mal, e Malvina acabou tendo de abandonar o apartamento em Pimlico. De sua parte, não pareceu muito aborrecida com aquilo. Agora que voltara a ver Paul, nada parecia capaz de afetar a sua felicidade. Dois de seus poemas foram aceitos recentemente por uma pouco lida embora prestigiosa revista literária, e isso só fez aumentar a sua euforia. Por outro lado, sua mãe voltara a Londres, mas Malvina parecia estar enfrentando a situação com energia.

— Talvez pudesse morar com ela um tempo — sugeriu Paul.
— Deve estar brincando. Eu nem sei onde ela mora.
— O quê? — perguntou Paul, incrédulo. — Você nunca a vê?
— Não se eu puder evitar. Se ela quiser me ver, pode ligar para o meu celular e saímos para tomar um café. É o máximo de intimidade que desejo ter com ela.
— Você contou a ela sobre nós?
— De modo algum. Talvez, quando as coisas ficarem menos... complicadas entre nós. Mas não há pressa. O que ela pensa de mim já não faz diferença.

Assim, Malvina mudou-se para uma casa em Mile End, que ela dividia com três outras ex-estudantes. Não havia a menor possibilidade de Paul visitá-la naquele ambiente e, em face de continuados e-mails e mensagens de texto enigmáticas de Doug Anderton, ficou paranóico em relação à idéia de levá-la ao apartamento em Kennington. Em vez disso, encontraram um hotel fora de mão perto do Regent's Park que não era muito caro nem muito deprimente, e começaram a se encontrar ali. Malvina fazia as reservas e pagava com seu cartão de crédito, e Paul a reembolsava em dinheiro. Servia como um lugar provisório onde se encontrarem, mas logo teriam de descobrir um arranjo mais permanente. Nenhum deles tinha idéia de qual seria. Após duas semanas daquilo, Paul estava começando a ficar desesperado.

O hotel estava longe de ser bonito, e parecia estar uns trinta anos atrasado em sua reforma, mas uma vantagem era que toda suíte tinha uma banheira enorme, lugar onde ambos estavam na noite de 25 de fevereiro de 2003. Malvina estava no extremo junto às torneiras. Bebiam Prosecco, e enquanto Malvina se reclinava com os seus pés apoiados nos ombros de Paul, ele a tocava delicadamente entre as pernas, seus dedos ensaboados formando uma espuma macia entre os pêlos pubianos da parceira. Não o fazia de um modo sexual, para levá-la ao orgasmo. Havia algo amistoso e despretensioso no gesto. Contudo, pelo modo como Malvina se remexia, movendo o peso do corpo, às vezes soltando um suspiro ou um gemido, parecia haver prazer naquilo.

— Não compreendo o que o está impedindo — dizia ela — Você sabe no que *acredita*. Portanto, só há um meio de votar amanhã, não é?

— É uma coisa muito séria votar contra o seu próprio partido. Não é algo que a gente faça com tranqüilidade.

— Mas tem "o caso de uma ação militar contra o Iraque ainda não estar comprovado". É apenas a constatação de um fato, não é?

Paul ficou em silêncio.

— Viu o jeito como o cara da recepção olhou para nós esta noite? — disse ele após algum tempo. — Imagino o que ele pensa que está acontecendo.

— Eu pensaria que é óbvio o que está acontecendo — disse Malvina com um riso de satisfação.

Paul disse, quase irritado:

— Você está muito *relaxada* quanto a tudo isso.

— Tudo o quê?

— Toda essa... enganação. Dar entrada em um hotel, assinar com nomes diferentes, toda a parafernália de ter um caso. Não parece perturbá-la.
— E por que deveria?
— Eu só estava pensando... Há muito tempo, naquele dia em Oxfordshire, você me disse que jamais teria um caso comigo.
— Os tempos mudam — disse Malvina. Ela se sentou e tomou um gole de seu Prosecco. — As pessoas também. Afora isso, a alternativa é pior.
— Que alternativa?
— Não vê-lo.
— Esta não é a única alternativa. — Fez uma pausa, escolhendo as palavras cuidadosamente. — Acho que estou decidido.
Malvina sorriu, inclinou-se para frente e beijou-o carinhosamente com a boca aberta.
— A princípio soa bem. Vou gostar de ouvir o resto?
— Acho que sim. Acho que vou abandonar Susan.
Ela voltou a se afastar, surpresa.
— O quê?
— Vou deixá-la. Quero estar você o tempo todo. Essa é a única maneira. Não está feliz?
Malvina buscou as palavras.
— Bem... Sim, mas... Não precisa fazer isso, Paul. Estou feliz com o que tenho no momento.
— Por quê? Por que está feliz com isso?
— Não sei, apenas estou. E está funcionando. Nunca pedi que largasse Susan, pedi? — Ela riu, constrangida e, para curar a ferida que suas palavras aparentemente provocaram em Paul, disse: — Pensei que estivesse se referindo à guerra.
Paul continuou sem nada dizer. Apenas bebeu o seu Prosecco em goles ressentidos.
— Quando pensava em dizer isso a ela? — perguntou Malvina.
Ele balançou a cabeça.
— Não sei.

Depois disso, ela só conseguiu pensar em uma maneira de melhorar o seu humor. Envolvia erguer os quadris de Paul até saírem da água, inclinar-se para frente e pegar com a boca a ponta de seu pênis, a princípio flácido, sobre o qual trabalharia vigorosamente durante um minuto com a cabeça. Pareceu funcionar.

Horas depois, Malvina despertou de estalo e descobriu que Paul estava deitado acordado ao seu lado, olhos abertos, observando a penumbra de seu quarto de hotel.

— Ei — disse ela, acariciando-lhe o cabelo. — O que houve?

— O debate começa dentro de algumas horas — respondeu Paul. — O que *farei*?

— Siga o seu coração — disse Malvina, e aninhou-se de encontro a ele enquanto os ruídos da cidade que despertava começavam a entrar pela janela.

Paul assistiu a todo o debate. Durou seis horas. As galerias e bancadas dos parlamentares estiveram lotadas. A galeria pública também.

Paul nada disse. Apenas ouviu Kenneth Clarke dizer:

Se nos perguntarmos hoje se estabelecemos um motivo para a guerra, acho que esta casa teria de dizer não, e que seria o caso de darmos mais tempo a outras alternativas mais pacíficas para atingirmos os nossos objetivos... Tenho a impressão de que há uma data marcada para a invasão algum tempo antes de ficar muito quente no Iraque.

Paul concordou com aquilo. Qualquer pessoa racional concordaria, pensou. Ouviu quando Chris Smith disse:

Deve haver um tempo para a ação militar... mas no momento, o horário parece estar sendo determinado pelo presidente dos EUA.

Uniu-se aos gritos de apoio e então olhou ao redor para ver se algum líder de bancada o vira gritar.

Ouviu Tony Blair dizer:

Acho que o caso da guerra com o Iraque é válido. Se as pessoas examinarem atentamente a situação, entenderão que se tivermos de ir à guerra, não será porque queremos e, sim, por causa do não-cumprimento das resoluções da ONU por Saddam Hussein. Paul não estava convencido daquele argumento. Nunca estivera. Ainda assim se surpreendia com o modo como aquele homem aparentemente de princípios se aferrava às suas meias-verdades e não se deixava dissuadir — fosse pela opinião pública ou pelas de seus colegas — de seguir o caminho que escolhera, aquele caminho estreito e reto. Não fazia sentido. *Por que estávamos fazendo aquilo?* Por que tentávamos nos convencer da ameaça de que um país pobre a milhares de quilômetros de distância, sem nenhum vínculo comprovado com o terrorismo e um arsenal obsoleto que fora desmantelado havia anos sob o escrutínio dos inspetores da ONU?

Seis horas era tempo demais para ficar sentado ouvindo discursos. Mesmo quando o debate se tornou mais inflamado, a atenção de Paul começou a divagar. Pensou em Malvina, nas questões práticas de abandonar Susan, no hotel decadente em Regent's Park e no olhar insolente do jovem da recepção. Então, outro pensamento veio-lhe à mente. Na verdade, estivera à espreita durante dias, esperando nas sombras, mas naquela noite avançara e tomara o centro do palco. Era um pensamento ultrajante, mas que ele não podia mais reprimir.

Pensou: *se formos à guerra contra o Iraque, Mark também irá e poderemos voltar a usar o seu apartamento.*

E isso era o que ele mais queria no mundo.

Cento e vinte e um parlamentares do Novo Trabalhismo desafiaram o governo naquela noite e votaram a favor da emenda rebelde. Mas Paul não estava entre eles. Ao fim do debate, escapou de Westminster o mais rapidamente possível, driblando os jornalistas e seus colegas parlamentares.

Ele seguira o seu coração, e este pulsava em resposta enquanto Paul caminhava de volta para casa em meio às ruas desertas.

PRIMAVERA

6

Claire demorou quase três meses para encontrar Victor Gibbs. Não foi fácil. Trinta anos atrás, naqueles tempos inimagináveis sem computador ou Internet, teria sido impossível. Mesmo agora, e contra a sua vontade, fora obrigada a pedir a ajuda de outra pessoa. Mas não havia alternativa. Sua primeira busca pelo computador resultara em milhares de pessoas com sobrenome Gibbs, e escrever para os que começavam com a letra "V" não deu outro resultado senão cartas devolvidas ou breves e educadas respostas de que ela encontrara a pessoa errada. Contudo, afinal, após algumas semanas de desapontamento, lembrou-se de que Colin Trotter trabalhara como chefe de pessoal em Longbridge, e tomou a relutante decisão de abrir o jogo com ele.

Sentia-se nervosa ao falar com o pai de Benjamin pelo telefone, mas descobriu-o muito mais simpático do que esperava. Agora que o próprio Benjamin desaparecera, disse Colin, sentia compreender um pouco o que a família de Claire deve ter passado. Ela assegurou-o de que os dois casos eram diferentes: Benjamin era um homem maduro (ou, ao menos, de meia-idade), que sabia o que estava fazendo, que podia cuidar de si mesmo, que fora embora por conta própria etc. e tal. Nenhuma notícia dele nos últimos dois meses?, ela quis saber. Colin disse que não, e nada mais tinha a acrescentar sobre o assunto. Mas concordou em ir até o seu antigo escritório em Longbridge nos próximos dias e olhar nos arquivos para ver se havia algum registro de Gibbs.

Cumpriu a palavra. Alguns dias depois, ligou para Claire e disse-lhe que Gibbs ainda constava do velho registro de sistema por cartão e que, em 1972, dera um endereço em Sheffield como sendo de seu parente mais próximo. Claire confrontou o endereço com suas listagens de computador e descobriu que um membro da família Gibbs ainda morava lá. Era o irmão de Victor. Ela escreveu para ele apresentando-se como administradora de fundos da Longbridge e inventando uma história de que a empresa havia decidido pagar uma pensão extra aos ex-empregados. Passaram-se duas semanas até ela receber uma resposta com o endereço atual de Victor Gibbs: vivia no litoral do mar do Norte, em Cromer, no estado de Norfolk.

No último dia de fevereiro de 2003, Claire foi de carro até lá.

O tempo estava ainda pior do que no dia em que ela fora visitar a biblioteca da Universidade de Warwick, e a viagem durou muito mais. Saiu de Malvern às nove da manhã e chegou ao seu destino mais de cinco horas depois. Exausta física e emocionalmente, parou o carro em um estacionamento pago e caminhou até a beira-mar. A chuva borrifada pelo vento golpeava-lhe o rosto e entrava em seus olhos. As ondas cinzentas e sem brilho rolavam no praia de seixos e uma neblina vaporosa fechara sobre a paisagem, umedecendo a tudo. Logo, Claire estava com frio até os ossos.

Era sexta-feira à tarde e a cidade estava morta. Algumas galerias estavam abertas, enviando uma melodia neurótica de jogos eletrônicos até a rua — em parte o barulho das próprias máquinas, em parte o ressoar da *dance music* no impiedoso sistema de alto-falantes — mas havia poucos jogadores lá dentro, e as lojas e cafés não estavam vendendo muito. Claire envolveu-se na capa de chuva puída e descobriu-se tremendo incontrolavelmente: não apenas de frio, mas de medo ante a perspectiva do encontro que estava a ponto de infligir a si mesma.

Ela havia pensado que, durante a longa viagem, talvez conseguisse vislumbrar uma estratégia para aquele encontro, ou ao menos pensar em algo que dizer — no mínimo uma frase inicial. Mas a sua mente estava vazia. Ela estava em pânico. Não sabia como era aquele homem, como reagiria à sua aparição não anunciada, de modo que ela teria de improvisar. Seu maior medo era que ele se tornasse violento. Mas ela estava preparada até mesmo para isso.

Ela guardara o endereço de cor e após alguns minutos de caminhada viu-se do lado de fora de uma casa estreita de três andares com terraço, a algumas ruas da beira-mar. As campainhas sugeriam que o lugar fora dividido em três apartamentos. Supostamente, Victor Gibbs vivia no apartamento B, embora não houvesse nome sob aquela campainha em particular. Ela apertou o botão, ouviu uma campainha ao longe e esperou. Nada aconteceu.

Claire apertou a campainha mais algumas vezes. Percebeu um movimento nas cortinas do térreo e logo uma sombra apareceu por trás do vidro da porta da frente. Uma mulher abriu a porta e perguntou:

— Está procurando pelo cara lá de cima?

— Sim — disse Claire. — Meu nome é...

A mulher não estava interessada.

— Está em um *pub*. Provavelmente no Wellington. Não há como errar: dobre a esquina. Fica a meio caminho da próxima rua.

— Como vou reconhecê-lo? — perguntou Claire.

— Cabelo preto... acho que ele usa tinta... casaco de couro, sempre senta no mesmo lugar, junto do alvo de dardos. Lê o *Express*. Vai reconhecê-lo de estalo.

Claire murmurou algumas palavras de agradecimento. A mulher meneou a cabeça e a porta se fechou.

O *pub* — assim como toda a cidade — estava quase vazio. Uma *jukebox* tocava uma música horrível do Simply Red e não havia ninguém atrás do balcão do bar. Claire reconheceu Victor Gibbs de imediato e sentiu-se apreensiva embora ele parecesse um sujeito comum — exatamente como descrevera a vizinha, até mesmo quanto ao detalhe do jornal. Por fim ela conseguiu ser servida. Pediu um copo de água com gás, levou-o para o canto e sentou à mesa ao lado de Gibbs. Claire bebeu silenciosamente durante alguns minutos, olhando vez por outra para ele, sem se preocupar em ser discreta, desejando ser notada. Começou a se sentir mais calma. Ao que parecia, era um sujeito de cinquenta e tantos anos. Não era tão terrível quanto o apelido que a irmã lhe imputara "Desprezível Victor". Lia as páginas de esporte, e da vez seguinte em que ele ergueu a cabeça, ela sorriu para ele. Ele manteve o olhar um momento, desconfiado, ligeiramente incrédulo. Não parecia um homem acostumado a receber sorrisos de mulheres em *pubs*. Ele provavelmente pensou que ela era uma garota de programa, o que não era a impressão que Claire queria passar. Talvez ela devesse ir ao bar e pedir alguns cigarros para que pudesse pedir-lhe fogo: mas ela não fumava desde a noite do show de Benjamin, em dezembro de 1999. O cigarro provavelmente lhe provocaria um acesso de tosse.

Gibbs olhava os resultados das corridas e fazia anotações com uma esferográfica azul. Foi o que deu a Claire a idéia. Pegou o diário, abriu-o e fingiu remexer a bolsa, como se tivesse se esquecido de alguma coisa. Em seguida, suspirou profundamente e voltou-se para Gibbs.

— Desculpe — disse ela, apontando para a caneta dele. — Podia me emprestar a caneta só um minuto?

Ele voltou a olhá-la com desconfiança e incredulidade, mas passou-lhe a caneta sem mais palavras. Ela escreveu alguma besteira em seu diário e depois fez uma pausa, pensativa, enquanto levava a caneta à boca, distraída.

— Ah... desculpe — disse Claire, como se voltando a si, e devolvendo-lhe a caneta.

Gibbs sorriu.

— Está tudo bem. Pode ficar. Há muitas outras de onde veio essa.
Claire sorriu em resposta.
— Obrigada.
— Você parece cansada — disse ele então, baixando o jornal.
— Dirigi muitas horas.
— Ah, é? — Ele dobrou o jornal cuidadosamente, amaciando as dobras. — De onde veio?
— Birmingham — mentiu Claire.
— Ah, a velha Brum — disse ele. — Conheço bem. Morei lá durante anos.
— É mesmo?
— Há muito tempo, sabe?
— Em que parte? Sou de Harborne.
— Ah, não muito longe dali. Bournville. Trabalhava na fábrica de Longbridge.
— Mundo pequeno — disse Claire, bebendo água.
— O que a traz a Cromer?
Ela não pensara naquilo: mas uma resposta óbvia logo lhe veio à mente.
— Vim visitar a minha irmã.
— Sei. Está esperando por ela?
Claire balançou a cabeça.
— Ela é médica. Teria folga hoje mas... houve uma emergência. — (Ela se traiu, mas ele não pareceu perceber.) — Teve de fazer uma cirurgia e só ficará livre à noite. — Ela olhou para Gibbs e viu que já o fisgara. — Então — concluiu ela —, o que se faz em Cromer quando se tem uma tarde de sexta-feira livre?
Gibbs ergueu-se e disse:
— Você pode começar tomando outro drinque.

Claire deu-se conta de que nunca fizera aquilo antes: aproximar-se de alguém, flertar com ele — e surpreendeu-se de como era fácil. Tudo o que tinha a fazer era ouvir. Gibbs não falou muito a princípio, mas após uns copos de cerveja e um uísque ou dois, começou a falar. Claire quase se comoveu com o modo ansioso como ele tentava impressioná-la, fazer bonito. Falou um bocado de corridas e no sistema que ele inventara para vencer os *bookmakers* e ganhar umas vinte libras por semana. Atualmente, o jogo parecia ser a sua paixão.

Também apostava em loterias e comprava mais de cinqüenta libras de bilhetes todas as quartas e sábados. Depois de beberem o bastante, ele levou Claire para demonstrar a sua técnica nas caça-níqueis. Jogaram em uma máquina na qual pilhas de moedas de dez centavos ficavam na beira de uma prateleira e se moviam lentamente para trás e para frente, dando a impressão de que bastava você jogar outra moeda no momento certo e recolher uma cascata de moedas.

Gibbs explicou que aquilo era uma armação, que mais da metade das moedas na verdade estava grudada na prateleira, mas às vezes dava para tirar algum lucro nas primeiras doze tentativas e depois mudar para outra prateleira em outra máquina. Mostrou a Claire como era feito, e ela ficou ao lado da máquina, observando-o com olhos admirados enquanto ele jogava, aqui e ali se inclinando em direção a ele para fazer algum elogio. Uma ou duas vezes ele deixou que ela jogasse as moedas. Na segunda tentativa ela ganhou 1,80 libra, e Gibbs riu, bateu as mãos, deliciado, e tocou-lhe no ombro.

Ao caminharem até o café mais próximo Claire pensou em apoiar-se no braço dele mas achou que isso seria ir longe demais.

Sentaram-se um defronte ao outro em uma mesa de fórmica e pediram dois *cappuccinos*, ou "cafés espumantes" como Gibbs os chamava. Já eram quatro da tarde e lá fora a luz do dia começava a escurecer. A chuva batia furiosamente contra as janelas do café.

Claire escolhera aquela mesa. Ficava em um canto estreito. Gibbs estava sentado de costas para a parede. Para sair, teria de se espremer para passar por ela. Se empurrasse a mesa em direção a ele, ela o prenderia ali. Na verdade, ele estava aprisionado em uma armadilha. O que significava que sua oportunidade se apresentava, e o confronto não podia mais ser adiado.

Ela podia ver que Gibbs também estava ansioso para levar as coisas adiante. Ele olhou para o relógio e disse:

— Depois de bebermos isso devíamos ir ao meu apartamento. Podíamos ver televisão ou algo assim. Tenho um baralho.

Claire meneou a cabeça, concordando.

— A que horas acha que vai ver a sua irmã?

— Bem, na verdade... — Ela encarou-o e deu um sorriso envergonhado. — O negócio, Victor... é que eu não lhe disse a verdade.

Ele a olhou sem expressão.

— Sua irmã não mora aqui?

— Não tenho irmã — disse Claire com a voz calma. — Minha irmã morreu.

— Ah. — Evidentemente ele não sabia como reagir. — Lamento ouvir isso, Claire.

— Pelo menos... tenho certeza de que morreu. Ela desapareceu há muito tempo. Quase trinta anos. Nunca mais ouvi falar dela.

Gibbs a observava cautelosamente, talvez começando a achar que ela fosse louca.

— Então... — disse ele. — O que faz em Cromer? Você me disse que veio visitar sua irmã.

— Importa-se se falarmos sobre ela um instante?

— Não, não. Claro que não. O que você quiser. — Ele se ajeitou na cadeira, subitamente dando-se conta em algum nível subconsciente de que estava preso pela mesa. Toda a sua postura começou a mudar.

— Na verdade, Victor — disse ela —, tenho a sensação de que você a conheceu.

— Conheci? — Ele riu. — Do que está falando? Nós dois nos conhecemos há apenas algumas horas.

— Tenho uma carta aqui — disse Claire, e pegou uma folha de papel dobrada dentro de sua bolsa. Era uma fotocópia colorida do original, o melhor que a biblioteca local podia oferecer.
— É a última carta que a minha irmã escreveu para nossos pais. Quer dar uma olhada?

Gibbs pegou a carta e abriu-a sobre a mesa. Olhou para o papel, cotovelos separados, apoiando o queixo nas mãos. Ficou assim por um longo tempo. Não se moveu, não ergueu a cabeça. Claire esperou que ele dissesse algo. Ouvia uma conversa murmurada na mesa atrás dela e o ruído periódico da máquina de *cappuccino*.

Finalmente Gibbs ergueu a cabeça e devolveu-lhe a carta. Sua expressão nada denunciava, mas o rosto perdera um pouco de cor e havia um leve tremor em suas mãos.

— E então? — perguntou Claire, após ainda mais silêncio entre os dois.

Gibbs deu de ombros.

— O que tenho a ver com isso? Não me ocupo muito de assuntos alheios.

— Este assunto tem a ver com você — disse Claire. E acrescentou: — Acho que você escreveu esta carta.

Após um ou dois segundos, Gibbs tentou se levantar.

— Acho que você é maluca — disse ele. Mas suas pernas ficaram presas pelo tampo da mesa. — Deixe-me sair daqui.

— Sente-se, Victor. Vamos conversar sobre isso.

— Não tenho porra nenhuma pra dizer! — disse ele, erguendo a voz. — Nunca vi você e nem a sua maldita irmã, e creio que você deve ser maluca ou algo assim. Acho que fugiu de um hospício.

— Tenho outra carta — disse-lhe Claire. — Uma carta que você escreveu para Bill Anderton.

Por um momento aquilo o balançou, e ele voltou a se sentar, apenas o bastante para ela dizer:

— Você se lembra deste nome, não lembra? E posso provar que estas cartas foram escritas pela mesma pessoa. Foram escritas na mesma máquina.

Gibbs tentou se levantar novamente, forçando o tampo da mesa com mais força.

— Nunca ouvi falar nele — sibilou. — Pegou o cara errado.

— Sente-se, seu mentiroso filho-da-mãe — Claire ouviu-se dizendo. E imediatamente era ela quem estava tremendo, voz alterada, perdendo o controle da situação. Ela estava aterrorizada, pelo olhar de ódio no rosto dele. — Por favor, sente-se. Por favor. Não vou chamar a polícia ou algo assim. Não vim aqui para caçá-lo.

— Então, para quê, diabos, veio?

Ele empurrou a mesa em direção a ela até começar a doer. Ela sentia o tampo pressionando-lhe a barriga.

— Pare com isso! — ela gritou. — Pare! — Furiosa consigo mesma, deu-se conta das lágrimas que escorriam pelo seu rosto.

— Eu só quero saber, Victor. Só quero saber o que aconteceu com minha irmã. Eu era apenas uma menina. Ela tinha vinte e um anos. Só quero saber.

Ele olhou para ela uma última vez, a malevolência concentrada, inflexível.

— Bem, você não terá isso de mim — disse ele, e ao dizer a última palavra deu um empurrão tão forte na mesa que Claire foi empurrada para trás, caindo da cadeira, esbarrando primeiro na mulher sentada atrás dela e esparramando-se no chão a seguir. Gibbs saiu do canto onde estava acuado e passou por cima dela. Ao fazê-lo, uma caneca caiu da mesa e o café morno entornou no rosto de Claire, em seu casaco e em suas mãos. Gibbs saiu rapidamente do café. Os outros clientes olharam. Alguém se aproximou e ergueu Claire. Ela soluçava.

— Aquele cretino machucou você? — perguntou um homem.

A menina do caixa sentou Claire em uma cadeira e começou a limpar o seu casaco com uma toalha de papel.

— Não chore — repetia sem parar. — Não chore. Um desgraçado daqueles não merece isso.

A cidade estava imersa em escuridão. Claire sentou-se curvada à beira-mar, os membros doloridos de frio, o corpo adormecido por ter ficado sentada no mesmo banco de concreto por mais de uma hora. Atrás dela, na rua principal, carros ocasionais passavam levantando água. Na praia, a alguns metros dela, o mar batia como sempre, um murmúrio regular e monótono de ondas arrebentando contra os seixos. Tinha um ferimento bem embaixo do olho esquerdo, por ela ter batido com o rosto em uma cadeira antes de cair no chão. Ela tocou o ferimento, explorando-o com os dedos, e estremeceu ao sentir o corte. Um pé-de-vento mais forte soprou do mar e a fez voltar a tremer: precisaria beber algo quente antes de voltar ao carro. Outras cinco horas de estrada a esperavam, desta vez no escuro. E ela estava tão cansada... Talvez devesse ir para um hotel. Mas a perspectiva era muito deprimente. Sabia como seria: sacos de chá e sachês de café instantâneo em uma mesa à beira da cama, um aparelho velho de tevê, o fantasma de mil hóspedes anteriores. Deveria voltar logo para casa. A longa viagem lhe faria bem, evitaria que pensasse.

Mas ela não se moveu. Algo a mantinha presa àquele banco, apesar do frio, apesar do desprezo que crescia dentro dela por aquela cidade. Ela continuou ali sentada, sem chorar, sem pensar, nem mesmo ouvindo o ruído de fundo das ondas e dos carros. Lá longe, no mar, imersas em nuvens negras, brilhavam luzes misteriosas. Claire sentia-se paralisada. Morrendo de frio e molhada até a alma, não imaginava o que fazer para sair dali.

Alguns minutos depois — não sabia dizer quantos, a passagem do tempo tornou-se imensurável e desimportante — ouviu passos se aproximando e depois uma voz masculina dirigiu-se a ela:

— Vai morrer se ficar sentada aí.

Claire ergueu a cabeça. Era Victor Gibbs. A neblina e a chuva faziam com que parecesse magro e alquebrado. Ela se virou novamente.

Sem ser convidado, ele se sentou ao lado dela. Ele se inclinou para frente e ficou em silêncio a princípio.

— Você tem um pouco dela — disse Gibbs, afinal. — Eu devia ter percebido isso quando bati os olhos em você.

Sem se mover, a voz quase sem tonalidade, Claire disse:

— Você se lembra de como era minha irmã?

— Ah, sim. Lembro-me muito bem dela.

Claire moveu-se no banco, afastando-se dele alguns centímetros. Apertou a capa em volta do pescoço.

— Não sei muito — disse Gibbs com a voz rouca após uma longa pausa. — Mas o que sei, eu lhe direi.

Apesar de não demonstrar reação, Claire ficou tensa. Todo seu corpo enrijeceu de expectativa.

— Havia um cara na fábrica — começou Gibbs. — Meio amigo meu. Chamava-se Roy Slater. Não trabalhávamos juntos ou coisa assim. Eu trabalhava na contabilidade, ele na fábrica. Mas acabamos nos conhecendo, esqueci como. Acho que foi em alguma reunião política. Tínhamos algumas coisas em comum. Concordávamos politicamente.

— Li sobre ele nos arquivos de Bill Anderton — disse Claire, distante. — Ele era fascista, não é?

— Eram outros tempos — disse Gibbs. — A gente tinha mais liberdade de dizer o que pensava. Mas de qualquer modo: não nego que Slater era um bandido. Eu também, naquele tempo. Roubei algum dinheiro de uma conta de caridade, forjei algumas assinaturas, eu era muito bom naquilo, ainda sou... e acabei sendo pego fazendo a mesma coisa com outra firma alguns anos depois e acabei preso algum tempo por causa disso. Aquilo me alertou. Nunca mais agi assim dali em diante.

Pegou um maço de cigarros do bolso e ofereceu-o a Claire. Ela recusou.

— Não creio que Slater tivesse algo contra a sua irmã. Nem mesmo creio que ele soubesse quem ela era. Ela apenas estava no lugar errado, na hora errada. Foi vítima dos acontecimentos. Foi assim: você se lembra das bombas nos *pubs* de Birmingham? Quando o IRA explodiu aqueles dois *pubs* no centro da cidade e morreu um bando de gente? Bem, o clima pesou depois disso. Em toda a cidade, mas na fábrica também. Um bocado de sentimento antiirlandês. Ficou quente a coisa. Não apenas no que era dito mas também no que era feito. Muitos irlandeses foram espancados. Já havia um certo sentimento antiirlandês na fábrica antes, mas era de outra natureza. E Slater estava sempre pronto a ir além de qualquer um. Detestava os irlandeses. Muito mesmo. Achei que seria apenas questão de tempo antes de ele fazer algo a respeito.

"Bem, mais ou menos uma semana depois das bombas, pegaram alguém. Havia um prédio onde os empregados tomavam banho no final do expediente e levaram o cara para lá, um jovem de seus vinte e poucos anos, e três ou quatro pessoas, Slater na frente, deram-lhe uma surra. Não queriam apenas bater nele, esse nunca foi o seu plano. Queriam matá-lo. E foi o que fizeram. Esmagaram o crânio dele com um martelo ou algo assim e acabaram com o coitado. Foi um trabalho profissional. Fizeram parecer que foi um acidente. Foi o que saiu nos jornais na manhã seguinte.

— Jim Corrigan — disse Claire subitamente, quando o nome voltou-lhe à consciência após uma ausência de mais de vinte e cinco anos..

— Como?

— Li a respeito. Este era o nome dele. Saiu na revista de nossa escola. — Ela se lembrou claramente do dia. Estivera na velha Ikon Gallery na John Bright Street, olhando para um exemplar do *Bill Board*, quando topou com aquela história. Enquanto ela lia, vira a mãe de Phil desfrutando de um encontro secreto com Miles Plumb, o professor de arte. — Lembro-me de que achei uma história terrível. Tinha esposa e um filho. Disseram que uma grande peça de maquinário caíra sobre ele.

— Muito provavelmente, sim. Este era o cara.

Gibbs ficou em silêncio. Ao longe, ouvia-se a buzina de nevoeiro de um navio.

— Não entendo — disse Claire afinal. — Onde Miriam se encaixa nesta história?

— Como eu disse — continuou Gibbs —, estava no lugar errado, na hora errada. Ela estava lá quando aquilo aconteceu. Estava no prédio dos chuveiros. Ela viu tudo. — Ele pegou o cigarro e bateu a cinza no chão. — Só Deus sabe o que ela estava fazendo lá. Isso eu nunca entendi.

Claire sabia.

— Ela estava ali para encontrar com Bill — disse ela. — Era um lugar onde se encontravam. — Ela se recostou e fechou os olhos, tentando se lembrar cada detalhe, tudo que pudesse vir a ser uma pista. Sua relação com Bill estaria em crise na época? Ela achou que sim. — Então, o que aconteceu a seguir?

— Isso eu não sei. Acho que Slater deve ter falado com ela e mandado que ela calasse a boca. Mas não era o bastante para ele. Era testemunha do que fizeram, então alguém tinha de se livrar dela. Slater me disse depois que ele mesmo cuidou disso. Sempre fora um escroto mentiroso, mas acho que disse a verdade. Acho que ela tentou ir direto para casa... bem, não sei onde o fez exatamente. Disse-me que a levou a uma represa. Então, tarde da noite, amarrou pesos ao corpo e o atirou na água.

— Então — disse Claire, a voz trêmula — ...depois ele pediu para você escrever aquela carta? E você a escreveu?

Gibbs jogou fora a guimba do cigarro e ficou calado durante um tempo que pareceu uma eternidade, olhando impassível para o mar. Afinal ele disse, muito lentamente:

— Eu não gostava de sua irmã. Não me pergunte por quê. Mas não gostava.

Ele nada mais tinha a dizer e Claire nada mais tinha a perguntar. Após alguns minutos ele se levantou.

— Agora que eu lhe contei, vá à polícia se quiser, não me importo mais.

Ele deu as costas e se foi. Claire ouviu os seus passos se afastando. Ela não o viu ir embora.

Vinte minutos depois, quando lentamente absorveu tudo o que Victor Gibbs lhe dissera, Claire deu-se conta de que havia outra pergunta que desejava fazer: o que acontecera com Roy Slater? Ainda estava vivo? Ela correu para o apartamento de Gibbs, já com a premonição de que chegaria muito tarde. Ao chegar, encontrou a porta aberta e a vizinha do térreo no corredor.

— Não sei o que você disse a ele — falou a mulher. — Mas ele foi embora. Saiu de carro há dois minutos, com duas malas. Pegou tudo o que era dele. — Começou a selecionar uma pilha de jornais gratuitos sobre a mesa do saguão, jogando a maior parte na lixeira. — Não perdi grande coisa — disse ela com amargura. — Ele já não pagava o aluguel havia meses.

5

Certa noite, muitos anos depois, quando Philip fazia uma visita a Claire e a Stefano em Lucca, ela lhe contou o que acontecera naquele dia, e disse:

— Então, enquanto dirigia de volta para casa, comecei a pensar nos atentados aos *pubs* e como aquilo estragou a vida de Lois, é claro, por causa do que aconteceu com ela quando estava no The Tavern in the Town com Malcolm naquela noite, mas não apenas ela, como estragou também a vida de Miriam, indiretamente, por causa do que ela viu acontecer em Longbridge e o que aquilo lhe causou, e como também estragou a minha vida, porque durante anos não conseguia pensar direito ou dar seguimento a coisa alguma imaginando o que acontecera com Miriam e, de certo modo, como também atrapalhou a vida de Patrick, porque ele acabou obcecado por Miriam também, para compensar algo, para compensar a dor que o fizemos passar ao nos separarmos quando ele era pequeno.

"Então, comecei a pensar em todas as outras famílias, todas as outras pessoas, cujas vidas foram afetadas por este acontecimento, e como você pode enlouquecer tentando seguir as coisas até a sua fonte, tentando apontar o dedo acusador para alguém, você sabe, indo direto aos fundadores do problema irlandês até acabar dizendo coisas como, Oliver Cromwell é o culpado do fato de Lois ter passado tantos anos no hospital e pelo fato de Miriam ter sido assassinada. E de certo modo, embora seja terrível dizer isso, os atentados em Birmingham foram uma pequena atrocidade se você os vir estatisticamente, comparados a Lockerbie, ou comparados aos atentados em Bali, ou ao 11 de Setembro, ou ao número de civis que morreram na guerra do Iraque em 2003.

"Então, o que aconteceria se você tentasse explicar todas essas mortes, todas essas vidas estragadas, se tentasse descobrir a origem desses acontecimentos? Você ficaria louco? Quero dizer, é uma loucura tentar fazer algo assim, ou será que é a única coisa sã a ser feita, encarar o fato de que gente perfeitamente comum e perfeitamente inocente tenha as suas vidas destruídas continuamente por forças que estão fora de controle, seja por eventos históricos ou apenas pelo azar de sair de casa no dia em que um motorista bêbado passa a cento e vinte quilômetros por hora... mas mesmo assim você ainda pode culpar a cultura que ensinou para ele que é legal dirigir a cento e vinte por hora ou a cultura que o transformou em um alcoólatra, e, como já disse, talvez seja a coisa mais *sã* a se tentar fazer, parar de dar de ombros e dizer apenas: "É a vida" ou "Essas coisas acontecem", porque se você for ver, *tudo* tem um motivo. Tudo o que um ser humano faz para o outro é resultado de uma decisão humana tomada em algum tempo no passado, seja por essa pessoa ou por alguém mais, vinte, trinta, duzentos ou dois mil anos antes ou, simplesmente, na última quarta-feira.

Philip disse:

— Está bêbada ou algo assim, Claire? Porque nunca ouvi você dizer tanta besteira.

Ao que Claire respondeu:

— Bebi dois terços de uma garrafa de excelente Bardolino na última meia hora, isso é verdade.

Philip disse:

— No fim das contas, se alguém que você ama for vítima de terrorismo, digamos, se alguém que você ama morrer, não fará diferença se o terrorista fez aquilo porque é psicótico ou porque acha que seu país, sua religião ou algo mais está sendo prejudicado. O fato é que a pessoa que você ama está morta, e a pessoa que fez isso é a pessoa que instalou a bomba, pilotou o avião etc. Você não se importa com os motivos dele. *Ele simplesmente não devia ter feito aquilo.* Roy Slater matou a sua irmã porque é um homem mau. Desculpe ser tão cru a esse respeito, mas é isso mesmo.

Claire disse:

— Sim, mas aquilo *não teria acontecido* não fossem os atentados aos *pubs*.

Philip disse:

— Talvez não para aquela pessoa, naquela hora. Mas ele teria encontrado outras razões para fazer aquilo com outra pessoa. E o que aconteceu com ele, por falar nisso?

Claire disse:

— Estranho, não tive a menor curiosidade sobre Slater, depois daquilo. Foi como se eu tivesse sigo sangrada de todos os meus sentimentos. Patrick fez algumas investigações, alguns anos depois. Descobriu que ele morrera. Em uma prisão. Enfisema.

Philip disse:

— Engraçado. Patrick nunca mencionou ter feito isso.

Claire disse:

— Tudo o que estou tentando dizer é que aquele dia em Norfolk me fez ver que há padrões. Tem de procurá-los bastante mas, quando você os encontra, consegue abrir caminho em meio ao caos, o acaso e a coincidência e seguir o caminho de volta até a fonte e dizer: "Ah, foi aqui que começou."

Philip disse:

— Seria louca se fizesse isso. Há indivíduos. Há maus indivíduos. É simples assim. E há pessoas que devemos vigiar, e mesmo que haja razões para o modo como se comportam, nove entre dez vezes nada têm a ver com a história ou a cultura. Tem a ver com psicologia e relações humanas. Outras pessoas os fizeram ser como são. Na maioria das vezes, a culpa é dos pais.

Claire disse:

— Então tem de se perguntar o que fez os pais serem como são.
Philip disse:
— Mas isso é impossível! Assim, isso não termina nunca.
Claire disse:
— Não, não é impossível. É difícil. Muito difícil. Mas é o que temos de fazer.
Stefano saiu na varanda. Trazia uma garrafa de vinho tinto com a qual encheu ambas as taças.
Claire disse:
— Está um cheiro ótimo. Quanto tempo vai demorar?
Stefano disse:
— Mais meia hora. Não se pode apressar um risoto.
Ele voltou a entrar. Claire e Philip beberam um gole de vinho, e a luz tristonha de uma tarde de setembro espalhou longas sombras sobre as pedras ancestrais da piazza lá embaixo.
Philip disse:
— A pessoa tem de aceitar as suas responsabilidades, isso é tudo. Veja Harding. Talvez tenha sido prejudicado pelos pais, Eu não sei. Mas muitas gente é prejudicada pelos pais e vivem vidas mais ou menos inofensivas. Ele escolheu se tornar a pessoa que se tornou.
Claire disse:
— Você nunca me disse o que aconteceu quando foi vê-lo.
Philip disse:
— Vou contar agora.

— Harding também estava em Norfolk. Mas longe do lugar onde você foi. No outro lado do estado, no lado oeste. O endereço que me deram era de uma fazenda no meio do nada, alguns quilômetros ao sul de King's Lynn. No limiar do pântano.

"Não me lembro exatamente da data mas deve ter sido no fim de março porque eu estava ouvindo rádio a caminho e os americanos estavam bombardeando o Iraque já há alguns dias.

'Choque e estupefação', era a expressão da moda. Não se podia ouvir o rádio durante cinco minutos sem ouvir algum estrategista militar falando de 'choque e estupefação'. Eu havia saído da estrada principal e dirigia em meio àquela paisagem vazia. As coisas ficam calmas em Norfolk muito rapidamente e a gente deixa a civilização para trás com muita facilidade. Tudo o que eu ouvia no rádio eram descrições de carnificinas e destruição, e todos aqueles americanos falando orgulhosos de quanta estupefação o resto de nós devia estar sentindo. Creio que não é difícil inspirar estupefação em alguém se você é o país mais rico do mundo e gasta metade do que tem em máquinas projetadas para matar gente. De qualquer modo, há diferentes tipos de estupefação, certo? Às vezes uma paisagem pode lhe inspirar tal sensação. É tão lindo por lá, tão tranqüilo. Quilômetros e quilômetros de planícies inundadas. Apenas você e os pássaros. E aquele céu de Norfolk! No verão pode ser incrível. Naquela tarde o céu estava cinzento, cinza prateado. Mas... o *silêncio* de lá. Aquilo era uma estupefação, suponho, para alguém da cidade. Desliguei o rádio e antes de ir até a casa da fazenda, parei o carro no acostamento e desliguei o motor durante um tempo. Depois saltei para ouvir o silêncio.

"Então pude ver por que ele escolhera morar ali. Podia-se ver a casa a quilômetros de distância. Não havia árvores ao redor e o terreno era completamente plano. Apenas touceiras de junco até onde a vista alcançava, e aqueles estranhos canais feitos há centenas de anos mas ainda absolutamente retos, ainda aparentando terem sido feitos pelo homem. Paisagem estranha. Nunca vira nada assim antes. Muito exposta, de certo modo, mas ao mesmo tempo tão remota que ninguém imaginaria vir procurá-lo ali. Imaginei se essa seria a idéia. Imaginei se ele estava se escondendo de alguma coisa, ou de alguém. Acho que a polícia andou atrás dele mais de uma vez nos últimos anos, por coisas que disse, enviou pelo Internet e, é claro, pelos CDs. Pensei que talvez estivesse se escondendo por um tempo, esperando as coisas esfriarem.

"Vi fumaça emanando na direção da casa mas quando cheguei lá percebi que não vinha do prédio principal. Saía da chaminé de um velho trailer estacionado no pátio. Havia duas mulheres morando ali — garotas, na verdade. — Não sei como chamá-las, pareciam ter vinte e poucos anos. Ele as chamava de Cila e Caribde e nunca descobri o que faziam ali além de ajudá-lo no trabalho da fazenda. Eram muito bonitas. Não sei onde ele as encontrou e nem como as persuadiu a irem até lá.

"De qualquer modo, estacionei o carro junto àquele trailer e fiquei um tempo sentado, tentando pôr os pensamentos em ordem. Eu não tinha idéia do que iria dizer para ele, ou o que estava fazendo ali. Suponho que era mais curiosidade. Queria saber como a pessoa que conhecemos, ou pensamos conhecer, na escola podia ter se tornado naquilo. Acho que saber no que Harding se tornara derrubara todo o meu passado, nosso passado comum. De algum modo queria tirar aquilo a limpo, ver se tirava alguma lógica daquilo. Novamente tentando manter o caos sob controle. Mas também havia outro motivo. Queria lhe perguntar sobre Steve. Do que ele fizera com Steve na escola. Queria saber como ele justificava aquilo para si mesmo.

"Fiquei sentado lá cinco minutos e então fui até a porta da frente, na qual bati o mais forte que pude. Não havia como reconhecê-lo. Em verdade, durante um ou dois segundos achei ter batido na casa errada. Usava um boné chato que depois descobri ser para esconder o fato de que já estava quase completamente careca. Usava óculos redondos de aro de metal e uma barba extremamente densa que chegava praticamente à altura de seu peito. Vestia *tweed*, um colete amarelo-mostarda, lenço de pescoço... ele se reinventara como um fazendeiro inglês, embora a julgar pelo estado dos campos pelos quais acabara de passar ainda não havia começado a cuidar da fazenda propriamente dita. Não posso dizer que parecia forte fisicamente. Ele caminhava inclinado para frente, e tinha pouca carne — mas o que realmente me impressionou foram os seus olhos. Havia verdadeira agressividade neles. Ele era assim, na escola? Quero dizer, ele sabia quem eu era, lembrava-se de mim, esperava por mim, mas havia uma terrível hostilidade, uma terrível *desconfiança* naqueles olhos. Como se esperasse apenas eu dizer uma palavra errada para ele explodir. Foi assim desde a hora em que apareci. Sem confiança. Via-se claramente que ele não confiava em mim e em coisa alguma. Ele não confiava no mundo.

"É claro, o primeiro problema era que eu não sabia como chamá-lo. Já descobrira que ele não gostava de ser chamado de Sean. Ele o britanizara para John. John Harding. Um bom e sólido nome inglês, creio eu. Lembrei-me de que seu pai era irlandês, mas depois, sempre que mencionava isso, ele ignorava o comentário. Em certo ponto, disse que seu pai era irlandês de primeira geração. Fez questão de deixar isso bem claro. Mas no geral, mal falava do pai. Disse que a mãe era muito mais importante para ele, e havia fotos dela por toda parte: nas prateleiras, no consolo da lareira, no piano. Era uma mulher horrível, devo dizer. Parecia com alguém dos anos 30, não dos 70. A megera de seus pesadelos. Em algumas fotos ela usava um monóculo.

"Devo dizer que o lugar era bem arrumado e limpo. Acho que Cila e Caribde tinham algo a ver com aquilo. Não que houvesse muito o que limpar ou arrumar. Não creio que tivesse muita coisa. Mal havia móveis, apenas uma mesa para comer e outra para trabalhar. Um dos quartos era seu escritório e ele tinha um computador ali. Mas havia livros em toda parte: não apenas no estúdio, mas em toda parte, na cozinha, no corredor, no banheiro. Pilhas deles. Livros sobre todos os assuntos. Um bocado de história e topografia local, mas também coisas esquisitas como ocultismo, bruxaria, paganismo. Muitos clássicos. Romances, centenas de romances. Nada moderno, mas muitos escritores dos séculos XVIII e XIX. Um pouco de política, história. O *Mein Kampf*, inevitavelmente. Muitos livros sobre religiões orientais e islamismo. Muito eclético, tinha de admitir. Muito impressionante. Não me lembro de ele ter sido um leitor tão assíduo na escola.

"O chato era que nada tínhamos a dizer um ao outro. Pelo menos, ele claramente não desejava conversar, e nada que eu dissesse parecia interessá-lo muito. Você sabe, perguntas de sempre como 'Como vai?' e 'O que tem feito?' não nos levavam a parte alguma. Tentei lhe dizer como estavam as outras pessoas da escola, mas ele não queria saber. Nem tentou parecer educado quanto a isso. 'Não me lembro dessa gente', disse. Não se lembrava de Doug e nem de você. Apenas disse, 'Vocês não tinham imaginação. Eram todos rasos'. Não estou certo do que quis dizer com isso. A única exceção, aparentemente, era Benjamin. Algo se iluminou em seus olhos quando falei de Benjamin. Perguntou se Benjamin conseguira publicar o seu livro e eu disse que não, que nunca conseguiu terminá-lo. Pareceu achar que era uma pena. Disse que Benjamin tinha potencial, ou algo assim.

"Eu lhe disse que fora Benjamin quem o redescobrira, e contei como ele encontrara o seu registro no diário de Dorset, e perguntei se ele lembrava de ter escrito aquilo. E ele disse, oh sim, fora ele mesmo, mas que não escrevia mais aquele tipo de coisa. Disse que Arthur Pusey-Hamilton estava morto e enterrado. Perguntei o quanto ele se identificava com o personagem e ele disse que muito: ele tinha uma teoria de que, para satirizar ou parodiar alguma coisa adequadamente, você tinha de gostar dela, em algum nível. Disse-me que desenvolvia aquela teoria em um grande livro no qual estava trabalhando, uma história do humor inglês, começando com Chaucer e chegando até P. G. Wodehouse. Falou um bocado dos livros que escreveu. Nenhum publicado. Mas então disse ter "renunciado" ao humor, como alguém que diz que parou de fumar ou mudou de religião. Aparentemente passou algum tempo em um mosteiro (outro vínculo com Benjamin) e me falou de um santo chamado Benoit e como os monges tentavam viver de acordo com as suas regras, uma delas era não fazer piadas, outra era não rir muito freqüentemente. Disse que o riso não era sagrado, não dignificante. Palavras como sagrado e dignidade pareciam ter se tornado importantes para ele. Ele as usava um bocado. "Foi por onde eu o peguei. Disse que nada via de sagrado em drogar Steve Richards para fazer com que ele não passasse no exame médico, e nem havia muita dignidade em martirizar um dos professores como ele martirizou nosso professor de matemática, o sr. Silverman, só porque era judeu. Quanto a trabalhar com um bando de delinqüentes nazistas como o pessoal do Combat 18, ou dar dinheiro para bandas que escreviam músicas celebrando o Holocausto... bem, não via como aquilo pudesse combinar com o tipo de palavras que ele estava usando. Mas meu argumento não pareceu preocupá-lo. Disse ter cometido erros no passado, não negava isso. Mas disse que verdadeiramente admirava os skinheads e as pessoas que levam a "guerra racial" a sério, que a levavam para as ruas. Foi esse o termo que usou: "guerra racial". Disse que não os chamava de delinqüentes, ele os chamava de guerreiros, e o Espírito Guerreiro era parte de nossa herança, parte de nosso folclore. Então eu lhe disse: 'E quanto aos conflitos em Bradford, Burnley e Oldham há alguns anos, quando essa turma perdeu o controle e espancou paquistaneses e bengaleses idosos! O que há de tão grandioso nisso?' E ele me disse que a violência era terrível mas se for o único meio de atingir o seu objetivo então é justificada. Disse aprovar os conflitos, que eram um passo positivo e foi quando comecei a achar que ele estava delirando porque começou a alegar que ajudara a provocá-los, que algumas coisas que escreveu na internet influenciara o seu desencadear.

"Então eu disse: 'Bem, que objetivo é esse, afinal de contas? Não compreendo. O que está tentando alcançar?' E ele disse que a única coisa que o povo ariano desejava era poder viver do jeito que queria, em paz e harmonia com a natureza. Então eu perguntei: 'O que os impede?' Ele disse que isso não poderia acontecer enquanto a terra sofresse. Disse que a terra sofria por estar sendo violada e poluída pelas grandes empresas, e estava lotada de estrangeiros, gente que não tinha respeito pela terra e nem tinha direito de estar aqui, e que as grandes empresas e o sistema político vigente estavam mancomunados para manter as coisas desse jeito, porque era nisso que se baseava o seu poder. A baboseira habitual da teoria da conspiração. Disse que era um modo de perpetuar uma cultura materialista baseada na usura e, é claro, achava que os judeus estavam por trás de tudo aquilo.

"Esse, aparentemente, foi o motivo de ele se interessar tanto pelo islamismo. Ele estava convencido de que a *jihad* era a nova maneira de proceder. Não que estivesse aprendendo a pilotar para participar de uma missão suicida ou algo assim. Mas disse ter conhecido Osama bin Laden, a quem chamava de "Usama", por algum motivo. Suponho que para mostrar que se dava melhor com ele do que o restante de nós. Foi quando achei que ele estava completamente louco. Disse que a Al Qaeda e os guerreiros arianos estavam basicamente do mesmo lado, porque o inimigo real era os EUA e os sionistas que governam o mundo, mas àquela altura eu já havia parado de ouvir. Contudo, ele era a favor da guerra do Iraque, aparentemente porque achava que inspiraria mais ataques terroristas no Ocidente, e isso era bom.

"Fiz mais uma interrupção e disse: 'Mas e quanto aos civis iraquianos que estão morrendo na guerra?', e novamente ele disse que era muito triste, mas a guerra era uma trágica necessidade e que muito sangue iria rolar antes de as coisas se ajeitarem. Então me falou de um ensaio que escrevera chamado 'Violência e Melancolia'. Estava na internet com suas outras coisas, em um website que os amigos criaram para ele. Considerando tudo o mais, fiquei feliz em saber que ele ainda tinha amigos.

"Bem, não falamos muito depois disso. Ele saiu para fazer chá e eu dei uma olhada em sua coleção de discos. Também era impressionante. Alguns milhares de álbuns, todos em ordem alfabética, todos em vinil. Acho que ele tinha toda a música clássica ocidental bem representada ali. Ao voltar eu comentei dizendo: 'Pouca música "Oi!" aqui, não é mesmo?' Ele pôs para tocar o disco que já estava no prato. Era a "Rapsódia Norfolk Nº 1", de Vaughan Williams, e ele a ouviu em silêncio enquanto bebíamos nosso chá, e seu rosto mudou enquanto a ouvia. Parou de parecer agressivo e paranóico e, durante alguns minutos, quase sorriu. Mas quando a música terminou, pareceu muito triste e me disse que devia ter ouvido aquela música milhares de vezes, mas nunca se cansava de fazê-lo. Era uma das favoritas de sua mãe, disse. Então eu lembrei que Vaughan Williams era socialista e teria odiado ele e tudo aquilo em que ele acreditava. Mas ele disse que a política era superficial, e que se podia ver as verdadeiras crenças do compositor em sua música. Não havia resposta possível para aquilo.

"Pouco antes de ir embora, disse-lhe o que acontecera com Steve Richards, como ele conseguira aquele novo emprego e se mudara para Birmingham com a família, e como alguns meses depois o departamento fora fechado. (Acredito, Claire, que tenha sido trabalho de um ex-namorado seu, estou certo?) E Harding disse lamentar isso mas que o problema verdadeiro era que Steve não pertencia àquele país. Seria mais feliz se estivesse junto de sua gente. Seus 'camaradas', como gostava de chamá-los. Perdi a cabeça quando ele disse isso e falei que ele era um maldito idiota. Então lembrei de algo que Doug dissera de Harding certa vez, que seria deprimente encontrá-lo de novo porque provavelmente teria se tornado um controlador de estoque, mas nada poderia ser mais deprimente do que aquilo, pensar em toda aquela inteligência, todo aquele humor, toda aquela malícia, e ver onde acabou. Tão triste. Perguntei se havia uma sra. Harding, e disse que sim, durante um tempo, mas que ela morrera. Dei mais uma olhada na casa e estremeci ao pensar que vida ruim, amarga e *solitária* ele construíra ao seu redor, mas não consegui ficar triste por ele. Você não podia *alcançá-lo*, esse era o problema, portanto, como sentir-se triste por ele?

Ele se pusera além disso. Não lhe apertei a mão, apenas disse adeus, e ao sair falei: 'Lembranças para Usama. Pergunte a ele se daria uma entrevista ao *Birmingham Post* um dia desses.' Ele me respondeu algo em árabe. Pedi que traduzisse e ele disse que era um trecho do Corão. Significava: 'Mostre-nos o Caminho, o caminho daqueles a quem abençoaste, Sua graça, cujo quinhão não é a ira, e que não se desviará."

"Então eu fui embora. Ele não acenou mas ficou ali na porta, olhando-me ir embora. Foi a última vez que eu o vi.

A tarde quente escureceu. Acenderam velas no terraço e, após a refeição, ficaram ali sentados, Claire, Patrick e Stefano, até o sol se pôr, os bares começarem a fechar e a cidade de Lucca ficar em silêncio quase absoluto. Apenas algumas vozes de gente se despedindo e passos nas ruas. Os eventos da primavera de 2003 pareciam ter ocorrido há séculos no passado.

Já passava da meia-noite quando Claire disse:

— Não sei o que depreender da história de Sean. Não vejo o quanto isso desmente o que eu estava dizendo. Se há uma exceção para o que eu disse, ela não está em Sean e, sim, em Benjamin. Isso eu talvez admitisse. Você não pode culpar ninguém pelo que aconteceu com ele. Não há cadeia de causa e efeito ali. Ninguém o forçou a se apaixonar por Cicely e perder vinte anos de sua vida obcecado por ela. Ele é inteiramente responsável por isso.

Philip disse:

— Mas a questão é que Benjamin está feliz agora. Ele teve Cicely novamente, não é? E isso é tudo o que ele sempre quis.

— Não creio que esteja feliz.

— Já os viu juntos?

— Fui lá uma vez. Não consegui suportar aquilo. Ela ficava sentada na cadeira de rodas, dando ordens como se ele fosse um cachorro. O mau gênio dela...

— Isso é uma das coisas que a esclerose múltipla faz com as pessoas.

— Bem, não agüentei.
— Mas você vê, ele está *feliz*, Claire. Está escrevendo de novo, sabia? E tocando. Acho isso ótimo. Quero dizer, se o visse há alguns anos... Pense no tempo em que ele desapareceu e foi para a Alemanha, e ninguém ouviu falar sobre ele durante meses.
— Talvez...
— É isso, está vendo? Todos nós acabamos como queríamos, à nossa maneira. Você, eu, Doug, Emily. Pense nisso. Todos vivemos felizes para sempre.

4

THE MUNICH TRAIN*

In the foothills
Snow streaks the black fields.
Dusk steals over empty balconies, shuttered houses solemn
With mystery, where children
(I am forced to think) grow and parents love
In terrible privacy.

Augsburg. Ulm.
Already in my head
These names throw dark blue shadows
Sad as Sunday afternoons.

---

*O TREM PARA MUNIQUE: Ao pé das colinas / A neve tinge os campos negros. / A penumbra invade os terraços vazios, casas fechadas solenes / Com mistério, onde crianças / (sou forçado a pensar) crescem e os pais se amam / em terrível privacidade. / *Augsburg. Ulm.* / Em minha mente / Esses nomes lançam sombras azul-escuras / Tristes como as tardes de domingo. / Paralelo aos trilhos, agora / Corre um canal líquido. Lâminas de gelo / Pairam em seu verde-acinzentado, e ao lado na grama / Está o tapete bege enrolado / Que alguém / Está tentando vender. / *Colônia. Mannheim. Stuttgart.* / Em qualquer um desses lugares / Pode-se encontrar ou construir um lar. / Mas da mesma forma, / A luz pálida ainda brilha / Atrás dos Alpes distantes, e aquele sol logo / Irá roçar os lábios nos ombros macios / De cidades que ainda não imaginei: / Não há escolha / Quando a escolha é infinita.

*Parallel to the track, now
A liquid channel runs. Sheets of ice
Hover on its greygreen, and beside it the grass
Is the beige of carpet in a done-up fiat
Someone has been
Trying too hard to sell.*

*Köln. Mannheim. Stuttgart.
In any of these places
A home could be found
Or made. But equally,
Pale, hinting light glimmers still
Behind the distant Alps, and that sun soon will
Brush its lips across the downy shoulders
Of towns I've not imagined yet:*

*No choice at all
When choice is infinite.*

Em um canto da Drogerie Benjamin segurava dois pacotes de preservativos, um em cada mão, tentando decifrar as instruções em alemão. Havia claramente uma importante diferença entre eles, mas não conseguia imaginar qual seria. Tamanho? Textura? Sabor? Ele não tinha idéia.

Ele nunca usara um preservativo. Incrível pensar nisso, mas era verdade. Ele e Cicely não usaram qualquer proteção naquele dia — o que fora um tanto temerário, pensando agora — enquanto Emily usara pílula desde o início, e depois... bem, acabou não sendo preciso, como se sabe. Portanto, seria uma nova experiência para ele. Era importante, então, que fizesse a escolha certa.

Ainda assim hesitou. Lembrou-se de um incidente embaraçoso, nos anos 80, após o Saps at Sea ter tocado em um centro de arte perto de Cheltenham. De volta a Birmingham, dentro da van, os cinco integrantes do grupo jogaram um jogo chamado "Privações". O desafio do jogo era citar atividades banais que você — vergonhosamente, talvez — nunca praticara. Para cada membro do grupo que as tivesse feito, você ganharia um ponto: o que significava que, quantos mais pontos fizesse, mais esquisito você pareceria aos olhos dos outros jogadores. Benjamin ganhou a primeira rodada, fazendo quatro pontos ao admitir — e provocando gritos de incredulidade — que nunca fizera sexo usando um preservativo. A seguir, ganhou as outras dez rodadas, novamente com o placar máximo, ao confessar que nunca usara cocaína, nunca fumara maconha, nunca fumara um cigarro, nunca praticara sexo ao ar livre, nunca dirigira um carro a mais de cento e vinte por hora, nunca dera uma trepada de uma noite, nunca jogara cartas a dinheiro, nunca matara aula, nunca bebera mais de três copos de cerveja em uma única noite e jamais esquecera o aniversário da mãe. Para completar, nenhum dos outros jogadores conseguiu fazer os quatro pontos máximos porque, não importava o que admitissem nunca terem feito, Benjamin também não o fizera. Houve apenas um momento quando pareceu haver uma exceção a esta regra — quando Ralph, o baterista, confessou com tristeza que nunca fizera sexo com duas mulheres.

— Ah! — exclamou Benjamin, triunfante. — Isso eu já fiz!

Mas, então, foi-lhe explicado que Ralph se referia a fazer sexo com *duas mulheres ao mesmo tempo*. Pelo que ganhou apenas três pontos.

Benjamin olhou para os dois pacotes e deu-se conta, como o coração pequenino, que provavelmente não importava qual comprasse. Estava em Munique há três semanas e mal falara com alguém até então, muito menos com uma mulher que quisesse fazer sexo com ele. Ele novamente tentou descobrir o significado das palavras que não lhe eram familiares, e acabou pondo as duas na cesta de compras. Afinal, tinha um dicionário de alemão no apartamento.

THE ENGLISH GARDEN IN WINTER*

The English Garden in winter
Stands almost empty. Beneath my feet,
A slushy mix of ice and mud.
The river here is Alpine,
And even in July it's mountain-cold.
A solitary bird skims the surface, wary.
What sort of bird? I'm not quite sure.

Hard to see, amidst these greys,
These leafless trees (the names of which
Escape me) how, in the summer, flowers
And women lie, along this bank,
Naked — so I'm told —

---

*O JARDIM INGLÊS NO INVERNO: O jardim inglês no inverno fica quase vazio./ Sob meus pés, / Uma mistura de lama e gelo./ O rio aqui é alpino, / E mesmo em julho faz muito frio. / Um pássaro solitário roça a superfície, cauteloso. / Que tipo de pássaro? Não estou certo. / Difícil ver entre os tons de cinza. / Estas árvores desfolhadas (cujos nomes / Escapam-me agora) como, no verão, flores / e mulheres se deitam ao longo das margens / Nuas — assim me disseram — / Enquanto homens de negócios inteiramente vestidos fazem o seu almoço / E lançam olhares furtivos com olhos famintos. / Que flores serão estas, então?/ As que planejam brotar entre os espinhos / Deste arbusto atarracado que não posso identificar? / Tremendo, imagino onde está a chuva / Há muito ameaçada por este céu de Munique, / E sinto minha ignorância. / Devo ir embora desta cidade azarada, / Nuvens baixas que descreveria / Em detalhes se tivesse a terminologia. / A beleza dessas meninas bêbadas de sol / É verdadeiramente suficiente em minha imaginação. / Mas o inverno no jardim inglês / Me gela com duas certezas marrons: / Não estarei aqui / quando chegarem para mostrar isso, / E nunca serei um poeta da natureza.

> While full-clothed businessmen snatch lunch
> And furtive glimpses, hungry-eyed.
>
> What flowers would those be, then?
> The ones that plan to bud among the spikes
> Of this squat bush I can't identify?
> Shivering, I wonder where's the rain
> Long threatened by this Munich sky,
> And feel my ignorance.
>
> I must move on, from this unlucky town,
> Hung low with clouds I might describe
> In detail if I had the terminology.
> The beauty of those sundrunk girls
> Is real enough, in my imaginings.
> But winter in the English Garden
> Freezes me today with two brown certainties:
>
> I won't be here,
> When they arrive to show it,
> And I shall never make a nature poet.

Benjamin não escrevia poesia desde os tempos da escola. Sabia estar fora de prática, assim como em relação a muitas outras coisas. Mas depois do fracasso de *Inquietação* — a pilha de papel que gerou, as centenas de horas desperdiçadas lutando com interfaces de midi e softwares de seqüenciadores — não tinha apetite por nada tecnologicamente mais avançado do que uma esferográfica e um caderno escolar, ou qualquer forma literária mais complexa que um soneto. A cada dia, após se atirar para fora da cama às dez ou onze horas, ia para um bar ou café perto da universidade e sentava-se para escrever.

A maioria das vezes nada escrevia. Geralmente estava de ressaca da noite anterior. À tarde procurava algum cinema que passasse filmes em inglês e depois voltava para casa, bebia uma garrafa de vinho e tentava escrever novamente. Quando a poesia não vinha, tentava outra coisa — reminiscências em prosa, em geral episódios de sua vida — mas nunca guardava tais transbordamentos. Freqüentemente mal os lia pela manhã. A escassez de experiências começava a desagradá-lo. Ele nada tinha sobre o que escrever. E sempre que essa conclusão vinha-lhe com mais força, tarde da noite, bebia mais de uma garrafa de vinho. Desenvolvera um gosto por destilados: maltes Islay em particular, embora não fossem fáceis de se encontrar em Munique e custassem uma fortuna. Certa noite memorável (ou melhor, certa noite da qual não conseguia se lembrar de coisa alguma) bebeu três quartos de uma garrafa de Talisker e vomitou nos sapatos, fato que só descobriu ao tentar calçá-los no dia seguinte. Sabia que era hora de parar. Mas não parou.

Seu alemão não melhorava. Sua vida social não se materializava. O dinheiro começou a acabar. Começou a sentir saudades de Morley Jackson Gray, das brincadeiras do escritório e da confortável rotina de um dia de trabalho. Tinha seu celular com ele. A bateria estava descarregada havia semanas, mas podia carregá-la facilmente. Poderia ligar para Adrian, Tim ou Juliet no escritório; podia telefonar para os pais, irmã ou sobrinha; podia ligar para Philip ou Doug; podia ligar para Munir. Mas a bateria continuou descarregada. Benjamin estava determinado a se reinventar antes que essas pessoas o vissem de novo. Voltaria em um tipo de triunfo.

SEXYLAND*

My gaze is fixed upon her breasts
Because there is less shame in that
Than looking in her eyes.

They're cobalt-blue (her eyes, that is)
And glazed with sadness, anger, boredom —
Something, anyway, that makes of her
A human being. Which isn't what we want —
Not me, nor any of the men (all young, I note)
Who watch her from the shadows,
As they sip the foul red wine that's priced
At thirty euros. (By the glass.)

In laudable conformity, perhaps, to EC laws,
She's democratic, scrupulous and fair.
Divested, now, she leaves the stage

---

*TERRA DO SEXO: Meu olhar está fixado em seus seios / Porque há menos vergonha nisso / Do que olhá-la nos olhos. / São de azul cobalto (os olhos, claro) / E olham com tristeza, raiva, tédio — / algo que, porém, a torna / Um ser humano. O que não é o que queremos — / Nem eu, nem os outros homens (todos jovens, percebo) / Que a olham das sombras, / Enquanto bebem um vinho tinto horroroso ao preço / De trinta euros (a taça.) / Em estrita conformidade, talvez, com as leis da CE, / Ela é democrática, escrupulosa e justa. / Despida, agora, ela deixa o palco / E oferece o seu charme / para cada um de nós ao seu turno. / Sou o sétimo da fila. / A música começa / Dezesseis compassos depois, ela aterrissa / No meu colo, ou cercanias. / Sua pélvis oscila, nem tanto em contato com a minha, / E nem tão mecanicamente, embora não tenha dúvidas / De que sua mente está em algum outro lugar. / (Sonâmbula. Sim, poderia ser a palavra.) / E em meu rosto... um mamilo. O qual / o bardo dentro de mim sente-se compelido a cantar. / Contudo, não há o que dizer *daquilo* / Com que ela preenche meu campo de visão. / É redondo, rosado, / E a não ser que eu esteja enganado, um exemplar de um par perfeito / E (nisso eu aposto) foram sugados / Fervorosamente, não há muitas horas, / Com olhos fechados e lábios cobiçosos, / Pelo filho pequeno de rosto vincado / Que ela já sente saudades de beijar outra vez.

And offers up an eyeful of her ample charms
To each of us in turn.

I'm seventh in the queue.
The music having pumelled through
Another sixteen bars, she crash-lands
On my lap, or thereabouts.
Her pelvis sways, not quite in touch with mine,
And not quite mechanistically, though I've no doubt
Her mind is somewhere else.
(Somnambulant. Yes, that could be the word.)
And in my face — a nipple. Which
The bard in me feels honour-bound to sketch.

And yet, there isn't much to say, about this thing
With which she fills my field of vision.
It's round, and pink,
One of a perfect pair unless I'm much mistaken,
And has (on this I'd lay a bet) been sucked on
Fervently, not many hours ago,
With closed eyes and liquid, greedy lips,
By the infant son whose crumpled face
Already she must long to kiss again.

A visita ao clube de *strip-tease* o fez perceber que estava chegando ao fundo do poço. Na maioria dos dias tinha dificuldade para se levantar. Sentia-se pesado como uma pedra. Desistira de se barbear para provar a si mesmo que parecia ainda pior com barba do que sem ela. Viciou-se em pornografia pela internet e começou a praticar estranhas atividades auto-eróticas que envolviam cabides de plástico, sorvete Ben & Jerry's, o cinto de couro de suas calças e uma espátula. Notou que as universitárias que freqüentavam os cafés na Schellingstrasse, a sós ou em grupo, passaram a reconhecê-lo e, se pudessem, nunca se sentavam em uma mesa junto à dele. Dava-se por satisfeito se conseguisse fazer mais de seis versos de poesia por semana.

Ficou surpreso ao dar-se conta do quanto sentia falta de Emily. Esta era a coisa mais inesperada de todas. Cada vez mais ele se via fantasiando não a respeito de encontros românticos com escolares de topless no Jardim Inglês, mas com noites passadas com Emily, lado a lado no sofá, lendo ou vendo tevê. Descobriu que aquilo de que buscava escapar era a coisa que mais desejava agora. Percebeu isso certa madrugada antes do nascer do sol, deitado na cama, completamente desperto, enrolado em roupa de cama que não era lavada havia semanas, e subitamente, sem aviso, descobriu-se uivando de solidão no meio da noite, soluçando como jamais soluçara desde que era criança. Chorou tanto que achou que jamais iria parar, chorou até o amanhecer, até o seu peito doer pela força das convulsões intermináveis.

Benjamin deixou o apartamento pela manhã e decidiu passar uma noite em um hotel enquanto decidia o que iria fazer a seguir. No desjejum do dia seguinte, leu os jornais ingleses — fazia tempos que não lia um jornal — e descobriu não apenas que os americanos e ingleses haviam invadido o Iraque sem a sanção legal de uma resolução da ONU, mas que Bagdá já estava prestes a cair em poder das tropas aliadas. A indiferença com que recebeu tais notícias o alarmaram. Queria sentir algo. Percebeu que estava em um momento de decisão: estaria na hora de se reconectar com o resto da humanidade, ou era hora de se isolar ainda mais? O que lançava outra questão, uma que cuidadosamente evitava: por que, em mais de três meses de viagens sem prazer, deixara de fazer o óbvio que seria visitar a abadia de St. Wandrille? A resposta a isso era simples, se tivesse coragem de encarar os fatos de frente. Não conseguia pensar em ir até lá porque se lembraria de Emily; da vez em que visitaram juntos o lugar, caminharam pela margem do rio no fim da tarde e compareceram às completas ao cair da noite. Sentiria muito a falta dela.

Mas era para onde deveria ir.

CHECKING OUT*

When I checked out of the Hotel Olympic,
I said to the receptionist in my still-halting
German, "I'd like to check out please,"
But being tired forgot — at just that moment —
That I must return the key, which was in a trouser pocket.

Well. Groucho Marx, Stan Laurel and Buster Keaton,
Performing a unique triple act at the height of their powers,
For one night only,
Could not have had the same effect.
She laughed and laughed.
She laughed and laughed and laughed and laughed.
She laughed and laughed and laughed.

Asking whether I had used the minibar,
She could barely speak for laughing.
I had given her the key by now, but all the same,
As she counted my banknotes, she was hard pressed
To work the till for laughing at this funny Englishman
Who had left it in his pocket while checking out.
She would dine out on this story for weeks,

---

*FECHANDO A CONTA: Quando fechei a conta no Hotel Olympic, / Disse à recepcionista em meu / alemão ainda hesitante, "Gostaria de fechar a conta,"/ Mas, como estava cansado esqueci — justo naquele momento — / Que devia devolver a chave, que estava no bolso de minhas calças. / Bem. Groucho Marx, Stan Laurel e Buster Keaton, / Representando juntos no auge de suas carreiras, / Em apenas uma noite, / Não teriam o mesmo efeito. /Ela riu e riu / Ela riu e riu e riu e riu / Ela riu e riu e riu. / Ao perguntar se eu usara o frigobar, / Ela mal podia falar de tanto que ria. / A essa altura eu já havia devolvido a chave mas, ainda assim, / Enquanto fazia a fatura, teve de se esforçar para conter o desejo de rir / Desse inglês engraçado / Que esquecera a chave no bolso enquanto pedia a conta. / Durante semanas, sairia para jantar fora e contaria a mesma história, / Ao me dar o troco ela ainda ria, / E enquanto pegava a minha mala no cofre atrás do balcão, ela ria e ria, / E ria e ria e ria. E ainda dizem que os alemães não têm senso de humor.

And even now she laughed while giving me my change,
And as she took my suitcase to the store
Behind her desk, she laughed and laughed,
And laughed and laughed and laughed.

And they say the Germans have no sense of humour.

3

O trem chegou a Yvetot pouco antes de escurecer. Benjamin achou um táxi com facilidade e apertou a mala contra o peito enquanto atravessavam o vale, cruzando uma paisagem que ele esperava reconhecer mas que, naquela tarde enevoada de abril, parecia espectral e pouco familiar.

O motorista deixou-o diante dos portões do mosteiro. Toda a aldeia parecia deserta, e embora a porta da *hôtellerie* estivesse aberta, não era surpresa descobrir que não havia ninguém para atendê-lo na recepção. Benjamin esperou ansioso por alguns minutos, sem saber se a sua mensagem telefônica fora recebida. Finalmente, atravessou os cem metros até os fundos, onde a loja de *souvenirs* monásticos estava acabando de fechar, e perguntou ao *frère* atrás do caixa se poderia ajudá-lo. O francês de Benjamin era ruim, mas após alguns mal-entendidos, o prestativo monge apontou para um amplo portão de metal nos muros do mosteiro, pintado de verde-claro, e apertou um botão em algum lugar embaixo do balcão que fez o portão se abrir misteriosamente. Após Benjamin ter passado, o portão voltou automaticamente e fechou-se com um clangor decisivo. O ruído pareceu final, ameaçador. Ele estava dentro.

Benjamin viu-se diante de um amplo e bem-cuidado jardim, que se abria em direção a um caminho que levava a uma ponte sobre um regato silencioso. Mais adiante havia um pomar e o que parecia ser um *jardin potager* entre muros. À direita desse terreno, erguia-se o volume ancestral do convento propriamente dito, austero, indiferente, sombrio em meio ao lusco-fusco da tarde. Benjamin caminhou nervosamente até ali, atraído e até certo ponto reconfortado pelos cálidos quadrados de luzes que brilhavam em algumas janelas. Ele atravessou um caminho de cascalho que o levou através de duas sólidas portas de carvalho, ambas abertas, e ambas levando-o ao mesmo corredor mal iluminado.

Com os passos ressoando no chão de pedra, Benjamin olhou de perto para a porta à sua direita e viu que tinha uma placa: *Salle des hôtes*. Aquilo, ao menos, parecia ser um bom sinal. Ele bateu à porta, não recebeu resposta, e a abriu.

Viu-se em uma sala de pé-direito alto, iluminada por um candelabro elétrico, mas ali também não havia ninguém para recebê-lo. Panfletos e livros religiosos estavam espalhados pela ampla mesa que quase ocupava todo o espaço do lugar, e um relógio na parede contava os segundos, olhando fixamente e sem reação para o crucifixo pendurado no lado oposto. Como sempre, aquela iconografia de dor, sofrimento e aprisionamento fez Benjamin estremecer em vez de inspirá-lo a pensamentos de adoração.

Sem saber o que fazer, colocou a mala no chão, sentou-se em uma cadeira de espaldar alto — estofada com uma tapeçaria muito desbotada — e esperou, ouvindo o tiquetaque do relógio, o soar aparentemente ao acaso de sinos próximos e distantes e o murmúrio ocasional de passos e vozes em algum lugar à distância. Deste modo, o tempo lentamente começou a passar.

Então, após cerca de quinze minutos durante os quais a sua inquietação começou a transformar-se em pânico, passos rápidos e decisivos do lado de fora da porta anunciaram a chegada de alguém. Um jovem alto e macilento vestindo hábito de monge, cabelo cortado rente, olhos preocupados por trás de óculos de armação de metal, entrou na sala, parou junto à cadeira de Benjamin e estendeu a mão.

— *Monsieur Trotter? Benjamin? Je suis désolé...*

Era padre Antoine, o *Père hôtelier*. E sem mais palavras, pegou a mala de Benjamin, e o escoltou através de um pátio até uma porta que levava à sua cela no primeiro andar, em uma torre baixa, bem proporcionada, onde se podia sentir o cheiro doce da grama recém-cortada do jardim.

Havia três outros hóspedes no mosteiro, nenhum dos quais falava muito inglês. Benjamin só os via à hora das refeições, quando a conversa era proibida, de modo que a possibilidade de fazer amizades era remota. Os próprios monges eram corteses e acessíveis, mas não eram de falar muito. Contudo, o alívio de se sentir cercado de gente novamente era indescritível.

Benjamin logo descobriu que a vida no mosteiro era altamente organizada, e após a deprimente e amorfa vida que levou em Munique, estava agradecido por voltar a ter uma rotina estabelecida. O primeiro serviço do dia, a vigília, acontecia às 5h25. Ele raramente comparecia. Se tivesse dormido bem na noite anterior, era capaz de assistir às laudes, às 7h30. Depois vinha o desjejum: algumas fatias de pão e geléia, uma cuia de chocolate feito com água fervente, achocolatado e leite em pó, que era servido em uma câmara de teto baixo sob a *hôtellerie*. O desjejum era tomado em companhia dos outros hóspedes, geralmente em silêncio — embora ali o silêncio não fosse compulsório, como em outras refeições. Uma ou duas vezes, Benjamin tentara conversar, mas seus esforços tendiam a obter respostas monossilábicas — fosse em francês ou inglês — que ele tomava como censuras.

A missa era o grande evento da manhã, e começava às 9h45. Era assistida por um grande número de pessoas da aldeia e era ministrada, assim como os outros serviços, na mesma capela magnificentemente austera — outrora um velho celeiro de grãos com o teto atravessado por vigas de madeira — onde ele e Emily estiveram havia dois anos e ouviram o mesmo canto. (Sem saber que seria a última noite que passariam juntos.) Então vinha a sexta, às 12h45, e logo depois, o almoço. Benjamin e os outros hóspedes iam para o amplo e bem iluminado refeitório, observados em ambos os lados por fileiras de monges cujas idades variavam de vinte e cinco a noventa anos. Era impossível adivinhar seus pensamentos através da expressão de seus rostos, não obstante quão ricamente expressivos fossem os mais velhos.

Rezava-se calma e melifluamente e depois os convidados sentavam-se e eram servidos por dois ou três monges, com eficiência e alegria que seriam a inveja de muitos restaurantes parisienses. Salada com temperos aromáticos, seguida de carne e vegetais da horta do mosteiro, e uma sobremesa que podia ser não mais que *crème anglaise* quente com purê de framboesa ou groselha.

Uma vez que a conversa era proibida no refeitório, os hóspedes ouviam um jovem monge com rosto de anjo que lia — ou melhor, cantava — para eles, seguindo as páginas de algo que, para Benjamin, parecia ser um livro do século XVII. História francesa. Refletindo sobre a agradável monotonia da performance do noviço, Benjamin viu que poderia ter esbarrado, afinal, na chave para conseguir o seu objetivo artístico de toda uma vida: descobrir novas formas de aliar a música à palavra escrita. Não teriam os monges resolvido este problema e na verdade (como parecia perturbadoramente típico deles) feito isso do modo mais simples e óbvio?

As tardes estendiam-se longas e langorosas diante dele, pontuadas apenas pela nona (logo depois do almoço) e pelas vésperas, que aconteciam ao crepúsculo. Às vezes participava desses serviços, às vezes não. Ninguém parecia se importar: nunca conseguiu saber se o seu comportamento estava sendo acompanhado, seus movimentos monitorados. De qualquer modo, os monges pareciam ser tolerantes, era difícil imaginar algo que pudesse abalá-los. (Às vezes pensava que entediá-los, não conseguir despertar-lhes o interesse, seria a maior ofensa que poderia cometer.) Então, após o jantar vinha o serviço final do dia, o favorito de Benjamin: as completas. Acontecia às 20h35, no escuro. O antigo celeiro era iluminado apenas por duas fracas lâmpadas na extremidade de postes verticais erguidos dos dois lados do altar, o que não ajudava muito a iluminar a escuridão daquelas noites frias de abril. Nos recessos obscuros de suas baias, os monges se alinhavam como antes, suas figuras com a cabeça encoberta parecendo ainda mais góticas, ainda mais fora deste mundo, a limpidez de seu canto melancólico preenchendo a tranqüilidade da escuridão, e os intervalos silenciosos entre as vozes parecendo mais longos, mais calmos e mais profundos do que jamais foram.

Com o passar do tempo, Benjamin começou a reconhecer as diferentes personalidades de seus anfitriões. A princípio achou difícil discerni-los uns dos outros, até mesmo fisicamente: o padrão uniforme de cabelos cortados rentes ao crânio, óculos de aros de metal e hábitos aparentemente idênticos os tornavam indistinguíveis para ele. Mas gradualmente, observando através da cortina do ritual diário e da aparente conformidade, começou a ter relances de diferentes sutilezas e traços de personalidade. Descobriu monges falastrões, brincalhões e arrogantes; fofoqueiros, pensadores, sonhadores e inquietos; monges corredores, cultivadores de vegetais e ciclistas.

Em Père Antoine, para a sua surpresa, descobriu um colega escritor que na verdade levava uma vantagem sobre ele, pois as obras de Antoine de "sociologia religiosa" sobre política familiar foram publicadas.

— *Quand votre recueil de poèmes sera publié* — disse-lhe Antoine com gentileza certo dia —, *vous devrez nous en envoyer un exemplaire.*

Embaraçado em pensar que seu trabalho fosse escrutinizado por leitores de coração tão puro, Benjamin respondeu:

— *Ah, je ne sais pas: ils sont un peu trop profanes pour votre bibliothèque, je crois.*

Ao que o monge sorriu, deliciado:

— *Trop profanes! Ah... vous faites des illusions sur notre compte!*

Um dia, ao fim do almoço, quando uma cesta de frutos foi passada entre os comensais reunidos, Benjamin viu-se diante de uma fileira de monges contentes, alguns jovens, outros quase senis, todos sugando ou mastigando, distraídos, bananas semi-descascadas. Seus olhos estavam fixados à meia distância, em plena aceitação dos prazeres desta vida terrena, e então sentiu um vínculo intenso e incongruente com eles. Aquilo o fez ter vontade de rir, mas de modo alegre, sem traços de deboche.

Aparentemente ria-se muito na abadia, apesar das advertências contra tal prática inscritas no livro de regras de são Benoit (do qual ele tinha um exemplar em sua cela): "*54: Ne pas dire de paroles vaines ou qui ne portent qu'à rire. 55: Ne pas aimer le rire trop fréquent ou trop bruyant*. — Às vezes via grupos de monges nas pontes que atravessavam o Fontenelle dando casca de pão aos patos aglomerados lá embaixo, com expressões de felicidade quase infantis, transformando os seus rostos escolásticos de tal forma que, por um instante, parecia possível — uma sensação antiga, outrora familiar — que toda a vida pudesse um dia ser composta destes fragmentos de simplicidade abençoada, e uma sensação de felicidade fugaz pairou sobre ele, como ocorrera em duas ocasiões inestimáveis, nos seus tempos de escola.

Era a rotina, Benjamin entendeu alguns dias depois, que o estava ajudando a se recuperar. O que lhe parecera a princípio uma seqüência mortal de repetições acabou se revelando perversamente libertador, e ele aos poucos criou o seu próprio padrão, comparecendo a quatro dos sete serviços do dia e preenchendo o intervalo lendo, caminhando e contemplando. (Embora sonhar acordado pudesse ser uma palavra melhor para aquilo.) Tornou-se relutante em variar tal padrão, ao ponto de desejar se sentar no mesmo banco na mesma hora do dia. Mesmo quando a chuva fina caía dos céus acinzentados sobre St. Wandrille, ele ainda podia ser encontrado às três da tarde, repousando no pomar, um objeto que aparentemente não despertava a curiosidade dos monges que ali trabalhavam, perseguindo as suas próprias e extravagantes reflexões. Estava contente até certo ponto: certamente sentia-se feliz por ter escapado da miserável solidão na Alemanha. Mas ele sabia que sob a superfície tudo permanecia caótico em sua vida. Ele não tinha senso de religião; nada lhe retornava, não obstante a quantas laudes ou vésperas comparecesse. Ele nutrira uma vaga esperança de que, indo até ali, começaria a se sentir santificado, fosse lá o que isso quisesse dizer. Em vez disso, quanto mais seu corpo se sentia repousado, quanto mais sem sonhos e cristalino se tornava o seu sono, mais a sua mente errante ficava confusa. Pensou no passado, em seu casamento fracassado, em Emily, em Malvina, em Cicely, em qualquer um que visitasse a sua consciência. Pensou na perda de sua fé, em seus anos desperdiçados. Tentou decidir se realmente haviam sido desperdiçados. Tentou decidir toda sorte de coisas, grandes e pequenas. E invariavelmente fracassava.

No oitavo dia de retiro, chegou um novo hóspede da Inglaterra em St. Wandrille, que se alojou na cela ao lado da de Benjamin. Desde o início pareceu diferir ligeiramente dos outros. Talvez não no aspecto físico: tinha cabelos grisalhos, no final de sua meia-idade, possivelmente um pouco mais atlético do que as pessoas que a vida monástica costumava atrair. A real diferença residia em suas maneiras. Parecia profundamente desconfortável dentro dos muros da abadia. Parecia não falar francês e estava constantemente procurando Benjamin para que ele lhe explicasse questões de protocolo: quando se levantar, quando se ajoelhar, como se dirigir ao abade e assim por diante. Durante as refeições, enquanto os outros hóspedes estavam fechados em si, contemplativos, os olhos do homem percorriam o lugar ansiosamente, como se tentasse se certificar de que seu comportamento não o estava traindo de algum modo. Raramente comparecia aos serviços, e quando o fazia, parecia ainda mais desconfortável. Benjamin se convencera de que ele tinha algum segredo a esconder.

A princípio, não gostou da presença daquele homem. Gostava de ser o único hóspede inglês em St. Wandrille. É claro que, ficar ali (dava-se conta então), não iria resolver nenhum de seus problemas; mas, pelo menos, lhe daria vontade de começar a resolvê-los assim que voltasse para casa. Nesse meio tempo, começou a se sentir como se tivesse sido eleito sócio de um clube mais que exclusivo, e tal noção sempre agradara Benjamin, desde a sua eleição ao Carlton Club na escola. Talvez isso fosse menosprezar a experiência que St. Wandrille lhe dera. Parecia menos com um clube, talvez, do com que um glorioso jardim secreto, desconhecido do mundo exterior, e do qual Benjamin magicamente tinha a chave. Ele podia imaginar seu retorno a Birmingham, então, e tirar forças do fato de saber que aquele lugar sempre estaria esperando por ele; sentado ao lado de alguém em um ônibus, ou em pé ao lado de alguém na fila de uma lanchonete, tendo um conforto incomensurável no pensamento de que aquela gente nada sabia do pequeno paraíso terrestre de Benjamin; que ele, apenas ele, sabia que aquilo existia e onde encontrá-lo. Sabia que não haveria limite para o que poderia conseguir, nenhum limite para o vigor com o qual podia reagir, se mantivesse junto a si aquele conhecimento particular.

Certa manhã, pouco antes do almoço, sentado em um banco junto a uma colina sobre o vale, com o esplendor branco da abadia espalhando-se abaixo dele, Benjamin viu-se abordado pelo hóspede misterioso.

— Posso me juntar a você? — perguntou ele, ofegante pelo esforço de subir até ali.

— Com certeza. A propósito, meu nome é Benjamin.

— Prazer em conhecê-lo, Benjamin — disse o homem, apertando-lhe a mão antes de sentar ao seu lado. — Incomoda-se se eu lhe perguntar algo que estou querendo saber desde que cheguei?

— Sinta-se à vontade.

— O que no mundo trouxe você para este maldito buraco? Não era o que Benjamin esperava ouvir e, durante um momento, não soube o que responder.

— Esta... é uma pergunta estranha — gaguejou afinal —...a se fazer sobre um mosteiro.

— Bem, é muito bonito aqui — disse o homem. — Concordo. — Só então o homem estendeu a mão e apresentou-se. — Meu nome é Michael. Michael Usborne. Prazer em conhecê-lo. Também leu sobre este lugar na *Condé Nast Traveller?*

Era hora de voltar para casa. Benjamin estava certo disso agora. Não apenas por causa do recém-chegado, embora fosse razão bastante. Aparentemente, Usborne escolhera vir a St. Wandrille porque a imprensa o estava perseguindo após a revelação do esquema de pensão que ele negociara para si após quase falir mais uma empresa bem-sucedida. Benjamin nunca ouvira falar de Michael Usborne, e não estava interessado nos detalhes, mas parece que ele tinha uma carreira e tanto naquela área. Seu último pagamento fora considerado tão ultrajante que as notícias vazaram do gueto das páginas de economia e acabaram na primeira página de três jornais de grande circulação no dia em que foi anunciada.

— Desde então, os malditos jornalistas acampam na porta de minha casa — disse ele. — Como essa gente descobre onde moramos? Bem, de qualquer modo não irão me descobrir aqui. Meu lado espiritual foi um segredo bem guardado até agora, e que continue assim. Agradeço a Deus pelos monges! O que faríamos sem eles, hein?

Contudo, mesmo antes disso, Benjamin começara a sentir um sentimento de confiança crescente, uma resolução crescente, e o início de uma impaciência para voltar ao mundo. Os sintomas, a princípio, não foram dramáticos. Começou a caminhar pela aldeia todos os dias e a comprar os jornais e ler mais sobre o andamento da guerra. Foi à loja nos fundos do mosteiro e passou os olhos pela grande seleção de CDs; e em vez de apenas comprar (como era sua intenção) gravações feitas pelos monges, comprou meia dúzia de CDs de música clássica. Estava pronto para voltar a ouvir música.

Um dos álbuns que comprou era uma nova gravação do oratório *Judith*, de Honegger. Benjamin ainda se lembrava de que aquela música tocou no rádio quando ele deixou a casa de Claire em Malvern no verão de 2001, de que ele ligara o rádio justo a tempo de ouvir "Cantique des Vierges" e de como ficara emocionado com aquilo, com as recordações que a música lhe trouxera. Claire fora tão gentil com ele naquela noite e dera-lhe um conselho tão bom. Ela sempre fora gentil com ele, agora que pensava nisso, e ele nunca lhe dera muito em troca. Como ele fora cego, durante tantos anos, no que dizia respeito a Claire! Ele sempre se sentira um pouco assustado com ela, percebia agora. Eles eram muito parecidos — em alguns aspectos, mais do que isso — e ele nunca teve coragem o bastante para iniciar um relacionamento com uma mulher como ela. Ele e Emily se ocultaram por trás da cortina da religião, e se ela nunca teve muito a dizer sobre os seus escritos e sobre a sua música, bem, aquilo lhe convinha, em muitos aspectos. Ele não gostava de ser desafiado. Claire o desafiaria o tempo todo. Se ele escrevesse algo que não fosse bom, ela diria. Mas certamente era daquilo que ele precisava. Certamente aquilo era o que um amigo de verdade — um amigo que o amasse — faria por ele. Seria já grande o bastante para conviver com isso?

Assim que voltasse às Midlands, iria visitar Claire. Fazer-lhe uma visita amistosa e ver no que daria, ver aonde aquilo os levaria. Ouvindo, agora, a uma música que passara a associar a ela, e que ele encontrara de modo tão fortuito e oportuno na loja do mosteiro, ele sabia que era a coisa certa a ser feita.

Mas então... então ainda haveria Malvina.

Benjamin suspirou e rolou na cama. A luz da lua entrava pelas beiradas de sua cortina puída. Como podia comparar Claire a Malvina? De fato, não podia. E era cômico, segundo qualquer padrão racional, supor que Malvina pudesse ser uma parceira adequada para ele. Ela era vinte anos mais jovem do que ele, para começo de conversa. E ele não a via fazia três anos — embora tenha recebido uma mensagem de texto dela em outubro passado. Podia imaginar o desprezo de seus amigos e de sua família caso se tornassem amantes. O triste balançar de cabeça de todos lamentando o bobo e velho Benjamin, seus colapsos nervosos, sua crise de meia-idade. (O mesmo desprezo que *ele* sentira pelo irmão durante o terrível episódio — graças a Deus há muito terminado — em que Paul e Malvina quase tiveram um caso.) E, de fato, ele não podia explicar a *si mesmo* — nunca conseguira explicar — por que sempre se sentira tão próximo de Malvina desde a primeira vez em que a vira. Tinha pouco a ver com desejo, embora ele estivesse presente. Só se sentia irremediável e irresistivelmente atraído por ela, como se por uma força da natureza. Sentimentos assim não podiam, e não deviam ser ignorados. Ele nunca sentira algo assim por Claire. Nunca.

Pensar na mensagem de texto fez Benjamin entrar em ação. Levantou-se da cama e, pela primeira vez em mais de três meses, ligou o celular na tomada e carregou a bateria. Assim que o ícone de recarga começou a piscar, esperou que tocasse. Mas, num anticlímax, permaneceu em silêncio. Se alguma mensagem tivesse sido enviada desde o seu desaparecimento, já devia ter sido apagada pelo servidor.

Ele pulou de volta na cama e puxou o cobertor grosseiro até o queixo. Claire e Malvina... Malvina e Claire... Os dois nomes, os dois rostos, giraram em sua cabeça e ele adormeceu.

No dia seguinte, enquanto Benjamin se despedia de Père Antoine, falaram um pouco de livros, poesia e música. Benjamin falou sobre o CD que comprara na véspera.

— Arthur Honegger — disse o jovem e amistoso monge. — Era um homem interessante. Antes de eu vir para cá, costumava ouvi-lo muito. Não os grandes oratórios, mas as sinfonias. As cinco sinfonias. Você as conhece? Há um espírito muito... *religioso* por trás do ciclo de suas sinfonias. A de número três, a *Liturgique*, sempre me emocionou, mexia comigo. E você sabe que, embora os pais dele fossem suíços, ele nasceu perto daqui.

— Verdade? — Benjamin gostava de saber de coincidências desse tipo. Fazia-o sentir estar no caminho certo, que podia começar a ver os padrões por trás das coisas.

— Sim, nasceu em Havre. Talvez possa visitar a sua casa. Acho que há uma placa no lugar ou algo assim. Vai passar por lá?

— Eu ia a Paris para pegar o Eurostar.

— Pegue a barca — aconselhou Père Antoine. — Pode ir direto até lá esta tarde, não precisa reservar. A caminho, pode dar uma parada e prestar as suas homenagens ao grande compositor. — Ele pousou o braço ao redor dos ombros de Benjamin e abraçou-o afetuosamente ao se despedir. — Boa sorte, então, sr. Trotter. E lembre-se, quando seus poemas forem publicados, não se esqueça de St. Wandrille!

— Não esquecerei — disse Benjamin. E falava sério.

Benjamin estava nos penhascos de Etretat. No alto da falésia. Era uma tarde luminosa, e o mar lá embaixo estava tranqüilo e sonolento. Uma tarde sem vento, na qual parecia possível acreditar que o mundo inteiro repousava. Não tinha como saber que, a milhares de quilômetros dali, em Bagdá, estátuas de Saddam Hussein estavam sendo derrubadas por multidões em festa enquanto os EUA declaravam a invasão como um sucesso, ou que a centenas de quilômetros dali, no alto de outros penhascos sobre o mar da Irlanda, na península de Llyn, na Irlanda do Norte, Paul e Malvina faziam planos para fugirem juntos enquanto Susan Trotter, na cozinha de um estábulo convertido em moradia na periferia de Birmingham, chorava o colapso de seu casamento. Não se pode saber de tudo, afinal de contas. Eram seis e meia na França — cinco e meia do outro lado do canal — e afora um casal idoso que passara por ele havia alguns minutos, de braços dados, Benjamin não vira mais ninguém mais no caminho até a falésia. Estava só, e livre para pensar, como estivera livre para pensar nas últimas semanas e meses. Mas já estava farto desta liberdade: ou melhor, exaurido pelas responsabilidades que tal liberdade lhe conferia. A liberdade, começava a crer — ou, ao menos, a liberdade absoluta — era superestimada.

Mais uma vez pensou em Claire e em Malvina. Benjamin não era um bom fisionomista, não retinha na memória nem mesmo o rosto das mulheres por quem se sentia atraído. Ao pensar em Malvina lembrava-se de seus longos e confidenciais encontros no café da Waterstone's — de um tempo em que ele tinha um emprego, era casado e (percebia agora) feliz. Seus sentimentos por Malvina foram-lhe infundidos pela memória dessa felicidade. Ao pensar em Claire pensava em um momento tarde da noite enquanto deixava de carro a casa dela e ouvia "Cantique des Vierges" de Honegger no rádio, e via o reflexo de uma lua cheia e amarela no retrovisor. Para Benjamin, esta era uma imagem primal, um arquétipo: bastava mantê-la à vista para ser capaz de navegar as traiçoeiras águas de sua vida com sucesso dali por diante. No entanto, de algum modo, entre aquelas duas opções diferentes e irreconciliáveis, ele fizera uma escolha. Claire e Malvina. Malvina e Claire. Como fazer isso?

Optaria pela decisão tomada mais cedo naquele dia, no ônibus de Yvetot para Etretat.

Pegou o celular e escreveu uma rápida mensagem de texto.

> Vc pensará que sou louco, mas acabo de entender uma coisa: pertencemos um ao outro! Por que lutar contra isso? Estou voltando para ver vc AGORA. Ben

Ele mandou a mensagem e desceu pelo caminho do penhasco até Etretat, pronto para pegar o ônibus para Havre. Esperava ter algum tempo antes da partida da barca de modo a poder ver a casa onde Honegger nasceu e prestar-lhe a sua homenagem.

2

8 de abril de 2003

Prezado Primeiro-Ministro

É com grande pesar que apresento a minha renúncia como membro do Parlamento.

Eu o faço mais por razões pessoais do que políticas. Há quase três anos, como deve se lembrar, certos rumores a respeito de minha vida particular foram mencionados nos jornais. Agi com presteza para abafá-los e lamentei profundamente qualquer constrangimento que pudessem ter causado ao partido. Mais recentemente, lamento dizer, minha vida particular voltou a ficar difícil: e desta vez, em vez de deixar os jornais se anteciparem, resolvi tomar uma ação preventiva. (Um conceito com o qual você há de se familiarizar, estou certo!)

Em resumo, decidi abandonar a minha esposa, Susan, e nossas duas filhas pequenas. Tal passo, como deve imaginar, uma vez que também é marido e pai, não pode ser feito sem provocar alvoroço. Estou certo de que, quando a imprensa souber disso, serei crucificado. Que seja: esta é a cultura da mídia na qual escolhemos viver. Mas não estou preparado para permitir que o partido sofra tais conseqüências.

Não preciso dizer que foi uma honra servir ao Partido Trabalhista, e ao senhor, pessoalmente, nos últimos sete anos. Verdadeiramente acredito que o seu governo foi e continuará sendo um grande governo radical e reformista. A história olhará para os seus feitos na saúde, serviços públicos e educação com admiração ilimitada. Se pudesse acrescentar um comentário pessoal sobre os primeiros anos de governo do Novo Trabalhismo, diria que nosso grande triunfo foi liberar o partido das garras inúteis dos sindicatos e começar a ganhar a confiança e o respeito do mundo dos negócios. Foi o seu gênio que reconheceu que deveríamos iniciar esta difícil tarefa, e sua coragem nos inspirou a nunca fraquejarmos no caminho que escolhemos.

Como sabe, jamais fui desleal com o partido nas votações parlamentares. Há seis semanas, votei contra a emenda rebelde sobre a guerra do Iraque. No momento em que escrevo esta carta, a invasão do Iraque liderada pelos americanos parece ter conseguido tirar Saddam Hussein do poder. Se isso de fato ocorrer nas próximas horas ou dias, gostaria de congratulá-lo, novamente, por ter se apegado aos seus princípios. A campanha militar parece ter sido rápida, eficiente e responsável.

Contudo, sinto-me mais preocupado com essa guerra do que em relação a qualquer outra coisa que levou o partido a fazer durante a sua gestão. Derrubar Saddam Hussein era de fato o objetivo? Não foi assim que apresentamos o assunto ao povo britânico. E uma vez que ele seja derrubado, o que se seguirá? Parece haver o pressuposto de que os iraquianos, após serem bombardeados por nós, nos darão as boas-vindas como heróis e salvadores assim que Saddam se for. Serei o único a considerar essa hipótese improvável? Meu grande receio é de que nós nem mesmo começamos a imaginar as possíveis conseqüências desta aventura no Oriente Médio.

No momento em que tomo a decisão de renunciar, penso ter adquirido certa lucidez difícil de obter enquanto estava ocupado com a minha carreira na atmosfera fervilhante de Westminster. E a principal conseqüência disso até agora tem sido uma crescente noção de que nossa guerra contra o Iraque é impossível de ser justificada. O Iraque de Saddam não era uma ameaça direta ou iminente ao povo britânico; o país não tinha vínculos comprovados com o terrorismo internacional ou com os ataques de 11 de setembro; violamos a lei internacional; enfraquecemos a autoridade da ONU; afastamos muitos de nossos parceiros europeus; e, o mais grave, confirmamos os piores preconceitos do mundo muçulmano em relação ao desprezo e à indiferença que julgam que os povos do Ocidente sentem a respeito de suas crenças e modo de vida. Ataques terroristas no Ocidente — e na Inglaterra, em particular — que antes desta guerra eram apenas prováveis, agora são inevitáveis.

Votar contra a emenda rebelde e pela invasão do Iraque foi o único ato político de minha carreira do qual me envergonho. Na verdade, foi um erro de julgamento tão grande que me fez refletir profundamente a respeito dos motivos que me levaram a fazê-lo; e quando o fiz, dei-me conta de que uma completa revolução ocorrera nas relações entre minhas prioridades políticas e pessoais. Foi tal reflexão que me levou à decisão de abandonar minha mulher e, assim, inevitavelmente, à decisão de renunciar.

Por favor me perdoe, Primeiro-Ministro, por qualquer dificuldade, embaraço ou dano político que minha ação possa vir a causar. O senhor lerá esta carta, creio eu, com crescente descrédito e irritação. Mas depois de pensar bem, estou convencido, afinal, de que fiz a coisa certa e honrada.

Com amizade e admiração
Atenciosamente,
Paul Trotter.

De: Paul Trotter
Para: Susan
Enviada: Terça-feira, 8 de abril de 2003 23:07
Assunto: <Nenhum>

Querida Susan

Não há um modo gentil de dizer isso, portanto serei direto. Ainda amo Malvina e decidi enviar uma carta de renúncia a Tony. Ela e eu vamos deixar o país durante algum tempo e, depois, voltarei a entrar em contato com você. Nesse meio tempo, é claro, você deve continuar a usar a nossa conta conjunta no banco e nossos cartões de crédito.

Diga às meninas que seu pai as ama e as verá em breve.

Lamento

Paul.

Malvina apertou o interfone do apartamento de Paul em Kennington às quinze para a meia-noite.
— O que faz aqui? — disse ele da porta, ao chegar no alto da escadaria. — Disse que iria buscá-la. Você não devia vir aqui.
— Então viu que ela estava chorando, trêmula, e abraçou-a. — O que aconteceu? O que houve?

— Minha mãe — soluçou Malvina. — A estúpida, mentirosa e escrota da minha mãe.
— O que tem ela? O que ela fez agora?
Em transe, Malvina caminhou até a sala de estar e disse:
— Mandou a carta para Tony?
— Sim. Esta tarde.
— Merda — murmurou. — E quanto a Susan? Disse algo para ela?
— Eu prometi que o faria — disse Paul — Eu ia contar para ela hoje. Mandei um e-mail para ela há cerca de uma hora.
— Merda — repetiu Malvina, mais alto desta vez. — Merda.
Ela caiu no sofá, passou a mão no rosto, todo seu corpo tremeu e ela começou a chorar.
— Querida — disse Paul, sentando-se ao lado dela e acariciando-lhe o cabelo. — O que foi? Diga-me.
— Não podemos mais ficar juntos — disse Malvina. — Acabou. Não posso voltar a vê-lo.
— Do que está falando? Por que não?
Demoraram vários minutos até Malvina conseguir se recompor, enxugar as lágrimas, assoar o nariz vermelho e chegar a um estado em que pudesse contar a história. Ela apoiou a cabeça no ombro de Paul durante algum tempo e então se recostou na cadeira, tomou-lhe ambas as mãos, e encarou-o.
— Contei à minha mãe sobre nós — disse ela. — Foi a primeira vez em que falei a ela ao nosso respeito. Ela ficou louca. Balística.
Paul suspirou.
— Mas você sabia que isso ia acontecer. Você sempre disse que ela reagiria assim.
— Eu sei, mas foi diferente. É que... o fato do que aconteceu entre nós. É pior que isso. Foi quando mencionei você.
— Como assim?
— Foi quando disse para ela o seu nome.

Paul nada disse, incapaz de imaginar no momento o que Malvina estava tentando lhe dizer.

— Paul — disse ela por fim. — Ela mentiu para mim. A puta da minha mãe mentiu para mim a vida inteira.

Ele olhou para ela.

— Sobre o quê?

— Sobre mim mesma — disse Malvina. — Sobre quem sou.

Susan pegou Ruth na creche e Antonia na escola havia meia hora. De volta à casa, sentou ambas as filhas diante da tevê e começou a preparar o jantar. Colocou três lingüiças no forno com algumas batatas fritas em forma de rostos sorridentes, e pôs algumas ervilhas congeladas em uma tigela de água rasa para irem ao microondas. Quando as lingüiças pareciam estar assando e as meninas estavam quietas vendo um programa sobre vida animal, apresentado por uma jovem ligeiramente maníaca com cabelo espetado, deu-se conta de que tinha alguns minutos de folga e foi ao escritório verificar os e-mails.

Havia apenas uma mensagem. Era de Paul. Ela a leu uma vez, rapidamente, e então desligou o computador.

Antonia ouviu vidro quebrando e correu até o escritório.

— O que houve, mamãe, o que houve?

— Nada, querida — disse Susan, mãos e voz trêmulas. Um grande vaso de cristal Stuart estava espatifado junto à parede oposta, onde Susan o atirara, com toda força, e os lírios que continha estavam entre os fragmentos, em uma poça de água. — Derrubei o vaso por acidente, foi só.

— Posso ajudar a limpar?

— Eu também! — disse Ruth, juntando-se à irmã mais velha à porta.

— Não, tudo bem. — Susan se ajoelhou ao lado das meninas e as abraçou com fervor. — Voltem a ver tevê. Vou dar um jeito nessa bagunça. Foi minha culpa. É perigoso para vocês com todo esse vidro espalhado.

As meninas desapareceram e Susan ficou em silêncio no meio do escritório durante algum tempo, esperando o tremor parar. Não fez menção de recolher os fragmentos de vidro, ou enxugar a água que se infiltrava profundamente no tapete.

Dez minutos depois, o cheiro de lingüiça queimada a fez correr de volta à cozinha. O ambiente se encheu de fumaça e o alarme disparou, apitando com tanta insistência que as meninas puseram as mãos nos ouvidos e gritaram:

— Muito alto, muito alto! — Susan desligou o forno, tirou a grelha com as lingüiças carbonizadas. Não sabia como desligar o alarme, de modo que subiu na mesa, arrancou-o da parede e tirou-lhe a bateria.

— Mamãe, você está bem? — disse Antonia quando Susan voltou ao chão com o alarme de fumaça neutralizado em mãos.

— Você continua fazendo besteira.

— Estou bem, querida, estou bem. — Ela abraçou a filha mais velha e a conduziu de volta à sala de estar. — Só tenho muito em que pensar hoje, é tudo. Não se preocupe. Vou preparar deditos de peixe. — Ela olhou para a tela da tevê, em frente da qual Ruth estava sentada, fixada em um programa de notícias infantil que passava imagens de uma estátua sendo atirada ao chão por uma multidão jubilosa. — O que é isso?

— Teve uma grande guerra — disse Antonia, sabida. — No Iraque. Mas acabou, e tudo vai ficar melhor.

Susan olhou para os rostos da multidão e não achou o mesmo. Então era assim que acabaria. Ou, talvez, começaria. Os iraquianos pareciam felizes, mas também atônitos. E havia algo de ensandecido em seus olhares. Uma espécie de fúria: a fúria de pessoas a quem fora garantida a liberdade, mas não a liberdade que eles queriam; um povo cuja libertação veio com brutalidade, e muito rapidamente. Um povo que nunca se mostraria gentil para com aqueles que o libertaram e que nunca confiaria em seus motivos. Um povo que não sabia o que fazer com sua liberdade, ainda, e logo transferiria a sua energia e

ódio contra aqueles que insuflaram isso neles, sem convite, sem pedido.
 Olhando a tela enevoada do aparelho de tevê, através de olhos cheios de lágrimas, Susan sabia, naquele momento, exatamente como se sentiam.

— Não, nada — disse Paul. — Mais de trinta mensagens sobre minha renúncia, mas nada dela.

Ele desligou o *laptop*, desconectou o celular da porta USB e trancou as portas do carro. Tinha de vir até aquele ponto — o mais alto da península — para receber alguma ligação. Ele verificava os e-mails a cada meia hora, esperando para ver se havia alguma mensagem de Susan. Mas ela não fizera qualquer tentativa de contatá-lo.

— Talvez ela não tenha recebido o seu e-mail — sugeriu Malvina.

— Vou verificar de novo daqui a pouco — disse Paul. — Vamos...podemos dar um passeio enquanto estamos aqui.

Eram cinco e meia da tarde de quarta-feira, 5 de abril de 2003: uma tarde de impossível tranquilidade, onde o zumbido de uma mosca na vegetação pareceria um evento importante. Paul e Malvina caminhavam em um penhasco de Rhîw, no extremo oeste da península de Llyn, na Irlanda do Norte. Era o lugar mais remoto que conhecia: ninguém o reconheceria ali. Além disso, fora dominado, inesperadamente, por um desejo crescente de revisitar os lugares que conheceu quando criança, nas férias que desfrutara (ou melhor, suportara) com a família nos anos 1970. Esses lugares eram parte de sua história. Parte da história de Malvina também, agora percebia. Vieram de Londres de carro na noite anterior, saindo de Kennington às duas da manhã, e chegaram a tempo para um café-da-manhã em Pwllheli. Depois disso, dirigiram mais algumas horas e se hospedaram em uma pousada deserta na pequena e inacessível aldeia à beira-mar de Aberdaron.

Em seguida, subiram a escarpa de Creigiau Gwineu até atingirem o topo e serem recompensados com a vista de Porth Neigwl — a Boca do Inferno — a baía que se estendia abaixo deles por mais de oito quilômetros, fechada por um maciço de montanhas que se estendiam da linha costeira como dentes de vampiro. Benjamin já estivera ali antes, há quase vinte e cinco anos. Na verdade, enquanto tropeçavam pelo caminho até os penhascos, Paul e Malvina, sem o saberem, faziam o mesmo caminho seguido por Benjamin e Cicely em uma tarde igualmente tranquila e silenciosa do fim do verão de 1978. Assim como seu irmão, Paul conduzia a parceira pela mão e a guiava ao longo de um caminho de ovelha através do tojo eriçado. Antes de atingirem a beira do penhasco chegaram a um caminho largo e bem trilhado que levava até o promontório. Ali viraram à esquerda e caminharam em direção a Porth Neigwl. Quando o caminho começou a se curvar em direção à terra, viram uma pedra larga e chata que se projetava para fora da vegetação. Era um lugar perfeito para se sentarem. Só havia espaço para dois, desde que se sentassem o mais próximo possível um do outro.

Paul colocou o casaco sobre a superfície fria da pedra e Malvina acomodou-se ao lado dele.

Ficaram sentados alguns minutos em silêncio. Não havia por que falar, quando confrontados com uma paisagem de beleza quase indescritível.

— Lugar incrível, não é mesmo? — disse Paul afinal, consciente do quanto suas palavras soavam inadequadas. — Não percebi isso quando era pequeno. Era como se achasse normal. Vivia com o nariz enfiado em algum livro naquela época. Costumava ficar na minha barraca lendo teoria econômica.

— Adorei o lugar — disse Malvina baixinho. — É muito aconchegante. — Então ela suspirou. — Quanto tempo acha que podemos ficar aqui? Alguns dias mais?

— Melhor irmos embora amanhã ou depois. Iremos até

Holyhead, dali para Dublin, onde podemos pegar um vôo para a Alemanha.

O destino final deles era Binz, na ilha de Rügen, onde Rolf Baumann tinha uma casa de veraneio. Paul ligara para ele antes de saírem em viagem e Rolf — a voz grossa de sono — assegurou-o de que a casa estava à disposição deles. Perguntou quanto tempo ficariam, mas não pareceu se importar quando Paul admitiu não saber. E era verdade: ele e Malvina não tinham planos, àquela altura, nenhum sentido real de quanto tempo iriam se esconder. Apenas sabiam que aquilo que ela soubera através de sua mãe na véspera em nada mudava o que sentiam um pelo outro. Tinham de ficar juntos: quanto a isso não havia dúvida. Era a sua única constante.

Malvina fechou os olhos e inspirou profundamente. Sentia-se tonta por não haver dormido.

— Isso é loucura — disse ela. — É tão louco que ainda não consigo crer que esteja acontecendo.

— Temos de prosseguir — insistiu Paul. — Não temos escolha.

— Não me referia a isso. Refiro-me ao que você está fazendo. Você abriu mão de tudo. Você perdeu tudo.

— Não sinto assim — disse Paul. — Sinto exatamente o oposto.

Malvina beijou-o. Era um beijo de gratidão, a princípio, mas como todos os seus beijos, logo se tornou algo mais. Antes que saísse de controle, ela interrompeu o beijo e disse:

— Devia me sentir muito mal pelo que estamos fazendo. Muito mal, mesmo. Mas não sinto.

Abraçaram-se e, quando ficou frio, Paul tirou o casaco debaixo deles e o jogou sobre os ombros dela. O silêncio voltou a imperar novamente, apesar dos gritos das gaivotas que circundavam os penhascos. Paul e Malvina sentiram uma grande calma, e uma grande certeza, que fazia todos os riscos que estavam assumindo parecerem pequenos e pouco importantes. O sol, mergulhando em uma névoa acobreada por trás de Ynys Enlli, ilha Bardsey, lançava a sua luz mortiça sobre eles, enchendo-os de tristeza e esperança. A luminosa imensidão do céu crepuscular fez Paul pensar em Skagen, e ele deu-se conta de que ambos os lugares, Skagen e Llyn, estavam ligados de algum modo. Eram os lugares que lhes apontaram o seu destino; postos de parada na mesma longa e inevitável jornada.

O súbito bipe eletrônico do celular de Malvina soou inimaginavelmente alto e inconveniente. Ela o pescou do bolso e olhou para a tela.

— Mensagem de texto — disse ela, e rapidamente verificou sua caixa de entrada. Piscou surpresa ao ver de quem era. E ficou ainda mais surpresa ao ler a mensagem.

Vc pensará que sou louco, mas acabo de entender uma coisa: pertencemos um ao outro! Por que lutar contra isso? Estou voltando para ver vc AGORA. Ben

— Oh — disse ela, simplesmente, e desligou o telefone. Olhou para o mar um ou dois segundos, tentando entender as implicações do que acabara de ler.

— De quem era? — perguntou Paul.

Malvina voltou-se para ele e respondeu:

— Acredite ou não, era de Benjamin. — Paul pareceu perplexo. — Seu irmão — acrescentou ela, como se precisasse de alguma explicação. — Meu pai.

INVERNO

1

A tarde de sexta-feira, 21 de novembro de 2003, estava fria e límpida. Mesmo naquela época do ano, Berlim estava cheia de turistas, e às três da tarde o saguão do hotel Adlon em Unter den Linden estava lotado como sempre. Grupos de hóspedes e gente que saíra em excursões se espalhavam pelo lugar em diferentes estágios de exaustão, enquanto os garçons caminhavam entre os sofás ricamente estofados, carregando bandejas de prata repletas de chaleiras, porcelana chinesa e pantagruélicas fatias de bolo. Patrick olhou com certa apreensão para o *cheesecake* de morango repleto de creme que acabara de ser posto diante dele, e Phil cutucou com uma colher uma fatia de torta com cobertura cristalizada coberta de amoras pretas, cerejas e uvas do monte, incapaz de encontrar um ângulo de entrada adequado para separar o primeiro pedaço. A água que saía de uma fonte no centro do saguão tinha seu sussurro líquido misturado à música vinda do mezanino, onde um pianista tocava o repertório padrão: "Night and Day", "Some Other Time", "All the Things You Are". Tudo fazia parte de um sério e dispendioso esforço para evocar uma atmosfera de elegância européia, e estava quase funcionando. Mas o hotel fora destruído na era comunista e reconstruído nos anos 1990, e para Philip tudo parecia limpo e novo demais. É impossível fabricar o charme do Velho Mundo do nada em questão de alguns anos.

— Acabo de me lembrar — disse ele, pegando um pedaço de bolo. — Comprei uma certa vez um disco de Henry Cow...

recomendado por Benjamin, é claro. E havia uma faixa chamada "Upon Entering the Hotel Adlon". Começa com um rufar de tambores e um grito primal. Nos três minutos seguintes todos os músicos atacam os seus instrumentos como maníacos. Era o tipo de coisa que a gente gostava de ouvir naquela época.

— Ahã — disse Patrick, bocejando.

— Falando nisso — prosseguiu Phil, pensando alto —, o título do álbum era *Inquietação*. Provavelmente foi daí que ele tirou o título de sua obra-prima inacabada.

Fora idéia de Carol que Philip e o filho viajassem juntos. Patrick estudava biologia na University College, em Londres, havia dois meses. Ele não respondia e-mails ou retornava telefonemas, e não tinham idéia de como ele andava. Raramente mencionava o nome de amigos, homens ou mulheres. (Seu namoro com Rowena — como Claire previra — não durou mais do que algumas semanas depois de sua visita às Cayman no ano anterior.) Então Philip escolheu Berlim (lugar onde sempre quis ir), passou uma hora ou duas na internet, e descobriu um vôo tão barato que sobrava dinheiro bastante para realizar uma antiga fantasia e passar duas noites nos hotéis mais caros e famosos da cidade. Viajaram para Stansted na véspera. Isso significava que Patrick perderia uma ou duas aulas, mas nada sério. Agora, após uma árdua manhã de visita ao Kulturforum, não tinha nada mais cansativo planejado para a tarde além de terminar de comer os bolos e talvez passar uma ou duas horas queimando calorias no *spa* do hotel.

— Ah, "The Night Has A Thousand Eyes" — disse Phil, reconhecendo a última música que tocara o pianista. — Stéphane Grappelli costumava tocar uma bela versão disso. Você provavelmente nunca ouviu falar.

— Ouvi sim, pai. Não sou um total ignorante.

Philip olhou para o filho que pegou um catálogo de museu de dentro de um saco plástico e começou a folheá-lo. O nervosismo, a desconfiança que Claire certa vez identificara nele estava começando a ceder. Algo da força de caráter da mãe estava começando a emergir em seu rosto agora. Philip vagamente esperava que, durante esta viagem, teriam chance de conversar sobre algumas coisas acontecidas no ano anterior — a descoberta da verdade sobre Miriam, em primeiro lugar, a reaparição de Stefano na vida de Claire e a decisão dela de voltar à Itália — mas deu-se conta de que não era preciso. Ele certamente não tentaria forçar a conversa sobre tais assuntos. Pelo que podia ver, Patrick parecia estar contente em Londres, e otimista quanto ao futuro. Olhou para o rosto dele mais uma vez, depois pegou a história de Berlim que trouxera da biblioteca central de Birmingham, e durante algum tempo, pai e filho leram juntos em silêncio.

Alguns minutos depois, houve uma comoção no outro extremo do saguão. Philip notou que havia duas inglesas sentadas ali: uma jovem atraente da mesma idade de Patrick, e outra mulher que Philip supôs ser a mãe dela. A mãe estava sentada de costas para eles, de modo que ele não vira o seu rosto. Agora, subitamente, a mãe pareceu inquietar-se. Houve um estrépito de louça quando ela se levantou, agarrando a borda da bandeja ao fazê-lo. Quando a filha se levantou e ficou ao lado dela, a mãe desmaiou e caiu pesadamente nos braços da filha. Ela não desmaiou exatamente, mas parecia estar tendo algum tipo de acesso.

— Está tudo bem, mamãe, está tudo bem — dizia a filha. E ao caminhar para a porta giratória na entrada do hotel, disse para os empregados que as cercaram. — Está tudo bem, ela vai ficar bem, só precisa de um pouco de ar. — Philip viu de relance um rosto pálido e olhos repletos de lágrimas, e aquele rosto despertou-lhe uma memória há muito esquecida.

— O que aconteceu com essas duas? — perguntou Patrick, erguendo a cabeça sem muito interesse.

— Não sei... — Philip olhou para ele, tentando se lembrar onde vira a mãe antes. Então notou algo: a música ao piano que vinha do mezanino.

— Espere um minuto. Esta música... você a reconhece?
Patrick suspirou.
— Não vamos passar a viagem inteira jogando "Qual é a música", vamos?
— É Cole Porter, "I Get A Kick Out Of You". — Ele se levantou. — Sei quem é aquela mulher: é Lois Trotter.
Philip correu para a porta, com Patrick atrás dele.
— Como sabe disso, papai? — perguntou.
— Porque Benjamin me disse certa vez que ela não suportava ouvir esta música. Sempre teve um efeito terrível sobre ela.
Abriram caminho até a porta giratória e sentiram uma lufada de ar frio ao saírem no amplo bulevar de Unter den Linden. Lois e a filha Sophie estavam junto à parede do hotel. Lois estava encostada à parede, respirando fundo, e Sophie tentava acalmar o porteiro, que falava com ela em tom de grande preocupação e aparentemente tentava persuadi-la a chamar uma ambulância.
— Está tudo bem, mesmo — dizia Sophie. — Já aconteceu antes. Só dura alguns minutos.
Philip deu um passo adiante. Mãe e filha olharam para ele com igual suspeita.
— Você é Lois, não é? Lois Trotter? — Voltou-se para Sophie. — Nunca nos conhecemos mas sou amigo de seu tio, Benjamin. Meu nome é Philip Chase. Este é meu filho, Patrick.
— Ah... olá. — Sophie apertou-lhes as mãos, incerta. Parecia atônita com o desenrolar dos acontecimentos. E Philip tinha de admitir que seu senso de oportunidade não era dos melhores.
— Sua mãe está bem? — perguntou.
— Acho que só precisamos pegar um táxi e voltar para o nosso hotel — disse Sophie. — Estávamos apenas tomando chá no Adlon. Ela precisa repousar um pouco.
— Olá, Philip — disse Lois, inesperadamente. Ela não mais se recostava à parede, e um pouco de cor voltava ao seu rosto.
— Aquela maldita música. Sempre me pega... — Ela se incli-

nou e beijou-o no rosto. — Bom vê-lo novamente. Faz séculos, não é?
— Vamos, mãe. — Sophie puxou-a pela manga. — Tem um táxi esperando.
— O que está fazendo em Berlim? — perguntou Lois.
— Só visitando — disse Philip. — Talvez possamos nos ver mais tarde.
— Seria ótimo.
— Desculpe — disse Sophie, olhando para Philip e Patrick, enquanto levava a mãe. — Ela tem de descansar. É muito importante.
— Claro. Compreendo. — Philip observou Sophie conduzir a mãe gentilmente até o banco traseiro do táxi, e teve presença de espírito para perguntar, quando fechavam a porta: — Onde estão hospedadas?
— No Dietrich! — gritou Sophie; e então se foram.

Duas horas depois, Philip ligou para o hotel e falou com Sophie. Lois estava se sentindo muito melhor, aparentemente, e estavam saindo para fazer compras. Philip disse que reservara uma mesa para dois, naquela noite, no restaurante giratório no alto da Fernsehturm — a velha torre de tevê diante da Alexanderplatz, na antiga Berlim Oriental. Será que Lois e Sophie gostariam de se juntar a eles? Sophie não estava certa se a sua mãe se sentiria confortável com isso. Talvez pudessem falar sobre aquilo depois. As lojas que pretendiam visitar ficavam no Kurfurstendamm, perto do hotel deles. Ficariam ali uma ou duas horas. Talvez Sophie e Lois pudessem passar depois para tomarem um drinque com eles no Adlon? Estava combinado: concordaram em se encontrarem no bar do saguão às sete da noite.

Lois não gostou da idéia da Fernsehturm. Alta demais. Não gostava de elevadores. E não gostava de restaurantes giratórios. Sophie, por outro lado, estava intrigada. Assim como Patrick. Philip disse-lhes que a comida lá não era muito boa e sugeriu que cancelassem a reserva e fossem a algum outro lugar. Sophie e Patrick pareceram desapontados. Lois, que já havia tomado alguns drinques àquela altura e estava entrando no espírito da coisa, desculpou-se por ser uma estraga-prazeres. Os outros lhe disseram para não ser boba. Pediram mais drinques. Lois estivera presa em uma conferência internacional sobre biblioteconomia universitária nos três últimos dias. Acabara na hora do almoço, e estava alegre com a liberdade recém-conquistada. Mas também não estava disposta a subir de elevador a um restaurante giratório.

Finalmente foi decidido que Sophie e Patrick deviam ficar com a mesa na Fernsehturm, enquanto Philip e Lois procurariam outro lugar onde comer. Encontrar-se-iam novamente no Adlon para o último drinque da noite. Foi um arranjo que pareceu agradar a todos.

Chegava-se à Fernsehturm por um recinto de concreto imponente, poderosamente evocativo de tudo o que havia de desastroso na arquitetura dos anos 60, fosse na Europa Oriental ou na Ocidental. Mesmo às 20:30 naquela noite fria e invernal, os turistas ainda lotavam o lugar. Patrick e Sophie tiveram de esperar na fila do elevador, em meio a uma multidão de escolares e mochileiros. Sentiam-se um tanto bem-vestidos demais. O elevador era bem menor do que esperavam: tinha capacidade para doze visitantes apertados, e um ascensorista que recitava monotonamente estatísticas sobre a torre enquanto o carro do elevador subia a uma velocidade que fazia seus ouvidos estalarem.

Já atrasados para pegarem a mesa, não se detiveram no andar de observação, seguiram direto para a escadaria curva que levava ao restaurante. Uma garçonete, que olhava para eles com olhos intimidadores, como se fosse a maior de todas as certezas o fato de que teriam a melhor noite de suas vidas, levou-os aos seus lugares e acendeu uma luz sobre a mesa. Explicou que se quisessem ver a paisagem, era melhor desligarem a luz; mas talvez achassem um pouco escuro. Ambos disseram um tímido "*Danke schön*" e se refugiaram atrás de seus menus, que pareciam feitos para agradar aos mais famintos em vez dos *gourmets*. Sophie pediu peito de pato com brócolis, amêndoas e batatas cozidas; Patrick pediu um filé de porco *spätzle*. Beberam as suas taças de Riesling seco e olharam para a vasta e profusamente iluminada extravagância de vidro e concreto do novo Reichstag girando à distância.

— Não creio que a plataforma gire tão rápido assim — disse Patrick, observando o perfil da cidade passar, surrealisticamente, atrás do reflexo do rosto de Sophie na janela inclinada.

— Parece que demora meia hora para se fazer uma volta completa — disse Sophie. — Olhe... lá está a lua. Toda vez que a virmos, saberemos que passou meia hora.

Uma lua cheia brilhava sobre o Reichstag e o Tiergarten, iluminando o perfil daquela cidade brilhante e eletrificada. Patrick pensou em sua mãe e nas duas noites que sabia que ela passara sozinha, há alguns anos, no vigésimo terceiro andar do Hyatt Regency em Birmingham, olhando para uma paisagem semelhante àquela. Subitamente sentiu saudades dela, muitas saudades, com uma dor que não melhorava com o passar dos anos.

Sophie e Patrick estavam em uma situação estranha naquela noite. Parecia haver uma intimidade espontânea entre seus pais, embora fizesse muito tempo que não se viam. Encontraram-se com um tipo de alívio feliz, como se a chance de se encontrarem em um salão de chá em Berlim pudesse de algum modo apagar as décadas e curar a dor de sua passagem. Isso deixou Sophie e Patrick em um tipo de intimidade diferente e ainda mais estranha. Nada tinham em comum, sabiam disso, a não ser a história de seus pais.

— Onde acha que foram? — Sophie perguntou.

— A uma boate, talvez. Visitar os lugares onde toca música techno.

— Fala sério?

— Claro que não. Meu pai nunca foi a uma boate na vida. O último disco que comprou era de Barclay James Harvest.

— Quem?

— Exatamente.

Sophie perguntou a Patrick se o pai já lhe falara de seus tempos de escola. Patrick disse que ultimamente começara a falar mais disso. Desde que fora a Norfolk visitar um velho amigo chamado Sean Harding. A visita parece tê-lo afetado profundamente, mas Patrick não sabia direito por quê. Ele nem mesmo sabia quem era Sean Harding.

— Posso lhe dizer — disse Sophie. — Posso contar toda a história, se quiser. Ouvi tudo de minha mãe, sabe. Ela se lembra claramente desses tempos.

— Como?

— Bem...

Então Sophie começou a explicar. Era difícil saber por onde começar. Os tempos que estavam discutindo pareciam pertencer ao mais obscuro recesso da história. Ela disse para Patrick:

— Já tentou imaginar como era a vida antes de você nascer?

Assim, Sophie e Patrick passaram aquela noite contando histórias um para o outro. Sophie contou-lhe a história de Harding e de suas anárquicas brincadeiras escolares; a rivalidade entre Richards e Culpepper; o namoro adolescente de Benjamin e Cicely. E Patrick contou-lhe a história de como Benjamin e a filha de Cicely, Malvina, concebida na manhã de 2 de maio de 1979 — na única vez em que fizeram amor — acabou conhecendo o pai sem saber, vinte anos depois, e acabou se apaixonando, em vez disso, pelo irmão mais novo dele, Paul. E contou também a história de sua mãe, Claire, e de como ela acabou descobrindo a verdade sobre o desaparecimento da irmã em 1974.

Enquanto trocavam histórias, a plataforma do restaurante girou e viram a lua cheia seis vezes, até dar quase meia-noite e os garçons e garçonetes os olharem sorridentes, esperando que fossem embora. E quando a lua cheia estava novamente brilhando sobre o Reichstag e o Tiergarten, souberam que era hora de ir, e que o círculo se fechara pela última vez.

Era uma noite clara e estrelada na cidade de Berlim no ano de 2003. Patrick e Sophie caminhavam juntos pelas ruas vazias, pela Karl-Liebknecht-Strasse e Unter den Linden até quase chegarem à Pariser Platz e ao Hotel Adlon. Ao atravessarem o amplo bulevar, um táxi apareceu rapidamente atrás deles vindo de uma rua lateral, e eles tiveram que correr para terminar a travessia. Patrick agarrou a mão de Sophie e puxou-a atrás de si e, quando atingiram a segurança da calçada, ele não a soltou.

Ao passarem pelo hotel, viram que havia apenas duas pessoas sentadas junto às janelas do restaurante Quarré no térreo: Philip e Lois. Patrick e Sophie acenaram para eles e gesticularam silenciosamente para frente, em direção do portão Brandemburgo, para que soubessem que ainda não haviam acabado de caminhar.

Philip e Lois não foram longe naquela noite. Na verdade, haviam se deslocado apenas alguns poucos metros, do bar do saguão para o restaurante Quarré, onde lhes deram uma mesa junto à janela sem reserva porque o *maître* reconhecera Lois como a mulher que desmaiara algumas horas antes.

Durante a maior parte da refeição, não conseguiram evitar falar dos irmãos de Lois. Fazia semanas que Philip não tinha notícias de Benjamin. Ele sabia que estava em Londres, novamente com Cicely. Lois também disse que ele conseguira outro emprego em uma grande empresa de contabilidade.

— O que ninguém realmente me explicou, foi como Cicely conseguiu encontrá-lo — disse ela.

— Oh, foi simples — respondeu Philip. — Agradeça a Doug por isso. Quando ela finalmente voltou a Londres vinda da Sardenha, onde viveu alguns anos, uma das primeiras coisas que fez foi mandar um e-mail para Doug no jornal. No rodapé de suas colunas sempre vem o seu endereço de e-mail. Então foi ele quem deu para ela o endereço de Ben em Birmingham. Então, é claro, quando Benjamin voltou de viagem, não pôde acreditar quando Doug disse que ela estava tentando entrar em contato com ele. Provavelmente a encontrou naquela mesma tarde.

Ao que Lois disse, surpreendentemente:
— Pobre Malvina. Esta era a última coisa que ela queria que acontecesse.
— Por que diz isso?
— Por que ela sempre quis mantê-los separados. Ela sempre quis isso mais do que tudo no mundo. Por Benjamin. — Philip pareceu confuso, então ela perguntou: — Você já esteve com ela?
— Só uma vez... muito brevemente, há alguns anos, na passeata por Longbridge.
— Eu passei um dia inteiro com ela — disse Lois, quieta, reflexiva. — E estou feliz de tê-lo feito. Compreendo melhor as coisas agora. E não estou mais com raiva dela.
— Quando foi isso? — perguntou Philip.
— Há alguns meses. Na Alemanha. A apenas algumas centenas de quilômetros daqui, costa acima. Foi onde ela e Paul estiveram... se escondendo. Fui vê-los. Na verdade, era Paul quem eu realmente desejava ver, para perguntar que diabos ele achava que estava fazendo. Mas, milagrosamente, ele não apareceu naquele dia. Não consegui vê-lo. Foi com Malvina que falei.

Então, lentamente, Lois começou a contar a Philip tudo o que descobrira naquele dia.

— Creio que Malvina deve ter começado a se desesperar há uns quatro anos. Quero dizer, imagine: ela nasceu sabe-se lá em que cidadezinha do interior dos Estados Unidos, filha de uma mãe de vinte anos de idade que passava por uma fase lésbica. Quando o relacionamento terminou, ela passou de homem em homem, de uma figura paterna para outra. Quanto ao pai *ver-*

dadeiro, Cicely pensava tão pouco nele que nem se incomodou em dizer à filha quem era. Em vez disso, construiu uma fantasia a respeito de um cenógrafo genial que morrera de AIDS nos anos 1980. Então Malvina tinha essa imensa... *ausência* com a qual lutar durante toda a vida e, ainda por cima, a própria Cicely. Durante vinte anos! Vinte anos de Cicely tendo crises nervosas toda vez que um desses caras a deixava, chorando sem parar no ombro da filha e dizendo-lhe que pessoa terrível ela era. O que isso faz com você, depois de algum tempo? Então, o último relacionamento começou a dar errado e, pela primeira vez, Cicely começou a parecer doente... quero dizer, realmente doente desta vez, não fingindo, e subitamente Malvina deu-se conta de que não podia mais suportar aquilo, não podia mais fazê-lo sozinha. Mas também não podia simplesmente abandonar a mãe.

"Então, ela descobriu algo, algo que lhe deu uma idéia. Ela descobriu uma velha gravação que alguém fizera para Cicely quando ainda estavam na escola. Havia uma música ali, escrita para piano e guitarra, chamada "Seascape Nº 4". A interpretação e a gravação não eram muito boas — dava para se ouvir um gato miando no fundo — mas mesmo aquilo emprestava certo charme à música e, afinal de contas, não fazia diferença porque o importante era que a pessoa que compôs aquela música devia realmente ter amado a sua mãe. Malvina ficou obcecada com aquela fita e começou a ouvi-la sem parar. Também começou a fazer perguntas à mãe a respeito da pessoa que compusera a música, mas tudo o que Cicely respondia era que tinha sido uma pessoa que ela conhecera na escola, um cara chamado Benjamin. Não era muito, mas era tudo o que Malvina precisava. Algumas horas de internet e ela descobriu que o nome do compositor era Benjamin Trotter e que trabalhava em uma empresa de contabilidade em Birmingham. Então lá foi ela para Birmingham, no inverno de 1999.

"Malvina conversou com a recepcionista no escritório de Benjamin e não demorou muito até descobrir quem ele era. Ela o seguiu até o café de uma livraria e esperou o momento certo, que logo aconteceu. Mas é claro que ela não tinha qualquer plano de ação. Em algum lugar de seu cérebro ela achou que ali estava alguém que poderia vir em seu auxílio e, algum dia, assumir a responsabilidade por Cicely. Mas bastou conversar com ele durante alguns minutos para ver que aquilo não poderia funcionar, que ele não poderia fazer aquilo. Não que ele a tivesse esquecido... oh não. Pelo contrário. Ele falou de Cicely logo no dia em que conheceu Malvina e admitiu que o que mais o motivava em seu romance épico era a idéia de que ainda escrevia para ela, para provar algo para ela, um presente que um dia ele desejaria colocar aos pés dela. Ele não sabia como aquilo aconteceria exatamente, parecia não ter pensado muito no assunto, mas parecia não ter dúvida de que, uma vez que o livro fosse publicado, ou lançado, uma vez que o livro fosse exposto ao público, Cicely saberia e... o quê? Voltaria correndo para ele? Só Deus sabe. — Lois olhou para baixo, sobressaltada, a sobrancelha marrom franzida de piedade. — Bem... seja como for, Malvina não duvidou de que ele ainda gostava de Cicely. E foi isso que a fez perceber, após algum tempo, que ela não podia prosseguir sem um plano. Havia um grande problema, como vê, algo que ela não previra. Ela *gostava* de Benjamin. Na verdade, gostava muito dele. E também sentia muita pena dele, pelo modo como Benjamin se trancou dentro daquela obsessão e como isso arruinou tudo em sua vida, no fim das contas: seu trabalho, seu casamento, toda a sua vida até ali. Ela sabia que voltar a ver Cicely era o que ele mais desejava, e também sabia que seria a pior coisa que poderia lhe acontecer. Então ficou quieta. Rapidamente aprendeu a fazer aquilo que todos os amigos de Benjamin aprendem, mais cedo ou mais tarde. Não mencionar o nome começado com C.

"Sem dúvida a melhor coisa a fazer seria pegar o trem para Londres e nunca mais voltar. Mas ela estava ligada a Benjamin por razões que não podia explicar. Ela se sentia incrivelmente próxima a ele. E ele também sentia o mesmo mas, por não saber o que estava acontecendo, ficou confuso e começou a imaginar se gostava dela, se havia algum tipo de atração entre os dois. É claro que, sendo Benjamin quem é, nada fez a respeito, e nada fez de grosseiro, como dar em cima dela e tentar começar um caso. Mas ainda assim, quando ambos começaram a se ver com freqüência, ele cometeu o erro de esconder isso de Emily, e não demorou muito até que sua relação começasse a parecer um caso, mesmo sem nada ter acontecido. Ele ficou confuso com isso. Enquanto isso, tudo em que Malvina pensava era em como ela se sentia bem com aquela pessoa, como era legal tê-lo por perto, como ele era gentil com ela. Porque Benjamin é gentil. Ninguém poder negar isso. E Malvina percebeu que ele ouvia o que ela dizia para ele. Poucas pessoas a ouviam. A princípio foi uma experiência incomum: ele se interessava com o fato de ela querer escrever e com o que ela fazia na universidade em Londres. E foi aí que a sua gentileza o fez cometer um grande erro.

"Malvina estudava comunicação e fazia um trabalho naquele ano sobre a comunicação na política, com referência específica ao Novo Trabalhismo. Então, o que Benjamin sugeriu, com aquele seu enorme coração? 'Oh, você precisa conversar com meu irmão.' E, é claro, Malvina adorou a idéia. Paul não pareceu muito interessado a princípio, mas então Benjamin disse a ele como ela era bonita e isso pareceu bastar... Bem, o resto você sabe... — Ela olhou pela janela, refletindo sobre tais eventos, tentando tirar algum sentido de tudo aquilo. — Tudo começou — deu-se conta — com aquela música gravada na casa de meus avós. Há décadas. Foi onde tudo começou...

Ela ergueu a cabeça e subitamente notou que havia um garçom rondando a sua mesa. Era tarde da noite e ele viera oferecer-lhes café.

Quando o graçom se foi, Philip perguntou:
— O quanto seus pais sabem de tudo isso?
Lois balançou a cabeça.

— Quase nada. Bem, sabem que Paul e Malvina estão juntos, obviamente...

— Mas não sabem... quem ela é?

— Temos de esconder isso deles — disse Lois. — Não conseguiriam lidar com o fato. A única coisa que espero é que não dure muito. Malvina tem voltado a Londres freqüentemente, onde vai para visitar Cicely. Benjamin não quer vê-la. Não enquanto ela esteja vivendo com Paul. Mas imagino se ela logo não vai se dar conta do grande erro que está cometendo. Acho que devia. — Ela ergueu a cabeça e deu um sorriso infeliz. — Parece que vai publicar os seus textos. Já leu algo dela?

— Não, não posso dizer que tenha lido.

— Bem, também creio que não. Mas outro dia, ao mexer nos jornais, vi algo dela ali publicado. Um poema.

— Você o leu?

Lois meneou a cabeça.

— Era sobre o quê?

— Pais. Pais e filhas. Irônico, não é, que a filha de Benjamin, entre todo mundo, publique um livro antes dele? Imagino como ele se sentirá a respeito caso venha a descobrir. — Ela bebeu um gole de café. — De qualquer modo, é por isso que tento não culpar Malvina. Seus motivos eram bons... alguns deles. Paul é o culpado. É ele a quem nunca perdoarei. Nenhum de nós pode perdoá-lo. Filho-da-puta... *idiota*. — As palavras saíram-lhe com força terrível. Philip nunca imaginara que Lois pudesse dizer aquilo. — Abandonar Susan e as meninas. Desistir de *tudo*. O que ele pensa que vai fazer? O que vai fazer quando tudo isso ruir?

— Oh, você se surpreenderia — disse Philip, cansado. — Paul vai voltar. Bem antes do que imagina.

— Não vejo como. Sua carreira política acabou.

— Tem muitos contatos no mundo dos negócios. Muitos bons amigos. Vão encontrar algo para ele. O fato é que gente como Paul sempre volta. Sempre. Veja Michael Usborne. Após

ter derrubado a última empresa e caído fora com alguns milhões, todo mundo disse que ele estava acabado. Mas está de volta administrando uma maldita companhia elétrica. Essa gente não é como o resto de nós. São invencíveis.
Lois não sabia quem era Michael Usborne. Philip explicou, o melhor que pôde, a história de seu envolvimento com Paul — e a história ainda mais estranha de seu breve e malsucedido relacionamento com Claire, que acabara havia um ano em suas férias nas ilhas Cayman.
— E Claire está bem? — perguntou Lois. — Como anda agora?
— Claire não podia estar mais feliz — disse Philip, com deleite não disfarçado. — Voltou para a Itália, está com o homem que ama e, da última vez em que a vi, parecia dez anos mais jovem.
— Benjamin me disse algo a esse respeito — disse Lois, lembrando de uma conversa que tiveram em Dorset no ano anterior. — Ele era casado, não era?
— Com uma mulher que o traía. Claire achava que ele jamais a deixaria. Mas ele acabou deixando. E foi até a Inglaterra para lhe contar isso. Também pleiteou a custódia da filha. E ganhou.
— Fico feliz com isso — disse Lois. — Muito feliz. Se alguém merece ser feliz, esse alguém é Claire.
Philip mexeu o café lentamente, pensativo, e disse:
— Então, há também você, é claro.
— Eu?
— Você. A quietinha. Aquela de quem ninguém realmente falava. Você também merece ser feliz, Lois. Você é feliz?
Havia coragem na voz de Lois ao olhar para Philip e dizer:
— Claro que sou. Tenho um trabalho de que gosto. Um marido que me ama. Uma filha maravilhosa. O quer mais posso querer?
Philip olhou-a nos olhos e sorriu. Depois desviou o olhar e disse algo que ela não esperava:

— Qual o nome do seu peixinho dourado?
Lois franziu a testa.
— Como é?
— "Qual o nome do seu peixinho dourado?" foi a última coisa que eu disse para você. Não se lembra?
— Não, quando foi isso?
— Há vinte e nove anos. Eu estava na casa de seus pais. Estavam dando um jantar para meus pais. Você estava usando um vestido incrivelmente decotado. Eu não conseguia tirar os olhos de seus seios.
— Não me lembro disso *mesmo* — disse Lois. — De qualquer modo, eu nem mesmo tinha um peixe dourado.
— Eu sei. Você conversava com meu pai sobre *Colditz*, um programa de tevê. Ouvi errado o que você estava dizendo. Então fiz aquela pergunta e toda a mesa se calou. É sério, Lois, eu estava tão consumido de luxúria por você que nem mesmo consegui me expressar verbalmente naquela noite.
— Quisera ter sabido disso — disse Lois. — Você não era feio naquela época. A história podia ter sido muito diferente.
— Jamais aconteceria. Você já estava comprometida.
— Ah, sim. Claro que estava. — Ela olhou para a mesa, lembrando daquela noite. E também se lembrando de Malcolm, seu primeiro namorado, que nunca se ausentava de seus pensamentos mais do que algumas horas. Houve um logo silêncio. Philip imaginou se fizera mal em lembrar de uma ocasião que remetia àquele episódio amargamente triste, mesmo que por tabela. Quando Lois finalmente voltou a falar, sua voz parecia distante, diminuída.
— A gente nunca esquece. Justo quando você pensa que se esqueceu, algo volta. Algo como aquela música de Cole Porter. Você pensa que superou, mas nunca consegue. Está sempre ali. Aquelas imagens... — Ela suspirou, fechou os olhos e ficou ensimesmada durante alguns minutos. — É preciso seguir em frente. É tudo o que nos resta fazer, certo? O que há mais a fazer? Que

outra escolha? Você simplesmente tem de continuar e tentar esquecer, mas não consegue, porque se não for uma música é outra coisa que traz tudo de volta. Meu Deus, basta ligar a tevê. Lockerbie. O 11 de Setembro. Bali. Assisti a todos. De um modo terrível, não consigo me livrar dessas coisas. O pior é que nunca pára. Nunca pára e fica cada vez pior. Mombasa, no ano passado. Dezesseis mortos. Riyadh. Quarenta e seis mortos. Casablanca. Trinta e três mortos. Jacarta. Catorze mortos. Agora, Istambul. Tem ouvido as notícias? Trinta mortos, ontem, por um homem-bomba no consulado britânico. Já viu o que estão fazendo com nossa embaixada na Alemanha, que fica ali na esquina? Grandes blocos de concreto no meio da rua, para deter qualquer um que venha dirigindo um caminhão cheio de explosivos. E isso não é nada, Philip, *nada*, comparado às pessoas que os americanos mataram no Iraque este ano. Cada uma dessas pessoas significava algo. Cada um deles era como Malcolm, para alguém. Pais, mães, filhos mortos. O *ódio* que está sendo gerado no mundo, Philip, por causa de tudo isso! O ódio!

Ela virou o rosto para a janela, rosto brilhando de lágrimas. Philip disse:

— Não tinha ouvido falar de Istambul. Isso é mau. Muito mau.

— Vai haver mais — disse Lois. — Estou certa disso. É apenas questão de tempo antes de algo pior acontecer. Algo *grande*...

Ela desviou o olhar e logo depois viu Sophie e Patrick, caminhando juntos para a Pariser Platz. O jovem casal acenou e seus pais acenaram de volta.

— Bem, eles parecem ter tido uma boa noite — disse Philip, servindo mais café para Lois e para si.

— Achei que algo assim iria acontecer — murmurou ela. — Talvez nossas dinastias acabem se juntando afinal.

— Talvez — disse Philip. — É um pouco cedo para saber.

— Sim — concordou Lois. — Está certo. É cedo para sabermos.

Então, observaram em silêncio enquanto Patrick e Sophie cruzavam sob o grande arco do portão de Brandemburgo, de mãos dadas, nada mais desejando da vida no momento além da chance de repetir os erros dos pais em um mundo que ainda tentava decidir se lhes permitiria esse luxo.

Sinopse de
Bem-vindo ao clube

Birmingham, Inglaterra, 1973. LOIS TROTTER (dezessete anos de idade) responde a um anúncio de correio sentimental e começa a sair com MALCOLM, um homem de vinte e poucos anos, também conhecido como o Cabeludo. Nesse meio tempo, seu irmão mais novo, BENJAMIN TROTTER (com treze anos) freqüenta a King William's School e se converte ao cristianismo após uma experiência bizarra e quase-religiosa: tendo esquecido de levar o calção de banho à escola certo dia, aterrorizado com a possibilidade de o professor de ginástica fazê-lo nadar nu na frente de seus colegas de classe, Benjamin reza para ser salvo desta humilhação e julga que seus pedidos foram atendidos ao imediatamente descobrir um calção em um armário vazio.

Os melhores amigos de Benjamin na escola são SEAN HARDING (um brincalhão anarquista), o quieto e consciencioso PHILIP CHASE, e DOUG ANDERTON. O pai de Doug, BILL ANDERTON, é um proeminente g erente de oficina na fábrica de automóveis British Leyland em Longbridge. Está tendo um caso com MIRIAM NEWMAN, uma jovem e atraente secretária. Mas o romance está fazendo Miriam se sentir infeliz e ela ameaça pôr um ponto final na história.

Em 21 de novembro de 1974, Malcolm leva Lois a um *pub* no centro de Birmingham chamado The Tavern in the Town, pretendendo pedi-la em casamento. Uma bomba do IRA explode no *pub* e Malcolm morre. Uma onda de sentimento antiirlandês se espalha por Birmingham nos dias e semanas seguintes; pouco depois, Miriam Newman desaparece sem deixar rastro. Ninguém sabe se fugiu com outro homem, ou se algo mais sinistro aconteceu.

Dois anos depois, no verão de 1976, a família Trotter viaja de férias para Skagen, na Dinamarca, com a família de Gunther Baumann, amigo e sócio do pai de Benjamin. Lois fica na Inglaterra. Não se recobrou do choque de ver Malcolm morrer e ainda está hospitalizada. Durante estas férias, o filho de Gunther, de catorze anos, ROLF BAUMANN, torna-se inimigo dos dois meninos dinamarqueses da casa ao lado, que tentam afogá-lo no traiçoeiro encontro das águas dos mares Kattegat e Skaggerak. O irmão mais novo de Benjamin, PAUL, então com doze anos, mergulha e salva a vida de Rolf.

De volta à Inglaterra, Benjamin se junta ao corpo editorial da revista da escola, *The Bill Board*. Seus colegas são Doug, Philip, EMILY SANDYS e a irmã mais nova de Miriam, CLAIRE NEWMAN. Uma das matérias que cobrem é a mortal rivalidade atlética e pessoal entre RONALD CULPEPPER e STEVE RICHARDS — o único menino negro da escola, popularmente conhecido como "Rastus". Culpepper é detestado por quase todo mundo na King William's, com exceção de Paul Trotter, que começa a demonstrar um precoce interesse em política e convence Culpepper a deixá-lo participar de um grupo secreto de discussão conhecido como o Círculo Fechado.

Benjamin escreve uma crítica da produção teatral da escola, *Otelo*, arrasando a atuação de CICELY BOYD mesmo estando perdidamente apaixonado por ela. Contudo, Cicely fica grata pela crítica e torna-se amiga dele. A rivalidade entre Culpepper e Richards se intensifica, Lois lentamente começa a recobrar a saúde, e o humor de Harding se torna cada vez mais provocativo e desconfortável: em uma simulação de eleição promovida na

Debating Society da escola, ele se lança candidato pela Frente Nacional, levando Steve Richards a retirar-se em desagrado. Steve Richards supera Culpepper e ganha o troféu esportivo da escola, despertando o ódio do outro. Mais tarde, quando Richards vai prestar seus exames de nível A, alguém o droga com um sedativo e ele não passa no crucial exame físico. É obrigado a passar um ano fora antes de refazer a prova.

Enquanto isso, Benjamin abandona a família em uma viagem de férias à península de Llyn, na Irlanda do Norte, e vai até a casa dos tios de Cicely onde esta se recupera de uma doença. Ele e Cicely declaram seu amor um pelo outro, mas não dormem juntos durante muitos meses.

Não até maio de 1979. Benjamin trabalha em um banco no centro de Birmingham, antes de ir para a Universidade de Oxford no outono. Cicely estava morando com a mãe em Nova York. Certa manhã, após a sua volta à Inglaterra, ela e Benjamin fazem amor pela primeira e última vez no quarto de Paul. Muito feliz, Benjamin a leva para tomar um drinque na hora do almoço em um *pub* de Birmingham chamado The Grapevine. Ali, encontra o pai de Philip, SAM CHASE, que faz duas previsões: que Benjamin e Cicely teriam uma vida longa e feliz juntos, e que Margaret Thatcher nunca seria primeira-ministra. Cicely sai do *pub* após saber que acabara de chegar uma carta para ela, de sua amiga Helen, de Nova York. Mais tarde naquele dia, a sra. Thatcher ganha a sua primeira eleição.

Nota do autor

Entre os livros que forneceram subsídio para este romance estão *Labour Party PLC*, de David Osler (Mainstream, 2002), *White Riot: The Violent Story of Combat 18*, de Nick Lowles (Milo, 2001) e *"We Ain't Going Away!": The Battle for Longbridge*, de Carl Chinn e Stephen Dyson (Brewin Books, 2000).

O capítulo deste romance intitulado No Alto da Falésia foi inspirado na música "High on the Chalk" do grupo The High Llamas, lançada no álbum *Beet, Maize and Corn* (Duophonic DS45-CD35).

O círculo fechado é uma continuação de um romance anterior chamado *Bem-vindo ao clube*. Um sinopse de *Bem-vindo ao clube* foi incluída ao final deste volume, para aqueles que não o leram ou aqueles que, tendo lido, inexplicavelmente o esqueceram.

J.C.

Este livro foi composto na tipologia ClassGarmnd,
em corpo 10,5/14, e impresso em papel
off-white 80g/m², no Sistema Cameron da Divisão
Gráfica da Distribuidora Record.